शिव

अलौकिक व्यक्तित्व की लौकिक यात्रा

डॉ. अशोक शर्मा

सेन्ट्रल बैंक ऑफ इण्डिया से सेवानिवृत्त डॉ. अशोक शर्मा ऐतिहासिक और पौराणिक चरित्रों को केन्द्र में रखकर उपन्यास लिखेने के लिये जाने जाते हैं। आपके पूर्व प्रकाशित तीन उपन्यास 'सीता सोचती थीं', 'सीता के जाने के बाद राम' और 'कृष्ण : अन्तिम दिनों में' अपनी प्रस्तुति, तथ्य-परक दृष्टि एवं पात्र-गठन की विशेषता के कारण जाने जाते हैं। इनमें वे मुख्य पात्र के साथ-साथ आन्य पात्रों के साथ भी समुचित न्याय करने में सफल रहे हैं।

एक रोचक तथ्य यह भी है कि 'सीता सोचती थीं' जहाँ समाप्त होती है, 'सीता के जाने के बाद राम' वहाँ से शुरू होती है किन्तु दोनों ही उपन्यास अपने आप में पूर्ण हैं।

आपकी पुस्तक 'कृष्ण : अन्तिम दिनों में' का अंग्रेजी भाषा में *Krishna : In his last day's* के रूप में अनुवाद भी हो चुका है।

प्रस्तुत पुस्तक लेखक की नवीनतम कृति है। यह भगवान शिव की लौकिक यात्रा पर आधारित उनके जीवन के अनुछुए आयामों को समेटता, उन पर विचारों को एक नयी दिशा प्रदान करता उपन्यास मात्र नहीं है अपितु विज्ञान के नवीनतम मापदण्डों के आधार पर ईश्वर को जानने का प्रयास तो है ही, आपको शिव से कुछ और अधिक जोड़ता भी है।

शिव

अलौकिक व्यक्तित्व की लौकिक यात्रा

उपन्यास

डॉ. अशोक शर्मा

rg books

Anybook

rg books   Anybook

शिव : अलौकिक व्यक्तित्व की लौकिक यात्रा (उपन्यास)

मूल्य भारत में : ₹ 160.00
मूल्य विदेश में : $ 10

प्रकाशक : **रेडग्रैब बुक्स**
942, मुट्ठीगंज, प्रयागराज - 211003
वेबसाइट - www.redgrabbooks.com
ईमेल - contact@redgrabbooks.com
एवं
एनीबुक
जी248, द्वितीय तल, सेक्टर-63, नोयडा - 201301
वेबसाइट - www.anybook.org
ईमेल - contactanybook@gmail.com

संस्करण : प्रथम, जनवरी 2019 (1100 प्रतियाँ)
टाइप सेटिंग : श्री कम्प्यूटर्स, प्रयागराज
मुद्रक : भार्गव ऑफसेट, प्रयागराज
ISBN : 978-93-86619-59-1

समर्पण

जननी - स्व. सियारानी शर्मा

जनक - स्व. प्रेम शंकर शर्मा

आत्म कथ्य

शिव एक असीमित व्यक्तित्व हैं।

कितना भी बड़ा पात्र हो, उसमें समुद्र नहीं आ सकता, किन्तु समुद्र भी एक ग्रह में समा जाता है। स्वयं ग्रह अपने सौर-मण्डल में समा जाता है और सौर-मण्डल अपनी आकाश-गंगा में। इस ब्रह्माण्ड में पता नहीं कितनी आकाश-गंगायें समायी हुई हैं, किन्तु इस प्रकार बढ़ते हुए हम उस ओर अग्रसर होते हैं, जो हमारी किसी भी कल्पना से परे है... वह अचिन्त्य हैं।

शिव की अवधारणा उसी अचिन्त्य के अध्ययन का एक प्रयास है।

जो कुछ दिखाई देता है, वह सब तो अनित्य है मिट जाने वाला है; तो फिर नित्य क्या है? भारतीय मनीषा इसी को शिव कहती है।

शिव इन्द्रियों के अनुभवों से भी परे हैं। कुल मिलाकर वह अचिन्त्य, नित्य और निराकार हैं... उन्हें हम महाशून्य कहें या अनन्त; महाशून्य शब्द का प्रयोग इसलिये, क्योंकि यह गणित वाला शून्य या ज़ीरो नहीं है।

इस ब्रह्माण्ड में किसी भी वस्तु की स्थिति बताने के लिये एक प्रेक्षक (देखने वाला) चाहिये और वह प्रेक्षक, अपने सापेक्ष ही उस वस्तु की स्थिति बता पायेगा... किन्तु यदि कहीं कोई प्रेक्षक हो ही नहीं, तो किसी भी वस्तु के होने का कोई अर्थ ही नहीं रह जायेगा। सम्भवतः महाशून्य की परिकल्पना यहीं जन्म लेती है।

यजुर्वेद में एक उक्ति है,

'न तस्य प्रतिमा अस्ति'

'उसकी कोई प्रतिमा नहीं है।' सच है, जिसका रूप ही नहीं उसकी प्रतिमा क्या होगी।

शिव स्त्री भी हैं, पुरुष भी हैं, कुछ भी हैं, कुछ भी नहीं हैं। सब कुछ उन्हीं से उत्पन्न होता है, रहता है, रूप बदलता है और अन्त में उन्हीं में खो जाता है। वे सभी कारणों के कारण हैं। वे कसी भी रूप में हो सकते हैं।

1- निर्गुण, 2- सगुण, 3- निर्गुण - सगुण 4 न निर्गुण - न सगुण

शिवलिंग उनका प्रतीक है। लिंग शब्द का अर्थ ही प्रतीक है। भारतीय मनीषा एक और बात कहती है, उसके अनुसार शिव न स्त्री-लिंग है, न पुर्लिंग, न नपुंसक-लिंग और न उभय-लिंगी ही है। वह उसे प्राणलिंगी बताती है। इसी शिव की खोज उन मनीषियों को सत्य और वास्तविक सुन्दरता की ओर ले गयी। उन्होंने पाया कि जो नष्ट नहीं हो सकता, वही एक-मात्र सत्य है, अतः शिव ही सत्य है।

अब सुन्दरता की बात कर लेते हैं। पश्चिमी विद्वान कहते हैं, Beauty lies in the eyes of beholder. सौन्दर्य देखने वालों की दृष्टि में होता है। किसी एक व्यक्ति को एक वस्तु सुन्दर लग सकती है, दूसरे को नहीं; अर्थात सुन्दरता व्यक्ति सापेक्ष है... किन्तु भारतीय मनीषा ने कहा, 'नहीं, सुन्दरता वस्तु सापेक्ष है।' जो सुन्दर है, वह सबको सुन्दर लगेगा और सुन्दर वही है जो कल्याणकारी है।

कल्याणकारी वही है जो शुभ है तथा शुभ वही है जो कल्याणकारी है और शिव तो सदैव कल्याणकारी है, अन्यथा यह संसार चल ही नहीं सकता... तो शिव ही सुन्दर हुआ।

इन्हीं तर्कों के आधार पर भारतीय मनीषियों ने ईश्वर को 'सत्यं, शिवं, सुन्दरम्' कहा। जो गणित में ज्यामिति के विद्यार्थी रहे हैं वे जानते हैं कि किसी भी वस्तु की स्थिति बताने के लिये तीन आयामों (dimensions) लम्बाई, चौड़ाई और ऊँचाई की आवश्यकता होती ही होती है।

यदि हम इसमें समय का एक चौथा आयाम और जोड़ दें तो हम समय के सापेक्ष भी किसी वस्तु की स्थिति का वर्णन कर सकेंगे, किन्तु भारतीय मनीषा, ईश्वर के मात्र तीन आयामों सत्य, शिव और सुन्दर को लेकर आगे बढ़ी, क्योंकि ईश्वर पर समय का कोई प्रभाव नहीं पड़ता, वह समय से निरपेक्ष है; जैसा था, वैसा ही है और आगे भी वैसा ही रहने वाला है।

शिव के चित्रों में प्रदर्शित उनका नीला कण्ठ, देह पर भस्म, त्रिशूल, मस्तक पर अर्धचन्द्र, गले में सर्प, बाघ की खाल, उनका योग-मुद्रा में बैठा होना और उनकी जटाओं में गंगा की धारा, इन सबके अपने अर्थ हैं, पर विस्तार के भय से यहाँ पर

उनकी चर्चा नहीं की जा सकती... किन्तु इतना तो स्पष्ट है कि विभिन्न भावनाओं के प्रतीक ये सभी, शिव की परिकल्पना को जितना भी हो सके पूर्णता प्रदान करने के प्रयास हैं।

यह सब तो ठीक है, किन्तु मैं स्वयं हूँ क्या, जो उस असीमित व्यक्तित्व पर कलम उठाने चला हूँ। शिव पर लिखने का यह प्रयास मेरे लिये ऐसा ही है, जैसे चींटी का गंगोत्री तक पहुँचने का प्रयास करना। परिणाम निश्चित है। बहुत सावधानी से लक्ष्य तक पहुँचने का प्रयास करने पर भी, वह कहीं न कहीं अपना अस्तित्व खो ही देगी। हाँ, यदि कोई समर्थ व्यक्ति अपने हाथों में लेकर उसे गंगोत्री तक पहुँचा दे तो बात अलग है।

यह हाथ ईश्वर की कृपा का ही हो सकता है और फिर भी वहाँ तक पहुँचने के बाद वह स्वयं भी रह ही कहाँ जायेगी? उसका अस्तित्व तो उसी गंगोत्री में विलीन हो ही जायेगा।

सच तो यह है कि शिव या शिवत्व क्या है, यह यथा-सम्भव पूर्ण रूप से विद्वानों की मीमांसा का विषय है; मैं तो उनके भौतिक रूप की कल्पना को लेकर जो साहित्य उपलब्ध है, उस पृष्ठभूमि को लेकर एक उपन्यास लिख रहा हूँ, बस। उन तक मेरी पहुँच इतनी ही तो है।

इस पुस्तक के लिखने में मनीषी साहित्यकार, उ०प्र० हिन्दी संस्थान से 'मधु लिमये साहित्य सम्मान' से सम्मानित, आदरणीय श्री शिव नारायण मिश्र, गोसाईगंज, लखनऊ के दिये गये मार्ग- दर्शन के लिये मैं उनका आभारी हूँ।

आपसे आशीर्वाद कीं कामना है।

-डॉ. अशोक शर्मा

81, विनायक पुरम, विकास नगर, लखनऊ - 226022

मोबाइल - 9044436325, 7905558685

ईमेल - sharmaashok1948@gmail.com

शिव

1

चारों ओर पहाड़ ही पहाड़ और उन पर हर ओर फैली हुई बर्फ की मोटी चादर। घोर नीरवता के मध्य एक मात्र हवा थी, जो आवाज कर रही थी। अचानक हवा की ये आवाजें तेज होने लगीं। यह किसी आने वाले तूफान की आहट जैसा था। थोड़ी देर में सचमुच तूफान ही आ गया...। बहुत तेज हवा, घनघोर वृष्टि और बीच-बीच में, बिजली के कड़कने की, डरा देने वाली, बहुत तीव्र आवाजें और चारों ओर अन्धकार।

बहुत आश्चर्य की बात थी कि कई बार बिजली चमकने के मध्य, आकाश में एक आदमी जैसा चेहरा झलक जा रहा था। यह मूसलाधार वर्षा बहुत देर तक होती रही और फिर थमने लगी। सब कुछ शान्त होने लगा, हवाओं की गति एक बार पुनः सामान्य होने लगी। धीरे-धीरे अन्धकार भी छँटने लगा। कुछ ही देर में आसमान में सूर्य दिखाई पड़ने लगा और उसकी रश्मियाँ बर्फ पर फैलकर चारों ओर चमक बिखेरने लगीं।

तभी पहाड़ों की इन चोटियों के मध्य से एक मानवाकृति प्रकट हुई। बहुत गोरा रंग, ऊँचा कद, सुगठित देहयष्टि, सिर पर कुछ बालों का एक जूड़ा-सा और कन्धे से कुछ नीचे तक आती हुई जटायें, अधरों पर हलकी सी मुस्कान और अधखुले से नेत्र। मुख पर चमक इतनी, कि यदि किसी ने थोड़ी देर पहले बिजली की चमक के मध्य झलक जाने वाले चेहरे और इस चेहरे दोनों को देखा हो, तो वह निश्चित ही दोनों में साम्य ढूँढ़ सकता था।

व्यक्ति की चाल में बहुत अधिक गुरुता थी। कुल मिलाकर ऐसा लग रहा था जैसे कोई योगी बहुत लम्बी समाधि से उठा हो।

व्यक्ति धीरे-धीरे चलता हुआ एक स्थान पर आकर रुक गया। सीधा खड़ा हुआ और अपने सिर को दायें-बायें दोनों ओर दो तीन बार झटका। इस क्रम में उसकी जटायें, जो उसकी पीठ पर बिखरी हुई थीं, उसके सामने की ओर आकर सीने पर भी बिखर गयीं। उसका मुख दक्षिण की ओर था और पीठ के पीछे उत्तर की ओर दो पर्वत चोटियाँ। इनमें जो उच्चतम शिखर था, वह था कैलाश, जिस पर

डूबता हुआ सूरज, आस-पास की चट्टानों की छाया से स्वास्तिक का चिन्ह बना रहा था। यह दृश्य एक मन्दिर के शिखर जैसा था।

व्यक्ति के सामने दो बहुत विशाल सरोवर थे। एक थोड़ा अर्धचन्द्राकार, जिसे राक्षस ताल कहते थे और दूसरा गोलाकार, जिसे मानसरोवर कहते थे। मानसरोवर का जल स्फटिक सा स्वच्छ और शान्त था, किन्तु राक्षसताल के जल में बहुत उथल-पुथल थी। इनके आस-पास के पहाड़ों से पिघलती हुई बर्फ से बनती, पता नहीं कितनी छोटी-छोटी नदियाँ निकलकर अपना स्फटिक सा स्वच्छ जल इन सरोवरों में उड़ेल रही थीं।

असाधारण सौन्दर्य था। इसे स्वर्गिक सौन्दर्य कहा जा सकता था, जिस में व्यक्ति नहा उठे और जो उसके भीतर तक उतर जाये। यह खुली आँखों से ही नहीं, बन्द आँखों से भी अनुभव किया जा सकता था।

यह व्यक्ति कोई और नहीं, स्वयं शिव थे। वे कुछ देर तक प्रकृति के इस सौन्दर्य को देखते रहे, फिर सिर को झटका, पता नहीं क्या सोचकर धीमे से हँसे और मानसरोवर के पास आकर खड़े हो गये। फिर थोड़ा-सा सरोवर की ओर झुके। ठहरे हुए पानी में उनका प्रतिबिम्ब बहुत स्पष्ट था। बहुत गोरा रंग, किन्तु गरदन आसमान की तरह नीली। नीला आसमान अर्थात दृष्टि की सीमा। यह लौकिकता की भी सीमा हो सकती है, क्योंकि यहाँ से सब कुछ अलौकिक प्रारम्भ होता है। गले में कालकूट जैसा विष, जटाओं में गंगा जैसा अमृत का सतत प्रवाह, मस्तक पर एक ओर शीतल चाँदनी लिये चन्द्रमा और मध्य में आग बरसाने में सक्षम तीसरा नेत्र।

शिव ने पानी में अपना प्रतिबिम्ब पुनः देखा। सिर से नीचे तक, जहाँ तक प्रतिबिम्ब वे देख सकते थे... सब कुछ सामान्य ही तो था। कैसी-कैसी कल्पनायें हैं, उन्होंने मन में कहा। उनके अधरों पर फैली मुस्कान थोड़ी और गहरी हो गयी।

उनके मन में क्या चल रहा था, कौन बता सकता है। उन्होंने अपनी हथेलियों को देखा। एक हाथ की मुट्ठी से दूसरे हाथ पर प्रहार किया, अपने पैरों की ओर देखा, पता नहीं क्या सोचकर हँसे और पर्वत से नीचे की ओर चल पड़े।

2

ऊँचा लम्बा कद, गौरवर्ण, सुगठित शरीर, आकर्षक कान्ति-युक्त चेहरा, जटाओं जैसे बढ़े हुए बाल और मस्तक पर त्रिपुण्ड। वह पुरुष अति तेजस्वी प्रतीत हो रहा था। साथ में एक थोड़ी श्याम वर्ण, तीखे नैन-नक्श वाली मुखाकृति चमकता सा चेहरा, सिंदूरी बिंदी खुले हुये केशों में गुँथी हुई फूलों की एक माला, कलाइयों में भी चूड़ियों की तरह फूलों की मालायें, कहीं लाल और कहीं पीले से रंग के परिधान

को धारण किये एक अति सौन्दर्यवान स्त्री।

वे एक पहाड़ी नदी के किनारे, नदी की ओर मुख किये एक चट्टान के पास खड़े थे।

चारों ओर पहाड़ थे। ऊँची ऊँची चोटियाँ, कहीं कहीं दूर पर पत्थरों से बने एक-दो घर भी दिखाई दे रहे थे। दोपहर ढल रही थी, शाम होने को थी। रात्रि में जानवरों का डर भी था। पुरुष ने आश्रय की खोज में चारों ओर दृष्टि दौड़ाई। एक पहाड़ी पर बना एक मकान कुछ ठीक-सा लगा। उसने स्त्री की ओर देखा, स्त्री की दृष्टि भी उसी ओर थी।

'सुनो!'

'क्या?'

"उस मकान की ओर चलें; संम्भवतः वहाँ रात्रि भर के लिये आश्रय मिल जाय।"

"ठीक है।" स्त्री ने कहा और फिर पुरुष उस ओर बढ़ा तो वह भी पीछे हो ली।

ऊँचे-नीचे पहाड़ी रास्तों से होते हुए वे उस मकान तक पहुँचे। मकान में पत्थरों से ही एक द्वार-सा बना दिया गया था। वहीं पर खड़े होकर पुरुष ने आवाज लगाई,

"कोई है!"

मकान से आवाज आई,

'कौन?'

'यात्री।'

कुछ देर बाद एक श्वेत वस्त्र से अंग ढके हुए, लगभग 40-45 वर्ष का एक व्यक्ति सामने आ कर खड़ा हो गया। इस ठण्ड में भी वह एक सामान्य सा वस्त्र धारण किये हुए था।

"अन्दर आ जायें।" उसने कहा।

वे अन्दर गये। एक बड़ा सा आँगन और फिर दो छोटी-छोटी सी कोठरियाँ थीं। एक कोठरी सोने के और दूसरी कुछ सामान इत्यादि रखने के काम आती हुई लग रही थी।

इसी बीच व्यक्ति ने कुछ लकड़ियाँ एकत्र की और पत्थरों को सहेजकर बनाये गये एक चूल्हे में आग जलाई। एक पात्र में कुछ जल डाला और फिर उसमें कुछ पत्तियाँ डालीं। थोड़ा उबलने के बाद, वही पेय दो प्यालियों में उनके सामने रख दिया,-

"पी लें, शीत जाता रहेगा।"

पेय बहुत गरम था। स्त्री और पुरुष दोनों ने उसे धीरे-धीरे ठण्डा करते हुए पिया। वे उसे समाप्त ही कर पाये थे, कि कहीं से साँप के फुफकारने की आवाज सुनाई दी। घर के स्वामी ने कहा,

"यहाँ पर अक्सर साँप आ जाते हैं, पर आप घबराइयेगा मत; अगर आप इन्हें छेड़ते नहीं हैं तो ये भी शान्त ही रहते हैं।"

पुरुष यह सुनकर धीरे से हँसा, बोला,"

"नहीं, हम इसे नहीं छेड़ेंगे।"

वे लोग बातें ही कर रहे थे कि सचमुच एक सर्प दिखाई पड़ गया। वह धीरे-धीरे चलता हुआ चूल्हे के पास आकर अपने को समेटकर बैठ गया।

हवा कुछ तेज हो रही थी। पुरुष ने आसमान की ओर देखा। कुछ देर पहले तक जो आसमान साफ था, उस पर बादल छा रहे थे।

"लगता है पानी बरसेगा।" पुरुष ने स्त्री से की ओर देखकर कहा। स्त्री ने भी आसमान की ओर देखा। पूरा आसमान काले बादलों से ढक सा गया था।

"बरसात होने पर आप लोग इस कोठरी में आ जाइयेगा, बगल वाली में मैं रहूँगा; भय की बात नहीं है... मैं एकान्त में बैठकर कुछ देर रोज ध्यान करता हूँ, अन्यथा आपको भी अपनी कोठरी में ही आने के लिये कहता।" उनके आश्रयदाता ने कहा।

"भय क्या होता है यह हमने कभी जाना ही नहीं।" पुरुष ने हँसकर कहा, "आप निश्चिन्त होकर ध्यान करें; हम इस दूसरी कोठरी में बहुत आराम से रहेंगे।"

कुछ ही देर में बूँदे पड़नी शुरू हो गयीं। भवन का स्वामी एक कोठरी में और वह पुरुष और स्त्री दूसरी कोठरी में चले गये और आश्चर्य से उन्होंने देखा, वह सर्प भी सरकता हुआ उस कोठरी के द्वार तक आ गया था, शायद उसे भी वर्षा से बचना था।

पुरुष मुस्कराया, सर्प को इंगित कर बोला,

"आइये। आप भी आइये।"

सर्प ने मानो उसकी बात सुन ली। वह सरकता हुआ कोठरी के भीतर आकर एक कोने में कुण्डली मारकर बैठ गया। अब पुरुष ने ध्यान दिया, वह एक काला नाग था।

कुछ देर बाद, उस बूँदा-बाँदी के मध्य ही उनका आश्रयदाता व्यक्ति कुछ खाने के लिये लेकर आ गया। पुरुष ने देखा, उबले हुए आलू, चावल, नमक और कुछ जंगली फल थे। उसे आश्चर्य हुआ। फल तो ठीक, किन्तु चावल, आलू और नमक

यह कहाँ से आया।

"कैसे की यह व्यवस्था?" उसने पूछा।

"मैं नहीं करता, वह करता है।" उसने ऊपर की ओर संकेत करते हुए कहा।

"वह तो करता ही है," पुरुष ने कहा, "फिर भी?"

"पास क़े गाँव वालों का मुझ पर स्नेह है, वहीं कभी कभी आकर कुछ आलू और चावल दे जाते हैं और फल तो मैं स्वयं जंगल में घूमते हुए एकत्र कर लेता हूँ। यहाँ मौसम का कुछ भरोसा नहीं रहता, कभी बर्फीली हवायें चलनी प्रारम्भ हुईं तो कई-कई दिन तक बाहर निकलना सम्भव नहीं हो पाता।" कहकर वह कुछ रुका, फिर बोला,

"गाँव वाले शायद मुझे कोई सिद्ध या साधू-महात्मा समझते हैं, यद्यपि मैं तो बहुत साधारण व्यक्ति हूँ।"

"नहीं, आप साधारण तो नहीं हैं।" पुरुष ने कहा।

व्यक्ति ने उसकी ओर देखा, किन्तु कोई प्रतिवाद नहीं किया।

इसके बाद खाना रखकर वह व्यक्ति चला गया। पुरुष और स्त्री ने भोजन किया और फिर चुपचाप वहीं भूमि पर लुढ़क कर सो गये।

सुबह वे सो कर उठे तो देखा बाहर आँगन धुला-धुला सा था। रात्रि में सम्भवतः तेज वर्षा हुयी थी, किन्तु गहरी नींद में उन्हें कुछ पता नहीं लगा था। वह सर्प भी कहीं गया नहीं था, अभी भी वहीं बैठा था। खटपट की ध्वनि हुई तो सर्प ने फन उठाकर उनकी ओर देखा और फिर फन नीचे रख लिया।

स्नान इत्यादि से निवृत्त होने के बाद पुरुष, गृहस्वामी के पास गया।

"चलें! रात्रि भर आपने आश्रय दिया अन्यथा इस मौसम में हम अवश्य ही संकट में होते। हम आपके आभारी हैं।"

"आभार की आवश्यकता नहीं है, आपका साथ मुझे भी अच्छा लगा; यहाँ से किधर जाने का विचार है?"

"बस कुछ और ऊपर।"

यह सुनकर व्यक्ति बोला, 'ठहरें' और वह अन्दर जाकर एक लम्बा-सा त्रिशूल और एक डमरू लेकर आया।

"इन्हें मैंने अपने लिये रखा था, किन्तु अब आप ले जाय; मार्ग बीहड़ भी है और सुनसान भी, तरह तरह के जानवर मिलते हैं... डमरू से आवाज करने पर बहुधा वे डरकर पास नहीं आते और यदि पास आ ही जायें तो यह त्रिशूल बहुत काम आता है।

“और आप?” पुरुष ने कहा।

“मैं यहीं रहता हूँ, फिर से इनका प्रबन्ध कर लूँगा,” उनके आश्रयदाता ने कहा। वह बराबर बहुत ही कम शब्दों में अपना काम चला रहा था।

पुरुष ने त्रिशूल हाथ में लिया और उसे सीधा ही हवा में ऊँचा उछालकर पकड़ लिया, मानों उसे तौल रहा हो, फिर डमरू लिया और उसमें बाँधी डोर से उसे त्रिशूल के बीच के शूल में टाँग दिया।”

“एक बार फिर बहुत बहुत आभार।” पुरुष ने हँसकर अपने आश्रयदाता से कहा, “खतरों से मुझे डर नहीं लगता, किन्तु फिर भी यह काम आयेंगे, अच्छा विदा!” कहकर उसने हाथ जोड़कर अभिवादन किया।

“विदा,” उस व्यक्ति ने भी हाथ जोड़कर कहा।

पुरुष और स्त्री कुछ दूर ही गये थे कि उन्होंने देखा कि वही सर्प, जो उन्हें रात में मिला था, उनसे कुछ दूरी पर ही साथ-साथ चला आ रहा था।

“ऐसा लगता है यह हमारे साथ ही रहना चाहता है।” पुरुष ने स्त्री से कहा और रुक गया। उन्हें रुका देखकर सर्प भी रुक गया।

“आओ, पैदल कहाँ तक चलोगे।” कहते हुए पुरुष ने सर्प को उठाया और फिर हँसकर उसे गले में डाल लिया।

“क्या कर रहे आप?” स्त्री ने आश्चर्य से पूछा।

“कुछ नहीं, अलग-अलग चलने से यह बिछुड़ सकता था, अब साथ ही रहेगा।”

“जहरीला साँप है यह, कहीं काट ले तो...”

“जहर पीने की आदत है मुझे, इसका थोड़ा-सा जहर क्या कर पायेगा।”

“फिर भी।”

“यह मुझे नहीं काटेगा, मेरा मित्र है।” कहकर पुरुष हँस पड़ा।

मस्तक पर त्रिपुण्ड, बीच में टीका, गले में काला नाग, हाथ में त्रिशूल और डमरू। स्त्री जोर से हँस पड़ी,

“क्या रूप निकल आया है।”

“क्यों, अच्छा नहीं लग रहा हूँ क्या?” हँसते हुए पुरुष ने त्रिशूल इस तरह घुमाया कि उस पर टँगा डमरू बज उठा।

“नहीं, मुझे तो आप हर रूप में अच्छे ही लगते हैं।”

* * *

मार्ग बहुत ही ऊबड़-खाबड़ था। एक और पहाड़ और दूसरी ओर गहरी खाई। नीचे, बहुत नीचे एक नदी बह रही थी। पाँव फिसलते ही खाई में जाने का खतरा था। रास्ते में बराबर कहीं खड़ी चढ़ाइयाँ और कहीं-कहीं बहुत तीखी ढलानें थीं। रास्ते में कहीं-कहीं पर पास के पेड़ों से गिरे हुए फूल बिखरे हुए थे। जहाँ कहीं भी कोई अच्छा फूल दिखता, स्त्री उठाकर उसे अपने आँचल में रख लेती।

"क्या कर रही हो?क्या करोगी इनका?" पुरुष ने पूछा।

"ऐसे ही, अच्छे लगते हैं तो उठा लेती हूँ।"

स्त्री का उत्तर सुनकर पुरुष मुस्कराया। चलते-चलते वे एक ऐसे स्थान पर आ गये, जहाँ नीचे एक सरोवर था। उन्होंने देखा, जहाँ वे खड़े थे उससे थोड़ा नीचे ही पहाड़ में एक बड़ा छेद सा था, जिससे अनवरत निकलती पानी की धार, झरने की तरह नीचे गिर रही थी। इससे नीचे एक सरोवर सा बन गया था, जिससे निकलता पानी चट्टानों पर उछलता-कूदता एक नदी का रूप लेकर आगे बढ़ रहा था।

बहते पानी की आवाजों का शोर, वातावरण की निस्तब्धता को भंग कर रहा था। सारी घाटी तरह-तरह के फूलों से पटी हुई लग रही थी।

"क्या हम वहाँ जाकर कुछ देर बैठ सकते हैं?" स्त्री ने कहा।

वहाँ से पहाड़ कुछ तिरछा होते सरोवर तक गया था और सावधानी रखते हुए नीचे उतरा जा सकता था, अतः पुरुष ने नीचे देखते हुए कहा,

"हाँ, यह ऐसा कुछ बहुत कठिन तो नहीं लग रहा है।"

प्रकृति के उस अद्भुत सौन्दर्य ने स्त्री को बहुत अधिक आकर्षित कर लिया था।

"इतनी अधिक ढाल है, कैसे पहुँचेंगे वहाँ तक?", उसने कहा।

"मेरे साथ; मेरे इन हाथों और पैरों में बहुत अधिक शक्ति है।" पुरुष ने कहा और स्त्री का हाथ थामकर नीचे सरोवर की ओर बढ़ चला। पुरुष आगे और स्त्री उसका हाथ पकड़े उससे थोड़ा पीछे। कई बार स्त्री फिसलने को हुई, किन्तु हर बार पुरुष ने उसे बचा लिया। वे नीचे तक पहुँचे तो स्त्री को लगा जैसे वह रास्ता परिचित सा था।

'यहाँ तो मैं कभी नहीं आई हूँ' स्त्री ने सोचा, फिर सहसा उसे अपने विवाह से पूर्व के एक स्वप्न का ध्यान आया। 'हाँ, उस स्वप्न में भी ऐसा ही कुछ तो था' सोचकर वह कुछ आश्चर्य में पड़ गयी।

'सुनो!' उसने पुरुष से कहा।

'क्या?'

"मैं स्वप्न में एक बार ऐसा ही कुछ देख चुकी हूँ।"

पुरुष धीरे से हँसा,

"हाँ, कभी कभी स्वप्न, भविष्य की झलक भी ले आते हैं।"

इसके बाद कुछ ही देर में वे सरोवर के पास आकर उसके किनारे पर खड़े हो गये।

स्त्री ने जितने भी फूल अपने आँचल में समेटे थे, वे सब रास्ते में कहीं गिर चुके थे।

"मेरे सारे फूल कहीं गिर गये।" स्त्री ने कुछ दुःखी से स्वर में कहा। स्त्री की बात सुनकर पुरुष धीरे से हँस पड़ा।

"हँसे क्यों?" स्त्री ने पूछा।

"जीवन में कई बार ऐसा होता है कि हम जो इकट्ठा कर लेते हैं, उससे मन को बहुत अधिक जोड़ लेते हैं और जब वह खो जाता है, तो बिना यह देखे कि संसार में पाने और जीने के लिये और भी बहुत कुछ है, हम दुःखी हो जाते हैं।"

"ठीक बात है।" स्त्री ने कहा, फिर बोली

"थोड़ी देर यहीं बैठते हैं।"

"ठीक है।"

पुरुष ने त्रिशूल हिलाया। उस पर टँगा डमरू बज उठा। पुरुष के इस कार्य से दोनों हँस पड़े। फिर उसने पटक कर त्रिशूल को भूमि में गाड़ दिया।

सरोवर काफी बड़ा था। दोनों उसके किनारे पर बैठ गये। स्त्री ने पुरुष की ओर देखा। सर्प ने अपना सिर उठाकर फन फैला लिया था।

"इसे भी गले से उतार क्यों नहीं देते, हो सकता है यह कहीं चला जाय।"

"ठीक है, किन्तु तुम इससे आशंकित मत रहो।" कहकर पुरुष ने सर्प को पकड़ कर गले से निकाला और भूमि पर रखकर बोला,

"जाओ, घूम आओ।"

सर्प धीरे से सरकता हुआ कुछ दूर पर स्थित झाड़ियों में चला गया। हवा में बहुत ठण्डक थी। स्त्री ने वस्त्रों से अपने शरीर को कस लिया, जिससे हवा सीधी उसको न लगे... किन्तु पुरुष, जो केवल कमर पर सिंह की खाल जैसा कुछ लपेटे था, वैसे ही बैठा रहा।

"आपको ठण्ड नहीं लगती?"

"नहीं, मुझे ठण्ड लगती है न गर्मी, मैं लोहे का बना हूँ," पुरुष ने कहा और धीरे से हँसा।

"हम कहाँ जा रहे हैं?"

"कहीं नहीं, बस घूम रहे हैं।"

"बस यूँ ही?"

"हाँ, यूँ ही; कौन जानता है वह कहाँ से आया है... और हम भविष्य की योजना तो बना सकते हैं, पर भविष्य देखा किसने है, अतः कौन कहाँ जा रहा है, यह भी क्या पता।"

स्त्री ने धीरे से अपने माथे पर हाथ मारा, बोली ,

"कभी तो सीधी बात किया करो भोलेनाथ।"

स्त्री की इस बात पर पुरुष हँस पड़ा। उसने स्त्री की ओर देखा। स्त्री ठण्ड से सिकुड़ी हुई सी थी।

"तुम्हें बहुत ठण्ड लग रही है? पुरुष ने कहा

'हाँ।'

पुरुष उठकर खड़ा हो गया। उसने आसमान की ओर देखा और चारों ओर दृष्टि डाली और फिर धीरे से अपने पैरों को चलाया। स्त्री चुपचाप उसे देख रही थी। कुछ देर में पुरुष, हाथ और पैर दोनों नृत्य की मुद्रा में चलाने लगा।

"आप नृत्य भी कर लेते हैं?" स्त्री ने आश्चर्य से पूछा।

"हाँ, आवश्यकता पड़ने पर सब कुछ कर लेता हूँ।" पुरुष ने कहा। उसके नृत्य की गति बराबर बढ़ती ही जा रही थी। थोड़ी देर में उसके पैर कब भूमि पर पड़े और कब पुनः उठ गये यह समझना कठिन होने लगा। हाथों की विभिन्न मुद्रायें बनने और बिगड़ने लगीं।

यह सब कुछ अद्भुत था, बहुत ही अद्भुत। स्त्री को लगने लगा जैसे वहाँ दिखाई देती हर वस्तु तरंगित हो रही है। स्वयं उसकी अपनी देह का एक-एक पोर स्पंदन से भर उठा। पुरुष के नृत्य प्रारम्भ करने से पहले आसमान में कहीं-कहीं बादलों के कुछ झुण्ड थे, वे सब गायब हो चुके थे और पूरा आसमान साफ और नीला हो चुका था।

नृत्य थोड़ी और देर चलने के बाद स्त्री को लगने लगा, उसके अन्दर कहीं आग सी जल रही है। ठण्ड पूरी तरह से गायब हो चुकी थी।

'कितना अद्भुत नृत्य है यह' उसने सोचा 'किन्तु अब बस' उसके मन में आया और इसके साथ ही पुरुष की गति धीमी पड़ने लगी और कुछ देर बाद वह नृत्य बन्द करके ऐसे खड़ा हो गया जैसे उसने स्त्री के मन की बात सुन ली हो।

'ये थक गये होंगे' स्त्री ने पुरुष के लिये सोचा, किन्तु नहीं, उसके मुख पर थकावट के चिन्ह होना तो दूर, उल्टे उसकी पूरी देह अनुपम आभा से भर उठी थी।

'चलें?' पुरुष ने कहा।

'हाँ'

"मेरा वह साथी पता नहीं कहाँ होगा।"

"चलो, शायद उसे कोई आश्रय मिल गया होगा।"

"हो सकता है कोई बिल मिल गया हो या कोई झाड़ी उसे पसंद आ गयी हो; भूखा भी तो रहा होगा।"

'हाँ।' पुरुष ने त्रिशूल भूमि से उखाड़ा, उसे घुमाकर उछाला। डमरू बज उठा। इसके बाद पुरुष ने त्रिशूल पकड़ा और वह और स्त्री चलने को हुए, तभी वह सर्प झाड़ियों से निकलकर उनके सामने आ गया। पुरुष उसे देख फिर हँस पड़ा। सर्प की ओर हाथ हिलाकर विदा लेने की भाँति उसने कहा-

"चलें मित्र!"

वे कुछ पग ही चले थे कि पुरुष को लगा कि स्त्री पीछे रह गयी है। उसे साथ लेने के लिये वह रुका और पीछे मुड़कर देखा। स्त्री पास आ गयी, किन्तु आश्चर्य! सर्प भी उसके पीछे-पीछे चला आ रहा था।

"पक्के मित्र लगते हैं आप।" कहकर, हँसते हुए पुरुष ने पुनः उसे उठा कर गले में डाल लिया।

वापसी की यात्रा में बहुत चढ़ाई थी। पुरुष ने स्त्री का हाथ पकड़ रखा था। वे आपस में कुछ बातें करते हुए थोड़ी देर में ही ऊपर तक आ गये।

स्त्री इस बात से चकित थी कि इतनी चढ़ाई और फिसलन होने पर भी एक बार भी वह न डगमगायी, न फिसली और न उसे कोई थकान ही लगी।

* * *

पीछे चलती हुई स्त्री की आँखों में भविष्य के बहुत से स्वप्न भरे हुए थे, जिनके केन्द्र में बसे इस पुरुष को उसने भरपूर दृष्टि से देखा। ऊँची, गोरी, और बलिष्ठ देह, लम्बी जटाओं में से कुछ का सिर पर जूड़ा और कुछ कन्धों पर बिखरी हुई, कमर पर सिंह की खाल का अधोवस्त्र, दायें हाथ में त्रिशूल और उस पर टँगा हुआ डमरू।

स्त्री ने आँखे बन्द कर ली। उसका मन कल्पनाओं के आकाश में उड़ते-उड़ते पता नहीं कहाँ जा पहुँचा था।

'कैसा है यह मन' उसने सोचा।

कैसा है मन,

कितने स्वप्न,

बाँध पंखों में,
उड़ता-फिरता रहता है यह,
इस डाली से
उस डाली तक।

उसे कुछ दिन पूर्व ही इस पुरुष से हुआ अपना विवाह स्मरण हो आया।

3

दक्ष, हिमालय से लगे हुए मैदानी क्षेत्र में रहते थे। वे तपस्वी तो थे ही, साथ ही उस क्षेत्र के मुखिया भी थे। आज के सन्दर्भ में हम उन्हें उस क्षेत्र का राजा कह सकते हैं और इसीलिए लोग उन्हें प्रजापति दक्ष कहते थे।

दक्ष ने स्वयं दो स्त्रियों से विवाह किया था, वे थीं अस्किनी और वीरणी। इनसे उनके अनेक पुत्र और पुत्रियाँ उत्पन्न हुए। दक्ष के सभी पुत्र अत्यन्त असाधारण थे। दक्ष चाहते थे कि उनके पुत्र विवाह करके उनके कुल को आगे बढ़ायें। उन्होंने अपने पुत्रों को इसके लिये प्रेरित किया, किन्तु उनके सभी पुत्र सत्य की खोज में एक-एक करके वीतरागी संन्यासी हो गये।

पुत्रों के इस तरह संन्यास ले लेने से दक्ष बहुत निराश थे। दोनों पत्नियों से दक्ष को कई कन्यायें भी प्राप्त हुई थीं। दक्ष, माँ दुर्गा के बहुत भक्त थे और कई कन्याओं का पिता होने के बाद भी दक्ष के मन में माँ दुर्गा जैसी ही तेजस्विनी कन्या प्राप्त करने की अभिलाषा शेष थी।

अतः उन्होंने इस अभिलाषा के साथ दुर्गा की विशेष साधना प्रारम्भ की और एक दिन समाधि की अवस्था में ही उन्हें ऐसा लगा, जैसे माँ दुर्गा ने दर्शन देकर उन्हें उनकी मनोकामना पूर्ण होने का वरदान दिया है।

इसके बाद ही, उनकी पत्नी वीरणी ने एक, बहुत सुन्दर कन्या को जन्म दिया, जिसका नाम उन्होंने सती रखा।

समय आने पर दक्ष ने अपनी इस सबसे छोटी कन्या, सती को छोड़कर शेष सभी कन्याओं के उचित वर देखकर विवाह कर दिये। पुत्रों के संन्यासी हो जाने के कारण दक्ष की अपने दामादों से अपेक्षायें कुछ बढ़ गयी थीं, किन्तु विभिन्न कारणों से दक्ष की अपने दामादों से पट नहीं रही थी।

सती, जो उन्हें माँ दुर्गा का आशीर्वाद लगती थीं, उनके लिये दक्ष कोई

असाधारण वर चाहते थे।

* * *

संन्यासी सा दिखाई देने वाला, और अक्सर ध्यान में डूबा रहने वाला एक युवा इन दिनों दक्ष के साम्राज्य के पास ही हिमालय की पहाड़ियों के मध्य कहीं रुका हुआ था।

एक दिन सती, अपनी सखी इला के साथ भ्रमण करते हुए वहाँ पहुँच गयीं, पद्मासन में नेत्र बन्द कर ध्यान लगाये इस युवक को देखा तो ठिठक गयीं। उन्होंने इसके पहले कभी भी इसे नहीं देखा था। तीखे नैन-नक्श, लहराती जटायें, सुगठित गौर वर्णीय देहयष्टि और कमर पर सिंह की खाल जैसा कुछ लपेटे, एक अलग ही व्यक्तित्व।

सती की दृष्टि मानो ठहर सी गयी। वह कुछ देर तक वहाँ चित्रलिखित सी खड़ी, उसे देखती रहीं, फिर इला की ओर देखा। वह भी आश्चर्य से भरी हुई संन्यासी से दिखने वाले युवा को ही देख रही थी।

"अद्भुत व्यक्तित्व!" उन्होंने इला से कहा।

"हाँ सचमुच।"

तभी सती को लगा कि वे दोनों संन्यासी के बहुत पास आ गयी हैं। यदि वह समाधि से उठ गया तो इन्हें यूँ अपनी ओर देखते पा कर पता नहीं क्या सोचेगा, यह बात ध्यान में आते ही सती कुछ शर्म और संकोच से भर उठीं और इला के साथ लेकर वापस हो लीं।

सती वापस घर आयीं तो उसी व्यक्ति की भाँति ही पद्मासन में बैठकर नेत्र बन्द कर ध्यान की स्थिति में बैठ गयीं। कुछ देर तक वह वैसे ही बैठी रहीं, तभी उनकी माँ वीरणी आ गईं। सती को देखा तो पूछ बैठीं

"क्या हो रहा है सती, ध्यान?"

सती ने हँसकर नेत्र खोल दिये, बोली,

"मैं देख रही थी कैसा लगता है।"

"कैसा लगा?"

"बस अँधेरा सा दिख रहा था, लेकिन... "

"लेकिन क्या?"

"अच्छा लग रहा था।"

"चल ठीक है।" कहकर वीरणी वहाँ से चली गयीं। उनके जाते ही सती पुनः उसी प्रकार ध्यान में बैठ गयीं। इस बार उन्हें ऐसा लगा, जैसे कुछ पलों के लिये उस

समाधिस्थ युवा की धुँधली सी छवि उन्हें दिखी है। सती रोमांचित हो उठीं। उसके बाद कुछ देर और वैसे ही बैठी रहीं, पर दुबारा वे उसे नहीं देख सकीं। सती, ध्यान से उठ गयीं, किन्तु रात्रि में बिस्तर पर लेटीं, तो फिर वही व्यक्ति उसके ध्यान में आ गया। 'पता नहीं वह अभी वहीं होगा या उठकर किसी अन्य स्थान पर चला गया होगा?' उन्होंने सोचा और सोने का प्रयास करने लगीं।

दूसरे दिन, जब दिन का प्रथम पहर लगभग बीत चुका था और पिता दक्ष अपने कार्य से जा चुके थे, सती ने इला को बुलाया।

"इला, क्या वह व्यक्ति अभी भी वहीं होगा?"

"क्या पता!"

"चल देखते हैं।"

"चल।"

दोनों फिर उसी स्थान पर पहुँचीं। वह व्यक्ति आज भी उसी जगह वैसे ही समाधि में बैठा हुआ था। दोनों एक वृक्ष की ओट में होकर उसे देखने लगीं। वह व्यक्ति निश्चल बैठा हुआ था।

सती उसे एकटक देख रही थीं।

"उसके मुख से दृष्टि से हटाने का मन नहीं कर रहा है न?"

इला ने एक उँगली सती की पीठ में गड़ाते हुए हँसकर पूछा।

"इला, देख तो उसके मुख पर कितना तेज है।"

"हाँ, सो तो है; पर तेरे मुख पर कुछ कम तेज है क्या।"

"हँसी मत कर।"

"मैंने तो अपनी समझ से सच बात ही कही थी।"

"चल छोड़, एक बात बता।"

'क्या?'

"क्या तुझे भी ऐसा लग रहा है कि उसके होंठों पर हलकी सी मुस्कान भी है।"

अब इला ने युवक का मुख गौर से देखा और बोली,

'हाँ, लग तो रही है।"

युवक वैसा ही निश्चल बैठा हुआ था। सती अभी भी उसे देख रही थीं। सहसा वह कुछ हिला। उसने अपना आसन बदला... हथेलियों को आपस में कुछ देर रगड़कर नेत्रों पर रखा। कुछ देर बाद हथेलियाँ, आँखों पर से हटाईं और सामने की ओर देखा। इस बीच उसे हिलता देखकर सती और इला झाड़ियों की ओट में हो

गयी थीं।

युवक कुछ देर तक सामने देखने के बाद उठकर खड़ा हो गया और मन्थर गति से चलता हुआ एक ओर चला गया।

सती, झाड़ियों की ओट से उसे ही देख रही थीं। उसका उठना, खड़ा होना और फिर मन्थर गति से चले जाना, सब कुछ बहुत मोहक लगा, साथ ही उसके उठकर चले जाने का दुःख भी अनुभव हुआ।

सती और इला दोनों उसे तब तक देखती रहीं, जब तक वह आँखों से ओझल नहीं हो गया। सती अब भी वैसी ही कहीं खोई हुई सी खड़ी थीं। इला ने फिर उसकी पीठ में उँगली गड़ायी और हँसकर बोली,

"अब वह जा चुका है देवी।" इला के स्वर में हल्का परिहास था।

" अँऽऽ हाँ," कहते हुए सती जैसे चौंक सी पड़ी।

"हाँ, चल।" उसने कहा।

दोनों सखियाँ लौट पड़ीं। रास्ते में सती के मन में आया कि कहीं उन लोगों की उपस्थिति का आभास तो उस व्यक्ति को नहीं हो गया, जिससे वह उठकर चला गया हो। उन्होंने इला से कहा,

"इला, कहीं ऐसा तो नहीं उसे हमारे होने का आभास हो गया हो और इस कारण वह उठकर कहीं चला गया हो।"

"ऐसा लगता तो नहीं है, पर क्या पता हो भी गया हो।"

वे कुछ ही दूर गयीं थीं, कि इला ने फिर हँसकर पूछा,

"उसे यहीं छोड़ जा रही है या साथ ले जा रही है?"

"क्या कहना चाहती है इला?"

"अपना मन देखकर बता, वह गया या है?"

"बहुत परिहास आता है तुझे," कहकर सती ने इला की पीठ पर जोर से हाथ मारा।

"आह!" इला ने हँसते हुए कहा,

"मार क्यों रही है?"

* * *

उस दिन रात्रि में जब सब लोग सोने को गये, तो सती अपने बिस्तर पर ही पद्मासन में बैठ गयी। आँखें बन्द कर लीं और ध्यान लगाने का प्रयास करने लगी।

कुछ देर के प्रयास के बाद वह ध्यान में डूब गयी। अपनी देह का भान समाप्त होने और वही संन्यासी सा दिखने वाला युवा, ध्यान मुद्रा में दिखाई देने लगा। सती बहुत देर तक इसी भाँति ध्यान में डूबी बैठी रहीं और फिर बिस्तर पर लुढ़क गयीं।

कुछ देर में अँधेरा गहरा गया। रात्रि बहुत बीत चुकी थी। सती गहरी नींद में थीं। स्वप्न में उन्होंने देखा, एक पहाड़ी रास्ते पर आगे-आगे वह युवक और उसके साथ ही पीछे-पीछे वे स्वयं जा रही थीं। उस पहाड़ी रास्ते में एक जगह पर अचानक उनका पैर फिसल गया।

रास्ते में एक ओर पहाड़ और दूसरी ओर खाई थी। फिसलती हुई सती के मुख से चीख सी निकल पड़ी। उन्हें लगा वह खाई में चली जायेगीं, तभी उस युवक ने बिजली सी तीव्रता से पीछे मुड़कर सती का हाथ थाम लिया और वे गिरने से बच गयीं, किन्तु बहुत घबरा गयी थीं। इसके साथ ही सती की आँख खुल गयी। वे उठकर बैठ गयीं।

हृदय अभी भी जोर जोर से धड़क रहा था। भोर हो रही थी। चिड़ियों का कलरव सुनायी दे रहा था।

''कैसा स्वप्न था यह! लोग कहते हैं कि भोर में देखे हुए स्वप्न सत्य होते हैं।' सती ने सोचा और फिर उठीं और अपने दैनिक कार्यों में लग गयीं, किन्तु संन्यासी, मन से गया नहीं। स्नान के बाद पूजा करने बैठीं तो मंत्रों का जप करते-करते नेत्र स्वतः ही बन्द हो गये और वे पुनः ध्यान में डूब गयीं।

* * *

दोपहर ढलने लगी थी। सती बेचैनी से इला की प्रतीक्षा कर रही थीं। इला आयी। सती तैयार ही खड़ी थीं। इला के आते ही सती ने उसका हाथ पकड़ा, बोलीं,

'चल।'

'कहाँ?'

''बन मत।''

''अच्छा समझ गयी; उसी संन्यासी जैसे युवा के स्थान पर चलना है न?'' इला ने मुँह बनाते हुए कहा।

इस पर सती ने इला की पीठ पर धीरे से एक मुक्का मारा, बोलीं,

''बहुत हँसी आती है तुझे।''

''चल तो रही हूँ, मारती क्यों है।'' इला ने कहा।

इसके बाद दोनों सखियाँ चल पड़ीं और कुछ देर में ही उसी स्थान पर पहुँच गयीं।

युवक संन्यासी अपने स्थान पर नहीं था। सती के हृदय में धक् से हुआ। वे चारों ओर देखने लगीं।

कुछ देर में ही वह दूर एक घने वृक्ष के नीचे बैठा दिखाई पड़ गया। सती ने मानो चैन की साँस ली और उसकी ओर देखने लगी। कुछ देर जब सती ऐसे ही देखती रहीं, तो इला ने पूछा,

"पास चलें क्या?"

"नहीं, हो सकता है इससे उनकी साधना में व्यवधान पड़े और फिर यदि इस बीच उन्होंने नेत्र खोल दिये तो?"

"तो क्या, कह देंगे आपसे मिलने आये हैं।" इला ने हँसते हुए कहा।

'दुष्ट' कहकर सती ने इला की पीठ पर धीरे से मुक्का मारा।

शाम घिरने लगी थी। दोनों सखियाँ लौट आयीं। घर पहुँचते ही माँ वीरणी ने पूछा,

"बहुत देर कर दी, कहाँ गयी थीं?"

"यहीं पास के पहाड़ों तक।" सती ने कहा।

वीरणी ने सती के मुख की ओर देखा। उन्हें लगा जैसे उनके इस प्रश्न से सती कुछ असहज हो उठी हैं, किन्तु वे चुप रहीं, कुछ कहा नहीं।

4

सती दिनों दिन गम्भीर होती जा रही थीं। खाने-पीने और किसी भी तरह के मनोरंजन में उनकी रुचि नहीं रह गयी थी। वे दिन में समय निकालकर पहाड़ियों पर अवश्य जातीं और इसके अतिरिक्त लगभग सारा सारा दिन शान्त होकर ध्यान में बैठी रहतीं। वीरणी ने बहुधा रात में भी उन्हें अपने बिस्तर पर बैठकर ध्यान करते देखा था।

उन्होंने दक्ष से इस सम्बन्ध में बात करने का निश्चय किया और एक दिन सन्ध्या को जब दक्ष आये और कुछ सूक्ष्म जलपान कर चुके, तो वीरणी ने उनसे कहा,

"मुझे आप से कुछ कहना है।"

"हाँ कहो।"

"सती बड़ी हो रही है।"

"हाँ, हो तो रही है।"

"हमें उसके विवाह की चिन्ता करनी चाहिये।"

दक्ष को स्मरण हो आया कि सती, उन्हें माँ दुर्गा के आशीर्वाद से प्राप्त हुई है।

"जिन्होंने वह लड़की हमें दी है, वही उसके लिये वर भी देंगी, किन्तु आज अचानक तुम यह प्रसंग क्यों उठा रही हो?" उन्होंने कहा।

"इधर कुछ दिनों से उसका व्यवहार बहुत बदल गया है।"

'कैसे?'

"वह बहुत गम्भीर हो गयी है, खाने-पीने या किसी भी मनोरंजन में उसकी रुचि नहीं रह गयी है; सारा सारा दिन पद्मासन में बैठकर ध्यान में डूबी रहती है और कभी-कभी रात में बिस्तर पर भी मैंने उसे इसी प्रकार ध्यान में डूबे देखा है।"

'अच्छा!' दक्ष ने कुछ आश्चर्य से कहा और वह गम्भीर होकर कुछ सोचने लगे।

"क्या सोचने लगे?"

"सोच रहा हूँ इसका क्या कारण हो सकता है?"

"एक बात और है।"

'क्या?'

"पिछले कुछ दिनों से वह नित्य, इला के साथ पास की पहाड़ियों पर जाती है और तभी से उसमें यह परिवर्तन आया है।"

"क्या तुम्हें पता है कि वे किस पहाड़ी पर जाती हैं?"

"नहीं, यह तो मुझे नहीं पता।"

"चलो कोई बात नहीं, कल मैं पता करूँगा।"

दूसरे दिन प्रातःकाल ही दक्ष ने सती को बुलवाया। सती आईं। उनके सम्मुख खड़ी हो गयीं और सिर झुकाये-झुकाये ही उन्होंने कहा,

"आपने बुलाया था!"

'हाँ।'

सती चुपचाप खड़ी, पिता के कुछ कहने की प्रतीक्षा करने लगीं। दक्ष कुछ देर तक उसे देखते रहे फिर बोले,

"सती, तुम्हारी माँ कह रही थीं आजकल तुम कुछ बदल गयी हो।"

"कैसे पिता श्री?"

"बहुत गम्भीर रहने लगी हो और अक्सर ध्यान में डूबी रहती हो, यहाँ तक कि रात्रि में सोने के पूर्व भी।"

सती ने इस बात का कोई भी उत्तर नहीं दिया, दृष्टि नीचे किये किये ही अपने पैर के अँगूठे से जमीन पर कुछ करने लगी।

"और नित्य किसी पहाड़ी पर इला के साथ जाती हो?"

'हाँ।'

'क्यों?'

सती ने इसका उत्तर नहीं दिया। चुप खड़ी रहीं।

"सती, तुमने उत्तर नहीं दिया, क्या है उस पहाड़ी पर?"

"एक संन्यासी।"

"कैसा संन्यासी है वह?"

"यह मैं नहीं जानती; हमने सदैव उसे ध्यान में ही डूबे देखा है, सिवाय एक बार के।"

"उस बार क्या हुआ था?"

"जब हम गये, तब वह ध्यान में था, किन्तु हमारे पहुँचने के कुछ देर बाद ही उठकर वहाँ से चला गया।"

"उसने तुम लोगों को देखा?"

"पता नहीं... वह बस उठा और चुपचाप वहाँ से चला गया।"

"देखने में कैसा है वह?"

"बहुत गोरा, सिर पर जटायें; कुछ जटाओं का सिर के ऊपर जूड़ा बनाये रहता है और शेष उसके कन्धों पर झूलती रहती हैं... बदन पर अधोवस्त्र के रूप में सिंह की खाल जैसा कुछ; बहुत तेजस्वी और पद्मासन में ध्यान में डूबा हुआ।"

"मैं पता करूँगा कि कौन है वह, किन्तु तुम लोग रोज-रोज वहाँ मत जाया करो, पता नहीं कैसा व्यक्ति हो वह।"

सती कुछ देर वैसे ही सिर झुकाये शान्त खड़ी रहीं, फिर बोलीं;

"ठीक है।"

दूसरे दिन दक्ष ने उस संन्यासी का पता लगाने के लिये पास की पहाड़ियों पर बहुत से दूत भेजे, किन्तु किसी भी ऐसे संन्यासी का पता नहीं लगा।

दक्ष को लगा, सम्भवतः उसके भेजे लोग उस स्थान तक न पहुँच पाये हों, अतः दूसरे दिन उन्होंने एक पुरुष और कुछ स्त्रियों के साथ इला को उस स्थान पर भेजा।

जिन्होंने उस स्थान और उसके आस-पास दूर दूर तक देखा। वह सारा स्थान निर्जन था... कहीं कोई नहीं मिला। दक्ष ने उसकी खोज बन्द करा दी।

सती ने पिता के आदेशानुसार वहाँ जाना तो बन्द कर दिया, किन्तु वे और भी अधिक गम्भीर हो गयीं..., उनका हँसना, बोलना बिलकुल ही समाप्त हो गया था और भोजन भी दिनों दिन घटता जा रहा था। वे अधिकतर अपने कक्ष में ही ध्यान की अवस्था में बैठे-बैठे दिन व्यतीत करने लगीं। कहीं घूमने-फिरने या मनोरंजन की तो बातों को वे हँसकर टाल देतीं।

वीरणी उनकी इस स्थिति से चिन्तित हो उठीं-उन्होंने एक दिन सती को बुलाया।

सती, वीरणी के सम्मुख आकर खड़ी हो गयीं, बोलीं,

'जी।'

"जा कहीं घूम आ।" वीरणी ने कहा।

"नहीं, कहाँ जाना है।"

वीरणी ने सोचा, अब तो उस संन्यासी युवा की बात को भी बहुत दिन हो चुके हैं... जब दक्ष के आदमियों ने उसे ढूँढ़ा था, तब भी वह नहीं मिला था, अतः अब उस पहाड़ी पर भी सती जाये तो कोई हानि नहीं है, अतः उन्होंने कहा,

"कहीं तो निकल और जहाँ तुझे अच्छा लगे घूम फिर आ।"

"सच माँ!"

"हाँ सच।"

'और पिताश्री क्रोधित हुए तो।"

"मैं सँभाल लूँगी।"

"इला को बुलवा लूँ?"

"हाँ बुलवा ले।"

इला को बुलवाया गया। इला आयी तो वीरणी ने उससे कहा,

"इला, सती बहुत दिनों से घर से ही नहीं निकली है और बहुत सुस्त रहने लगी है, जा इसे कहीं घुमा ला।"

इला मुस्करायी... सती से बोली,

"चल सती।"

दोनों बाहर निकलीं और उसी पहाड़ी की ओर चल दीं। कुछ दूर चलने के बाद जब बस्ती कम हो गयी तो सती ने इला से पूछा,

" यह बता, जब माँ ने तुझसे मुझे कहीं घुमा लाने को कहा था, तब तू इतना मुस्करा क्यों रही थी।"

"अरे, अब मुस्कराना भी मना है क्या!"

"नहीं, पर तू है दुष्ट, क्यों मुस्करा रही थी मुझे पता है।"

अब इला हँस पड़ी, बोली

"कह ले, जो तेरा मन हो।"

"पता नहीं अब वह वहाँ होगा भी या नहीं?" कुछ दूर चलने के बाद सती ने कहा।

"हो सकता हो वह वहाँ दिख जाये, हो सकता है न दिखे; संन्यासियों का क्या भरोसा?"

"मेरा मन कहता है वह वहाँ अवश्य होगा।"

"तेरा मन कहता है तो अवश्य होगा।" इला ने कहा। इसके बाद दोनों कुछ देर तक चुपचाप चलती रहीं, फिर इला ने मुख पर कृत्रिम गम्भीरता लाते हुए कहा,

"एक बात कहूँ सती?"

सती समझ गयीं, इला कुछ टेढ़ी बात ही कहेगी, बोलीं,"

"हाँ, बक।"

"माना कि तेरा नाम सती है, पर तू तो उसके लिये सचमुच सती हुई जा रही है।"

इला की इस बात पर सती हँस पड़ीं।

"बहुत शरारती हो गयी है तू इला।"

"तुम्हारी तरह बहुत गम्भीर मैं हो भी नहीं सकती।"

"अच्छा चल।"

वह युवक संन्यासी मिलेगा या नहीं, यह बात सोच-सोचकर रास्ते भर सती का हृदय ज़ोर-जोर से धड़कता रहा। वे उस स्थान पर पहुँची नहीं थीं... उसके काफी पहले से ही सती यह सोचकर कि शायद कहीं वह दिख जाय, पहाड़ियों पर दूर-दूर तक दृष्टि दौड़ाने लगीं। कई बार उन्हें किसी सघन वृक्ष के नीचे या कहीं किसी ऊँची पहाड़ी पर उसके होने का भ्रम भी हुआ, किन्तु गौर करने या पास जाने पर यह मात्र भ्रम ही सिद्ध हुआ।

बड़ी आशा के साथ दोनों सखियाँ उस स्थान पर पहुँचीं, जहाँ से वे उसे देखा करती थीं, किन्तु वहाँ से भी वह कहीं नहीं दिखा। सती बहुत अधिक निराश हुईं। उत्साह समाप्त हो गया। वह वहीं भूमि पर बैठ गयीं।

"पता नहीं वे कहाँ चले गये होंगे।" उन्होंने इला से कहा।

“तू धीरज मत छोड़ सती, वह कहीं भी गया हो, एक न एक दिन तुझे मिलेगा अवश्य।” इला ने कहा।

सती कुछ नहीं बोलीं, बस अपनी बड़ी-बड़ी आँखों से इला की ओर देखा। इला ने उन आँखों को पढ़ा... उसे पीड़ा सी लगी उनमें।

“आ आस-पास ढूँढ़ते हैं, हो सकता है वह किसी अन्य स्थान पर बैठा हो।” सती उठीं और इला के साथ चल पड़ीं। उन्होंने मन ही मन सारे देवी देवता मना डाले। वे कुछ दूर गयी थीं कि छोटी सी पहाड़ी की ओट में, एक वृक्ष के नीचे वह दिखाई दे गया।

सती का मुख प्रसन्नता से दमक उठा। इला ने उनकी ओर देखा। सती की प्रसन्नता भी उससे छिपी नहीं रही। उसने कहा,

“इस प्रकार दूर से देखने की अपेक्षा, आ, आज हम उसका परिचय प्राप्त करें; मुझे कहीं से भी ऐसा नहीं लगता कि उससे हमें कोई खतरा हो सकता है।”

“किन्तु वे तो नेत्र बन्द किये हुए हैं, क्या हम उन्हें उठायें?”

“नहीं एकदम से नहीं; प्रारम्भ में हम कुछ देर तक प्रतीक्षा करते हैं, शायद वे स्वयं ही नेत्र खोल दें, अन्यथा प्रयास करने में भी कुछ गलत नहीं होगा।”

“यह कार्य तू ही करेगी इला, मैं कुछ नहीं करने वाली।”

“ठीक है, तेरे लिये मैं यह भी करूँगी।”

इला उस व्यक्ति के सम्मुख जाकर खड़ी हो गयीं। सती उसके पीछे थीं। सम्भवतः उनकी पदचाप ने उस व्यक्ति का ध्यान भंग दिया। उसने नेत्र खोल दिये और सामने दो लड़कियों को देखकर कुछ आश्चर्य में पड़ गया।

‘आप?’ उसने पूछा।

इला और सती ने उसे प्रणाम किया, फिर इला ने सती की ओर इंगित कर कहा,

“ये प्रजापिता दक्ष की पुत्री हैं, सती और मैं इनकी सखी इला।”

“मैं क्या कर सकता हूँ आपके लिये?”

“हमने आपको कई बार इस क्षेत्र में ध्यान में बैठे देखा है, आप कौन हैं?”

“मैं शिव।”

‘और?’

“और बस।”

“आपका घर।”

"घर बनाने के बारे में कभी सोचा ही नहीं।"

शिव के उत्तरों ने इला ओर सती को आश्चर्य में डाल दिया।

"कृपया अपने बारे में कुछ तो और बताइये।"

'क्या?'

"आपका जन्म-स्थान, माता-पिता आदि और यह भी कि यह संन्यास क्यों और कब लिया?"

यह सुनकर वह धीरे से हँसा।

"क्या मैं संन्यासी लगता हूँ?"

"हाँ; क्या आप संन्यासी नहीं हैं?"

"यदि मैं आपको संन्यासी लगता हूँ, तो हूँ; किसी को नहीं लगता हूँ तो नहीं हूँ।"

"और आपका विगत; आपका जन्म-स्थान, आपके माता पिता?"

"विगत या आगत, मैं इनके बारे में नहीं सोचता... पिता यह नीला आकाश और माँ यह धरती; घर यह पर्वत श्रेणियाँ और शरीर के जन्म की बात मैं नहीं करता, क्योंकि वह तो मरणशील है।"

"क्या आपको मृत्यु से भय लगता है?"

"नहीं, मैं अहं ब्रह्मास्मि की भावना में जीने का प्रयास करता हूँ, जन्म और मृत्यु की भावना उससे मेल नहीं खाती है।"

इस उत्तर पर इला तो मौन हो गयी, किन्तु सती, जो बस चुपचाप सुन रही थीं, बोली,

"आपकी इस भावना को प्रणाम है।"

सती की इस बात पर शिव ने बहुत विनम्रता से उनके सम्मुख हाथ जोड़ दिये।

"एक प्रश्न कर सकती हूँ?" सती ने कहा।

"हाँ, अवश्य, मुझे अच्छा लगेगा।"

"आप आँखें बन्द करके ध्यान किसका करते रहते हैं?"

"आँखें बन्द कर इसी 'अहं ब्रह्मास्मि, की भावना में खोने का प्रयास करता हूँ, बस।"

"और इस ध्यान की उपलब्धि?"

"मौसम और भूख प्यास का प्रभाव दिनों दिन कम होता जा रहा है; कहीं भी, कैसे भी, किसी भी हाल में रह लेता हूँ... इच्छायें मिट रही हैं और मन में पूर्णता का

भाव दृढ़ होता जा रहा है और किसी भी उपलब्धि की कामना शेष नहीं है; यह भी उपलब्धि ही तो है।"

काफी देर हो चुकी थी। सूर्य अस्ताचल की ओर हो लिये थे। इला ने सती का हाथ पकड़कर इस ओर उसका ध्यान आकृष्ट किया। सती ने इला का हाथ कुछ कसकर पकड़ा, बोलीं,

"चलती हूँ।" फिर शिव की ओर देख कर पूछा, "आपसे फिर कब भेंट हो सकेगी?"

"जब आप चाहें।"

"किन्तु मेरे पिता के लोग कई बार यहाँ आपको ढूँढ़ते हुए आ चुके हैं, तब तो आप नहीं दिखे थे।"

"हाँ, उन्हें मैं नहीं दिखा था।"

"आपको उनका आना पता है?"

'हाँ।'

"तो क्या आप यहीं कहीं छिपे हुए थे?"

"नहीं; किसी से छिपना या किसी को छिपकर देखना मेरे स्वभाव में कभी नहीं रहा।"

"फिर आपको कैसे पता चला कि मेरे पिता के गण आपको ढूँढ़ने आये थे।"

"बहुत सी बातें मुझे स्वतः ही पता लग जाती हैं, विशेष रूप से जब वे मुझसे सम्बन्धित होती हैं।"

'कैसे?'

"पता नहीं, सम्भवतः 'अहं ब्रह्मास्मि' की ओर मेरी यात्रा के परिणाम-स्वरूप ऐसा होता होगा।

"अपनी बात को थोड़ा विस्तार देंगे?"

"हमारा हर विचार या कार्य कुछ तरंगे उत्पन्न करता है। मुझमें उन्हें समझने की क्षमता बढ़ रही है।"

"ओह! सचमुच आश्चर्यजनक; सती बोलीं।

"इसी से सम्बन्धित एक प्रश्न और"

'क्या?'

"उस समय आप कहाँ थे?"

"यहीं कहीं रहा होऊँगा।"

"उन लोगों ने आपको बहुत ढूँढ़ा भी था, फिर भी आप कहीं नहीं दिखे, ऐसा क्यों हुआ?"

शिव धीरे से हँसे। आकाश की ओर अपने बायें हाथ की तर्जनी से इंगित किया और कहा,

"उसकी इच्छा।"

"हमने आपको देखना चाहा, आप दिख गये; उन्होंने आपको देखना चाहा आप नहीं दिखे; क्यों?"

"आपके अन्दर मुझसे मिलने की तड़प थी और वे किसी की आज्ञा से मुझे ढूँढ़ने आये थे... यह भावनाओं के अन्तर की बात है।"

"और आपको यह अन्तर पता लग गया?"

"वही बताता रहता है," कहकर शिव ने पुनः आकाश की ओर संकेत किया।"

"वह आपसे बातें करता है क्या?"

सती के इस प्रश्न पर शिव धीरे से हँसे, किन्तु कुछ कहा नहीं।

"आपने बताया नहीं," सती ने पुनः कहा।"

"बातें तो वह सभी से करता है, किन्तु सबके पास उसे सुनने का समय नहीं होता।"

"ओह, आप अद्भुत हैं!" सती ने सीने में साँस भरते हुए कहा।

"नहीं, मैं समझता हूँ कि मैं बहुत ही साधारण और सहज हूँ।"

"आज्ञा दीजिये, हमें शीघ्र घर पहुँचना है।"

शिव ने उनकी ओर देखकर दोनों हाथ जोड़ दिये। इला और सती वापस हो लीं। रास्ते भर सती कुछ भी नहीं बोलीं। इला ने दो एक बार कुछ बात करने की चेष्टा भी की, किन्तु वह भी व्यर्थ ही हुई। सती को भवन के द्वार तक पहुँचाकर इला ने कहा,

"तेरा घर आ गया, अब मैं चलूँ?"

सती ने इला का हाथ पकड़ लिया, बोलीं,

"नहीं, भीतर चल और कुछ देर ठहर, फिर जाना।"

वे भीतर पहुँचीं तो माँ वीरणी ने उनके मुखों की ओर देखा। इला तो सामान्य ही लगी, किन्तु सती गम्भीर थीं।

"सुस्त क्यों है?" वीरणी ने सती से पूछा। सती माँ से लिपट गयीं, हँसकर बोलीं,

“सुस्त कैसे हो सकती हूँ, मैं तो ब्रह्म हूँ।”

“क्या अर्थ हुआ इसका?”

“यही ‘अहं ब्रह्मास्मि’ और क्या?”

“पता नहीं क्या कह रही है!”

“माँ, मैं चलूँ!” इला ने कहा।

“नहीं, बस थोड़ा सा ठहर , थोड़ा सा जलपान ले आती हूँ, कर ले फिर जाना,” कहकर वीरणी बिना किसी उत्तर की प्रतीक्षा किये भीतर गयीं और शीघ्र ही कुछ जलपान ले आयीं। जलपान के पश्चात इला अपने घर और सती अपने कक्ष में चली गयीं।

5

सन्ध्या ढल चुकी थी। अँधेरा दूर-दूर तक पसरा हुआ था। यत्र-तत्र दीपकों का प्रकाश था। सती के कक्ष में भी एक दीपक, परिचारिका जलाकर रख गयी थी।

सती जब से उस युवा संन्यासी से मिलकर आई थीं, अपने कक्ष में ही थीं। भोजन के लिये बुलवाया गया तो भोजन की इच्छा न होते भी गयीं... न जाने पर माँ बहुत से प्रश्न करतीं। थोड़ा सा भोजन कर पुनः अपने कक्ष में आयीं और जिस तरह वह युवा संन्यासी भूमि पर बैठा हुआ था, उसी तरह वे भी बैठीं।

संन्यासी की छवि, उसकी भाव भंगिमा और उसकी औरों से बहुत ही अलग तरह की बातें उनके मष्तिष्क में आने लगीं।

वे दीपक की लौ की ओर घूमीं और उसे देखने लगीं। कक्ष में हवा का प्रवाह नहीं था, अतः दीपक की वह लौ बिना हिले-डुले सीधी खड़ी थी। सती को लगा जैसे उस संन्यासी का व्यक्तित्व, प्रकाश बिखेरते इस दीपक की लौ जैसा ही है। वे उस संन्यासी की भाँति ही आसन लगाये और पीठ सीधी किये हुए ही बैठी थीं। उन्होंने अपनी दृष्टि उस लौ पर टिका दी।

थोड़ी देर तक उसे देखने के बाद उनकी आँखें थकने सी लगीं। उन्होंने नेत्र बन्द कर लिये। बन्द नेत्रों में भी उस लौ की छवि कुछ देर तक दिखाई देती रही, फिर विलुप्त हो गयी।

सती को स्मरण हो आया कि वह संन्यासी कह रहा था कि वह नेत्र बन्द कर ‘अहं ब्रह्मास्मि’ की भावना में खोने का प्रयास करता है। ‘अहं ब्रह्मास्मि’ अर्थात मैं ही ब्रह्म हूँ। सती ने भी इस भावना में उतरने का प्रयास किया। उस युवा संन्यासी को जो

भी अनुभव होता हो, सती भी उसी अनुभव को पाने का प्रयास करने लगीं।

'मैं ही ब्रह्म हूँ' इस विचार से उन के अधरों पर हलकी सी मुस्कान उभरी और थोड़ी देर में वह पता नहीं कहाँ पहुँच गयीं।

जब से सती घूमने के बाद लौटकर आयी थीं, वीरणी को उनका व्यवहार कुछ अलग-सा लग रहा था, अतः रात्रि में सोने जाने से पूर्व वह सती के कक्ष में आयीं। दीपक जल रहा था और सती उसकी ओर मुख किये ध्यान में डूबी हुई थीं।

'सती!' वीरणी ने आवाज दी।

सती ने इस पर धीरे से आँखें खोलीं। माँ को सामने देखकर वे कुछ चौंक सी गयीं।

'हाँ' उन्होंने कहा।

"क्या कर रही है?"

"कुछ नहीं, ऐसे ही बैठी थी।"

"सो जा, रात हो चुकी है।"

"अच्छा माँ।" कहकर वे उठीं और जाकर बिस्तर पर बैठ गयीं। वीरणी भी जाकर उनके पास ही बैठ गयीं। एक हाथ उसकी पीठ पर रखा और दूसरे से उसका मुख अपनी ओर कर बोलीं,

"तू उस संन्यासी से बहुत प्रभावित लगती है।"

सती को इस प्रश्न का उत्तर देने में कुछ देर लगी।

"सच कह सती!" वीरणी ने फिर कहा।

"हाँ, मुझे लगता है उस जैसा दूसरा व्यक्ति मैंने आज तक नहीं देखा। वह अद्‌भुत है।"

'ऐसा...' वीरणी ने कहा,

'हाँ।'

"लेकिन चल अब सो जा।" कहकर वे उठकर चल दीं।

सती विवाह योग्य हो चुकी थीं। इस आयु में उनका किसी युवा की ओर आकृष्ट होने का अर्थ क्या हो सकता है, यह वीरणी समझ सकती थीं। दूसरे ही दिन अवसर देखकर वीरणी ने दक्ष से कहा,

"सती विवाह योग्य हो चुकी है।"

दक्ष ने सुना, किन्तु कोई उत्तर नहीं दिया। वीरणी ने पुनः कहा,

"आपने मेरी बात पर ध्यान नहीं दिया, सती विवाह योग्य हो चुकी है, उसके

लिये वर खोजना प्रारम्भ कीजिये।"

"इतनी शीघ्रता क्यों? मिल जायेगा वर, अभी बड़ी ही कितनी है।"

"लड़कियाँ बहुत शीघ्र बढ़ती हैं।"

"देखता हूँ।"

"शीघ्रता करने की आवश्यकता है, मैं फिर कह रही हूँ, उसका व्यवहार बहुत अधिक बदल गया है।

"क्या पहले से भी अधिक?"

"हाँ, पहले से भी बहुत अधिक। अब वह अकेले बहुत रहने लगी है; बहुत-बहुत देर तक चुपचाप नेत्र बन्द किये बैठी रहती है... मुझे लगता है वह रात्रि में ठीक से सोती भी नहीं है।"

"और कारण क्या वही युवा संन्यासी है?"

"हाँ, मुझे तो यही लगता है।"

'हूँ...', दक्ष ने एक लम्बी सी 'हूँ' की। इसके बाद से उन्होंने सती के लिये वर की तलाश प्रारम्भ कर दी। कई वर देखे गये। घर में सती के विवाह की चर्चायें होने लगीं, किन्तु सती कोई प्रतिक्रिया नहीं दे रही थीं। एक दिन इला ने जब उनसे परिहास में कहा,

"सती, तू शीघ्र ही दूसरे घर जाने वाली है, हमें भूल तो नहीं जायेगी?"

"मुझे कहीं नहीं जाना।"

"क्यों... और तेरे पिता जो तेरे लिये वर देख रहे हैं उसका क्या होगा?"

"मुझे विवाह नहीं करना है इला।"

'क्यों?'

"मुझे भी उसी संन्यासी की तरह बनना है।"

"क्या कह रही है! ऐसा कैसे सम्भव है?"

"यह मुझे नहीं पता, पर मुझे भी उसी 'अहं ब्रह्मास्मि' के भाव में जीना है; विवाह करने से मैं उससे भटक जाऊँगी।"

सती विवाह नहीं करना चाहतीं; संन्यासी की भाँति ही जीवन बिताना चाहती हैं, यह बात कई मुखों से होती हुई वीरणी तक पहुँच गयी। वे अवसर देखकर सती के पास आयी।

'बेटी!' उन्होंने सती को बुलाया।

सती उस समय भी नेत्र बन्द किये शान्त बैठी हुई थीं। माँ की आवाज सुनकर

उन्होंने नेत्र खोले, उनकी ओर देखा

'हाँ, माँ!' उन्होंने कहा।

"ये मैं क्या सुन रही हूँ; तू विवाह नहीं करेगी, संन्यासिनी बनेगी।"

सती ने इसके उत्तर में कुछ नहीं कहा , बस सिर झुका लिया।

'सती!'

'हाँ।'

"कुछ बोल बेटी।"

"क्या बोलूँ?"

"क्या है तेरे मन में?"

"जो आपने सुना है, वह ठीक ही तो है।"

"किन्तु ऐसा कहीं हुआ है; तेरी आयु की लड़की और संन्यासिनी।"

सती, सिर झुकाकर चुप रह गयीं।

"कैसी बातें करती है तू!" कहकर वीरणी वहाँ से हट गयीं, किन्तु उनका मन अशान्त हो चुका था। वे वहाँ से उठकर आयीं तो अपने कक्ष में जाकर थका हुआ मन लेकर बैठ गयीं। बहुत देर तक सोच-विचार करने के बाद उन्होंने दक्ष से बात करने का निश्चय किया।

* * *

सांयकाल दक्ष जब घर लौटे तो अवसर पाकर वीरणी उनके पास आकर बैठ गयीं। यद्यपि वीरणी ने दक्ष के पास बैठकर मुस्कराने का प्रयास किया, किन्तु दक्ष ने उनके मुख पर चिन्ता की रेखायें देख लीं।

"कुछ चिन्तित लग रही हो।"

"आपका दिन कैसा रहा?"

"मेरा तो दिन रोज जैसा ही था, किन्तु तुम्हारे मुख पर किसी चिन्ता की कुछ लकीरें अवश्य दिख रही हैं।"

"अपनी सती है न..." वीरणी ने कहा

"हाँ, क्या हुआ उसे?"

"कहती है विवाह नहीं करूँगी, संन्यासिनी बनूँगी।"

"बच्चों की बातें हैं ये।"

"आपकी दृष्टि में तो वह सदैव बच्ची ही रहेगी, किन्तु अब वह इतनी भी

बच्ची नहीं है।"

'फिर?'

"उसके विवाह की बात गम्भीरता से सोचिये।"

"गम्भीरता से ही सोच रहा हूँ, किन्तु उसके योग्य वर अभी दृष्टि में नहीं आया है।"

दक्ष ने सती के लिये योग्य वर ढूँढ़ने के प्रयास बढ़ा दिये, किन्तु या तो वर उन्हें सती के योग्य नहीं लगता, या कोई अन्य बाधा सामने आ जाती और उनका प्रयास निष्फल हो जाता।

वीरणी बराबर इसकी प्रतीक्षा में थीं कि कहीं बात आगे बढ़े। अन्त में एक दिन समय पाकर उन्होंने दक्ष से कहा,

"इतने दिन हो गये हैं अभी तक हमें सफलता नहीं मिली है।"

"हाँ, है तो ऐसा ही।"

"पता नहीं किसके साथ उसकी गाँठ जुड़नी लिखी है।"

इसके बाद कुछ देर मौन रहा। फिर वीरणी ने कहा,

"वह जो युवा संन्यासी है, उसे एक बार देख लेते।"

"सती के लिये?"

"देखने में हर्ज ही क्या है?"

"सती...के लिये...?"

"हाँ, उसी के लिये तो यह संन्यासिनी बनी जा रही है।"

"मेरी बेटी राजकुमारी है, वह कहाँ उस बेघरबार संन्यासी के साथ रह पायेगी।"

"अगर उसके भाग्य में वही होगा तो हम क्या कर लेंगे, भाग्य से कौन जीत पाया है?"

"हूँ... " कहकर दक्ष मौन हो गये। उनके द्वारा सती के विवाह के सारे प्रयास किसी न किसी कारण से निष्फल ही हो जा रहे थे। हार कर दक्ष ने उस युवा संन्यासी के बारे में सोचना शुरू किया। वे एक दिन वीरणी के साथ बैठे, तो उन्होंने पूछा,

"कैसा है वह? तुमने उसके बारे में कुछ सुना तो होगा।

"हाँ, इला ने बताया था... वह बहुत गौरवर्ण, तेजस्वी और बहुत ही अच्छी कद काठी का युवा है, बहुधा ध्यान में डूबा रहता है, किन्तु उसके घर बार का कुछ पता नहीं है, कहता है घर बनाने की बात कभी सोची ही नहीं।"

"उसकी चिन्ता नहीं है, हमारे पास भगवान का दिया इतना कुछ है, मैं उसे घर नहीं महल भी दे सकता हूँ और इनका जीवन आराम से बीते इसका प्रबन्ध भी कर सकता हूँ।"

"तो फिर एक बार उसे भी देख लेने में बाधा क्या है?"

"उसको न ढूँढ़ पाना ही सबसे बड़ी बाधा है।"

"एक बार और प्रयास करके देख लेते।"

"ठीक है।"

दूसरे दिन पुनः दक्ष ने कुछ लोगों को इला के साथ उन पर्वत श्रेणियों पर भेजा। शिव वहाँ थे, किन्तु आज पहली बार इला ने उन्हे ध्यान न करते हुए पाया। वे एक वृक्ष के सहारे खड़े थे। इला ने उनके निकट पहुँचकर उन्हें प्रणाम किया। शिव ने प्रति-उत्तर दिया और उसकी ओर देखकर एक परिचित की भाँति मुस्कराये।

इला के साथ जो लोग गये थे, उन्होंने भी उन्हें प्रणाम किया और इला के पीछे खड़े हो गये। इतने व्यक्तियों को आया देखकर शिव के मुख पर आश्चर्य का भाव आया। उन्होंने इला से पूछा,

"कैसे आना हुआ?"

"हमारे महाराज दक्ष आपके दर्शन करना चाहते हैं।" इला के साथ आये व्यक्तियों में से एक ने कहा।

"मेरे दर्शन!"

'जी।'

"लेकिन क्यों? क्या वे मुझे जानते हैं?"

"उन्होंने आपके बारे में अपनी पुत्री सती और उनकी इन सहेली इला से सुना है," उस व्यक्ति ने इला की ओर संकेत करते हुए कहा।

"क्या सुना है?"

"यही कि आप बहुत बड़े संन्यासी और तपस्वी तो हैं ही, अद्‌भुत व्यक्तित्व के स्वामी भी हैं।"

शिव हँसे, बोले,

"न मैं संन्यासी हूँ, न तपस्वी, बस एक साधारण सा व्यक्ति हूँ।"

"यह आपकी विनम्रता है; हम आपको सादर ले चलने के लिये आये हैं।"

"क्या आपके महाराज कल इसी समय यहाँ आ सकते हैं?"

"आप कल यहाँ पर मिलेंगे?"

"मिल जाऊँगा।"

"ठीक है, हम उन तक आपका यह सन्देश पहुँचा देंगे।"

दूसरे दिन दक्ष अपने कुछ विश्वस्त लोगों के साथ उस पहाड़ी पर पहुँचे। कुछ दूर से ही शिव उन्हें एक पहाड़ी का सहारा लिये खड़े दिखाई दिये। दक्ष उनके व्यक्तित्व को देखकर बहुत प्रभावित हुये, किन्तु आगे बढ़ने के स्थान पर वे वहीं खड़े हो गये।

एक बीतरागी संन्यासी से अपनी पुत्री के विवाह को लेकर उनके मन में बहुत सी शंकायें और प्रश्न थे। यह एक प्रबल मानसिक संघर्ष था। 'एक बार बात आगे बढ़ने के बाद पीछे लौटना सुन्दर तो नहीं होगा, उन्होंने स्वयं से कहा और शिव से मिलने के अपने निर्णय पर एक बार पुनः विचार करने की बात सोचते हुये उन्होंने इस समय शिव से बिना मिले ही लौटने का निश्चय किया। यद्यपि उनके मन में था कि वह युवा संन्यासी उनकी प्रतीक्षा में होगा और उसे इससे कुछ निराशा हो सकती है, किन्तु फिर भी वे उस स्थान से वापस हो लिये।

उस रात्रि दक्ष, चिन्तित से ही बिस्तर पर गये। लेटे-लेटे भी उनके मष्तिष्क में सती के विवाह की ही बात ही घूमती रही। वे बहुत तनाव अनुभव कर रहे थे। दक्ष, माँ दुर्गा के भक्त थे और सती को उन्हीं की कृपा से प्राप्त हुई पुत्री समझते थे।

चिन्ता की स्थिति में वे दुर्गा जी से "माँ मुझे रास्ता दिखाओ" की प्रार्थना करते हुए ही सो गये। सुबह उठे तो दक्ष कुछ सुस्त और चिन्तित से थे। उसका सारा दिन उत्साह हीनता में बीता और फिर तो जैसे यह नित्य का कार्यक्रम हो गया।

एक दिन रात्रि सोते हुए उन्होंनें स्वप्न में देखा कि गहरी काली रात्रि है और उसी अँधेरे के मध्य कुछ दूर पर एक छोटे से मन्दिर में प्रकाश हो रहा है। दक्ष उसी मन्दिर की ओर चल पड़े। मन्दिर के द्वार पर पहुँचकर उन्होंने देखा, वहाँ तीव्र प्रकाश है और सामने दुर्गा जी की मूर्ति है।

दक्ष ने भूमि को छूकर उन्हें प्रणाम किया और मन्दिर में चारों ओर दृष्टि दौड़ाई। उन्होंने देखा, हर ओर जिधर भी दृष्टि जाती, ऊपर-नीचे, दायें-बायें सामने हर ओर दुर्गा जी की वही मूर्ति दिखलायी पड़ती।

दक्ष आश्चर्य से भर उठे। उन्होंने पुनः सामने देखा। उन्हें दुर्गा जी की उस मूर्ति के अधरों पर मुस्कान सी लगी। वे उनके सम्मुख हाथ जोड़कर खड़े हो गये। तभी स्त्री स्वर में कहीं से आवाज सुनाई दी,

'दक्ष!'

दक्ष ने पुनः चारों ओर देखा। कहीं कोई दिखाई नहीं पड़ा, किन्तु मूर्ति मानो जागृत हो चुकी थी। उन्हें ऐसा लगा जैसे मूर्ति उनकी ओर देखकर स्वयं बोल रही है।

स्वर पुनः आया,

"दक्ष, सती का विवाह उस युवा संन्यासी से करने में संकोच मत करो, इसी में सब का कल्याण हैं।

दक्ष ने अपनी देह में आश्चर्य और आनन्द से भरी हुई सिहरन सी अनुभव की। उनकी नींद खुल गयी। चारों ओर रात्रि का सन्नाटा पसरा हुआ था। उनके कक्ष में उनके बिस्तर से दूर, प्रकाश के लिये एक छोटा-सा दीपक जल रहा था।

वे उठकर बिस्तर पर ही बैठ गये। पास ही वीरणी गहरी निद्रा में सो रही थी। वे अपने कक्ष से बाहर खुले में आ गये। आकाश की ओर देखा। चन्द्रमा और बहुत से तारे बिखरे हुए थे... धीमी-धीमी हवा बह रही थी।

रात्रि के अन्धकार में दक्ष कुछ देर वहाँ कुछ ढूँढ़ते से खड़े रहे, फिर जब उन्हें ठण्ड सी लगने लगी, वे बहुत धीरे-धीरे चलते हुए अपने कक्ष में लौटे, बिस्तर पर लेटे और चादर ओढ़कर पुनः सोने का प्रयास करने लगे, किन्तु उसके बाद बहुत देर तक उन्हें नींद नहीं आयी।

सुबह, जब वो सोकर उठे, तब भी मन पर वह स्वप्न छाया रहा। स्वप्न में उन्हें जो अनुभूति हुई थी, वह अकथनीय और अकल्पनीय थी, किन्तु वे समझ नहीं पा रहे थे कि इस स्वप्न को भी बहुधा आने वाले अन्य स्वप्नों की भाँति ही समझकर भूल जायें या यह सचमुच कोई दैवीय संकेत था।

क्या वे इसे माँ का आदेश मानकर सती का विवाह शिव के साथ कर दें? क्या सती सचमुच ऐसा चाहती है और यदि चाहती भी है, तो क्या यह उसका बचपना नहीं है?

क्या वह युवा संन्यासी इसके लिये सहमति देगा और इसके बाद विरक्त सा दिखने वाला यह व्यक्ति उनके दिये उपहारों और घर इत्यादि को स्वीकार कर लेगा?

प्रातःकाल के जलपान पर उन्होंने एकान्त पाकर वीरणी से उस स्वप्न की और अपने मन में उठ रहे प्रश्नों की चर्चा की। वे भी आश्चर्य से भर उठीं।

"आप बहुत भाग्यशाली हैं; स्वप्न में ही सही, स्वयं माँ ने आपको दर्शन दिये हैं; अब उनकी इस बात के बाद सोचने के लिये क्या रह जाता है।"

"स्वप्न की ही तो बात है... उसे बहुत अधिक महत्व देना उचित है क्या?"

"अब माँ दुर्गा सीधे हमारे सामने आकर तो कुछ कहने से रहीं और फिर प्रयास करने में अनुचित भी क्या है; निर्णय तो हम, उचित-अनुचित विचार कर बाद में भी ले सकते हैं।"

"तुम ठीक कह रही हो, किन्तु फिर भी वह बिना घर-द्वार का, पता नहीं किस कुल का और फक्कड़ संन्यासी है... यह सब कहकर एक बार सती का मन और

टटोलकर देख लो।"

"ठीक है।"

इसके बाद दक्ष के जाते ही वीरणी, उठकर सती के कक्ष में गयीं। वे स्नान आदि से निवृत्त होकर ध्यान में बैठी हुई थीं। वीरणी लौट गयीं। कुछ देर बाद उन्होंने एक परिचारिका को बुलाकर कहा,

"देखो, सती ध्यान से उठ गयी हो तो उसे बुला लाओ।"

परिचारिका, सती के कक्ष में गयी तो वे ध्यान से उठ चुकी थीं। उसने उन्हें माँ का सन्देश दिया। सती गयीं, तो वीरणी अपने कक्ष में थीं। उन्होंने सती को अपने पास स्नेह से बिठाया और कहा,

'सती!'

"जी माँ"

"शिव कैसा है?"

"कैसा है अर्थात?"

"यदि उससे तेरे विवाह की बात चलायी जाय तो!"

सती अचम्भित हुईं। उन्हें इस तरह के किसी प्रस्ताव की आशा नहीं थी। सच तो ये है कि वे शिव के प्रति अत्यधिक आदर की भावना अवश्य रखती थीं, किन्तु इस तरह की किसी सम्भावना पर उन्होंने सोचा भी नहीं था, अतः उन्होंने कह दिया,

"मैंने इस तरह की बात कभी सोची ही नहीं।"

"तो अब सोचकर देख।"

सती चुप हो गयीं। शिव का पूरा व्यक्तित्व नेत्रों के आगे आ गया। उन्हें लगा, उनके मन में, शिव जिन परिस्थितियों में एकाकी जीवन बिता रहे हैं, उनके कारण मन में शिव के लिये करुणा, रोमांच और सहानुभूति तो है ही, उस तरह का जीवन जीने में जो रोमांच होगा, उसकी लालसा भी है और शिव के प्रति बहुत अधिक आदर भी किन्तु 'प्रेम' और यह शब्द मन में आते ही सती के मुख पर लज्जा की हल्की सी अरुणिमा दौड़ गयी।

वीरणी ने सती के मुख पर दौड़ी यह लालिमा देख ली।

"सती, तूने उत्तर नहीं दिया।" वीरणी ने कुछ देर के बाद कहा।"

"क्या माँ?" सती ने कहा, किन्तु इस बार उनके स्वर में कुछ नारी-सुलभ लज्जा भी थी।

"तेरे पिता भी इस सम्बन्ध में तेरी इच्छा जानना चाहते हैं।" वीरणी ने कहा।

"पिताश्री और आप मेरे बारे में जो भी सोचेंगे, वह अच्छा ही होगा।"

"ठीक है, मैं समझ गयी।"

इसके बाद सती उठीं और अपने कक्ष तक पहुँचीं, तो उनके मन में कहीं गुदगुदी और होठों पर कुछ मुस्कराहट थी और वे उसे रोकने का प्रयास कर रही थीं।

* * *

इसके दूसरे दिन दक्ष पुनः अपने एक सहायक के साथ शिव से मिलने उन्हीं पहाड़ियों पर पहुँच गये और सौभाग्य से शिव आज भी उसी स्थान पर एक बड़ी सी शिला के सहारे खड़े दिखाई दे गये। दक्ष ने अपने सहायक के साथ शिव के सम्मुख पहुँचकर हाथ जोड़कर अभिवादन किया,

"मैं दक्ष, इस क्षेत्र का प्रजापति।"

शिव ने भी प्रत्युत्तर में अभिवादन करते हुए हँसकर कहा,

"मैं शिव, घर-द्वार विहीन। कुछ दिन पूर्व ही आपके क्षेत्र में आया हूँ।"

"मैं जानता हूँ आप सज्जनतावश ऐसा कह रहे हैं।"

"नहीं, मैं सचमुच ऐसा ही हूँ और मेरे पास तो आपको बिठाने के लिये कोई उचित स्थान भी नहीं है।" शिव ने कहा।

"बहुत स्थान है।" कहकर दक्ष ने चारों ओर देखा।"

कुछ दूरी पर दो चट्टानें पास-पास ही पड़ी थीं, दक्ष ने उनकी ओर इंगित करते हुए कहा,

"आइये, हम उधर बैठते हैं।"

'चलिये।'

दोनों चट्टानों पर शिव और दक्ष एक दूसरे की ओर मुँह करके बैठ गये। दक्ष को अपना स्वप्न स्मरण हो आया, जिसमें माँ ने कहा था कि इसी में सबका कल्याण है। दक्ष ने मन ही मन शिव को प्रणाम किया और कहा,

"आपसे एक प्रार्थना है।"

"आप इस क्षेत्र के प्रजापति हैं, आदेश करें।"

"मैं आपके लिये प्रजापति नहीं, केवल दक्ष हूँ और मेरी प्रार्थना है कि आप एक बार मेरी कुटिया पर चलकर उसे पवित्र करें।"

"कब चलना होगा?"

"अभी चल सकते हैं क्या?"

"जैसा आप चाहें।"

"तो चलें।" कहकर दक्ष उठ खड़े हुए और शिव भी। दोनों साथ-साथ चलकर पहाड़ से नीचे उतरे। नीचे दक्ष का रथ खड़ा था। उन्होंने हाथ जोड़कर शिव से उस पर चढ़ने का संकेत किया। कुछ देर में ही दक्ष का महल आ गया।

वीरणी उनकी प्रतीक्षा में ही थीं। दक्ष, शिव को लेकर अतिथि-कक्ष में आये। वीरणी भी वहीं आ गयीं। कुछ देर बाद वीरणी के संकेत पर सती वहाँ कुछ सूक्ष्म जलपान रख गयीं।

"ये मेरी पुत्री सती है," दक्ष ने कहा।

"मैंने इन्हें उन्हीं पर्वतों के मध्य पहले भी देखा है।" शिव ने कहा।

"अवश्य देखा होगा; हमें इससे ही आपके बारे में ज्ञात हुआ था।"

कुछ देर की वार्ता के उपरान्त, दक्ष ने शिव के सम्मुख सती से विवाह का प्रस्ताव रखा। सुनकर वे आश्चर्य से भर उठे।

"मुझ जैसे बिना घर-द्वार वाले व्यक्ति से एक राज-कन्या का विवाह? क्या यह उचित होगा?" उन्होंने कहा।

"यह कोई बाधा नहीं है; आपका व्यक्तित्व बता रहा है कि आप जिस दिन चाहेंगे, एक बड़ा राज्य खड़ा कर लेंगे।"

"और सती? क्या आपने, उनसे इसकी चर्चा की है? क्या मुझ जैसे व्यक्ति के साथ सम्बन्ध बनाने में उनकी सहमति है?"

दक्ष हँसे, बोले,

"आप उसकी चिन्ता मत करें।"

"नहीं, मेरे लिये वह आवश्यक है।"

"सती की सहमति हमारे लिये भी उतनी ही आवश्यक है और उसकी सहमति के बिना, यह कुछ नहीं होगा।"

अब शिव चुप हो गये। कुछ देर के मौन के बाद दक्ष ने कहा,

"आपने उत्तर नहीं दिया?"

"यदि आप सब ऐसा ही चाहते हैं, तो मुझे यह सम्बन्ध स्वीकार है, किन्तु..."

"किन्तु क्या?"

"मुझे कहने में संकोच हो रहा है।"

"नहीं, आप निःसंकोच कहें।"

"मैं चाहता था कि इस सम्बन्ध में शीघ्रता न की जाय।"

'अर्थात?'

"यही कि आप लोग और स्वयं सती इस सम्बन्ध में एक बार पुनर्विचार कर लें।"

"और आपका विचार?"

"यदि इस सम्बन्ध में पुनर्विचार के बाद भी आप ऐसा ही चाहेंगे तो मुझे यह स्वीकार होगा।"

शिव के इस उत्तर से दक्ष बहुत प्रभावित हुए। उन्हें तो लग रहा था कि शिव तुरन्त ही इस सम्बन्ध के लिये अपनी सहमति दे देंगे। उन्हें अपना स्वप्न एक बार पुनः स्मरण हो आया और उन्होंने मन ही मन माँ दुर्गा को प्रणाम किया और शिव से पूछा,

"इसके लिये हमें कितनी प्रतीक्षा करनी होगी?"

"मुझे लगता है इसके लिये एक वर्ष का समय उचित होगा; इसके बाद भी यदि आप मुझे इस योग्य समझेंगे, तो मुझे आपका आदेश शिरोधार्य होगा।"

"कृपया मेरे अनुरोध को आदेश का नाम मत दें।" दक्ष ने कहा और कुछ देर बाद जोड़ा,

"आपका यह प्रतिबन्ध मुझे स्वीकार है, किन्तु क्या यह एक वर्ष का अन्तराल बहुत लम्बा नहीं हो जायगा?"

"हाँ, यह कुछ लम्बा तो अवश्य है, किन्तु मुझे यह आवश्यक लग रहा है, ताकि भविष्य मे भी किसी को कभी यह दुःख न हो कि भावनाओं में बहकर गलत निर्णय ले लिया गया था।"

शिव की इस बात पर दक्ष ने वीरणी की ओर देखा।

"आपकी इन बातों ने हमें और भी अधिक आश्वस्त कर दिया है कि हमारा निर्णय सही है, किन्तु फिर भी हमें आपकी इच्छा का आदर तो करना ही है।" वीरणी ने शिव से कहा।

"ठीक है, मैं चलूँ?"

"अब, कब और कैसे भेंट हो सकेगी?" दक्ष ने पूछा

"आज से ठीक एक वर्ष बाद मैं आपको वहीं मिलूँगा, जहाँ आज मिला था।"

"ठीक है।" दक्ष ने कहा और दोनों हाथ जोड़कर शिव को प्रणाम किया।

शिव ने आगे बढ़कर दक्ष के दोनों हाथ थाम लिये और बोले,

"नहीं, आप बड़े हैं, मुझे इस तरह प्रणाम मत कीजिये, अपितु मेरा प्रणाम स्वीकार कीजिये।"

शिव पैदल ही चलने को हुए तो दक्ष ने कहा,

"रथ से जाइये; जहाँ आप कहेंगे यह आपको छोड़ देगा।"

"आप कहते हैं तो बैठ जाता हूँ, वैसे मुझे पैदल चलने की आदत है।"

शिव रथ पर बैठ गये। वीरणी और दक्ष चुपचाप, जाते हुए शिव को देखते रहे।

सती, इस सारे वार्तालाप को द्वार की ओट से सुन रही थीं। शिव के जाने की बात पर वह दौड़कर महल के झरोखे तक आयीं, जहाँ से बाहर का दृश्य दिखता था। नेत्रों में जल भरे, वह शिव को जाते देखती रहीं और फिर टूटी हुई सी, भूमि पर बैठकर रो पड़ीं।

स्वप्न थे कुछ
नेह की पगडंडियों के
किन्तु पैरों के तले
लो आ गयी है
रेत जलती, मरुथलों की
कब मिलेगा
त्राण इससे
कौन जाने

* * *

शिव के जाने के बाद दक्ष और वीरणी कक्ष में वापस आये। दोनों के मन में कहीं बहुत सारे प्रश्न थे। कक्ष में आने के बाद दक्ष एक आसन पर बैठ गये। वीरणी बहुत गम्भीर सी अभी भी खड़ी थीं।

'बैठो न' दक्ष ने कहा।

वीरणी बैठ गयीं।

"इतनी गम्भीर क्यों हो?" दक्ष ने पूछा।

"पता नहीं इस लड़की के भाग्य में क्या है।"

'क्यों?'

"पसन्द भी किया तो घर-द्वार विहीन संन्यासी और वह भी वर्ष भर बाद आने की बात कहकर चला गया... ऐसे लोगों का क्या भरोसा, पता नहीं एक वर्ष बाद लौटेगा भी या नहीं।"

"वह घर-द्वार विहीन अवश्य है, किन्तु अद्भुत और दर्शनीय व्यक्तित्व का स्वामी है और एक वर्ष बाद आने की बात उसके चरित्र की ऊँचाई का परिचय ही तो है, अन्यथा वह इस सम्बन्ध के लिये तुरन्त तैयार हो जाता।"

"हाँ यह तो है, किन्तु यदि वह एक वर्ष बाद नहीं लौटा तो?"

"प्रथम तो मुझे इसकी सम्भावना नहीं लगती।"

'क्यों?'

"क्योंकि उसके व्यक्तित्व को देखकर और उससे बातें करके जितना मैंने उसे समझा है, उससे मुझे विश्वास है कि वह अपने वचन का पालन अवश्य करेगा और...,"

"और क्या?"

"यदि वह नहीं लौटा तो अपनी पुत्री का विवाह कहीं और तो कर ही सकते हैं।"

"यही अड़चन है ।" वीरणी ने कहा।

"कैसी अड़चन?"

"इसके लिये सती का तैयार होना मुझे सम्भव नहीं लगता; वह शिव के ध्यान में ऐसी डूबी रहती है जैसे कोई तप कर रही हो।"

'हूँ...' दक्ष ने कहा।

कुछ देर तक शान्ति रही, फिर वीरणी ने कहा,

"वैसे लगता मुझे भी यही है... कि यदि कोई नितान्त असामान्य परिस्थिति न हुई तो वह अवश्य ही वापस आयेगा।"

वीरणी की इस बात से दक्ष को बल मिला, उन्होंने प्रसन्न मुद्रा में कहा,

"हाँ, यही तो मुझे भी लगता है... बल्कि मुझे तो यह विश्वास है कि शिव आयेगा और सती का विवाह उसी से होगा।" दक्ष को अपना स्वप्न स्मरण हो आया था।

"ईश्वर जो करेगा अच्छा ही होगा।" कहते हुये वीरणी उठीं, "मैं चलूँ, अन्दर की व्यवस्था देखनी है।"

"ठीक है।"

वीरणी अन्दर आयीं, तो सती का हाल जानने के लिए सीधे उनके कक्ष में गयीं। सती वहाँ नहीं थीं। वीरणी उन्हें ढूँढ़ती हुई महल के उस झरोखे की ओर आयीं जहाँ सती थीं। वे अँधेरे में भूमि पर घुटनों में मुँह छिपाये बैठी हुई थीं।

'सती!' वीरणी ने पुकारा। सती ने मुँह उठाया। उनके नेत्रों में जल था, जो लुढ़ककर मुख पर भी आ चुका था। सती ने उँगलियों से आँसू पोंछते हुए वीरणी की ओर देखा।

'हाँ।'

"रोने की क्या बात है पागल लड़की, तेरे पिता भी इस सम्बन्ध के लिये राजी हैं और शिव भी, यह तो प्रसन्नता की बात हुई।"

सती ने कोई उत्तर नहीं दिया, चुपचाप बैठी रहीं। वीरणी ने उनके सिर पर हाथ रखकर धीरे से सहलाया, बोलीं,

"बस एक वर्ष की ही तो बात है, यह समय भी बहुत शीघ्र ही कट जायेगा।"

'माँ!' सती ने कहा।

"हाँ, मैं सच कह रही हूँ; चल उठ, हाथ मुँह धो और फिर मेरे पास आकर कुछ खा पी ले।"

'अच्छा,' कहकर सती उठ पड़ीं। 'कई बार कुछ बहुत पास आकर फिर बहुत दूर हो जाता है।' उनके मन में आया।

* * *

दक्ष का भेजा हुआ रथ, पहाड़ों के पास आकर रुक गया। शिव उतरे।

"आपको धन्यवाद और आदरणीय दक्ष को भी उनके इस आतिथ्य के लिये मेरी ओर से धन्यवाद कहियेगा।" उन्होंने सारथी से कहा।

'जी'

"और प्रणाम भी।"

"जी अवश्य।"

रथ से उतरकर शिव पुनः उस स्थान पर आये, जहाँ दक्ष से उनकी भेंट हुई थी और खड़े होकर चारों ओर देखने लगे।

उनके मन में बहुत सी बातें चल रही थीं। उन्होंने उस ओर भी देखा, जहाँ वे समाधिस्थ थे तभी सती और इला उनके सम्मुख आकर खड़ी हो गयी थीं। सती का मुख उनके नेत्रों के आगे तैर गया। शिव के अधर तिरछे हुए। वे हलके से मुस्कराये। उनके हाथ कुछ समझ में न आने वाले ढंग से हिले। 'पागल लड़की' उन्होंने मन ही मन कहा। उन जैसे घुमक्कड़, एकाकी और बिना घर-द्धार वाले व्यक्ति से विवाह करने के लिये कोई लड़की इतना लालायित हो सकती है, ऐसा वे सोच भी नहीं सकते थे।

विवाह करने और घर बसाने की बात उनके मन में आज तक कभी आयी ही नहीं थी, इसीलिये उन्होंने एक वर्ष की प्रतीक्षा की बात की थी। उन्हें आशा थी कि इस एक वर्ष के लम्बे अन्तराल में संभवतः सती को, उनका निर्णय कितना त्रुटिपूर्ण है, इसकी अनुभूति हो जायेगी।

'और यदि ऐसा नहीं हुआ तो?' शिव ने पुनः मन ही मन कहा। 'वचन दे आया हूँ तो एक वर्ष बाद लौटना तो पड़ेगा ही।' सोचकर एक बार पुनः उनके अधर तिरछे हुए।

उन्होंने दूर-दूर तक फैले पहाड़ों की ओर देखा। नीले आसमान ने उन सबको ढक रखा था। पहाड़ों पर घूमते-घूमते उन्हें पहाड़ों की प्रकृति और उनके बीच के रास्तों का बहुत अधिक ज्ञान हो गया था... पहाड़ों पर उन्हें बहुत अच्छा भी लगता था, किन्तु आज उन्हें लगा कि वे मैदानों की ओर चलें और कुछ दिन वहाँ बितायें।

उनकी गति अनायास ही कुछ तीव्र हो गयी, किन्तु थोड़ा सा चलते ही वे ठहरे और सोचने लगे, 'दक्ष के आमंत्रण को छोड़कर अभी तक वे कभी भी मैदानों में नहीं गये थे। उनका सारा समय पर्वतों की ऊँचाइयों पर ही बीता था... कभी-कभी तो बहुत ऊँचे पर्वतों पर।

'आज अचानक यह मैदानों पर जाने की इच्छा क्यों हुई; वह कौन आकर्षण है जो आज अचानक उनके पैर मैदानों की ओर चल पड़े हैं।' शिव के मन में आया, 'यह मात्र घूमने की इच्छा है या किसी घर की खोज' और उनके अधरों पर मुस्कान खेल गयी।

सती का अप्रतिम सौन्दर्य और सरल व्यवहार उनके नेत्रों के आगे घूम गया। शिव रुके और एक वृक्ष के नीचे खड़े हो गये। उस पर कुछ फूल लगे हुए थे। उन्होंने एक फूल तोड़ा, उसे अपनी हथेलियों के मध्य रखा। वृक्ष का सहारा लिया। नेत्र बन्द किये और अपनी साँसों को महसूस करने लगे।

शिव ने पहाड़ों और जंगलों में घूमते हुए बहुत से वृक्ष और बहुत से फूल देखे थे, किन्तु आज तक उन्होंने किसी फूल को तोड़ा नहीं था और न ही कभी कोई सहारा लेने की आवश्यकता ही महसूस हुई थी।

आज इस फूल के स्पर्श ने मानों उनके अन्दर कुछ कोमल भावनायें पैदा कर दी थीं। साँसें कुछ गहरी हो गयी। उन्होंने नेत्र खोले। वही पर्वत श्रेणियाँ और घाटियाँ, वही झरने, वही वृक्ष और वही आसमान।

सब मिलाकर वही प्रकृति थी, किन्तु अधिक सुन्दर लग रही थी। जिस वृक्ष के नीचे वे खड़े थे, उसे उन्होंने सिर उठाकर फिर देखा। वह अपने बहुत से फूलों और घनी हरी पत्तियों के साथ बहुत अच्छा लग रहा था।

'यह कैसा परिवर्तन है।' शिव ने सोचा। उन्हें अपने मन की दृढ़ता पर बहुत विश्वास था, किन्तु आज वही मन भावनाओं में बहा जा रहा था।

तभी उन्होंने देखा, दूर से एक हिरणी उछलती हुई आ रही थी। शिव उसे देखने लगे। हिरणी दौड़ती हुई उनकी और आयी और कुछ दूरी पर आकर ठहरी और

उनकी ओर देखने लगी। शिव को ऐसा लगा जैसे वह कुछ कहना चाह रही है।

शिव उसकी ओर देखने लगे।

"क्या है?" उन्होंने धीरे से उसको देखकर कहा। हिरणी ने मानो उनकी बात सुन ली। वह थोड़ा और आगे आकर खड़ी हो गयी।

शिव ने पास से उसकी आँखे देखीं। बड़ी, निश्छल, चपल और बोलती हुई सी आँखें थीं।

"ऐसी आँखें कहीं और भी देखी हैं।" उन्होंने स्वयं से कहा और उन्हें सती के नेत्र स्मरण हो आये। वे भी कुछ ऐसी ही आँखें थी, बोलती हुई सी।

उन्हें स्मरण हो आया... जब वे दक्ष के यहाँ बैठे हुए उनसे बातें कर रहे थे तब अचानक उनकी दृष्टि, कक्ष के भीतरी द्वार की ओर उठ गयी थी। द्वार पर लगे हुए अंतःपट (परदा) की ओट से कोई उन्हें देख रहा था।

एक पल के लिये शिव के नेत्र उन नेत्रों से टकराये। शिव को लगा जैसे किसी के गुलाब सी पंखुड़ियों से अधर एक पल के लिये घबराये हुए से खुले, नेत्रों ने कुछ कहा और फिर कोई तीव्रता से पीछे हट गया।

'उन नेत्रों ने पता नहीं क्या कहा होगा, मैं तो समझ भी नहीं पाया, किन्तु सती के उन नेत्रों और इस हिरणी के नेत्रों में कितनी समानता है।' उनके मन में आया। 'और यह हिरणी क्या चाहती है मुझसे... यह अपने स्वभाव के विपरीत आदमी से डर क्यों नहीं रही है' शिव ने सोचा।

'कुछ भी आता हो किन्तु नेत्रों की भाषा पढ़ना मुझे आज तक नहीं आया।' शिव ने हिरणी की ओर देखकर मन ही मन कहा और फिर होंठों में ही उससे बोले, 'कुछ कहना है क्या?' हिरणी थोड़ा सा सिर नीचा करके उनकी ओर आयी, मानो सचमुच कुछ कह रही हो... फिर मुड़ी और दौड़ती हुई वापस चली गयी।

शिव हिरनी को वापस जाते देखकर कुछ मुस्कुराये और एक बार पुनः होंठों में ही बोले, 'हिरनी, तुम बुरा मत मानना मैं आँखों से कही हुई तुम्हारी बातें समझ ही नहीं पाया।

उन्हें ध्यान आया कि कुछ पर ही एक पहाड़ी नदी है। वे उसकी ओर चल पड़े। रास्ते में चलते-चलते शिव ने अपनी चाल में कुछ परिवर्तन अनुभव किया। उनकी चाल में कुछ तेजी आ गयी थी। उन्हें लग रहा था जैसे उस पहाड़ी नदी तक पहुँचने की कुछ शीघ्रता है। कुछ दूर चलने के बाद वह नदी आ गयी। वे उसके किनारे पहुँचकर खड़े हो गये।

* * *

बहुत पतली नदी थी। उन्हें कुछ थकान सी लग रही थी। उन्होंने नदी का कुछ

जल चुल्लू में लेकर मुँह धोया। बहुत ठण्डा पानी था। थोड़ा-सा पानी पिया, एक वृक्ष के नीचे बैठे और नदी के प्रवाह को देखने लगे। पहाड़ी नदी बड़े ऊबड़-खाबड़ रास्तों से जा रही थी। 'आज की रात यहीं बिताते हैं, आगे की यात्रा कल प्रारम्भ करेंगे' उन्होंने स्वयं से कहा, 'पता नहीं यह थकान सी क्यों है, जब आज तक कभी भी मैंने कोई थकान जानी ही नहीं'।

रात्रि में यहाँ कोई जानवर आ सकता है, सोचकर उन्होंने वृक्ष की एक लम्बी और मजबूत-सी डाल तोड़ ली और उससे छोटी-छोटी डालियाँ और पत्ते अलग कर उसे एक थोड़े लम्बे और मजबूत डण्डे का रूप दे दिया।

लेटने के लिए कुछ भी नहीं था। शिव ने वहाँ से कुछ दूरी पर कुछ पत्ते एकत्रित किये और उन्हीं पर पद्मासन में बैठ गये। भौंहों के बीच में ध्यान लगाया और कुछ ही देर में समाधिस्थ हो गये। उन्हें इसका बहुत अधिक अभ्यास था। समाधि की स्थिति में वे सुख-दुःख, सर्दी-गर्मी सभी से ऊपर उठ जाते थे।

भोर होते ही शिव की समाधि टूटी। उन्होंने सुबह की हवा की ताजगी अनुभव की। आस-पास देखा। कोई जंगली जानवर पास ही पड़ा सो रहा था।

'इसे भी यही स्थान मिला' सोचकर शिव मन ही मन मुस्कराये। उन्हें पता था कि समाधि की अवस्था में व्यक्ति का प्रभा-मण्डल बड़ा हो जाता है। इस जानवर ने उनके उसी प्रभा-मण्डल क्षेत्र में आकर आराम अनुभव किया होगा।

तभी उनकी दृष्टि उस डण्डे पर पड़ी, जो बीती रात्रि को उन्होंने पेड़ से डाल तोड़कर बनाया था। 'अरे, यह क्या हो गया था मुझे। शिव और डण्डे का सहारा, स्वयं से कहते हुये उन्होंने उस डण्डे को उठाकर पेड़ों के मध्य, दूर फेंक दिया।

नदी पहाड़ी थी। शिव ने शीघ्र ही स्नानादि क्रियायें निपटायीं। पूर्व में सूर्य उदय हो रहा था। उन्होंने अपने शरीर को स्वस्थ रखने के लिये योगासन व प्राणायाम किये, इसके बाद अपनी आगे की यात्रा प्रारम्भ की, किन्तु मैदानों की ओर नहीं और वे दूर तक फैली पर्वत-श्रेणियों में कहीं खो गये।

6

दूर-दूर तक फैले पेड़ों से जंगलों जैसा दृश्य बन रहा था। इन्हीं के मध्य एक छोटी सी बस्ती में एक छोटा सा घर और उसमें प्राणी केवल दो... नन्दी और उसकी पत्नी, पत्नी का नाम तो शायद कुछ और था किन्तु नन्दी ने उसका नाम अपने नाम से मिलता-जुलता रख दिया था 'नन्दिनी'।

साँझ ढल रही थी। नन्दी दिन के कार्यों को निपटाकर अपने घर के बाहर दीवार

की आड़ लेकर बैठा हुआ था। कम होती रोशनी, धुँधलाते वृक्ष और घर लौटती चिड़ियों की आवाजें। वह यूँ ही कभी इस वृक्ष कभी उस वृक्ष की ओर देख रहा था।

उसने अपने पैर सीधे फैलाये और सिर झोपड़ी की दीवार से टिका दिया और दृष्टि ऊपर आसमान पर। सूर्य ढल चुका था और उसके डूबने के स्थान पर कुछ रोशनी बनी हुई थी। नन्दी ने उस रोशनी को देखा।

'यह भी थोड़ी ही देर में लुप्त हो जायेगी,' उसने सोचा 'फिर सुबह एक और चमकता हुआ गोला आसमान में आयेगा जो रोशनी देने लगेगा।'

'ऐसा रोज ही होता है... एक दिन वह स्वयं भी ऐसे ही मिट जायेगा और फिर पता नहीं कौन आकर उसका स्थान ले लेगा।'

आज काफी देर से उसका मन कुछ अजीब सा हो रहा था। वह समझ नहीं पा रहा था कि यह क्यों है, पर सच तो यह है कि वह कुछ उदास था और विचार मग्न भी।

पता नहीं क्यों, नन्दी अचानक ही हँस पड़ा। रात ढलने लगी थी। तभी भीतर से नन्दिनी ने उसे आवाज दी।

'ए...!'

'हाँ' उसने उत्तर दिया।

"आज बाहर ही बैठे रहोगे क्या; भीतर आओ, भूख लगी होगी कुछ खा भी लो।"

'अच्छा' कह कर नन्दी भीतर गया।

"हाथ मुँह धो लो, भोजन तैयार है।" नन्दिनी ने कहा।

नन्दी हाथ मुँह धोकर आया, तब तक नन्दिनी उसके लिये भोजन लगा चुकी थी।

"तुमने अपना खाना नहीं लगाया?" नन्दी ने कहा।

"मैं खा लूँगी, तुम खा लो।"

"तो आओ इसी में तुम भी आ जाओ।" नन्दी ने आग्रह किया, "आज साथ -साथ ही सही।"

नन्दिनी कुछ लजायी सी हँसी। सारा खाना पास ही लाकर रख लिया और दोनों ने साथ-साथ ही भोजन किया। इसके बाद हाथ मुँह धोकर नन्दी पास ही बने घास-फूस के बिस्तर पर लेट गया। नन्दिनी बचे हुए कार्य निपटाकर आयी और पास ही बैठ गयी।

'लेटो।' नन्दी ने उससे कहा। नन्दिनी पास ही लेट गयी और दिन भर के बहुत

से कार्यों से थकी हुई नन्दिनी पता नहीं कब सो गयी।

रात गहरा चुकी थी। अँधेरा बुरी तरह पसरा हुआ था। नन्दी की आँख अचानक ही खुल गयी। उसने अँधेरे में ही देखने का प्रयास किया। कमरे की एक मात्र ऊँची और छोटी-सी खिड़की से चन्द्रमा का बहुत धीमा-सा प्रकाश अन्दर आ रहा था। कुछ देर में अन्धरे में ही नन्दी की आँखें कुछ-कुछ काम करने लगीं।

नन्दी को अपने माता पिता का स्मरण हो आया। वे अब नहीं थे। नन्दी के मन में उनकी बहत सी स्मृतियाँ कैद थीं। स्मृतियों के पृष्ठ खुले तो उसे अपने नजदीक रहे बहुत से अन्य लोग भी याद आने लगे, जो अब नहीं थे।

'एक दिन मैं भी नहीं रहूँगा और यह मेरे पास लेटी नन्दिनी भी; हम भी केवल स्मृतियाँ बनकर रह जायेंगे, वह भी मात्र कुछ काल के लिये, फिर ये स्मृतियाँ भी मिट जायेंगी।' उसके मन में आया।

'सचमुच ऐसा ही होगा' नन्दी ने सोचा और कुछ उदासी और विरक्ति की भावना से भर उठा। आँखों से नींद कहीं चली गयी थी।

उसने देखा, नन्दिनी पास ही गहरी नींद में डूबी हुई थी। उसने स्नेह के साथ नन्दिनी के मस्तक पर हथेली रखी और उसकी ऊष्मा को अनुभव किया, फिर उसने धीरे से उसके मुख को सहलाया।

नन्दिनी की नींद कुछ पलों के लिये खुल गयी। उसने अलसाये ढंग से आँखें खोलीं। आदमी इस समय औरत से क्या चाहता होगा, सोचकर नन्दिनी ने उसके गले में हाथ डालने का प्रयास किया।

'नहीं' कहते हुए नन्दी ने उसका हाथ गले से हटा दिया, फिर नन्दिनी की नींद न खराब हो, इसका ध्यान रखते हुए धीरे से उठा और घर से बाहर खुले में आ गया।

हवा ठण्डी और तेज थी और हिलती हुई पेड़ों की डालियों से गुजरते हुए ध्वनि पैदा कर रही थी। ऊपर आसमान में पतला-सा चाँद और इधर-उधर छिटके तारे दिखाई दे रहे थे।

ऊपर देखते-देखते नन्दी के मन में विचार आया कि वहाँ आसमान में कितना अँधेरा हो रहा है; मरने के बाद वहीं जाना होगा क्या।

उसकी देह में सिहरन सी दौड़ गयी। वह उठा और इस विचार से मुक्ति पाने के लिये यूँ ही हँसने का प्रयास किया, फिर अन्दर आया और लेट गया।

नींद अब भी आँखों से दूर थी। उसे लग रहा था बाहर हवा तेज हो रही है। कुछ देर बाद ही उसकी आवाज़ें सुनायी देने लगीं। नन्दी ने उठकर खिड़की बन्द की। शीघ्र ही पानी की बूँदें गिरने की ध्वनियाँ सुनाई देने लगीं। बरसात होने लगी थी।

'अभी थोड़ी देर पहले तो आसमान बिलकुल साफ था और अब बरसात...' 'यह मौसम कभी भी बदल सकता है, आसमान पर भी और जीवन में भी' उसने सोचा और फिर वह धीरे से हँस पड़ा।

* * *

नन्दी रात भर ठीक से सो नहीं सका था। सुबह ठीक से हो भी नहीं पायी थी और वह उठकर बैठ गया। खिड़की की ओर देखा। बन्द थी। समय का और बाहर के मौसम का कोई अनुमान नहीं हो पा रहा था।

नन्दिनी की नींद में व्यवधान न पड़े, इस कारण उसने पहले धीरे-से थोड़ी-सी खिड़की खोलकर बाहर झाँका। मौसम साफ था और बाहर का दृश्य मिला-जुला सा था... अँधेरा भी था और उजाला भी। भोर का पहला चरण था।

नन्दी धीरे से दरवाजा खोलकर बाहर आया और टहलने लगा। धरती भीगी हुई थी और हवायें भी कुछ नम थीं, पर अच्छा बहुत लग रहा था। कुछ देर बाद नन्दिनी भी जाग गयी। नन्दी को न पाकर वह भी बाहर आयी। नन्दी के पास जाकर बोली,

"क्या बात है, इतना पहले क्यों उठ गये?"

"बस यूँ ही आँख खुल गयी।" नन्दी ने धीरे से मुस्कराकर कहा।

* * *

आकाश में छिपा हुआ सूरज ढंग से बाहर निकल आया था। नन्दी कुछ हलका-फुलका जलपान कर चुका था। नन्दिनी से 'थोड़ी देर में आता हूँ' कहकर वह घर से निकल पड़ा। कुछ देर तक चलने के बाद उसे ध्यान आया कि वह कहाँ और क्यों जा रहा था यह उसे भी पता नहीं है। कुछ सोचते हुए से नन्दी की दृष्टि कभी आसमान पर और कभी दूर तक फैले पेड़ों पर जा रही थी।

चलते-चलते वह नदी के तट तक आ गया। ठण्डी-ठण्डी बालू उसके पैरों को सुख दे रही थी। वह पानी से कुछ दूर बालू में बैठकर नदी के प्रवाह को देखने लगा।

'पता नहीं कहाँ से आ रही और कहाँ को जा रही है यह' उसने नदी के बारे में सोचा, फिर वह उठा और नदी के किनारे-किनारे प्रवाह से उलटी दिशा में चलने लगा। नन्दी बहुत दूर तक चलता गया। वैसे ही बराबर एक ओर वृक्ष दूसरी ओर नदी... कुछ भी बदला नहीं था, किन्तु धूप तेज होने लगी थी और खलने लगी थी।

'मैं कहाँ जा रहा हूँ' नन्दी ने सोचा। वह ठहर गया। कुछ देर तक खड़े-खड़े नदी के पार खड़े वृक्षों को देखता रहा, फिर वापस लौट पड़ा। बहुत देर बाद अब उसे घर की याद आयी, नन्दिनी की याद आयी और भूख भी अनुभव होने लगी।

रास्ते में उसे एक वृक्ष पर एक पका हुआ फल दिखाई दिया। नन्दी ने उसे तोड़ लिया और खाते हुए आगे बढ़ने लगा। फल समाप्त हुआ तो जैसे पेट की आग कुछ

कम पड़ी।

'जैसे मैं इस फल को खा गया हूँ, वैसे ही एक दिन काल मुझे खा जायेगा' उसने सोचा। इसके साथ ही उसकी चाल कुछ तेज हुई किन्तु फिर भी उसे घर पहुँचते-पहुँचते अच्छी खासी दोपहर हो गयी थी।

नन्दिनी चिन्तित सी उसकी प्रतीक्षा में बैठी थी। उसे देखते ही प्रश्न किया।

''कहाँ चले गये थे?''

''बस यूँ ही नदी के किनारे थोड़ा टहलने लगा था।''

''इतनी देर तक! मैं बहुत चिन्तित हो रही थी।''

''नदी तट के किनारे-किनारे चलते कुछ दूर चला गया था, इसीलिये आने में कुछ देर हो गयी।

''कुछ विशेष था।''

'नहीं।'

'फिर?'

''बस यूँ ही चलता गया।''

''यूँ ही क्यों?''

''पता करने''

'क्या?'

''बताऊँगा, पर पहले यदि कुछ हो खाने को दो, भूख बहुत लगी है।''

''ठीक है।'' कहकर नन्दिनी उठी। वह नन्दी की बातों से कुछ चिन्तित सी थी। 'पता नहीं क्या बात है' सोचते हुए उसने धीरे से सिर झटका और रसोई की ओर बढ़ गयी। वह खाना लायी तो दोनों ने मिलकर खाना खाया। फिर नन्दी उठा और द्वार की ओर चला। नन्दिनी ने पूछा।

'कहाँ?'

नन्दी ने कोई उत्तर नहीं दिया, बस थोड़ा मुस्कराकर उसका हाथ पकड़ा और उसे भी साथ लेकर बाहर आया, फिर कुछ दूर पर स्थित एक घने से पेड़ की छाया में आकर बैठ गया। नन्दी अभी भी कुछ खोया-खोया सा था।

''भोजन के पूर्व कुछ कह रहे थे।''

'हाँ।'

'क्या?'

''देखो, यह।'' नन्दी ने आसमान में सूर्य की ओर उँगली उठाकर कहा,

“सुबह पता नहीं कहाँ से आता है, हमें प्रकाश और गर्मी देता है और फिर संध्या होते-होते स्वयं भी पता नहीं कहाँ चला जाता है।

“हाँ यह तो है।” नन्दिनी ने कहा।

“यदि किसी दिन यह न आये तो।”

“हाँ यह बात तो कभी मस्तिष्क में आयी ही नहीं, किन्तु यदि सचमुच किसी दिन यह नहीं आया तो बहुत कठिनाई हो जायेगी; सम्भवतः हम जी नहीं सकेंगे।”

“हमारे लिये इसे रोज कौन भेजता होगा?”

“पता नहीं, मैंने कभी सोचा ही नहीं।”

“तो अब सोचो।” नन्दी ने कहा और हँस पड़ा।

“ठीक है सोचती हूँ।“ कहते हुए नन्दिनी भी हँस पड़ी। फिर कुछ देर बाद बोली,

“दिखाई तो कोई नहीं देता, पर अवश्य ही वह बहुत शक्तिशाली होगा।”

“हाँ, पता नहीं कौन है वह।” नन्दी ने कहा, कुछ देर तक मौन छाया रहा, फिर नन्दिनी ने कहा,

“हो सकता है कहीं छुपा हुआ हो, सम्भवतः ऊपर इसी आसमान में कहीं।”

“क्या पता!,” नन्दी ने कहा।

* * *

नन्दी, घूमते हुए नदी के किनारे आ गया था। इधर कुछ दिनों से उसे नदी के किनारे बैठकर पानी में उठती लहरों को देखना बहुत अच्छा लगने लगा था। नन्दिनी भी साथ थी। नन्दी अकेला होता था तो कहीं भी बालू पर बैठ जाता था, किन्तु आज नन्दिनी भी साथ थी तो उसे लगा, बैठने के लिये थोड़ा ढंग का और ऊँचा स्थान होता तो अच्छा रहेगा।

उसने चारों ओर नजर डाली। कुछ दूर पर किसी पेड़ का टूटा हुआ, मोटा और बड़ा सा तना पड़ा हुआ था। नन्दी उसके पास गया। नदी के किनारे नन्दिनी के साथ बैठने के लिये यह उसे बहुत ठीक लगा। ‘यह ठीक है’ उसने मन में कहा, साथ ही उसे ध्यान आ गया कि लोग उसे बैल की भाँति शक्तिशाली कहते हैं।

अपने लिये इस उपमा का ध्यान आते ही उसके अधरों पर मुस्कान तैर गयी। उसने पैर की ठोकर से उस तने को ढकेला। तना थोड़ा-सा खिसका, फिर पैरों की ठोकरों से ही ढकेलता हुआ नन्दी उसे नदी के किनारे मनचाहे स्थान तक ले आया और हाथों से उसे व्यवस्थित करने के बाद हँसकर नन्दिनी से बोला,

‘आओ।’

दोनों उस पर बैठ गये। दोपहर ढल रही थी। सूर्य, पश्चिम के आकाश पर था। कुछ चिड़ियाँ उड़ते-उड़ते कभी-कभी इतने नीचे आ जा रही थीं कि उनके पंख नदी के पानी को छू जाते थे।

कभी-कभी कोई मछली भी उछलती हुई दिख जाती थी। नन्दी यह सब ध्यान से देखने लगा और फिर नदी के प्रवाह को देखते-देखते उसने आँखें बन्द कर लीं, किन्तु उसे लग रहा था जैसे वह अभी भी नदी के बहते पानी को उसकी लहरों को, उछलती मछलियों और नदी को छू-छूकर उड़ती चिड़ियों को देख रहा है।

उसने अपने भीतर एक गहरी साँस भरी... कुछ पल रोकी, फिर छोड़ दी और बहते पानी.से उठते हुए स्वर को सुनने लगा।

नन्दिनी इधर-उधर देख अवश्य रही थी, किन्तु नन्दी की भाव-भंगिमाओं पर भी उसकी दृष्टि थी। सच तो यह है कि वह उससे कुछ बातें करना चाहती थी, किन्तु नन्दी को इतना शान्त और विचारों में डूबा देखकर नन्दिनी को लगा कि ऐसे में नन्दी को छेड़ना उचित नहीं रहेगा।

नन्दिनी उसके मुख की ओर देखने लगी और फिर कुछ देर बीत गयी तो उसने आवाज दी

'माही!'

असल में जैसे विवाह के बाद नन्दी ने उसका नया नाम नन्दिनी रख दिया था और अब तो उसे अपने लिये इसी सम्बोधन को सुनने की आदत सी पड़ गयी थी, वैसे ही नन्दिनी ने भी पता नहीं कब नन्दी को 'माही' कहना प्रारम्भ कर दिया था।

'हूँ' नन्दी ने कहा।

''आँखें खोलो, मुझे अजीब सा लग रहा है।''

'ओह!' कहकर नन्दी ने आँखें खोल दी और नन्दिनी की ओर देखा। नन्दिनी को लगा, उसकी आँखों में शान्ति तो थी ही, उसके लिये बहुत सा प्रेम भी था।

''अजीब सा क्या?'' नन्दी ने पूछा।

''यहाँ इतनी शान्ति है और तुम भी यूँ आँखें बन्द करके बैठे हुए थे, मुझे पता नहीं क्यों कुछ भय-सा लगने लगा था।''

इस पर नन्दी हल्के से हँसा।

''माही, तुम हँसे क्यों?'' नन्दिनी ने पूछा।

''कुछ नहीं बस ऐसे ही।''

''अच्छा एक बात पूछूँ?''

'क्या?'

"आँखें बन्द करके तुम कहीं खो से गये थे; कहाँ थे तुम?"

"खोया नहीं, बस नदी के प्रवाह की, हवा की, पक्षियों के चहचहाने की और..."

"और क्या?"

"और चारों ओर फैली इस शान्ति को सुनने का प्रयास कर रहा था।

"शान्ति को सुनने का प्रयास! क्या अर्थ हुआ इसका?"

नन्दिनी ने आश्चर्य से पूछा, "शान्ति भी सुनाई देती है क्या?"

मुझे तो लगता है... तुम भी कभी नेत्र बन्द कर इसे सुनने का प्रयास करना।"

"क्या सुनाई पड़ता है ?"

"ठीक से नहीं बता सकता, पर अच्छा बहुत लगता है।"

'अच्छा।'

"बस ऐसा लगता है जैसे मै यहाँ नहीं कहीं और हूँ; अभी यदि तुम आवाज नहीं देतीं तो मैं पता नहीं कितनी देर तक यूँ ही बैठा रहता।"

कुछ देर बाद नन्दी ने फिर कहा,

"तुम कितनी अच्छी हो नन्दिनी।"

"अच्छा, लेकिन यह बात तुमने आज ही क्यों, पहले क्यों नही बताई? नन्दिनी ने परिहास किया।

"बताता तो रोज हूँ, तुम मेरी आँखों में लिखा पढ़ती क्यों नहीं?

"आँखें पढ़ना आता नहीं है न।" नन्दिनी ने कहा और इसके बाद दोनों हँस पड़े

"अच्छा नन्दिनी, ये आसमान, ये धरती, नदी, पेड़, चिड़ियाँ और ये उछलती मछलियाँ, सब कुछ कितना अच्छा है न!" नन्दी ने कहा।

नन्दिनी ने दृष्टि चारों ओर धुमाई फिर बोली,

"हाँ अच्छा है।"

सहसा नन्दी उठकर खड़ा हो गया। उसने नन्दिनी को भी हाथ पकड़कर उठाया और उस पेड़ के तने से थोड़ा दूर आ कर खड़ा हो गया। वह इस समय बहुत प्रसन्न था और उसके ओंठों पर चपलता भरी मुस्कुराहट थी। नन्दिनी उसे देखकर कुछ चकित सी थी। नन्दी ने उसके दोनों हाथ पकड़े और झूम-सा गया... बोला,

"नन्दिनी आओ नाचें।" और नन्दी उसे भी हिलाने-डुलाने लगा।

"अरे, नहीं नाचूँगी तो क्या जबरदस्ती नचा डालोगे!" नन्दिनी ने कहा।

'हाँ," कहकर नन्दी हँस पड़ा और उसे पकड़कर उलटे-सीधे हाथ फेंकने लगा।"

"अच्छा चलो।" कहकर नन्दिनी भी चपल हो उठी।

दोनों नाचने लगे। नन्दी कुछ गुनगुनाने जैसी ध्वनि भी कर रहा था। उसने नन्दिनी से कहा,

"नन्दिनी, कुछ गाओ।"

'क्या?'

"कुछ भी।"

"मुझे गाना नहीं आता।"

"तो मुझे कौन-सा आता है।"

नन्दिनी धीरे-धीरे कुछ गाने लगी। नन्दी ने कहा,

"ऐसे नहीं जोर से।"

"जोर से तो गा रही हूँ और कितनी जोर से?"

"बहुत जोर से; ताकि ये धरती, ये आसमान, ये हवायें और दूर-दूर तक फैले पेड़ सब सुन सकें।" कहकर नन्दी खुलकर हँस पड़ा और नन्दिनी भी।

फिर दोनों साथ-साथ नाचने और गाने लगे। उस अनगढ़ से गीत की पंक्तियों का अर्थ था, "तुम अच्छे हो, हम अच्छे हैं, ये आसमान, ये धरती, हवायें नदी, पेड़ सभी कुछ अच्छा है, बहुत अच्छा।"

* * *

नन्दी प्रायः उस स्थान पर नन्दिनी के साथ आने लगा। कभी जब नन्दिनी व्यस्त होती तो वह अकेले ही आ जाता था और बहुत देर तक यूँ ही कभी आँखें खोले और कभी आँखे बन्द किये बैठा रहता था। आज भी वह अकेला ही आया था।

आने के बाद कुछ देर तक वह उसी तने पर बैठकर नदी के प्रवाह को देखता रहा, फिर आँखें बन्द कर लीं। बन्द आँखों में नदी का प्रवाह चल रहा था। वह खोने सा लगा था, तभी उसके मन में यह विचार आया कि वह अलग-सा एक प्रयास करने में क्यों लगा हुआ है... क्या वह मात्र समय नष्ट कर रहा है।

फिर उसे लगा कि इस सबके लिये उसने प्रयास नहीं किया है, जो हो रहा है वह स्वतः ही हो रहा है किन्तु कुछ बेचैनी-सी भी है जो बढ़ती जा रही है, इसके साथ ही उसने आँखें खोल दीं।

चारों ओर देखा। जो भी कुछ दिख रहा था, वह सब उसे बहुत अच्छा लगा। नदी के किनारे दूर तक फैली बालू देखकर उसका मन हुआ कि वह उस पर बैठे।

नन्दी उठा और थोड़ा-सा चलकर पैरों को अपनी ओर मोड़कर, पीठ को सीधी कर, और नेत्र बन्दकर बैठ गया... संम्भवतः यह पद्मासन जैसा था। अब उसे पहले से कुछ अच्छा अधिक लगा।

कुछ देर बाद उसे लगा जैसे उसके सामने बहुत-सा प्रकाश है। इस अनुभव ने सहसा उसके देह में कुछ सिहरन सी भर दी।

उसने नेत्र खोले, चारों ओर देखा... कहीं कुछ विशेष नहीं था। वह कुछ आश्चर्यचकित-सा उठकर खड़ा हो गया और घर की ओर चल पड़ा।

घर पहुँचा तो नन्दिनी ने कहा,

"आज बहुत शीघ्र लौट आये।"

"तुम भी नहीं थीं, अकेले मन नहीं लगा।" नन्दी ने कहा, फिर उसे उस प्रकाश का ध्यान हो आया। उसने नन्दिनी से यह अनुभव साझा करने की सोची।

"नन्दिनी!'

'हाँ'

"आज मैं नदी के किनारे, आँखें बन्द किये बैठा था, तभी बन्द आखों से ही मुझे कुछ पलों के लिये तीव्र प्रकाश-सा अनुभव हुआ।"

"हो सकता है बिजली चमकी हो।"

"बिना बादलों के?"

"हाँ यह तो है;"

"कुछ खाने को दो।" नन्दी ने कुछ देर बाद कहा।

'अच्छा,' कहकर नन्दिनी खाना लगाने लगी। तभी नन्दी ने कहा,

"वैसे बिना बादलों के भी बिजली चमकती तो है।"

'कैसे?' नन्दिनी ने आश्चर्य से पूछा।

"तुम्हारे हँसने से।"

'अच्छा' कहकर नन्दिनी जोर से हँस पड़ी।

* * *

नन्दिनी और नन्दी साथ-साथ टहल रहे थे। नन्दिनी ने एक बड़े से पत्ते का दोना जैसा बनाकर कुछ फूल एकत्र किये थे, वो उन्हें देखकर और छूकर खुश हो रही थी। थोड़ी देर बाद वे नदी के तट पर आकर खड़े हो गये।

नदी के किनारे जैसा कि होता है, हवा ठण्डी थी। नन्दिनी खड़े-खड़े एक-एक फूल को नदी में फेंकने लगी।

"नदी में बहते फूल कितने अच्छे लग रहे हैं!" कुछ देर बाद नन्दिनी ने कहा।

"हाँ, सचमुच।" नन्दी ने कहा, फिर जोड़ा क्या तुम उन्हें पकड़कर वापस ला सकती हो?"

" नहीं, पर क्यों?"

"यूँ ही पूछा।"

"जो इस प्रवाह में बह गया, उसको वापस ला पाना मुझे तो सम्भव नहीं लगता।"

"नदी के प्रवाह में बहते इन फूलों को देखकर मेरे मन में कुछ आ रहा है नन्दिनी।"

'क्या?'

"मुझे लगता है मेरा मन भी किसी प्रवाह में बह रहा है।"

"मुझे भी यही लगता है।" नन्दिनी ने कहा।

"क्या?"

"यही कि तुम्हारा मन किसी विशेष दिशा की ओर बहता चला जा रहा है।'

"हाँ और अब नदी के प्रवाह में बह गये उन फूलों की भाँति ही इसे वापस लाना दुष्कर लग रहा है।"

"हाँ लग रहा होगा।"

"क्या यूँ बहना ठीक है नन्दिनी?"

"इसका सही उत्तर तो बहने वाला ही दे सकता है। तुम्हें स्वयं क्या लग रहा है माही?"

"नदी में बहते फूल अच्छे लग रहे थे न?"

'हाँ।'

"मुझे भी अपने मन का इस प्रकार बहना वैसा ही लग रहा है।"

"कैसा? कैसा लग रहा है माही?"

"नन्दिनी, मैं बहुत ढंग से नहीं बतला सकता, किन्तु जब भी मन इस तरह बहने लगता है, अच्छा ही लगता है।

"तो फिर यह अच्छा ही होगा।"

नन्दी, नदी के किनारे पड़े उसी पेड़ के तने पर आकर बैठ गया। नन्दिनी भी पास ही बैठ गयी।"

"नन्दिनी, आसमान की ओर देखो।" नन्दी ने कहा।

दोनों ने आसमान की ओर देखा। कुछ देर तक ऐसे ही देखने के बाद नन्दी ने पुकारा,

"नन्दिनी, वहाँ आसमान में कुछ भी नहीं है न!"

'हाँ'

"पर फिर भी कुछ तो है।"

"हाँ, कुछ तो है।"

"ठीक से तो नहीं बता सकता, पर मुझे लगता है वह हमें नियंत्रित करता है।"

7

नन्दी का मन कहाँ भटक रहा है? वह सोचता है कि कोई बहुत शक्तिशाली कहीं छुपा हुआ, सम्भवतः आसमान में और इससे भी आगे यह कि वह हमें नियंत्रित करता है।

वह सकारात्मकता की ओर बढ़ रहा है कि नकारात्मकता की ओर... वह किसी ओर बढ़ भी रहा है या केवल समय ही नष्ट कर रहा है, इस सब पर अलग-अलग सोच हो सकती है, पर वह अपने जैसे अन्य लोगों से कुछ अलग अनुभव कर रहा है यह निश्चित है।

इन पंक्तियों के लेखक का अपना मानना है कि यदि ईश्वर एक मिथ्या अवधारणा है तो वह भटक रहा है और यदि ईश्वर तथ्य है तो वह अवश्य ही किसी दिशा में अग्रसर है।

किन्तु हाँ, उसकी दिनचर्या में अपनी आवश्यकताओं के लिये कार्य करने के अतिरिक्त कुछ और भी जुड़ गया था।

* * *

नन्दी, घर से बाहर चुपचाप बैठा हुआ था। अपने कार्य निपटाकर नन्दिनी भी उसके पास आकर खड़ी हो गयी। नन्दी ने उसे देखा, बोला कुछ नहीं।

"क्या सोच रहे हो?" नन्दिनी ने पूछा।

"कुछ नहीं, बस ऐसे ही बैठा हुआ हूँ।"

"कुछ तो सोच रहे हो।"

"पता नहीं कैसे-कैसे प्रश्न मन में उठ रहे हैं।"

"कैसे प्रश्न?"

"यही कि कौन है जो सब कुछ नियंत्रित कर रहा है और कैसे?"

"उससे मिलने जाना है क्या?" नन्दिनी ने हँसी में कहा।

"चाहता तो हूँ।" नन्दी गम्भीर था।

"मैं भी चलूँ?" नन्दिनी ने फिर हँसी में कहा।

"तुम्हारे बिना तो मैं कहीं भी जाना नहीं चाहूँगा।"

"कहाँ चलना है?"

"मुझे पता होता तो अब तक जाकर उससे मिल चुका होता।"

'फिर?'

"मेरा मन एक बार पहाड़ों की ओर जाने का हो रहा है; हो सकता है वहाँ किसी ऊँची चोटी पर उसका घर हो।"

"पहाड़ों की ऊँची चोटी पर ही क्यों?"

"इसका कोई ठीक उत्तर नहीं दे सकता, पर मेरा मन ऐसा कहता है।"

"फिर चलें?"

'कहाँ?'

"पहाड़ों की ओर।"

"इसी समय?"

'हाँ'

"यद्यपि तुम परिहास कर रही हो नन्दिनी, पर हाँ यदि कोई कार्य करना है तो देर करना उचित नहीं होता... मृत्यु किस क्षण हमारे सारे कार्यों पर पूर्ण विराम लगा देगी यह कौन जानता है।"

"इस तरह की बातें मत करो, किन्तु जब भी इस यात्रा को प्रारम्भ करना हो कहना, मैं सदा ही तैयार हूँ।"

"हमारा यहाँ पर ऐसा कुछ विशेष तो है नहीं, हम कल भी चल सकते हैं।"

"ठीक है।"

दूसरे दिन सूर्य के अधिक ऊपर चढ़ने के पूर्व ही नन्दी और नन्दिनी चल देने का मन बनाकर बाहर आये। घर में जो भी खाद्य-सामग्री थी, नन्दिनी वह सब और कुछ बर्तन लेकर एक गठरी बना ली थी, जिसे नन्दी ने बहुत सहज भाव से उठा रखा था। घर छोड़ते समय नन्दिनी बहुत भावुक और दुःखी हो गयी। यह घर उसने और नन्दी ने बड़ी मेहनत से बनाया था। घर से दूर जाते हुए वह बार-बार पीछे मुड़कर

घर को देख रही थी, किन्तु नन्दी उत्साह से भरा हुआ था; न उसे घर से कोई मोह लगा और न ही उसने एक बार भी पीछे मुड़कर देखा

नीड़ में बैठे हुए पंछी
चल पड़े हैं
तौलते पर
नापने आकाश
ईश्वर साथ हो न

8

काम एक भावना है

ईश्वर ने सृष्टि का सृजन किया तो उसके सतत् चलते रहने के लिये काम का सृजन भी किया। उन्होने काम को अपार शक्ति दी।

तीर के रूप में नेत्र, कमान के रूप मे भौहें और अपनी बातें कहने के लिये तरह तरह के संकेतों की भाषा दी। चूँकि काम जब आक्रमण करता है तो मन को मथ डालता है, इसलिये उसे मन्मथ नाम भी मिला।

काम को यदि पुरुष मान लें तो ईश्वर ने उसका साथ देने के लिये सहचरी के रूप मे 'रति' का सृजन भी किया। काम के द्वारा जब प्राणी का मन घायल हो चुका होता है, तब रति आ जाती है।।

काम के कुछ सहायकों में कोयल का गान, तोते का स्वर और भौंरों के गुंजन का नाम आता है। फूलों में अशोक के वृक्ष, नीला कमल, चम्पा के फूल और आम के बौर भी उसके अन्य सहायक हैं। कामदेव की त्वचा का रंग हरा कहा जाता है, जो सम्भवतः इस कारण है कि प्रकृति में हरियाली छाई हुई हो तो मन में कोमल भावनाओं का स्फुटन स्वाभाविक ही है। मन में हरियाली छाने का तो अर्थ ही मन का आनन्दित होना है। बसन्त की ऋतु कामदेव की मित्र कही जाती है।

शिव उन पर्वत-श्रेणियों के मध्य रुकते हुए आगे बढ़ रहे थे। जब वे चलते थे तो उनकी गति असामान्य रूप से तीव्र हो जाया करती थी... ऐसा लगता था मानों वे हवा के साथ बह रहे हैं। अपनी इसी गति के कारण वे सती के स्थान से काफी दूर आ चुके थे।

ऐसा ही एक दिन था। सन्ध्या होने वाली थी। शिव को रुकने के लिये कोई स्थान चाहिये था। इस समय वे जहाँ पर थे, वह अत्यन्त रमणीक स्थान था। एक ओर पर्वतों पर दूर-दूर तक वृक्षों की हरियाली और दूसरी ओर फूलों से भरी हुई घाटी।

पास ही एक पतला सा झरना। शिव को यह स्थान रात्रि व्यतीत करने के लिये उपयुक्त लगा, वे ठहर गये।

कुछ ही देर में सन्ध्या ढलने लगी। शिव, शान्ति से एक चट्टान का सहारा लेकर बैठ गये। कुछ देर से सती, जुड़ी स्मृतियाँ उनके मन में आ रही थीं। उन्होंने नेत्र बन्द किये तो मानो सती सशरीर उनके सन्मुख उपस्थित हो गयीं।

उनका आकर्षण अतुलनीय था। शिव को उस आकर्षण की अनुभूति होने लगी। सती के मुख पर तैरती सरलता, उनके नेत्र, उनकी वाणी का माधुर्य, उनका चलना, और कुल मिलाकर उनका अप्रतिम सौन्दर्य, सबने मिलकर शिव को स्मृतियों में डुबो दिया।

शिव के मन में सती को पाने की कामना उत्पन्न हो गयी और धीरे-धीरे वह तीव्र होने लगी। उन्हें लगने लगा, कितना अच्छा होता यदि इतने रमणीक स्थान और इतनी सुन्दर सन्ध्या में सती भी उनके साथ होतीं। वे अपने जीवन में कुछ ऐसी कमी अनुभव करने लगे, जिसे सती ही पूरा कर सकती थीं।

कुछ देर तक वे इन्हीं भावों में डूबे रहे, फिर जैसे कोई मधुर स्वप्न से अचानक जाग उठे, ऐसे चौंक से उठे

खटखटाते हैं
किसी के नेत्र
मन का द्वार
फिर फिर
और जोगी मन
ये क्यों कर ढूँढ़ता है
अर्थ इसके।

उन्होंने आज तक निष्काम जीवन जिया था, कभी किसी तरह की कोई कामना उनके मन में पैदा ही नहीं हुई थी। आज एक स्त्री की कामना उन्हें विचलित कर गयी थी।

यह उन पर काम का आक्रमण था। यह मात्र एक भावना का उदय होना ही तो था। शिव ने अपने मन में इस भावना के समूल नाश का निश्चय किया।

वे उठ खड़े हुए। चारों ओर देखा, फिर अपने पैरों को देखा; उन्हें थोड़ा झटका, सिर को भी थोड़ा झटका, एक गहरी साँस भरी और फिर बहुत ही अद्‌भुत और अप्रतिम नृत्य प्रारम्भ कर दिया।

धीरे-धीरे नृत्य तीव्र होने लगा। इस नृत्य से बहुत अधिक ऊर्जा उत्पन्न होने लगी। शिव का शरीर ही नहीं, उनके चारों ओर का वातावरण भी ऊष्मा से भर उठा। उनके नेत्र ही नहीं, मुख भी रक्तिम हो उठा था, मानों वे बहुत क्रोध में हों और काम को नष्ट कर डालना चाहते हों।

कुछ देर बाद उनके नृत्य की गति धीमी पड़ने लगी और फिर वे ठहर गये। उनकी साँसें गर्म और तीव्र हो उठीं थीं और उनके मन में सती की स्मृतियाँ तो शेष थीं, किन्तु उनकी कामना नष्ट हो चुकी थी। शिव ने उससे मुक्ति पा ली थी... काम हार चुका था।

* * *

काम हार चुका था, किन्तु कर्तव्य-बोध सोया नहीं था। यदि एक वर्ष का अन्तराल भी उस लड़की सती का मन नहीं बदल सका और वह उनसे विवाह करने के अपने निर्णय पर बनी ही रही तो...। उसके लिये एक घर तो चाहिये ही होगा।

मैदानों के कोलाहल से दूर, शिव को पहाड़ अच्छे लगते थे। वहाँ की शान्ति और निर्मलता मन को छूती थी और ध्यान में डूबने में सहायक होती थी। एक पत्नी होने के बाद भी उनके स्वभाव और रहन-सहन में कोई विशेष परिवर्तन हो पायेगा, ऐसा उन्हें नहीं लगता था।

पहाड़ों पर कहीं घर बनाने की बात मन में आयी, तो शिव को एक सहायक की आवश्यकता भी लगी, साथ ही यह भी लगा कि उन्हें तो अकेले और नीरवता में रहने की आदत है, किन्तु किसी स्त्री के रहने के लिये कम-से-कम छोटा-सा घर और आस-पास कोई छोटी ही सही, बस्ती भी होनी चाहिये।

इस विचार के आते ही शिव के होंठों पर हलकी सी हँसी आयी। 'कहाँ फँस गया मैं 'उन्होंने स्वयं से कहा। रात्रि घिरने लगी थी। वे एक थोड़ा-सा उचित स्थान देखकर वहाँ गये... भूमि पर एक शिला के सहारे पीठ टिकाकर बैठ गये और वहीं लुढ़ककर सो गये।

यादों का गाँव
और तीर लिये काम
आया भी
उलझा भी
हारा, फिर लौटा भी
लेकिन वह छोड़ गया
शिला पर निशान

9

सुबह सूर्य की किरणों के स्पर्श से आँखें खुलीं। रात्रि में बहुत अच्छी नींद आयी थी। पास ही एक झरना था। उसी से सुबह की पानी की आवश्यकतायें पूरी कीं और आगे की यात्रा प्रारम्भ करने की बात मन में आयी। तभी उन्होंने देखा, एक बलिष्ठ सा पुरुष और उसके साथ एक स्त्री, कुछ दूरी पर, थके हुए से बैठे थे।

'पता नहीं कौन होंगे' शिव के मन में आया। तभी उन दोनों की दृष्टि भी शिव पर पड़ी और एक दृष्टि में ही शिव के व्यक्तित्त्व ने उन्हें बहुत अधिक प्रभावित किया।

वे उठे और शिव की ओर आने लगे। यह देखकर शिव रुके। दोनों ने पास आकर उन्हें प्रणाम किया। शिव ने उनके अभिवादन का उत्तर दिया और प्रश्नवाचक दृष्टि से उनकी ओर देखा!

''मैं नन्दी और यह मेरी पत्नी नन्दिनी।'' उस पुरुष ने कहा।

''मैं शिव।''

''आपके व्यक्तित्त्व में अद्‌भुत आकर्षण है।'' नन्दी ने कहा।

शिव इस पर हँस पड़े।

''यह आपकी दृष्टि है, अन्यथा मैं तो बहुत साधारण हूँ।'' उन्होंने कहा, फिर बोले, ''कहाँ से आ रहे हैं?''

''बहुत दूर से।''

''और यहाँ तक आने का प्रयोजन?''

इस प्रश्न के उत्तर में नन्दी मौन हो गया।

''नहीं बताना चाहते हों तो कोई बात नहीं।'' शिव ने कहा।

''नहीं यह बात नहीं है।''

'फिर?' शिव ने हँसकर पूछा।

''सुनकर आप हँसेंगे।''

''ऐसा भी क्या? आप निःसंकोच बतायें; हो सका तो आपकी सहायता ही करूँगा।''

नन्दी फिर भी चुप रहा। उसने नन्दिनी की ओर देखा। अब नन्दिनी ने कहा,

''इन्हें संकोच हो रहा है, मैं बताती हूँ।''

''ठीक है।'' शिव ने नन्दिनी की ओर देखकर कहा।

"हमें लगता है इस सम्पूर्ण जगत को बनाने और चलाने वाला कोई तो होगा।"

'फिर?'

"हम उसे खोज रहे हैं।"

"तो कोई सफलता मिली क्या?" शिव ने हँसकर कहा।

"सफलता तो नहीं मिली, किन्तु सफलता मिलने का आसार मिला है।"

"अच्छा! कब? कहाँ?"

अब नन्दी बोल उठा,

"बस अभी-अभी।"

'अच्छा।'

"हाँ, आपसे मिलने के बाद लगने लगा है कि सफलता दूर नहीं है।"

"मुझसे मिलने के बाद?" शिव ने पूछा।

"हाँ, हम बहुत दिनों से और बहुत दूर से चलकर आ रहे हैं; बहुतों से भेंट हुई, बहुत से अनुभव भी हुए, किन्तु आप जैसे असाधारण व्यक्तित्त्व से हम पहली बार मिल रहे हैं... आपके व्यक्तित्त्व में अद्भुत गरिमा और आकर्षण है... हमें लग रहा है कि हमारी यात्रा सफल होने वाली है।"

अपने बारे में यह सब सुनकर शिव धीरे से हँसे बोले,

"मैं पुनः कह रहा हूँ, यह आपकी दृष्टि है, मैं भी आप जैसा ही हूँ।

"नहीं, आप औरों से बहुत अलग हैं; यह चमकती हुई देह, हलका नीला कण्ठ, बढ़ी हुई जटायें, मस्तक पर लगा हुआ टीका, बोलते हुए नेत्र, हल्की-सी मुस्कान लिये अधर और सबसे बढ़कर दूर से ही दिखता आपका प्रभामण्डल, आपके विशिष्ट होने का परिचय देता है।"

"चलिये हम इस बात को यहीं छोड़ते हैं, अब यहाँ से कहाँ जाने का विचार है?" शिव ने पूछा।

"यदि आप अन्यथा न लें तो मैं एक प्रति-प्रश्न करना चाहता हूँ।"

"नहीं, अन्यथा क्यों, आप अपनी बात कहें।"

"हम अभी तक आपका परिचय नहीं जान सके हैं।"

"बताया तो मैं शिव हूँ"

'और?'

"और तो कुछ मैं स्वयं भी नहीं जानता।"

"आश्चर्य है!" नन्दी ने कहा, फिर पूछा,

"आपका घर?"

"कहीं नहीं।"

"फिर रहते कहाँ हैं?।"

"कहीं भी, जहाँ रात्रि हो जाये।"

"फिर यूँ ही घूमते रहने का कोई उद्‌देश्य भी तो होगा?"

"जिस उद्‌देश्य से आप अपना घर छोड़कर इतनी दूर आये हैं, वही मेरा भी उद्‌देश्य है।"

"ओह! फिर कुछ सफलता मिली क्या?"

"सफलता को लेकर मैं बहुत चिन्तित नहीं हूँ; इस मार्ग पर चलने में जो आनन्द है, मैं उससे ही अभिभूत हूँ।"

"ओह! आप सचमुच प्रणम्य हैं।"

नन्दी की यह बात सुनकर शिव के अधरों पर क्षण भर के लिये हलकी-सी मुस्कराहट आयी। उन्होंने कहा-

"नहीं, ऐसा कुछ भी नहीं है।"

"एक निवेदन है।" नन्दी ने कहा,

'क्या?'

"क्या आप हमें अपने पीछे आने की अनुमति देंगे? हम आपके किसी भी कार्य में बाधा नहीं बनेंगे, अपितु भरसक सहायता ही करेंगे।"

"हाँ, आपका साथ मुझे भी अच्छा लगेगा, किन्तु पीछे क्यों, हम साथ-साथ ही चलेंगे।"

"इस अनुग्रह के लिये हम आपके आभारी हैं, पर एक अनुरोध है।"

'क्या?'

"कृपया हमें आप कहकर सम्बोधित न करें।"

इसका उत्तर शिव ने एक हल्की सी मुस्कान से दिया।

इसके बाद शिव चल पड़े तो नन्दी और नन्दिनी भी उनके पीछे हो लिये। शिव, विचार-मग्न से पहाड़ों पर ऊपर की ओर जा रहे थे। उनके मन में सम्भवतः कुछ चल रहा था। दोपहर तक ऊपर चढ़ने के बाद वे एक ऐसे स्थान पर पहुँचे, जहाँ भूमि कुछ समतल थी और पास ही एक झरना भी था। शिव रुके,

"नन्दी! तुम लोग थक गये होगे, यहाँ आस-पास बहुत से फलदार वृक्ष दिखाई

दे रहे हैं, यहाँ रुक कर हम अपनी क्षुधा भी शान्त कर सकेंगे और थोड़ा विश्राम भी।"

'जी' नन्दी ने कहा!

शिव एक पत्थर पर बैठ गये। नन्दिनी और नन्दी दोनों ही, पेड़ों से खाने योग्य फल एकत्रित करने लगे। पर्याप्त फल हो गये तो वे उन्हें झरने के पानी से धोकर शिव के पास ले आये।

"ग्रहण करें!" उन्होंने शिव के सम्मुख सारे फल रखकर कहा। शिव ने उसमें दो तीन फल लिये और शेष नन्दी को दे दिये। फल ग्रहण करने के कुछ देर बाद, शिव ने पुकारा,

'नन्दी!'

'जी' नन्दी ने पास आकर कहा।

"यह स्थान कैसा लग रहा है?"

"बहुत अच्छा।"

"देखो, नन्दिनी हमारे साथ हैं कुछ देर में ही दिन ढलने लगेगा और हम तो कहीं भी लुढ़क लेंगे, पर मुझे लगता है नन्दिनी के लिये हमें किसी आश्रय की व्यवस्था करनी चाहिये।"

"उचित है, किन्तु क्या करना होगा?"

"मुझे भी यह स्थान बहुत अच्छा लग रहा है; यदि यहाँ पर नन्दिनी के लिये एक छोटी सी कुटी होती तो हम यहाँ कुछ दिन रुक सकते थे।"

"मैं प्रयास करता हूँ।"

"इस कार्य में मैं भी तुम्हारी सहायता करूँगा।"

"इसकी आवश्यकता नहीं पड़ेगी प्रभु, मैं अकेला ही इस कार्य के लिये पर्याप्त हूँ, आप बस देखते रहिये।"

इसके बाद नन्दी एक कुटी बनाने के कार्य में जुट गया। शिव उसकी शक्ति और फुर्ती को देखकर हैरान थे। बहुत तेजी से नन्दी ने उपयुक्त लकडियाँ एकत्र कीं और अद्भुत कौशल से नन्दिनी के साथ मिलकर दिन ढलने से पूर्व ही आश्रय लेने लायक एक काम-चलाऊ ढाँचा खड़ा कर दिया और उसके भीतर सूखी हुई घास-फूस बिछा कर उसे लेटने लायक भी बना दिया। शिव ने कई बार उनकी सहायता करने का प्रयास किया, किन्तु नन्दिनी और नन्दी ने आग्रहपूर्वक उन्हें कोई काम नहीं करने दिया।

सन्ध्या ढलने को हुई तो शिव ने नन्दी को पास बुलाया।

“तुम लोगों ने दिन भर बहुत परिश्रम किया है; जाओ भीतर जाकर आराम कर लो।”

“और आप?”

“मेरी तो इसी प्रकार खुले में रात्रि बिताने की आदत है।”

“तो फिर नन्दिनी अन्दर सो जायेगी, मैं यहीं आपके पास रहूँगा।”

“तुम व्यर्थ ही कष्ट उठाओगे, इसका लाभ भी क्या होगा?”

“मैं कुटी के अन्दर और आप बाहर, यह मेरे लिये बहुत लज्जा की बात होगी और एक बात और भी है।”

‘क्या?’

“एक पूरी रात्रि आपके सान्निध्य में बीतेगी, यह मेरे लिये परम-सौभाग्य जैसा होगा।”

नन्दी की इस बात पर शिव हँसे, बोले,

“अब हमें साथ-साथ ही रहना हैं, तो भविष्य में हमें ऐसे बहुत से अवसर मिलेंगे, अभी तुम नन्दिनी के साथ जाकर अन्दर सो जाओ। मैं कुछ देर ध्यान में बैठूँगा और फिर कहीं सोने के लिये स्थान ढूँढ़ लूँगा।”

अब कुछ और कहने का साहस नन्दी नहीं कर सका। वह उठा और नन्दिनी को साथ लेकर कुटी में चला गया। उसके जाने के बाद शिव पद्मासन लगाकर ध्यान में डूब गये।

नन्दी और नन्दिनी कुटी के भीतर पहुँचे तो नन्दिनी ने पूछा ,

“माही, यह ठीक हुआ क्या? हम लोग आराम से कुटी के अन्दर और वे बाहर खुले आसमान के नीचे ।”

“नहीं, ठीक तो नहीं हुआ, किन्तु हम कर भी क्या सकते थे।”

सुबह नन्दी और नन्दिनी जब सोकर उठे, शिव अपने स्थान पर नहीं थे।

“वे कहाँ गये होंगे?” नन्दिनी ने नन्दी की ओर देखकर कहा।

“थोड़ी देर प्रतीक्षा कर लेते हैं, यहीं कहीं ही होंगे।” नन्दी ने कहा और तभी उन्होंने देखा, शिव झरने से स्नान करके उनकी ओर ही आ रहे थे। उनके हाथ अपनी जटाओं पर थे और वे बार-बार सिर झटककर उन्हें सुखाने का प्रयास कर रहे थे।

“अप्रतिम व्यक्तित्त्व।” नन्दी ने उनकी ओर देखते हुए कहा। शिव पास आये तो नन्दी और नन्दिनी ने प्रणाम किया।

"आप कितना शीघ्र उठ गये थे, अभी तो भोर हो ही रही है।"

शिव इसके उत्तर में धीरे से हँसे और बोले,

"जायें, अब आप लोग भी स्नान इत्यादि कर लें।"

'जी' कहकर नन्दी उठा, नन्दिनी भी उसके पीछे हो ली।

* * *

उस स्थान पर रहते कुछ दिन बीत चुके थे। शिव के लिये भी एक अच्छी सी कुटी, नन्दी और नन्दिनी ने मिलकर बना दी थी। वे भी इस वातावरण में रहने के अभ्यस्त होते जा रहे थे।

उन्होंने शिव से ध्यान लगाना भी सीख लिया था और दिन का एक बड़ा भाग वे इसमें व्यतीत करने लगे थे, किन्तु 'अहं ब्रह्मास्मि' में डूबने के प्रयास में बहुत सफल नहीं हो पा रहे थे। दिनचर्या ठीक ही चल रही थी, किन्तु कुछ जंगली जानवर अक्सर आ ही जाते थे और उनके ध्यान लगाने में व्यवधान उत्पन्न कर देते थे। एक दिन अचानक शिव ने कहा,

'नन्दी!'

'जी'

"हम कुछ और ऊपर की ओर चलें क्या?"

"हाँ, बहुत अच्छा रहेगा।"

"नन्दिनी से भी पूछ लो।"

नन्दिनी पास ही खड़ी थी।

"आप जो भी सोचेंगे, उसमें हमारा कल्याण ही होगा; मुझे भी थोड़ा ऊपर की ओर चलना अच्छा लगेगा, हम आकाश के और नजदीक होंगे।"

"आकाश तो नहीं, किन्तु हाँ बादलों के और पास तो हो ही जायेंगे।" कहकर शिव हँसे।"

"हमारे लिये आपका सान्निध्य किसी आकाश को छूने से कम भी नहीं है।"

"तो फिर चलें?" शिव ने मुस्कराकर कहा।"

'हाँ'

और इसके साथ ही तीनों लोगों का यह काफिला पहाड़ों पर चढ़ने लगा। चढ़ाई दुर्गम होती जा रही थी। लगभग दो-तीन दिनों की कठिन यात्रा के बाद उन्हें बर्फ से ढकी पहाड़ियाँ भी मिलने लगीं।

"मुझे लगता है अब बस।" शिव ने नन्दी से कहा, "यहीं पर कहीं कुटी बनाने

योग्य स्थान खोजते हैं।"

"जी ठीक है।"

कुछ ही देर में उन्हें कुटी बनाने योग्य स्थान मिल गया। नन्दी ने दिन भर में एक कुटी तैयार कर दी। रात्रि होने लगी तो नन्दी ने शिव से कहा,

"आप कुटी में जाकर विश्राम कर लें, कल मैं एक अपने लिये एक और कुटी बना लूँगा।"

नन्दी के इस आग्रह पर शिव बोले,

"नहीं, मेरे लिये चिन्तित मत हो; तुम लोग कुटी में जाओ और रात्रि विश्राम करो।"

"फिर ऐसा करते हैं हम तीनों इसके अन्दर चलते हैं।" नन्दी ने कहा, किन्तु शिव ने उन्हें समझा-बुझाकर कुटी में भेज दिया और स्वयं बाहर खुले में ही रात्रि बितायी। दूसरे दिन प्रातःकाल से ही पति-पत्नी दोनों शिव के लिये कुटी बनाने में लग गये और शाम तक एक छोटी-सी कुटी तैयार कर दी।

इस स्थान पर कभी-कभी तीव्र वायु से उठने वाली सनसनाहट के अतिरिक्त पूर्ण नीरवता थी और किसी तरह के जानवरों की आवाजाही भी लगभग शून्य थी। शिव को तो हर तरह के वातावरण में रहने की आदत थी, किन्तु दिनों के बीतने के साथ-साथ नन्दिनी और नन्दी के शरीर भी इसे सहन करने के आदी होते जा रहे हैं।

10

शिव को गये एक वर्ष होने ही वाला था, इसी बीच सती सब कुछ भूलकर ध्यान में दिन का अधिक से अधिक समय बिताने लगी थीं। यद्यपि उनके मुख की कान्ति बढ़ गयी थी, किन्तु शारीरिक रूप से वे दुबली हो गयी थीं। वीरणी और दक्ष उनकी इस दशा को देखकर चिन्तित थे।

एक दिन वीरणी ने कहा,

'बेटी!'

'जी माँ।"

"इस हँसने- खेलने वाली आयु में तू सब कुछ भूलकर इस तरह ध्यान में डूबी रहने लगी है और वह भी उस व्यक्ति के लिये, जो योगियों की भाँति रहता है, जिसका कहीं कोई घर नहीं, न उसके जन्म और कुल का ही पता है।"

"माँ, मैं किसी अन्य के लिये नहीं अपने लिये ध्यान करती हूँ, 'अहं ब्रह्मास्मि'

की भावना में डूबना मुझे अच्छा लगता है।"

"और तेरा विवाह?"

"होना होगा तो हो ही जायेगा।"

"उसी योगी से?"

सती इस प्रश्न के उत्तर में मौन हो गयीं।

"वह योगी इस समय पता नहीं कहाँ भटक रहा होगा; यदि वह एक वर्ष की अवधि समाप्त होने पर भी न आया तो?" वीरणी ने फिर कहा।

"माँ, वे आयेंगे।" सती ने सिर झुकाकर धीमे स्वर में कहा।

"आ भी गया और तेरा विवाह उससे हो भी गया, तो वह तुझे रखेगा कहाँ? तुझे कौन सा सुख दे पायेगा वह संन्यासी?"

"यह सोचने का समय जा चुका है माँ।"

"तेरी इच्छा; किन्तु मैं तो कहती हूँ एक बार पुनः सोचकर निर्णय लेने में कुछ भी अनुचित नहीं है।"

इसके उत्तर में भी सती मौन ही रहीं, किन्तु अपनी आँखों को हथेलियों से ढक लिया।

वीरणी की बात उनके मन में कहीं चुभ गयी थी और आँखें कुछ नम हो आयी थीं। वीरणी ने यह देखा तो बोलीं,

"सती, माँ होने के नाते मैंने जो उचित समझी वह सलाह दी बेटी, वैसे जैसी तेरी इच्छा होगी, हम वहीं करेंगे।"

और इसके साथ ही वीरणी ने सती का सिर स्नेह से अपने सीने से सटा लिया।

टूटा है मन,
किन्तु किसी की,
आँखों में,
जी उठा स्वप्न,
अब भी जीवित है।

* * *

शिव को दक्ष के यहाँ से गये हुए एक वर्ष पूरा होने में मात्र एक दिन शेष था। सती ने बहुत संकोच के साथ वीरणी से कहा,

"माँ, कल एक वर्ष पूरा हो जायेगा।"

"हाँ बेटी, मुझे ध्यान है।"

सती, जिन्होंने पूरे वर्ष भर बड़े धैर्य से अपना विश्वास बनाये रखा था, इस अन्तिम दिन अधीर हो उठीं।

"माँ, यदि वे नहीं आये तो?"

"विश्वास रखो बेटी, तुम्हारी यह तपस्या निष्फल नहीं जायेगी।"

'माँ' कहते हुए सती ने माँ की गोद में अपना मुख रख दिया।

उस रात वे बहुत व्यग्र रहीं। रात्रि में पहले बहुत देर तक बिस्तर पर बैठी ईश्वर से प्रार्थना करती रहीं और फिर सिर ऐसे झुकाकर, जैसे कोई किसी के चरणों पर झुक गया हो, रो पड़ीं।

आँसू टपके और बिस्तर भिगोने लगे। उनके मुख से बार-बार निकल रहा था 'प्रभु मेरी सुन लेना', फिर कुछ देर बाद सिर उठाया और बहुत थकी हुई सी लेट गयीं। सीने में बहुत खालीपन सा लग रहा था।

कुछ देर बाद विचारों ने करवट़ बदली। 'उनकी बात पर इतना अविश्वास क्यों सती?' उन्होंने स्वयं से कहा। 'वे आयेंगे अवश्य आयेंगे' सोचते हुए सती ने उठकर पास ही रखे पानी के पात्र से पानी लेकर अपना मुख, जिस पर आँसू सूख रहे थे, साफ किया, फिर पेट भर पानी पिया।

'मैं भी पागल हूँ' उन्होंने स्वयं से कहकर हँसने का प्रयास किया और फिर एक चादर उठाई, उसे मोड़-माड़कर गठरी सी बनायी और करवट लेकर, उसे सीने के नीचे दबा कर लेट गयीं और शीघ्र ही सो गयीं। रात बीती और भगवान भास्कर धीरे धीरे अपने मुख से चादर हटाने लगे... भोर ने द्वार खटखटाया, इसी के साथ सभी उठकर अपने-अपने कार्यों में लग गये किन्तु सती अभी तक अपने कक्ष से बाहर नहीं आयी थीं। वीरणी को चिन्ता हुई। वे सती के कक्ष में आयीं। सती अभी भी सो रही थीं।

वीरणी ने धीरे से सती के मस्तक पर हाथ रखा और फिर बिना उन्हें जगाये बाहर चली गयीं। कुछ देर बाद सती की आँखें खुलीं। सूर्य के प्रकाश से उनका कक्ष भरा हुआ था।

"अऱे! इतनी देर हो गयी।" उन्होंने स्वयं से कहा और उन्हें स्मरण हो आया कि वे स्वप्न देख रहीं थीं कि वे और शिव एक दूसरे का हाथ पकड़े आसमान में उड़ रहे हैं। उनके ओठों पर हलकी सी मुस्कान आयी। 'स्वप्न भी कैसे कैसे होते हैं', उन्होंने हलका सा सिर झटककर स्वयं कहा और कक्ष से बाहर आ गईं।

वीरणी की दृष्टि बराबर सती पर थी। नहा-धोकर सती सुबह के जलपान के लिये वीरणी के पास आयीं, बोली,

"माँ, शीघ्र कुछ दो, भूख लगी है।"

वीरणी ने उनके लिये जलपान लगवाया। इसके बाद सती उठीं और अपने कक्ष में जाकर लेट गयीं। फिर कुछ देर बाद वह उठीं और एक परिचारिका से कहकर इला को बुलवाया। इला आयी तो सती ने प्रेम से उसका स्वागत किया और अपने कक्ष में ले गयीं।

वीरणी को ध्यान आया, अन्य दिनों में तो सती इस समय ध्यान में डूबी हुई होती थीं। कुछ देर बाद उन्हें सती के कक्ष से सती और इला की हलकी-हलकी हँसी की आवाजें सुनाई दीं। वीरणी ने बहुत दिनों बाद सती को हँसते हुए सुना था, यह उन्हें बहुत सुखद लगा। सम्भवतः सखियों में कुछ हलकी-फुलकी बातें चल रही थीं।

कुछ देर बाद दोनों बाहर निकलीं तो वीरणी ने देखा, आज बहुत दिनों बाद सती ने अच्छे और कुछ मूल्यवान वस्त्र पहन रखे थे, अन्यथा वह आजकल बहुत ही साधारण वस्त्रों में रहने लगी थीं। वीरणी को बहुत सुखद अनुभूति हुई। तभी सती ने उनके पास आकर पूछा,

"माँ, हम लोग थोड़ा घूमकर आयें?"

"हाँ जाओ, पर अपना ध्यान रखना।"

"जी," सती ने कहा।

सती और इला जाने लगीं तो वीरणी की दृष्टि सती पर ही तब तक टिकी रही, जब तक वे दिखाई देती रहीं। सती को निहारना वीरणी को बहुत अच्छा लग रहा था। उनकी उस दृष्टि में सती के लिये बहुत अधिक स्नेह था।

'हे भगवान! मेरी बेटी को सदा ऐसे ही प्रसन्न रखना।' वीरणी ने ईश्वर से प्रार्थना की। इसके बाद वह उठकर दक्ष के पास गयीं।

"आज शिव के लौटने का दिन है।" उन्होंने दक्ष से कहा।

"मुझे भी उनकी प्रतीक्षा है और कुछ लोगों को मैंने पर्वत पर, जिस स्थान पर उनसे भेंट हुई थी, वहाँ भेज रखा है; जैसे ही वे आयेंगे, मुझे सूचना मिल जायेगी और ससम्मान उन्हें यहाँ तक लाने के लिये मैं स्वयं जाऊँगा।"

"आज बहुत दिनों के बाद सती को हँसते सुना है, यदि शिव नहीं आये तो वह कुछ भी कर सकती है।"

"कुछ भी अर्थात?"

"कुछ भी अर्थात कुछ भी, वह अपने जीवन का अन्त भी कर सकती है।"

"ओह!" दक्ष ने कहा, फिर बहुत धीरे से बोले, "पागल लड़की।"

इसके बाद कुछ देर के लिये मौन रहा... फिर दक्ष ने कहा

“शिव आयेंगे, इसमें मुझे किसी तरह की शंका नहीं है।”

‘क्यों?’

“माँ ने स्वयं स्वप्न में आकर इस विवाह के लिये कहा था, उनकी प्रेरणा व्यर्थ नहीं हो सकती।”

“हाँ यह तो है।” वीरणी ने कहा, फिर अपनी बात को आगे बढ़ाते हुए कहा,

“मेरे मन में एक विचार आ रहा है।”

‘क्या?’

“मैं भी उस स्थान पर उपस्थित रहकर उनका स्वागत करना चाहती हूँ; उन्हें अच्छा लगेगा और मुझे भी।”

“ठीक है... यहाँ पर उनके स्वागत की व्यवस्था तो हो ही चुकी है, अतः हम दोनों ही साथ चलते हैं।”

इसके बाद वीरणी ने सती को बुलवाया। सती आईं। इला भी साथ में थी।

“बेटी, तुम्हारे पिता और मैं शिव के स्वागत के लिये उसी स्थान पर जा रहे हैं।”

इस पर सती तो मौन ही रहीं, पर इला ने पूछा,

“माँ, क्या उनके आने की कोई सूचना आई है?”

“नहीं, अभी तो नहीं, किन्तु उन्हें आना तो है ही।”

इसके बाद वीरणी और दक्ष, रथ लेकर पर्वतों की ओर चल पड़े। वे उस स्थान पर पहुँचे, जहाँ उनके भेजे कई लोग पहले से ही मौजूद थे। शिव अभी तक नहीं आये थे। प्रतीक्षा की घड़ियाँ लम्बी होती जा रही थीं, मन आशंकित होने लगे थे। वीरणी और दक्ष बार-बार टहलने लगते थे। तभी अचानक दूर से एक छाया उस ओर आती दिखाई दी। ‘अवश्य शिव ही होंगे’ वीरणी ने सोचा। उनके हृदय में आश्चर्य-मिश्रित प्रसन्नता से धक् से हुआ।

“वे आ गये।” वीरणी ने दक्ष से कहा।

“हाँ, वहीं होंगें।” दक्ष ने कहा “हम आगे बढ़कर उनका स्वागत करते हैं।”

दक्ष उठे और आगे बढ़े तो उनके पीछे वीरणी और उनके पीछे कुछ अन्य लोग भी चल पड़े। उस आकृति और इन लोगों के मध्य की दूरी कम होती जा रही थी। कुछ देर बाद स्पष्ट हो गया कि वे शिव ही हैं। निपट अकेले। कुछ देर में ही वे सामने थे। उसी वेष-भूषा में, जो वर्ष भर पहले थी।

“अहोभाग्य, आप आ गये! आपका हृदय से स्वागत है।” दक्ष ने कहा।

"किन्तु, आप लोगों ने व्यर्थ ही कष्ट किया, मैं तो आ ही रहा था।" उन्होंने हँसकर दक्ष और वीरणी से कहा।

"प्रतीक्षा की घड़ियाँ कट नहीं रही थीं; वहीं रहने की अपेक्षा यहाँ आने से वे कुछ कम हो गयीं।" वीरणी ने कहा।

"ओह! मैं भी आप लोगों से मिलने के लिये बहुत उत्सुक था। "

"आपको बस कुछ दूर ही पैदल चलना पड़ेगा... रथ यहाँ तक आ नहीं सकता था, इसीलिये नीचे खड़ा है।" दक्ष ने कहा,

"आप व्यर्थ ही चिन्तित हो रहे हैं, पैदल चलने का मुझे बहुत अधिक अभ्यास है।"

बड़े ही सुखद क्षण थे। अकेले में शिव लम्बे-लम्बे डग भरते हुए बहुत तेज चलते थे, किन्तु सबके साथ चलने के लिये वे धीमे चलने लगे।

कुछ देर में सभी लोग नीचे आ गये। रथ तैयार खड़े थे। शिव को दक्ष ने अपने रथ में बिठाया। वीरणी एक अलग रथ में बैठीं और उन्होंने अपने सारथी को तेज चलने को कहा। उनका रथ दक्ष के रथ को पीछे छोड़कर शीघ्रता से महल तक पहुँचा। वीरणी, रथ से उतरकर, खड़े होकर शिव के पहुँचने की प्रतीक्षा करने लगीं। शिव, महल तक पहुँचे, तो वीरणी उनके स्वागत के लिये तैयार खड़ी थीं। शिव उनकी इस तीव्रता से प्रभावित हुए।

इस बीच एक जोड़ी आँखें, महल की खिड़कियों से छुपकर उनकी राह देख रही थीं। ये सती की आँखें थीं। दक्ष, शिव को सादर, महल के अन्दर ले गये। सभी ने आसन ग्रहण किया तो कुशल-क्षेम के उपरान्त बहुत तरह के व्यंजन शिव के सम्मुख लगाये गये,

"इस समय मेरी कुछ भी लेने की इच्छा नहीं है।" शिव ने कहा।

"पता नहीं कहाँ से चलकर आ रहे हैं, कुछ तो लें।" दक्ष ने कहा।

"ठीक है मैं यह ले लेता हूँ।" कहकर शिव ने फल का एक टुकड़ा उठा लिया।

कुछ देर तक कुछ और बातों के बाद दक्ष ने पूछा,

"फिर क्या निश्चय किया आपने ?"

"सम्भवतः आप विवाह के सम्बन्ध में पूछ रहे हैं?"

'जी।'

"क्या आप लोग अभी भी अपने पूर्व निर्णय को उचित समझ रहे हैं?"

"हाँ पूरी तरह से।"

"और सती? क्या उनका भी निर्णय अभी भी वही है?"

"हम सबको बस आपकी स्वीकृति की प्रतीक्षा है।"

शिव इस पर चुप हो गये। उनके कोई उत्तर न देने से एक असहज-सा मौन पसर गया। कुछ देर बाद शिव ने कहा,

"एक बात कहना चाहता हूँ, यदि आप अनुमति दें तो।"

" हाँ अवश्य, जो कुछ आपके मन में हो निःसंकोच कहें।" दक्ष ने कहा।

"क्या मैं सती से बात कर सकता हूँ?"

सती, जो कक्ष के द्वार की आड़ से सब सुन रही थीं, यह बात सुनते ही भागकर अपने कक्ष में जाकर बैठ गयीं।

"हाँ अवश्य।" दक्ष ने कहा और वीरणी की ओर सती को लाने का संकेत किया। वीरणीं उठीं और सती को लेने उनके कक्ष में पहुँचीं।

सती और इला दोनों वहीं थीं।

"सती, शिव तुमसे कुछ बात करना चाहते हैं!" वीरणी ने कहा। सती ने इसका कोई उत्तर नहीं दिया।

"इन वस्त्रों को बदलकर कुछ नये और अच्छे वस्त्र धारण कर लो।" वीरणी ने कहा और फिर इला के साथ मिलकर तैयार होने में सती की सहायता करने लगीं। सती तैयार हो गयीं तो वीरणी लौट आयीं। पीछे-पीछे इला सती को लेकर आयी। वीरणी ने सती को प्यार से अपने पास बिठा लिया।

"अब आप इससे जो चाहें पूछ सकते हैं।" दक्ष ने कहा और वे कक्ष से बाहर जाने के लिये उठ खड़े हुए। शिव ने उनका मंतव्य समझा और कहा,

"आप कहीं जा क्यों रहे हैं, यहीं बैठिये न।"

"आप बात कर लीजिये"

"मैं कर लूँगा, आप बैठिये।"

"फिर भी।" कहकर दक्ष बाहर हो गये।

शिव ने सती की ओर देखा। वे अतीव सुन्दरी तो थीं ही, अपने चलने, बैठने के ढंग और अत्यन्त सुन्दर वस्त्रों में वे बहुत ही मोहक लग रही थीं। शिव ने सती को लक्ष्य कर कहा,

"आपको पता है, मैं घर-द्वार विहीन और परिवार विहीन हूँ; मेरे पास न धन है न वैभव और मैं नितान्त यायावरी जीवन व्यतीत करता हूँ, आज यहाँ तो कल वहाँ, मेरी कोई वंश-परम्परा भी नहीं है।"

सती ने बहुत धीरे से कहा,

‘तो...’

“मेरा अधिकांश समय योग और साधना में व्यतीत होता है; महलों के जिन सुखों का आपको अभ्यास है, वे तो मैं आपको निश्चित ही नहीं दे पाऊँगा, मेरे साथ जीवन बहुत कठिनाइयों से भरा हुआ होगा।”

“आप भी तो उन्हीं परिस्थितियों में जीते हैं।”

“हाँ, किन्तु यह मेरा वर्षों का अभ्यास है।”

“अभ्यास करने से ही होता है न।”

“हाँ, यह तो है।”

“और व्यक्ति में यदि इच्छाशक्ति भी हो तो?”

सती की बातों ने शिव को कुछ पलों के लिये निरुत्तर कर दिया।

“फिर भी एक बार पुनः विचार करना अच्छा होगा।” शिव ने कुछ अन्तराल के बाद कहा!

“पुनर्विचार के लिये एक वर्ष का समय कम होता है क्या?”

शिव पुनः निरुत्तर हो गये।

“माँ, मैं जाऊँ!” सती ने धीरे से वीरणी से पूछा।

वीरणी ने शिव को सम्बोधित करते हुए कहा,

“क्या कुछ और चर्चा करनी शेष है?”

“नहीं, मुझे अपने प्रश्नों का उत्तर मिल गया है।”

इसके बाद दक्ष भीतर आ गये।

“फिर, क्या निर्णय है आपका?” उन्होंने शिव से प्रश्न किया।

“मैं इस विवाह के लिये प्रस्तुत हूँ।”

इसके साथ ही वीरणी और दक्ष ने संतोष की साँस ली और सती के मुख पर लालिमा दौड़ गयी। उन्होंने एक बार पुनः माँ से पूछा,

“माँ, मैं जाऊँ न?”

“हाँ बेटी, तू जा।” वीरणी ने कहा ओर सती धीमे कदमों से वहाँ से चली गयीं।”

राहों में
बिछ गये उजाले
लगता है

ज्यों पंख लगाकर
खुशियों के कुछ महल
पास उड़कर आये हैं

* * *

शिव और सती का विवाह था। बहुत धूमधाम थी। दक्ष की सभी पुत्रियाँ अपने अपने पतियों के पास रहती थीं और पुत्र तो पहले ही घर छोड़कर संन्यासी हो चुके थे, अतः उनके मन में था कि सती के भी विवाहित हो जाने के बाद तो उनका कोई बच्चा उनके पास नहीं रह जायेगा।

सती उन्हें कुछ विशेष प्रिय भी थीं और शिव के पास गुण तो थे, किन्तु अपना कोई घर नहीं था, अतः दक्ष और सती की माँ वीरणी, दोनों के मन में यह भावना उत्पन्न हो गयी थी कि विवाह के उपरान्त सती और शिव को वे यहीं निवास करने के लिये कहेंगे, इसलिये अपने इस आवास से कुछ ही दूरी पर दक्ष ने एक सुन्दर महल भी सजवाकर तैयार करवा रखा था।

ऋषियों ने शुभ लग्न देखकर बड़े ही विधि-विधान से यह विवाह सम्पन्न करवाया। सर्वत्र उल्लास का वातावरण था। विवाह के उपरान्त दक्ष, बहुत से उपहारों से भरे एक बड़े से कक्ष में शिव को लेकर गये।

''यह सारे उपहार आपको स्वीकार करने होंगे।'' दक्ष ने शिव से कहा।

''मैं आपकी भावना का बहुत सम्मान करता हूँ, किन्तु मेरा विनम्र निवेदन है कि मेरे पास तो इन सबके योग्य कोई घर भी नहीं है, मैं इन्हें कहाँ रखूँगा।''

''हमने इसकी व्यवस्था भी कर दी है; पास ही में एक बहुत ही सुन्दर महल है, जो आपके लिये ही है, आपको वहाँ कोई असुविधा नहीं होगी।''

यद्यपि यह बात दक्ष ने नम्रता से ही कही थी, किन्तु कहीं न कहीं हृदय में दर्प भी छिपा हुआ तो था ही। शिव ने दक्ष की ओर हाथ जोड़कर कहा,

''मैं यायावर हूँ, किसी भी घर या महल के मोह में नहीं पड़ना चाहता, अतः इसके लिये क्षमा चाहता हूँ।''

शिव के उत्तर ने दक्ष को निराश किया। उन्होंने वीरणी की ओर देखा।

''बेटा, तुम सभी प्रकार के माया-मोह से ऊपर हो, यह हमें प्रारम्भ में ही ज्ञात हो गया था, किन्तु फिर भी रहने के लिये एक घर तो चाहिये ही... फिर अब तो सती भी तुम्हारे साथ बँधी हुई है। भविष्य में परिवार भी बढ़ेगा, तब एक घर की कमी खल सकती है,'' वीरणी ने शिव को लक्ष्य कर कहा।

''भविष्य में कभी भी यदि ऐसी कोई आवश्यकता पड़ी, तो मैं अवश्य आपके पास आऊँगा, किन्तु अभी जो जीवन मैं जी रहा हूँ, वह कोई बाध्यता नहीं है अपितु

वह मुझे प्रिय है।''

''और सती...'' वीरणी ने शंका प्रकट की।

''यह आप उनसे ही पूछ लें, वे कोई भी निर्णय लेने के लिये मेरी ओर से स्वतंत्र हैं और मैं उनके निर्णय का मान रखूँगा।''

वीरणी और दक्ष दोनों ने सती की ओर देखा। इस दृष्टि में प्रश्नों और शंकाओं दोनों का समिश्रण था। सती चुपचाप खड़ी थीं।

''बेटी, क्या हम गलत कह रहे हैं?'' वीरणी ने सती से पूछा।

''नहीं, सांसारिकता की दृष्टि से आप और तात बिलकुल सही हैं।'' सती ने कहा, फिर शिव की ओर संकेत करते हुए बोलीं, ''किन्तु मैं इनके जीने का जो भी तरीका है, उससे पूर्ण सन्तुष्ट हूँ और उसमें सहयोग देना ही अपना धर्म समझती हूँ।''

''ठीक है बेटी।'' वीरणी ने कहा, ''जैसी तुम लोगों की इच्छा।''

''माँ, एक बात और है।'' सती ने कहा।

'क्या?'

''ये जो वस्त्र और आभूषण आपने और पिताश्री ने मुझे दिये हैं, उनका जो जीवन हम जीने जा रहे हैं, उसमें संभवतः कोई उपयोग नहीं होगा।''

'फिर...'

''इन्हें सँभालकर रखना भी सम्भवतः हमारे लिये कठिन ही होगा।''

सती की इस बात से वीरणी को बहुत निराशा हुई और वह उनके मुख पर छलक उठी।

''क्या मुझे अपनी पुत्री को बिलकुल खाली हाथ विदा करना पड़ेगा?'' वीरणी के स्वर में पीड़ा थी।

''नहीं माँ, खाली हाथ क्यों, पिताश्री और आपका आशीर्वाद तो सदैव हमारे साथ ही होगा, उससे बड़ा धन और क्या होगा।''

सती की बहनें पास ही खड़ी यह सब आश्चर्य से देख रही थीं। उन्होंने भी अपनी तरह से सती और शिव को समझाने का प्रयास किया, किन्तु वह भी निरर्थक ही रहा। तभी वीरणी ने कहा,

'सती!'

'माँ'

''जो आभूषण तूने पहन रखे हैं, वे सब तो मैं तुझे नहीं उतारने दूँगीं।''

सती ने शिव की ओर देखा जैसे पूछ रही हों, 'क्या करूँ?'

सती की इस दृष्टि का शिव ने हलकी मुस्कान से उत्तर दिया। सती समझ गयीं कि इन्हें पहने रहने में शिव की सहमति नहीं है... इस असहमति का कारण भी उन्हें शीघ्र समझ में आ गया।

'माँ!' सती ने वीरणी से कहा।

'हाँ।'

''ये आभूषण पहाड़ी जंगलों में व्यर्थ ही संकट का कारण बनेंगे; इन्हें सँभालना कठिन नहीं होगा क्या?''

''हाँ... फिर क्या चाहती है तू?''

सती ने मंगलसूत्र और पैर की उँगलियों में पड़ी बिछियों को छोड़कर, सब कुछ उतारकर वीरणी को लौटाते हुए कहा,

''मंगलसूत्र और बिछिया तो पहने हूँ, शेष अभी यही रहने दें।''

''जैसी तेरी इच्छा।'' वीरणी ने कहा।

''माँ, मन में कोई पीड़ा मत रखियेगा; मैं अपने प्रयास भर आपकी बेटी को कोई कष्ट नहीं होने दूँगा।'' शिव ने कहा।

इसके बाद उन्होंने दक्ष और माँ वीरणी की ओर हाथ जोड़कर कहा,

''मेरा प्रणाम स्वीकार कीजिये और आज्ञा दीजिये; आपके इस सुन्दर, भव्य आयोजन और आतिथ्य से मैं अभिभूत हूँ।''

विदा होते समय सती, अपनी माँ, बहनों और सखियों से गले लगकर मिलीं।

सती जब इला से मिलने लगीं तो उसने धीरे से कहा,

''मुझे भूल मत जाना सती!''

''तुझे जीते जी तो नहीं भूलूँगी।'' सती बोलीं।

सती ओर शिव को विधिवत् विदा करके दक्ष लौटे तो मन भारी था। वीरणी उनकी प्रतीक्षा में थीं।

''न कोई घर, न कोई साधन, न कोई सहचर; पता नहीं कैसे रह पायेगी मेरी बेटी।'' दक्ष ने उनसे कहा।

''पहले ही हमारे सारे पुत्र संन्यासी हो चुके हैं न।''

''हाँ देखो, यह भी हमारा भाग्य ही तो है,'' दक्ष ने कहा।

''और आज एक बेटी ने भी एक संन्यासी को जीवनसाथी चुनकर लगभग उसी

रास्ते पर पग रख दिये हैं।"

"हमारी सन्तानें ऐसा रास्ता क्यों चुन रही हैं, पता नहीं?"

"आपको अपना वह स्वप्न स्मरण है न, जिसमें माँ ने आपसे सती का विवाह शिव से करने के लिये कहा था?"

'हाँ।'

"तो फिर सम्भवतः सती का हित इसी में होगा।" वीरणी ने मानो सन्तोष करते हुए कहा।

"मैंने सोचा था कि शिव के पास कोई घर इत्यादि नहीं है तो मैं उसे वह सब देकर यहीं रख लूँगा, किन्तु उसने कुछ भी स्वीकार नहीं किया।"

"इसका अर्थ तो यही हुआ कि उसे किसी भी वस्तु की न तो कोई कामना है, न ही लोभ।"

"हाँ यह तो है, किन्तु सती पहाड़ों पर जगह-जगह धूमते रहने वाले जीवन में पता नहीं कैसे रह पायेगी।"

"सती ने सब कुछ जान समझकर ही तो शिव को चुना है न!"

"हाँ यह तो है।"

"तो फिर वह शिव के मार्ग पर स्वयं को ढाल लेगी, आप व्यर्थ ही चिन्तित हैं।"

"ठीक कहती हो।," कहकर दक्ष उठ लिये। शिव के व्यवहार से वे प्रभावित भी थे और दुःखी भी।

11

पहाड़ी गुफा में शिव के पार्श्व में लेटी हुई सती के मष्तिष्क में यह सारा घटनाक्रम एक चलचित्र की भाँति धूम रहा था। शिव के जीने का यह तरीका पग-पग पर उन्हें आश्चर्य से भर देता था।

उनका चमकता हुआ गौर वर्ण, हलका नीला कण्ठ, भयानक विषधर का उनके पीछे-पीछे आना, फिर सहजता से शिव का उसे अपने गले में डाल लेना, सब कुछ अनोखा था और सबसे आश्चर्यजनक था, सरोवर के किनारे उनका अद्‌भुत नृत्य।

सती उस नृत्य को देखते हुए स्वयं को भूल गयी थीं। यह उस नृत्य से अर्जित ऊर्जा थी या कुछ और कि उस तीव्र ठण्डक में भी उन्हें गरमी की अनुभूति होने लगी थी। उनके मन में शिव के प्रति आदर की भावना, जो पहले दिन से ही उत्पन्न हो गयी थी, उत्तरोत्तर बढ़ती ही जा रही थी। वे शिव की पत्नी होकर गर्वित थीं और

उनके प्रति आकर्षण तो मानों सीमायें तोड़ रहा था।

पुरानी बातें सोचते-सोचते रात्रि काफी बीत गयी थी। नन्दी और नन्दिनी के सम्बन्ध में भी शिव ने उन्हें बतलाया था और सम्भवतः एक दो दिन और यात्रा करने के पश्चात वे उस स्थान पर पहुँच जाने वाले थे, जहाँ उनकी सहायता से शिव ने अपना अस्थायी निवास बनाया था। सती के मन में उस स्थान के बारे में बहुत उत्सुकता थी, किन्तु उससे भी अधिक उत्सुकता नन्दी और नन्दिनी के सम्बन्ध में थी, जिन्हें शिव ने अपना सहचर बनाया था।

सती, रात्रि के उस अन्धकार में ही शिव के देखने का प्रयास करने लगीं और आश्चर्य! कुछ ही देर के प्रयास के बाद उन्हें शिव के मस्तक का आभास होने लगा। इतने अन्धकार में भी वह धीमी-धीमी चाँदनी सा चमक रहा था। कुछ देर और देखने के पश्चात सती को शिव के मुख भी आभास होने लगा।

शिव के नेत्र बन्द होने के बाद भी बहुत हलके-हलके खुले से लग रहे थे। उनकी नींद खुल न जाय इसका ध्यान रखते हुए सती ने बहुत धीरे से शिव के मस्तक पर अपनी हथेली रखी। बड़ी सुखद शीतलता का अनुभव हुआ। सती को अपनी उँगलियों के भी हलका-हलका प्रकाश-सा दिख रहा था। 'उन्होंने चन्द्रमा पर हाथ रख दिया है क्या!' सती के मन में आया और आनन्द की अद्भुत अनुभूति से हृदय भर उठा।

शिव के मस्तक पर हथेली रखे, अन्धकार में भी चमकते उनके मुख को सती किसी मुग्धा-नायिका की भाँति निहारती रहीं और फिर पता नहीं कब सो गयीं।

अँधेरों ने
बहुत हमले किये थे
रात भर
पर उजाले
साँस लेते ही रहे
उनकी हथेली के तले

भोर हुई तो शिव और सती अपने आश्रय से बाहर आये। सती ने आश्चर्य से देखा, वह सर्प, जिसे शिव ने लेटने के पूर्व अपने गले से निकाल दिया था, गुफा के द्वार पर अपना फन फैलाये इस प्रकार बैठा हुआ था मानो कोई पहरा दे रहा हो। शिव को देखते ही उसने अपना फन नीचे किया और सरककर उनकी ओर आ गया। शिव हँसे, बोले,

"आओ मित्र," और इसके साथ ही उन्होंने उसे उठा कर पुनः अपने गले में डाल लिया। शिव और सती की यात्रा पुनः प्रारम्भ हो गयी। दिन भर चलने के बाद शिव ने कहा,

"कल तक हम नन्दिनी और नन्दी के पास पहुँच जायेंगे; तुम्हें यह यात्रा कैसी लग रही है?"

प्रारम्भ में सती को यह यात्रा कठिन लग रही थी, किन्तु धीरे धीरे यह रोमांचक लगने लगी थी और अब वे इसमें आनन्द का अनुभव करने लगी थीं, अतः उन्होंने उत्तर दिया,

"बहुत अच्छी; मैं इस तरह के दृश्य पहली बार देख रही हूँ, सब कुछ बहुत रोमांचक हैं।"

"तब तुम्हें वह स्थान भी अच्छा ही लगेगा, जहाँ पर हमने एक अस्थायी घर बनाया है।"

"आपने जो कुछ चुना, वह अच्छा ही होगा।"

कुछ दूर चलने के बाद सती ने कहा,

"एक बात कहूँ?"

"हाँ, क्यों नहीं।"

"इस समय हम जिस स्थान पर हैं, वह मुझे बहुत ही मनोरम लग रहा है। क्या हम कुछ देर यहाँ रुकें।"

"हाँ, शिव समझ गये कि सती कुछ देर विश्राम करना चाहती हैं। ठीक है, हम कुछ देर के लिये यहाँ रुकते हैं।" कहकर शिव ने एक शिला ढूँढ़ी और सती को वहाँ बैठने का संकेत किया। सती बैठ गयीं, किन्तु शिव अभी भी खड़े ही थे।

"और आप?आप नहीं बैठेंगे?" सती ने पूछा।

"मैं सोच रहा था कुछ फल एकत्रित कर लूँ, हम लोगों ने सुबह से कुछ भी नहीं खाया है।"

"मैं भी चलूँ?"

"नहीं, आप बस दो घड़ी विश्राम कीजिये, मैं अभी आया।" कहकर शिव ने सर्प को अपने गले से निकाला और भूमि पर रख दिया।

"जाइये, आप भी कुछ खा पी आइये," शिव ने हँसते हुए कहा। इसके बाद शिव जल्दी ही पर्याप्त मात्रा में खाने योग्य फल लेकर आ गये। उन्होंने देखा सर्प वहीं अपना फन काढ़े बैठा हुआ था।

"यह सर्प कहीं गया नहीं?" उन्होंने सती से पूछा।

"नहीं, यह तब से यहाँ ऐसे ही बैठा हुआ है।"

"अरे!" शिव ने कहा, फिर सर्प को इंगित कर बोले,

"अब चिन्ता की कोई बात नहीं है, आप जाइये, मैं तो आ ही गया हूँ।"

सर्प धीरे-धीरे रेंगता हुआ झाड़ियों के पीछे चला गया। सती और शिव ने मिलकर कुछ फल खाये।

"सचमुच भूखे थे हम लोग।" सती ने कहा, फिर कुछ देर बाद बोलीं,

"उस दिन सरोवर के किनारे आपका वह नृत्य अद्‌भुत था।

शिव ने इसका कोई उत्तर नहीं दिया।

"मैं सच कह रही हूँ, सचमुच बहुत अद्‌भुत था वह नृत्य।" सती ने पुनः कहा।

"तुम्हें अच्छा लगा!"

"बहुत" सती ने कहा, फिर जोड़ा, "एक बात कहूँ?"

"हाँ कहो न।"

"वह नृत्य मुझे भी सिखा दें ।"

"ठीक है, सीख लेना।"

"पर मैंने कभी नृत्य किया नहीं है।"

"तो क्या हुआ।"

"मैं कर सकूँगी?"

"क्यों नहीं।"

"अभी एक बार और करेंगे वह नृत्य?"

'अभी?'

"हाँ, सभी कुछ वैसा ही तो है; वैसी ही पर्वत श्रेणियाँ, वैसे ही झरने, वैसी ही घाटियाँ, वैसे ही जंगल, फूलों से लदे वृक्ष और वैसी ही ठण्डक।"

शिव हँसे और उठकर खड़े हो गये। उन्होंने धीरे-धीरे पैर और हाथ चलाने प्रारम्भ किये। पैरों की गति तीव्र हुई तो शरीर का थिरकना और हाथों का संचालन भी तीव्र होने लगा। कुछ देर में शिव पूरे लय में नृत्य करने लगे।

सती ने उनका यह नृत्य एक बार पहले भी देखा था, पर तब उन्होंने इस पर बहुत ध्यान नहीं दिया था। संम्भवतः इसका एक कारण यह भी था कि वे पहाड़ों की यात्रा में बहुत नई तो थीं ही, अत्यधिक थकी और ठण्ड से बुरी तरह त्रस्त भी थीं। आज वे इस नृत्य में पूरी तरह डूब गयीं।

'क्या ये वही शिव हैं जिन्हें मैं लम्बे समय तक मौन और निश्चल समाधि में खोये रहने के लिये जानती थी?' उन्होंने सोचा। वे स्तब्ध थीं। यह अद्भुत ही था कि वे अपनी सारी थकान ही नहीं, देह की लगभग सभी वृत्तियों से मुक्त और स्वयं को आनन्द और केवल आनन्द से भरा हुआ पा रही थीं। कुछ ही देर में उन्हें अपनी सारी देह में तीव्र स्पन्दन का अनुभव होने लगा।

सती उठकर खड़ी हो गयीं। वस्त्रों को अपने शरीर में कसा और शिव के कदमों और हाथों को देखते हुए वैसे ही पैरों और हाथों के संचालन का प्रयास करने लगीं। शिव ने यह देखकर सती के दोनों थामे। उन्हें अपने साथ इस प्रकार नचाने लगे मानों उन्हें नृत्य सिखा रहे हों और सचमुच थोड़े प्रयास से ही सती ने नृत्य की लय पकड़ ली।

अब शिव, सती के हाथ छोड़कर खड़े हो गये। सती अभी भी नृत्य कर रही थीं और शिव उन्हें ऐसे देख रहे थे जैसे कोई गुरु अपने शिष्य के कार्य का मूल्यांकन कर रहा हो। कुछ देर तक सती के नृत्य को देखने के बाद उन्होंने पत्थर की शिला पर रखा डमरू उठा लिया और उसे बजाते हुए पुनः नृत्य करने लगे।

डमरू की ध्वनि से सारा वातावरण गूँज उठा। साधारण सा डमरू अद्भुत ध्वनि पैदा कर रहा था। प्रत्येक कण को स्पन्दित कर देने वाले अलौकिक वातावरण का सृजन हो गया था। सती, डमरू की इस ध्वनि से ऊर्जा से भर उठीं। 'डमरू ऐसे भी बज सकता है।' सोचकर वे आश्चर्यचकित थीं। उन्होंने एक पल को ठहरकर शिव की ओर देखा, फिर 'ये जो भी करें वह संसार से अलग और अद्भुत ही होगा।' उन्होंने सोचा और फिर पूर्व की भाँति ही नृत्य करने लगीं।

थोड़ी देर में ही सती और शिव दोनों ही के नृत्य में इतनी गति भर चुकी थी कि कब पैर भूमि पर पड़े और कब उठे यह समझना कठिन हो गया था। सती को लग रहा था जैसे शिव और वे ही नहीं, सम्पूर्ण विश्व नृत्य कर रहा है और ऊर्जा से भरा हुआ है। धीरे-धीरे नृत्य धीमा पड़ने लगा और शिव डमरू छोड़कर एक विशेष मुद्रा में खड़े हो गये, जिसमें एक पैर भूमि पर, दूसरा मोड़कर उठाया हुआ, एक हाथ सीने से लगाकर तना हुआ, हथेली नीचे झुकी हुई और दूसरा डमरू लिये हुए था।

सती फिर भी नहीं रुकीं। उनके पैरों में जैसे पर लग गये थे। समय मानो रुक गया था और पैर रुक ही नहीं रहे थे। वे बहुत देर तक नाचती रहीं और शिव के संकेत पर ही रुकीं। उनके लिये यह अनुभव सर्वथा नवीन और उनके मन प्राणों को झकझोर देने वाला था। उन्हें लगा जैसे वे किसी दूसरी दुनिया से वापस आयी हैं।

सती, उल्लास और आनन्द से भरी हुई थीं और देह के प्रत्येक कण में मानो अभी भी स्पन्दन सा हो रहा था। वे अद्भुत मुद्रा में एक पैर पर खड़े शिव के सम्मुख हाथ जोड़कर खड़ी हो गयीं।

शिव उस मुद्रा से वापस लौटे, सती का हाथ थामकर शिला तक आये और दोनों उस पर बैठ गये। सती ने शिव के कन्धे पर सिर टिका दिया और शिव ने उनके कन्धे पर अपना हाथ रख दिया। दोनों कुछ देर तक ऐसे ही बैठे रहे, फिर शिव ने सती का सिर अपने कन्धे से उठाया... उनकी ओर देखा और कहा,

"चलें।"

"चलते हैं," सती ने कहा। शिव समझ गये कि सती कुछ देर और यहीं रुकना चाहती हैं। उन्होंने शिला के बगल में देखा, सर्प वहीं बैठा था।

"हमारे नृत्य के एकमात्र दर्शक, आपको कैसा लगा हमारा नृत्य?" शिव ने हँसकर सर्प को ऐसे सम्बोधित किया मानों वह उनकी भाषा समझता हो। सर्प, जो कि अभी तक अपना फन भूमि पर रखकर बैठा था, उसने अपना फन फैलाकर ऊँचा कर लिया, मानों कुछ कहना चाहता हो। सती ने शिव की बात सुनी तो बोलीं,

"नहीं, हमारे नृत्य का यह एकमात्र दर्शक नहीं था।"

"फिर... क्या यहाँ कोई और भी है?"

"हाँ, हैं न, ये वृक्ष, ये पहाड़, ये शिलायें, ये झरना, नीचे बहती ये नदी और ऊपर आसमान, सभी तो हैं।"

"सच कहती हो तुम।" शिव ने हँसकर कहा। शिव बहुधा छोटी-छोटी बातों पर भी हँस देते थे। सती उनकी इस हँसी पर मुग्ध सी थीं। कुछ देर बाद शिव ने पुनः पूछा,

"अब चलें? हमें दूर जाना है।"

'हाँ।' कहकर सती उठ खड़ी हुईं। वे चलने लगे तो सर्प फिर उनके पीछे-पीछे चल पड़ा।

"अरे! आपको तो भूल ही गया था।" कहकर शिव ने हँसकर सर्प को एक बार फिर गले में डाल लिया।

* * *

यह एक उजली दोपहर थी। सती और शिव चलते-चलते नन्दिनी और नन्दी तक आ चुके थे। दोनों ने बहुत ही हर्ष के साथ उनका स्वागत किया। शिव के लिये बनायी हुई कुटी को उन्होंने फूलों से लगभग ढक सा दिया और भीतर की भूमि पर भी बहुत-सा कुश बिछाकर उसे आरामदायक बना दिया।

सती और शिव आये तो नन्दी एक पात्र लेकर उसमें पानी भरकर और उसमें कुछ लाल रंग के फूल डालकर ले आये और दोनों ने मिलकर उस पानी से सती और शिव के पैर धोये। पास ही एक समतल सी शिला थी। सती और शिव उस पर बैठे।

नन्दी शीघ्र ही उनके लिये बहुत से फल एकत्रित कर लाये। इस बीच नन्दिनी बहुत से फूल एकत्रित करके लायी और उन्हें सती और शिव के चरणों पर उड़ेलकर खड़ी हो गयी। सती ने उसका हाथ पकड़कर अपने पास बिठा लिया।

दिन भर बहुत सी बातें हुईं। शिव ने नन्दिनी और नन्दी से उनका हाल चाल पूछा, अपने विवाह के बारे में भी बताया। शिव के साथ सती उस क्षेत्र में थोड़ा घूमीं और इस सब में पता नहीं कब दिन बीत गया। साँझ घिरने लगी तो सभी ध्यान करने के लिये बैठ गये और ध्यान से उठने के बाद शिव के संकेत पर नन्दिनी और नन्दी अपनी कुटी में और सती और शिव अपने लिये बनायी हुई कुटी में चले गये।

कुटी में प्रकाश करने लिये कोई व्यवस्था नहीं थी, किन्तु चाँदनी तो थी ही। उसी बहुत धीमे प्रकाश मे शिव और सती बैठे हुए थे।

"सती, मेरा यह आवास देखकर तुम्हें निराशा हुई होगी।"

"आपको पाना मेरे जीवन की सबसे बड़ी आशा थी, वह पूर्ण हुई, अब किसी भी निराशा के लिये मन में स्थान शेष नहीं है।

"और यह अकेलापन?"

"अकेलापन तो तब था, जब आप साथ नहीं थे; आपके साथ के अतिरिक्त मुझे अन्य किसी भी साथ की आवश्यकता नहीं है, आप साथ हैं तो सारा संसार ही मेरे साथ है।"

"और यह मेरे साथी, नन्दिनी और नन्दी कैसे लगे तुम्हें?"

"बहुत ही निश्छल।"

"वैसे सती, अब तुम मेरी अर्धांगिनी हो और यदि तुम्हारी इच्छा हो तो हम कहीं भी एक छोटा-सा घर बनाकर आराम से जीवन व्यतीत कर सकते हैं।"

"जहाँ भी आप हैं, वह स्थान मेरे लिये किसी महल से कम नहीं है; मुझे किसी घर महल या समृद्धि-सूचक वस्तुओं की तनिक भी अभिलाषा होती तो वह सहज ही सुलभ कराने मे मेरे पिता पूर्ण समर्थ थे।"

"हाँ, यह तो है।"

"क्या मैं आपको इन सबके लिये लालायित लगती हूँ?"

सती के इस प्रश्न ने शिव को थोड़ी देर के लिये असहज कर दिया।

'नहीं।' उन्होंने कहा।

"फिर, यह प्रश्न क्यों?"

"क्योंकि तुम्हारा पति होने के कारण तुम्हारी इच्छाओं को मूल्य देना मेरा कर्तव्य बनता है।"

"क्या यह प्रश्न केवल कर्तव्य की पूर्ति के लिये था?"

इस प्रश्न पर शिव पुनः कुछ पलों के लिये असहज हो गये, फिर उन्होंने स्वयं को सँभाल लिया, मुस्कराये, सती के हाथों को अपने हाथों में लेकर बोले,'

"यह प्रश्न केवल कर्तव्य की भावना से उत्पन्न नहीं है।" फिर उनके हाथों को अपने हृदय से लगाकर कहा,

"देखो, मेरे हृदय में भी तुम्हारा स्थान है, मैं तुमसे प्रेम करता हूँ सती।"

सती के साँवले से मुख पर लालिमा दौड़ गयी।

"और तुम?" शिव ने सती से पूछा।

"मुझसे नहीं, इससे पूछिये।" सती ने शिव के सीने पर उँगली रखते हुए हँसते हुए कहा।

"यह तो मौन है।"

"नहीं यह तो मौन नहीं होता, बस कभी-कभी हम स्वयं ही इसे सुनना बन्द कर देते हैं।"

"तुम स्वयं कुछ क्यों नहीं कहतीं?"

"क्योंकि इस बारे में यदि आपका हृदय कुछ नहीं कहता, तो मेरा कुछ कहना भी व्यर्थ ही होगा।"

"सच कहती हो।" शिव ने हँसकर कहा।

* * *

सती और शिव को वहाँ रहते हुए कुछ दिन हो गये थे। इस बीच पता नहीं कहाँ कहाँ से आकर कुछ और लोग भी वहाँ आस-पास निवास बनाकर रहने लगे थे। यह एक छोटी-सी बस्ती हो गयी थी। कभी-कभी टहलते-घूमते कोई साधू संन्यासी भी आ निकलता था, जिससे वहाँ रहने वालों को कुछ समाचार मिल जाते थे। कभी-कभी शिव, सती को साथ लेकर कहीं भी भ्रमण पर निकल जाते थे।

सती को शिव का रूप ही नहीं, उनकी हर बात अलौकिक ही लगती थी। शिव जब डमरू बजाते थे और उसकी ध्वनि गूँजती थी, तो सती सब कुछ भूल जाती थीं। उन्हें लगता था मानो प्रकृति ठहर गयी है और कभी-कभी नृत्य करते करते शिव जब त्रिशूल उछालते थे तो उन्हें लगता था जैसे कुछ पलों के लिये विद्युत चमक उठी है।

उस दिन शिव और सती घूमते-घूमते कुछ दूर निकल आये थे। सन्ध्या, आसमान पर अपना अधिकार करने का प्रयास प्रारम्भ कर रही थी। वृक्षों की सघनता के मध्य टूटे हुए पत्तों और फूलों ने धरती को ढक सा रखा था। सती, शिव का हाथ पकड़कर बोलीं,

" कितना अच्छा लग रहा है, कुछ देर यहीं बैठते हैं।"

शिव आदत अनुरूप ही कुछ मुस्कराये, बोले,

"ठीक है।"

दोनों वहीं पत्तों से ढके एक स्थान को थोड़ा साफ करके बैठ गये।

सती के पास बातें करने के लिए पता नहीं क्या-क्या था। शिव सुनते-सुनते कभी-कभी ही कुछ कह रहे थे। बीच -बीच में वे उड़कर आने वाले फूलों में से कोई-कोई फूल उठाकर सती पर फेंक देते थे।

"आप कुछ बोलते क्यों नहीं? मुस्कराकर बस हाँ हूँ कर देते हैं, मुझे बावरी समझ रखा है क्या?"

शिव फिर मुस्कराये। हाथ का फूल उन्होंने सती के मुख पर फेंका। सती ने कुछ चौंककर, अपने मुख के आगे हाथ थोड़ा-सा झटककर, मुख पीछे किया, किन्तु फूल उनके मुख से टकरा ही गया और फिर उन्हीं की गोद में गिर पड़ा।

"ये बोलना है?" सती ने कहा।

"बोला तो, तुमने सुना नहीं तो मैं क्या करूँ।

"अच्छा! क्या बोला?"

तभी हवा का एक झोंका आया। उसने भूमि पर पड़े, पत्तों और फूलों को ही नहीं उड़ाया, अपितु सती के केशों को भी उड़ाकर उनके मुख पर बिखरा दिया। सती अपने केशों को समेटने लगीं, तभी शिव ने कहा,

'सती!'

'हाँ'

"तुम कह रही थीं कि मैं कुछ बोल नहीं रहा हूँ।"

"हाँ, कहा तो था।"

"तो सुनो।

"गंध के मलयानिली झोंके,
बताते हैं,
कहीं पर गीत महके हैं
तुम्हारे अधर छूकर,
अधर छूकर
देख लेना तुम।"

इसके बाद सती, शिव के मुख को निहारती ही रह गयीं।

"क्या देख रही हो?" शिव ने पूछा

"इतनी सुन्दर कविता; यह योगी कवितायें लिखता, गीतों की बातें और नृत्य भी करता होगा, यह मैं कल्पना भी नहीं कर सकती थी... सचमुच आप कल्पनातीत ही हैं।"

शिव हँसे, बोले

"और सुनना है?"

"हाँ, आप सुनाते रहें, मैं जीवन भर सुनने के लिए तैयार हूँ।"

'हूँ...' शिव ने कहा।

"हाँ... मेरे सौभाग्य, हाँ।"

'सुनो।'

"रश्मियों के पाँव,
अब थकने लगे हैं।
तुम्हारी माँग के सिन्दूर
जैसा लाल सूरज
जा रहा छिपने
हठीली धूप को भी साथ लेकर
और फिर वह चन्द्रमा
माथे पे बिन्दी सा सजाये
रात आ जायेगी
थपकी दे सुलाने।"

सती ने नटखट बच्चे की भाँति आँखें घुमाकर कहा,

"और, भोर पर कुछ नहीं कहेंगे?"

"हाँ, कहूँ?"

'हाँ।'

"तुम कहीं,
बस पास ही हो,
यह बताने,

स्वर्ण-किरणों के सहारे,
आयेगी फिर भोर,
मेरे द्वार चलकर,
साथ चलते आयेंगे,
कुछ गीत जिन पर,
उम्र लिख दूँगा तुम्हारे नाम,
पढ़कर देख लेना।"

शिव चुप हुए तो सती ने अधर तिरछे किये और तिरछी दृष्टि से ही शिव की ओर देखकर बोलीं,

" कहाँ पढ़ूँ? आपकी आँखों में?"

"तुम्हारा मन
जहाँ चाहे वहाँ पढ़ना,
ये सारे गीत,
मैंने हर शिला पर,
लिख दिये हैं,
इन पहाड़ों की।"

सती, मुग्धा-नायिका सी उनकी ओर देख रही थीं। बालों की कुछ लटें हवा से उड़कर फिर सती के मुख पर आ गयीं थीं, किन्तु सती उन्हें हटाना भी भूल चुकी थीं। शिव ने अपने हाथ से सती के मुख को ढकती लटों को पीछे किया, बोले,

"चलें, या अभी और बैठना है?"

सती अब मानो नींद से जाग पड़ीं,

"जैसा आपका मन।"

"चलते हैं।"

"ठीक, चलिये विदा लेते हैं।"

"विदा! किससे ?"

"ये हैं न... वृक्ष, पत्ते, फूल और कलियाँ, हमारी इस गीतों भरी सन्ध्या के साक्षी।"

और इस पर शिव और सती दोनों हँस पड़े। दोनों की वह सम्मिलित हँसी अद्भुत थी, लगा, जैसे सम्पूर्ण प्रकृति ही हँस रही है।

वे लोग जैसे ही अपने स्थान पर पहुँचे, नन्दी और नन्दिनी भी आ गये। सन्ध्या

ढल चुकी थी।

"ध्यान में बैठते हैं थोड़ी देर।" शिव ने कहा।

"ठीक है।" सबका सम्मिलित स्वर था।

12

सुमाली, रावण का नाना था। लंका पर उसका अधिपत्य था। देवताओं ने सुमाली से छीनकर लंका का राज्य विश्रवा मुनि के पुत्र और रावण के सौतेले भाई कुबेर को दे दिया था। सुमाली भागकर लंका से बहुत दूर, आज के अफ्रीका में चला गया था। अफ्रीका में सोमालिया सम्भवतः उसी के नाम पर आज भी है।

सुमाली का नाती रावण, बहुत अधिक बलशाली और बुद्धिमान था, उसने रक्ष संस्कृति को जन्म दिया था और उसे मानने वाले राक्षस कहे जाते थे।

सुमाली, अपनी लंका और उसके वैभव को भूला नहीं था। रावण के पराक्रम ने सुमाली के अन्दर लंका को एक बार पुनः प्राप्त करने और देवताओं के चहेते कुबेर को दण्डित करने की आग भड़का दी। उसने रावण को लंका पर चढ़ाई कर उसे प्राप्त करने की सलाह दी।

अब तक रावण ने बहुत से द्वीपों पर अधिकार किया था। अकम्पन, सुमाली का पुत्र और रावण का मामा था। रावण ने सुमाली के कहने से इन द्वीपों को अकम्पन के आधिपत्य में दे दिया और स्वयं सुमाली के कहने से अकूत सम्पत्ति के भण्डार, लंका की ओर विजय की अभिलाषा से प्रयाण किया। सुमाली उसके साथ ही था।

लंका में कुबेर ने युद्ध करने के स्थान पर भाई की तरह उसका स्वागत किया, उसे और उसके गणों को रहने के लिये महलों की और विभिन्न सुख-सुविधाओं की व्यवस्था की... यह रावण और सुमाली दोनों के लिये अप्रत्याशित था।

सुमाली ने कुबेर को भड़काने के उद्देश्य से रावण को सलाह दी कि वह अपने गणों के माध्यम से लंका में उपद्रव फैलाने का प्रयास करे। कुबेर इसे सहन नहीं कर पायेगा और तब रावण को उससे लड़ने का अवसर मिल जायेगा। यही हुआ। रावण के गणों के उपद्रवों से दुःखी, कबेर ने रावण को बुलवाया। सुमाली भी साथ ही पहुँच गया।

"रावण, तुम मेरे छोटे भाई हो, मैने लंका में तुम्हारी हर सुख-सुविधा का ध्यान रखा है, फिर भी तुम्हारे लोग यह जगह-जगह पर उपद्रव क्यों कर रहे हैं? क्या उन्हें कोई असुविधा है?" कुबेर ने रावण से पूछा।

"लंका मेरी थी, मैंने बड़े परिश्रम से इसे इतना समृद्ध बनाया था, किन्तु

देवताओं ने इसे मुझसे छीनकर तुम्हें दे दिया, यह तुम्हारी नहीं है!'' उत्तर सुमाली ने दिया।

कुबेर, सुमाली की बातें सुनकर आश्चर्य में पड़ गया, फिर भी भाई होने के नाते उसे रावण से बहुत आशा थी। वह यह भी जानता था कि सुमाली को रावण का बल था, तभी वह ऐसी भाषा बोल रहा था। उसने रावण की ओर देखकर कहा,

''रावण, हम भाई हैं, ये किस तरह की बातें हैं?''

''वे ठीक कह रहे हैं।'' रावण ने कुबेर की ओर देखकर कहा।

''क्या इसके लिये तुम मुझसे युद्ध करोगे ।''

इसका उत्तर भी पुनः सुमाली ने ही दिया।

''यदि इसकी आवश्यकता नहीं पड़ी, तो नहीं।''

कुबेर को अभी भी रावण से सद्भाव की आशा थी, यद्यपि यह क्षीण हो चुकी थी। उसने रावण की ओर इसका प्रतिवाद करने की आशा से देखकर कहा,

''रावण, क्या सचमुच तुम मुझसे युद्ध करने की अभिलाषा रखते हो?''

''यदि वही एक रास्ता बचा तो, अन्यथा नहीं।'' रावण ने कुबेर की ओर से दृष्टि हटाकर महल की छत की ओर देखते हुए कहा।

दृष्टि ऊँची कर, दिये गये रावण के इस उत्तर में गर्व की झलक स्पष्ट थी।

''तो फिर चलो, युद्ध को ही इसका निर्णय करने दो।''

इसके बाद रावण ने अपना अनुपम परशु और कुबेर ने अपनी गदा सँभाल ली, किन्तु वे युद्ध की ओर अग्रसर होते, इसके पूर्व ही सुमाली बहुत कुछ सोच गया।

यदि कहीं कुबेर ही जीत गया तो उसका लंका पर पुनः अपना अधिपत्य स्थापित करने की कामना का क्या होगा और यदि रावण जीत जाता है, तो लंका में उसे कुबेर के प्रति सहानुभूति रखने वालों का असहयोग झेलना पड़ेगा, अतः वह बीच में ही बोल पड़ा,

''रुको! इस युद्ध से बचने का एक मार्ग है।''

'क्या?' कुबेर ने पूछा। उसे रावण से भी ऐसी ही उत्सुकता की आशा थी, किन्तु रावण के मुख पर ऐसे कोई भाव नहीं दिखे। 'क्या यह युद्ध के निश्चय से ही यहाँ आया है?' सोचकर कुबेर के मन में आश्चर्य भर उठा।

''तुम अपने पिता विश्रवा के पास जाओ और उनसे परामर्श कर हमें बता दो। उनका जो भी निर्णय होगा, हमें स्वीकार होगा; वे तुम दोनों के पिता हैं, जो भी कहेंगे उसमें तुम दोनों का हित होगा।'' सुमाली ने कुबेर से कहा। उसके मन में था कि ऋषि होने के कारण हो सकता है कि विश्रवा कुबेर को लड़ने की सलाह न दें, अन्यथा युद्ध

का विकल्प तो हमेशा ही खुला है।

''उचित है।'' कुबेर ने कहा और वह इस प्रकरण को यहीं विराम देकर अपने पिता विश्रवा के पास चला गया। विश्रवा ने सारी बात सुनी, फिर कहा,

''रावण मेरा पुत्र अवश्य है, किन्तु बचपन से ही निर्द्वन्द्व और अहंकारी स्वभाव का है, उस पर अपने नाना का बहुत अधिक प्रभाव है।''

''फिर आपकी क्या सलाह है?'' कबेर ने पूछा।

'उससे मत भिड़ो, व्यर्थ ही रक्तपात होगा।''

'तो?'

''तुम उससे दूर, हिमालय की ओर निकल जाओ, वह बहुत अच्छा स्थान है; स्वयं शिव ने भी वहीं अपना स्थान बनाया हुआ है... उन्हीं के पास कहीं तुम अपना राज्य स्थापित कर लो और शान्ति पूर्वक रहो।''

कुबेर, पिता की बात मानकर, लंका लौटा ही नहीं और हिमालय की ओर चला गया। सुमाली की चाल सफल हो गयी। कुबेर, ढूँढ़ते हुए हिमालय पर शिव के स्थान के पास तक जा पहुँचा। यहाँ उसकी भेंट नन्दी से हुई। नन्दी ने उससे उसका परिचय पूछा।

''मैं महर्षि विश्रवा का पुत्र कुबेर।''

''यहाँ आने का कारण ?''

''पिताश्री की आज्ञा से प्रभु शिव को खोज रहा हूँ।''

''मैं उनका सेवक हूँ, अपने पिता की इस आज्ञा का कारण बताओ, मैं तुम्हें उनकी आज्ञा से ही उनसे मिलवा सकता हूँ।''

''मैं लंका का अधिपति था, किन्तु अपने छोटे सौतेले भाई रावण के कारण मुझे वह स्थान छोड़ना पड़ा है; पिता ने मुझे यहाँ हिमालय पर शिव के पास ही बसने की सलाह दी है, उनकी अनुमति हुई तो मैं यहीं कहीं अपना आवास बना लूँगा।''

''यहीं ठहरो, मैं उनकी आज्ञा लेकर आता हूँ।'' नन्दी ने कहा और कुछ देर में ही शिव से अनुमति लेकर आ गया। कुबेर, नन्दी के साथ चलकर शिव के सम्मुख जा पहुँचा। शिव और सती दोनों ही थे। कुबेर ने उन्हें प्रणाम किया और उनका रूप और तेज देखकर हतबुद्धि सा हो गया, कुछ भी कह नहीं सका... किन्तु शिव ने जब मुस्कराकर उससे यहाँ आने का कारण पूछा, तब कुबेर ने रावण का व्यवहार और अपने पिता का आदेश कह सुनाया।

शिव ने सहज ही उसे वहाँ कुछ दूरी पर रहने की अनुमति दे दी। कुबेर उन्हें प्रणाम करके उठा। वह यक्ष था। उसने अपने परिवार और सभी यक्षों को एकत्रित

किया और कुछ ही दूरी पर अलकापुरी बसाकर रहने लगा।

* * *

कुबेर के इस प्रकार पीछे हट जाने के बाद रावण को लंका की अकूत सम्पत्ति तो मिली ही, लंकावासियों के किसी विरोध का सामना भी नहीं करना पड़ा। रावण, कुबेर को भूलकर लंका पर राज्य करने लगा, किन्तु उसके नाना सुमाली को चैन नहीं था। लंका छिन जाने के कारण उसके मन में देवों के प्रति दुश्मनी की जो भावना पनपी थी, वह अभी भी उतनी ही तीव्र थी, अतः उसने एक दिन रावण से कहा,

"पुत्र रावण!"

'जी।'

"दुश्मन को कभी छोटा नहीं समझना चाहिये; जो उसे छोटा समझते हैं, उन्हें कभी भी पछताना पड़ सकता है।"

रावण इसके उत्तर में चुप ही रहा और इस बात का आशय समझने का प्रयास करने लगा। तब सुमाली ने आगे कहा,

"और जिसकी भूमि या धन छीना हो, उसे तो कदापि नहीं।"

अब रावण को सुमाली की बात समझ में आने लगी थी, फिर भी उसने कहा,

"आप स्पष्ट क्यों नहीं कहते?"

"स्पष्ट ही कह रहा हूँ।"

"क्या ?"

"कुबेर हमसे दूर अवश्य चला गया है और उसने एक राज्य की स्थापना भी कर ली है, किन्तु लंका का वैभव वह भूल नहीं पाया होगा फिर देवता उसके साथ हैं। कुबेर के जीवित रहते मुझे तुम्हारा लंका का राज्य निष्कंटक नहीं लगता, उसे कम समझने की भूल मत करो।"

सुमाली की बात से रावण के मन में विचारों का मन्थन सा होने लगा। वह मौन रह गया।

"मेरी बात समझ रहे हो न!" सुमाली ने रावण को मौन देखकर कहा।

"हाँ, समझ रहा हूँ, रावण इतना नासमझ नहीं है।"

"तो उसका और उसके राज्य का विध्वंस करने कब जा रहे हो?"

'शीघ्रातिशीघ्र,' रावण ने कहा।

* * *

रावण ने लंका से हिमालय की ओर प्रयाण किया, तो उसके साथ भाई

कुम्भकर्ण और पुत्र मेघनाद के अतिरिक्त पर्याप्त सैन्यबल भी था, किन्तु रावण के निर्देश पर वे सभी आपस में दूरी बनाकर और ऋषियों जैसा वेष बनाकर चल रहे थे। रावण ने कुछ गुप्तचर भी नियुक्त किये थे, जिनका कार्य अलकापुरी के चारों ओर घूमकर आक्रमण करने के लिये उचित स्थान निर्धारित करना था।

स्वयं रावण इन सबसे अलग और आगे एक परुश लेकर चल रहा था। वह सबसे पहले अलकापुरी के पास पहुँचा और उसकी सीमा का अनुमान लगाने के लिये उससे दूरी बनाकर इधर-उधर चक्कर काटने लगा, किन्तु मार्ग में भ्रमित होकर उससे दूर निकल गया। शीघ्र ही उसने स्वयं को एक धने जंगल के पास पाया।

रावण ने कुतूहलवश उस जंगल में प्रवेश किया। वह कुछ ही दूर गया था कि एक कठोर स्वर सुनाई दिया,

"कौन है?"

रावण ने यह स्वर सुनकर उस ओर देखा। एक बलिष्ठ पुरुष, दूर से उसे देख रहा था। रावण निर्भय उसकी ओर बढ़ा,

"वहीं ठहरकर अपना परिचय दो, फिर आगे बढ़ो!" उस पुरुष ने पुनः कहा, किन्तु रावण नहीं रुका। यह देखकर वह आगे बढ़कर रावण के सामने आ गया। अब रावण ने कहा,

"क्यों, यह पूछने का क्या प्रयोजन है तुम्हारा?"

"यह मेरे स्वामी शिव का क्षेत्र है, निष्प्रयोजन यहाँ प्रवेश निषिद्ध है।"

"मैंने शिव के बारे में सुन रखा है; यदि यह उन्हीं का क्षेत्र है, तो मेरा यहाँ आना निष्प्रयोजन नहीं रहा; मैं उनसे मिलना चाहूँगा"

"किन्तु तुमने अभी तक स्वयं अपना परिचय नहीं दिया है।"

"मैं कुबेर का भाई रावण; किन्तु तुम कौन हो?"

"नन्दी... मैं शिव का सेवक हूँ।"

" हुँ...ह," करते हुए रावण ने सिर झटका और "मैं सेवकों से बात नहीं करता।" कहते हुए आगे बढ़ने लगा। नन्दी ने यह देखकर उसके सीने में हाथ मार कर उसे पीछे ढकेल दिया।

'रुको!' नन्दी ने जोर से कहा।

नन्दी के हाथ मारने से रावण गिरते-गिरते बचा था। उसे नन्दी के बल का अनुमान हो गया। 'व्यर्थ ही इससे क्या भिड़ना' उसने सोचा और कहा,

"तो जाकर उनसे कहो कि मैं उनसे मिलना चाहता हूँ।"

'प्रयोजन?'

"उनके दर्शनों की अभिलाषा है।"

"यहीं ठहरो, मैं उनकी अनुमति लेकर आता हूँ।"

रावण वहीं ठहर गया। नन्दी शीघ्र ही लौट आया, बोला,

"चलो, उनकी अनुमति मिल गयी है, किन्तु कुछ भी अप्रिय करने का प्रयास मत करना, वह मँहगा पड़ सकता है।"

रावण, नन्दी के साथ चल पड़ा। कुछ दूर चलने के बाद शिव दिखाई पड़े। वे शिला का सहारा लेकर खड़े हुए थे। रावण ने अब तक बहुत से लोगों को देखा था... ऋषियों को, राक्षसों को, देवताओं को; स्वयं उसके पिता बहुत बड़े ऋषि थे, किन्तु ऐसा व्यक्तित्व आज तक नहीं देखा था।

वे तेज की साक्षात प्रतिमूर्ति लग रहे थे। उनका गौरवर्ण अद्भुत था। रावण ने देखा, उनके मुख पर चन्द्रमा सी चमक थी और गले में एक विषधर लिपटा हुआ था। उनके मध्य से गले का जो भाग दिख रहा था, वह स्वच्छ आसमान जैसा हल्का नीला-सा लग रहा था। उनके मस्तक पर थोड़ा लम्बा-सा एक लाल टीका था। उनके सिर पर जटाओं का छोटा सा जूड़ा था और बहुत सी जटायें उनके कानों को घेरते हुए नीचे जाकर उनकी पीठ पर फैली हुई थीं। रावण को लगा, जैसे शिव के चारों ओर शीतलता और पवित्रता बह रही है, जिससे वह स्वयं भी उससे भीग उठा है।

रावण ने बहुत से युद्ध किये थे, बहुत रक्तपात देखा भी था और किया भी था... उसने रक्ष संस्कृति की शुरुआत की थी और जो भी उसकी इस रक्ष संस्कृति के झण्डे के नीचे आने के लिये तैयार नहीं होता, उसे वह निर्दयता पूर्वक मार देता था। उसकी तामसी वृत्तियाँ चरम पर थीं। सामने कोई भी हो, कैसा भी हो, उसे किसी न किसी प्रकार पराजित करना ही उसका उद्देश्य होता और यह उसके अहं को संतुष्टि देता था।

उसी रावण को आज शिव के सम्मुख खड़े होकर लग रहा था कि वहाँ जो शीतलता और पवित्रता की धारा बह रही है, उसी धार में उसकी वह सारी वृत्तियाँ भी बही चली जा रही हैं और मन पता कहाँ से सात्विकता से भर उठा है। उसे स्मरण हो आया कि वह एक अति साध्वी माँ कैकसी और एक बड़े ऋषि विश्रवा का पुत्र है।

वह परुश, जिसे वह बहुत कम अपने से अलग करता था, उसने एक ओर रख दिया और शिव की ओर देखा। वे भी उसी की ओर देख रहे थे। उनके नेत्रों में पता नहीं क्या था, रावण उन नेत्रों की ओर देख नहीं सका। उसने अपनी दृष्टि झुका ली, इसके साथ ही उसे लगा जैसे शिव के मस्तक के बीच में लगा टीका, मात्र टीका नहीं, उनका एक और नेत्र है, जिससे शिव उसके सारे मनोभावों को पढ़ रहे हैं।

रावण, शिव के सम्मुख घुटनों के बल बैठ गया और प्रणाम में हाथ जोड़कर सिर झुका दिया। वह जब इसी प्रकार कुछ देर तक बैठा रहा तो शिव ने कहा,

'रावण !'

अब रावण ने नेत्र ऊपर किये।

'प्रभु' उसने कहा।

'उठो।'

रावण हाथ जोड़े-जोड़े उठकर खड़ा हो गया।

"कुछ कहना है? शिव ने पूछा।"

"नहीं... पहले बहुत कुछ कहना था, अब कुछ भी नहीं।"

'फिर?'

"सुनना है।"

'क्या?'

"जो आप कहें।"

रावण की इस बात पर शिव मुस्कराये। शिव की मुस्कान ने रावण का साहस बढ़ाया।

"यदि आपसे आशीर्वाद के वचन सुनने को मिल जाते तो फिर सम्भवतः और कुछ भी शेष नहीं रहता।"

"तुम स्वयं में बहुत सक्षम हो रावण।" शिव ने कहा। शिव की इस बात से रावण थोड़ा गर्व से भर उठा। उसका यह मनोभाव शिव से छिपा नहीं रहा।

"बस कभी-कभी आत्म-चिन्तन भी किया करो।" शिव ने आगे जोड़ा। 'आत्म-चिन्तन' यह करने का न कभी रावण को समय मिला और न ऐसा कोई विचार ही कभी आया। अभी तक उसके जीवन का मात्र एक ही ध्येय था, सामने वाले से अपनी बात मनवाना, उसे पराजित करना और मनचाहा प्राप्त करना। शिव की आत्म-चिन्तन की बात ने उसे कुछ असहज कर दिया, किन्तु शीघ्र ही उसने स्वयं को सँभाल लिया।

"और आपका आशीर्वाद? क्या मैं आपके आशीर्वाद के योग्य नहीं हूँ? क्या मैं उससे वंचित रहूँगा?" उसने शिव से कहा।

"नहीं, तुम्हारे हर अच्छे कर्म के साथ मेरा आशीर्वाद है।

"अच्छा कर्म किसे कहेंगे?"

"इसका उत्तर मुझसे नहीं, समय-समय पर अपनी आत्मा से लेना।"

शिव की इस बात पर रावण फिर कुछ असहज हुआ। देह के अतिरिक्त आज तक उसने और कुछ भी सोचा ही नहीं था। एक बार फिर उसने स्वयं को सँभाल लिया, किन्तु पहले जितना वह उनके व्यक्तित्व से प्रभावित हुआ था, अब उतना ही उनकी बातों से भी प्रभावित हो चुका था।

"क्या मैं कुछ देर और आपके चरणों में बैठ सकता हूँ?" उसने शिव से कहा।

"मुझे कोई आपत्ति नहीं है, पर तुम्हारे लोग तुम्हारी अनुपस्थिति से व्याकुल हो रहे होंगे।"

शिव की इस बात से रावण बहुत अधिक चौंक उठा, 'इनकी बात तो सत्य है, किन्तु इन्हें कैसे ज्ञात हुआ कि मेरे साथ कुछ और लोग भी हैं।' उसने सोचा।

"क्या सोच रहे हो?" शिव ने पुनः कहा।

"नहीं, कुछ नहीं, यूँ ही।" रावण ने कहा।

रावण का यह उत्तर सुनकर शिव धीरे से हँसे, बोले,

"जाओ, पर तुमने मुझसे आशीर्वचन की कामना की थी, इसलिये कह रहा हूँ, कुछ भी करना, पर अपनी आत्मा को मरने मत देना, क्योंकि एक बार आत्मा मरी, तो व्यक्ति का पतन प्रारम्भ होने में कुछ भी समय नहीं लगता।"

शिव की यह बात सुनकर रावण कुछ पल सीधा खड़ा रहा, फिर शिव के सम्मुख दण्डवत् प्रणाम् की मुद्रा मे लेट गया। कुछ पल बाद शिव के संकेत पर नन्दी ने रावण को उठाने का प्रयास करते हुए कहा,

"उठो रावण! तुम्हें प्रभु के दर्शन हुए यह छोटा सौभाग्य नहीं है, हो सके तो उनकी बातों को स्मरण रखना।"

रावण उठा। हाथ जोड़े, फिर वैसे ही कुछ पग पीछे गया, फिर एक बार पुनः प्रणाम कर मुड़ा और वापस होने लगा। तभी उसने पीछे से नन्दी की आवाज सुनी,

'रावण!'

रावण मानो अपने आप में नहीं था, उसने पीछे मुड़कर देखा

'क्या?'

"यह तुम्हारा परुश यहीं छूटा जा रहा है।"

'ओह!' कहकर रावण ने लौटकर परुश उठा लिया।

"आभारी हूँ," उसने नन्दी से कहा, "मैं भूल गया था।"

"तुम यहाँ आकर परुश भूल गये, इसमें कुछ भी आश्चर्य नहीं है।"

रावण, नन्दी की इस बात पर कुछ चकित हुआ। उसने नन्दी की ओर देखा।

उसकी दृष्टि में प्रश्न था। नन्दी ने इसे पढ़ लिया, बोला,

"उनके सम्मुख आकर व्यक्ति स्वयं को ही भूल जाता है तो परुश क्या है।"

"सच है।" रावण ने कहा।

"मेरे साथ भी यही हुआ था।" नन्दी ने हँसते हुए कहा।

'क्या?'

"उनके सम्मुख आकर स्वयं को ही नहीं भूला, घर का रास्ता भी भूल गया हूँ।"

"आप उनके साथ रहते हैं, आप धन्य हैं, आप प्रणम्य हैं, मेरा प्रणाम स्वीकार करें।"

"नहीं, मैं आपके प्रणाम के योग्य नहीं हूँ।" नन्दी ने हाथ जोड़ते हुए कहा।

13

रावण वहाँ से वापसी के मार्ग पर था। जब तक जंगल था, वह शिव के ही विचारों में डूबा रहा। उसे लग रहा था जैसे जितनी देर वह उनके सम्मुख था, किसी दूसरे ही संसार में था। रावण अभी भी आश्चर्यचकित और अभिभूत था। जंगल से बाहर आते ही उसे यहाँ आने का अपना लक्ष्य स्मरण हो आया, किन्तु पहले और अब में एक अन्तर था। उसे कुबेर का अपने प्रति व्यवहार याद आ रहा था। कुबेर उस लंका को छोड़कर कितनी दूर आकर इस हिमालय पर बस गया था।

'क्या यह केवल युद्ध के प्रति उन्माद ही नहीं है, जो उसे यहाँ ले आया है?' रावण के मन में आया। फिर उसे अपने नाना सुमाली का कथन स्मरण हो आया।

'दुश्मन को कभी छोटा मत समझो और कुबेर के जीवित रहते, उसका लंका पर राज्य निष्कंटक नहीं है।' इसके साथ ही शिव के सान्निध्य से उत्पन्न सारी सत्त्विक भावनाओं पर नाना की सीख भारी पड़ने लगी।

* * *

रावण ने अपने दल को एकत्रित किया और अचानक ही अमरावती पर टूट पड़ा। कुबेर यक्ष था। रावण के इस अचानक आक्रमण से यक्षों में भगदड़ मच गयी। कुबेर को जब समाचार मिला कि उस पर यह आक्रमण रावण ने किया है, तो उसे सहसा विश्वास ही नहीं हुआ और अपनी ओर से युद्ध प्रारम्भ करने के पूर्व उसने रावण से संवाद करना उचित समझा। वह अकेले ही रावण के सम्मुख जाना चाहता था, किन्तु उसके सेनापति सुयोध और विश्वास-पात्र योद्धा मणिभद्र ने उसे ऐसा करने से रोका,

''इस समय वह शत्रु के रूप में आया है और बिना किसी चेतावनी के हमला बोल दिया है, अतः अब उस पर इतना विश्वास ठीक नहीं।'' सुयोध ने कहा और मणिभद्र ने भी सुयोध का समर्थन किया।

''हमें भी अपने साथ चलने दीजिये।'' मणिभद्र ने कहा।

बात कुबेर की समझ में आयी। उसने कहा,

''ठीक है, मणिभद्र तुम मेरे साथ चलो और सुयोध तुम यहीं ठहरकर शीघ्रातिशीघ्र सेना को तैयार कर लो, ताकि हम हर परिस्थिति के लिये तैयार रह सकें।

सुयोध रुक गया। कुबेर, मणिभद्र के साथ रावण के सम्मुख जा पहुँचा।

'रावण!' कुबेर ने रावण को पुकारा।

''हाँ।''

''अब क्या शेष है? मैंने पिताश्री की बात मानकर खुशी से लंका तुम्हें सौंप तो दी है।''

कुबेर की इस बात पर रावण कुछ पलों के लिये सकुचाया।

''नाना सुमाली का भी यही मत तो था; क्या तुम्हें अपने गुरुजनों की बातें भी स्वीकार नहीं हैं? मेरा यह छोटा-सा राज्य अमरावती क्यों उजाड़ना चाहते हो?'' कुबेर ने आगे कहा।

इतनी देर में रावण बहाना खोज चुका था। उसने कहा,

''नहीं, मुझे न तुमसे कोई शत्रुता है और न ही मैं तुम्हारी अमरावती को कोई क्षति पहुँचाना चाहता हूँ।''

''फिर तुम्हारे आदमियों द्वारा यह उपद्रव क्यों?''

''तुम जानते हो, मैंने सभी को एक करने के लिये रक्ष-संस्कृति की स्थापना की।''

''जानता हूँ, किन्तु इसमें मैं तो कोई अवरोध उत्पन्न नहीं कर रहा हूँ।''

''तुम यक्ष हो।''

''हाँ, हूँ।''

''तुम और तुम्हारे लोग यदि रक्ष-संस्कृति स्वीकार कर लें तो मैं लौट जाऊँगा।''

''और यदि हमें तुम्हारा यह प्रस्ताव स्वीकार न हो तो?''

''जो रक्ष संस्कृति को स्वीकार कर ले, उसको अभयदान और जिसे यह

स्वीकार नहीं, उसके लिये मेरा यह परशु है।"

"यह अन्याय है।"

"नहीं, मैं ऐसा नहीं समझता।"

"चलो, फिर युद्ध ही होने दो।"

"हाँ, युद्ध को ही निर्णय करने दो।"

"कुछ पल ठहरो, मैं अपनी सेना को सावधान कर लूँ।"

"ठीक है।"

कुबेर वहाँ से हटा और उसका सेनापति सुयोध सेना लेकर रावण से भिड़ गया। उसके और रावण के मध्य बहुत देर तक युद्ध होता रहा। सुयोध ने एक बाण रावण के सारथी के सीने में मारा। सारथी मारा गया तो सुयोध ने गदा के प्रहारों से रावण का रथ भी तोड़ डाला। इसके बाद उसे लगा कि अब वह रावण पर शीघ्र ही विजय प्राप्त कर सकेगा, किन्तु तभी बिजली की सी फुर्ती से रावण ने रथ का पहिया उठाकर सुयोध के सिर पर मार दिया। सुयोध का सिर फट गया, वह भूमि पर गिर पड़ा। खून से धरती लाल हो गयी। रावण ने फिर भी उस पर प्रहार करना बन्द नहीं किया। सुयोध ने शीघ्र ही दम तोड़ दिया।

सुयोध के बाद मणिभद्र ने कुबेर की सेना का नेतृत्व सँभाल लिया। उसके नेतृत्व में यक्षों ने राक्षसों को बुरी तरह से मारा। राक्षस इस आक्रमण से घबराकर पीछे हटने लगे। रावण यह देखकर क्रोध से भर उठा और उसने अपना परशु धुमाकर मणिभद्र के सिर पर प्रहार किया। मणिभद्र खून से सन गया और मूर्छित हो गया। यक्ष उसके रथ को लेकर शिव के स्थान की ओर भागे। मणिभद्र के गिरते ही यक्ष जान बचाकर भागने लगे थे, किन्तु तभी कुबेर स्वयं आगे आया और उसने ललकार कर यक्षों को पुनः एकत्रित किया।

कुबेर के नेतृत्व में पुनः यक्ष, राक्षसों से भिड़े। स्वयं कुबेर, रावण के सम्मुख पहुँच गया। इस आक्रमण से भयभीत राक्षस पुनः भागने को उद्यत हुए, किन्तु रावण को युद्ध में डटा देखकर पुनः एकत्रित होने लगे। रावण ने इस बार भी अपनी पुरानी चाल चली और परशु घुमाकर कुबेर के मस्तक पर प्रहार किया। कुबेर खून से रंग गया और मूर्छित होकर गिर पड़ा और यक्ष उसे रथ में डालकर शिव के स्थान की ओर भागे। 'भाई के रक्त से हाथ न रँगें तो अच्छा ही है।' सोचकर रावण ने उसका पीछा नहीं किया।

इसके बाद रावण, कुम्भकर्ण, मेघनाद और उनकी सेना ने मिलकर अलकापुरी को बुरी तरह से लूटा। इसी लूट के क्रम में रावण, कुबेर के महल के अंतःपुर में जा घुसा। वहाँ कुबेर की पुत्रवधू नलकूबर की स्त्री रम्भा छिपी हुई थी। रावण ने विजय के

मद में उसे पकड़ लिया।

"मैं आपके भतीजे नलकूबर की पत्नी हूँ, मैं आपकी पुत्रवधू लगती हूँ, कृपया मुझे छोड़ दें।" रम्भा ने रोते हुए रावण से कहा, किन्तु रावण पर शैतान सवार था, उसने रम्भा से बलात्कार किया।

तभी नलकूबर वहाँ आ गया। उसने अपनी पत्नी की यह स्थिति देखी तो क्रोध से जल उठा। वह रावण पर टूट पड़ना चाहता था, किन्तु वह यह भी समझ रहा था कि बल प्रयोग में वह रावण से जीत नहीं पायेगा और इसके बाद रावण कुछ और भी अनर्थ कर सकता है, अतः उसने रावण को लक्ष्य कर कहा,

" रावण, तू अपने बल के घमण्ड से पागल हो रहा है।"

" अच्छा! फिर..?" रावण ने कुटिलता- पूर्वक कहा।

"मैं तुझ पर प्रहार नहीं करूँगा।"

" ओह! बड़ी अनुकम्पा," रावण ने व्यंग्य से कहा।

"नहीं, यह अनुकम्पा नहीं मजबूरी है; मैं जानता हूँ कि बल प्रयोग करके मैं तुझे दण्डित नहीं कर सकता।"

"समझदार लगता है तू।"

"किन्तु मैं तुझे श्राप देता हूँ कि यदि आज के बाद तूने किसी स्त्री के साथ बलात्कार करने की चेष्टा भी की, तो तेरे सिर के टुकड़े हो जायेंगे।"

"अरे, तू तो बड़ा ऋषि महात्मा हो गया है; तुझमें श्राप देने की शक्ति भी है, यह मुझे आज ही ज्ञात हुआ।"

"इसके लिये किसी का ऋषि या महात्मा होना आवश्यक नहीं है, यह एक मजबूर की आह है और इसमें किसी ऋषि या महात्मा के श्राप से कहीं अधिक शक्ति होती है।

मुझे लगता है तेरी आत्मा मर चुकी है; यदि तेरी आत्मा जीवित होती तो अवश्य काँप उठती, अब तू केवल एक देह मात्र बचा है रावण।"

नलकूबर की इस बात पर रावण एकदम चौंक गया। शिव ने उससे कहा था 'अपनी आत्मा मत मरने देना रावण, क्योंकि इसके बाद व्यक्ति का पतन प्रारम्भ होने में समय नहीं लगता।'

एक पल के लिये उसे लगा कि जिन शिव को उसने बहुत ही शान्त रूप में देखा था वे ही रौद्र रूप में उसे घूर रहे हैं। रावण भीतर ही भीतर काँप-सा उठा। उसे लगा, जैसे नलकूबर के श्राप में शिव की शक्ति भी समाहित है। उसने किसी तरह अपने को सन्तुलित किया और तेजी से वहाँ से बाहर निकल गया। बाहर आते ही

उसने अलकापुरी में हो रही लूट-पाट को बन्द करने का आदेश दिया।

"जिसने जो कुछ लूटा हो उसे यहीं छोड़ दे, कोई कुछ भी साथ नहीं ले जायेगा," रावण ने सख्त स्वर में कहा, "हम वापस चल रहे हैं।"

रावण के इस आदेश से राक्षस आश्चर्य से भर उठे, किन्तु किसी में भी उसका प्रतिवाद करने की हिम्मत नहीं थी।

वापस होते समय रावण के मन में एक बार पुनः शिव के दर्शनों की आकांक्षा हुई, किन्तु फिर उसे स्मरण हो आया कि उन्होंने कहा था कि 'तुम्हारे हर अच्छे कर्म में मेरा आशीर्वाद तुम्हारे साथ है।' अर्थात् बुरे कर्म में उनका आशीर्वाद मिलना सम्भव नहीं है और 'मैं कोई अच्छा कार्य करके तो आ नहीं रहा हूँ।' उसने सोचा।

रावण की, शिव का सामना करने की हिम्मत नहीं पड़ी और उस वन के पास तक जाकर शिव की ओर प्रणाम की मुद्रा में खड़े होकर मन ही मन बोला, "इस बार क्षमा कर दें प्रभु, भविष्य में कभी भी किसी स्त्री के साथ ऐसा पाप नहीं करूँगा।' इसके बाद एक बार और शिव की दिशा में अपना सिर झुकाकर, रावण वापस हो लिया। पहाड़ से नीचे उतरते समय भी रावण के मन में आत्मग्लानि बनी रही।

नीचे की ओर जाते समय एक बार उसके मन में आया 'क्या वह अपने जीवन के उतार में है?' और फिर उसने स्वयं ही स्वयं को दृढ़ता से उत्तर दिया 'नहीं, ऐसा नहीं हो सकता, अभी तो बहुत से लक्ष्य पाने शेष हैं।'

यह उस श्राप का परिणाम ही था कि इसके बाद रावण ने किसी भी स्त्री के साथ बल प्रयोग नहीं किया। उसने भविष्य में सीता का अपहरण तो किया, किन्तु उनके साथ भी बल-प्रयोग की उसकी हिम्मत नहीं पड़ी।

14

सती के विवाह के समय दक्ष ने सती और शिव को जो कुछ भी देने का प्रयास किया था, शिव ने विनम्रतापूर्वक उसमें से कुछ भी लेना स्वीकार नहीं किया था। इसके बाद भी दक्ष ने सती और शिव की खोज खबर रखी और विभिन्न अवसरों पर कुछ उपहार भी भिजवाये, किन्तु वे सारे ही मूल्यवान होते थे, इस कारण हर बार शिव उन्हें ग्रहण करने में अपनी असमर्थता प्रकट कर देते या उन्हें लोगों में बाँट देते थे।

इसके अतिरिक्त एक दो अवसरों पर जब दक्ष और शिव की भेंट हुई, तब भी दक्ष उनसे असन्तुष्ट ही रहे। इस सबसे दक्ष के अह्म को तो ठेस लगी ही, साथ ही उन्हें यह भी लगने लगा था कि शिव के अन्दर अहं है और वे उनकी उपेक्षा करते हैं।

इसी बीच बहुत से ऋषियों ने प्रयाग में एक विशाल यज्ञ का आयोजन किया। इस यज्ञ में बहुत से सिद्ध-योगी, देवर्षि, महर्षि, बड़े-बड़े महात्मा आदि आये हुए थे। यहाँ पर विभिन्न शास्त्रों पर चर्चायें भी हुईं।

इस अवसर पर सती के साथ शिव भी वहाँ पहुँचे। वहाँ उपस्थित ऋषियों, मुनियों सहित सभी लोगों ने उन्हें प्रणाम किया। शिव को उचित आसन दिया गया। सती जानती थीं कि उनके पिता दक्ष भी परिवार सहित वहाँ अवश्य आयेंगे। वहाँ उपस्थित भीड़ में उनकी दृष्टि परिचितों को खोजने लगी। बहुत विशाल भीड़ थी। जहाँ तक दृष्टि जाती थी सिर ही सिर थे और बहुत से लोग अभी भी आ रहे थे।

सती को लगा, उनके पिता अभी नहीं आये होंगे, अन्यथा उन लोगों से मिलने अवश्य आते। तभी उन्होंने देखा, भीड़ के मध्य से जगह बनाती, इला उन तक आने का प्रयास कर रही थी। सती ने हाथ उठाकर इला को पास आने का संकेत किया। उनको इस प्रकार संकेत करते देख कुछ लोग इला के लिये रास्ता बनाने लगे। इला पास आयी तो सती ने उसे चिपटा लिया।

"तुझसे मिलने की बहुत इच्छा थी, किन्तु मुझे आशा नहीं थी कि तू यहाँ मिलेगी।" सती ने उससे कहा।

"मुझे पता था कि आप यहाँ मिलेंगी, इसीलिये मैं बहुत आग्रह करके, जोर लगाकर यहाँ आ पायी हूँ।"

"बाकी बातें बाद में पूछूँगी, पहले यह बता कि तूने यह आप कहना कब सीखा?"

"आपने अभी देखा नहीं... अब आप एक ऐसे व्यक्ति की पत्नी हैं, जिसे इतने बड़े-बड़े ऋषियों, मुनियों ने भी प्रणाम किया।"

"अच्छा, तेरे यह आप कहने का यही एक कारण है या और भी?"

"आपको सम्भवतः पता नहीं है, आपके पिता प्रजापति दक्ष अब प्रजापतियों के भी प्रजापति हो गये हैं।"

"हूँ... और इसलिये अब तू तो मेरी सखी रही नहीं, यही न!"

"नहीं, सो तो मैं हूँ।"

"तो वैसे ही बात कर, जैसे पहले करती थी... यह आप आप कह कर मुझे पीड़ा मत दे।"

"ओह!" इला ने कहा, "अच्छा चल ये बता कैसी कट रही है संन्यासी जी के साथ।"

"बहुत अच्छी... जितना कोई सोच सकता हो, उससे कहीं अधिक अच्छी;

जीवन ऐसा भी हो सकता है मैं सोच नहीं सकती थी।"

'कैसा?'

"अद्वितीय रूप से पवित्र, सुन्दर, चिन्तामुक्त और साथ ही अति रोमांचक भी... कुछ और विशेषण भी यदि तुझे याद हों तो वे भी लगा सकती है; बड़ा ही अद्‌भुत और महान व्यक्तित्व है इनका।"

"बहुत ही भाग्यशाली है तू सती।"

"हाँ, सचमुच मुझे भी ऐसा ही लगता है, किन्तु तू अपनी भी तो बता, कहीं विवाह की बात तो चल रही होगी।"

"चली तो थी।"

'फिर?'

"मैंने मना कर दिया।"

'क्यों?'

"सब तेरे जैसे भाग्यशाली नहीं होते सती; पता नहीं कैसा पुरुष मिल जाय, मैं ऐसे ही ठीक हूँ।"

"ऐसा क्यों सोचती है?"

"सच बताऊँ?"

"नहीं झूठ बता, मैं भी तो देखूँ तू कितना झूठ बोल लेती है।"

सती की इस बात पर इला हँस पड़ी।

"झूठ बोलना भी आना चाहिये सती, कभी-कभी इसकी भी आवश्यकता पड़ती है।"

"ज्ञान मत दे, विवाह न करने का कारण बता।"

"जब तक तुम थीं तब तक तो मैंने ध्यान नहीं दिया, पर तेरे जाने के बाद मैंने भी ध्यान में बैठकर तेरी ही भाँति 'अहं ब्रह्मास्मि' में डूबने का प्रयास किया।"

'फिर?'

"अदभुत अनुभव हुआ... जैसे-जैसे अभ्यास बढ़ता गया, वैसे-वैसे ही उसमें आनन्द का अनुभव होने लगा; अब और किसी तरफ जाने का मन नहीं करता, संसार को देखने की दृष्टि ही परिवर्तित हो गयी लगती है।"

"इला तू संन्यासियों जैसी बातें कर रही है... ये भगवा वस्त्र क्या इसीलिये धारण किये हैं?"

"ये तो यहाँ यज्ञ में आना था इसलिये, अन्यथा कपड़ों के रंग में क्या रखा है।"

"अच्छा इन सब बातों में एक बात तो रह ही गयी।"

'क्या?'

"तूने प्रारम्भ में कहा था कि तुझे यहाँ तक आने के लिये बहुत जोर लगाना पड़ा, क्यों?"

"कोई मुझे यहाँ ला ही नहीं रहा था।"

"पिता भी नहीं?"

"पिताश्री को लग रहा था कि यह ध्यान में डूबी रहने लगी है और विवाह भी नहीं कर रही है; कहीं वहाँ संन्यासियों के बीच में जाकर संन्यास ही न ले ले।"

'अरे!'

"फिर मैंने तेरी माँ से कहा कि माँ मैं वह यज्ञ देखना चाहती हूँ; ऐसे आयोजन कभी-कभी ही तो होते हैं, मुझे इसमें सम्मिलित होने से वंचित होने से बचा लीजिये।"

"अच्छा, फिर?"

"फिर उन्होंने जब कहा कि यदि कोई नहीं ले जायेगा तो मैं इला को अपने साथ ले जाऊँगी, तब पिताश्री कुछ नहीं कह पाये और मुझे भी अपने साथ ही ले आये।

* * *

यज्ञ प्रारम्भ होने वाला ही था कि वीरणी के साथ प्रजापति दक्ष भी आ गये। वे प्रजापतियों के भी प्रजापति हो चुके थे और उनका कद बहुत बड़ा हो चुका था। उनके आने पर वहाँ उपस्थित सभी लोगों ने खड़े होकर उनका स्वागत किया... बस एक शिव ही थे जो उनके स्वागत में खड़े नहीं हुए।

यह बात दक्ष को खल गयी। वे कुछ क्रोध में आ गये और शिव को सुनाकर बोले,

"जिसके माता-पिता का ही पता न हो, वह यदि संस्कारहीन हो तो आश्चर्य क्या।" दक्ष के यह कहते ही वीरणी आश्चर्य और आशंकाओं से भर उठीं। उन्होंने दक्ष का हाथ दबाकर धीरे से कहा,

"यह क्या कह रहे हैं आप, शिव हमारे दामाद हैं।" किन्तु दक्ष ने क्रोध से वीरणी का हाथ भी झटक दिया। वीरणी चुप रह गयीं।

दक्ष के यह शब्द जिसने भी सुने वह अवाक् रह गया, किन्तु दक्ष प्रजापतियों के भी प्रजापति हो चुके थे, अतः विरोध करने का साहस किसी ने नहीं किया।

तभी ऋषि दधीचि खड़े हो गये।

"राजन, आपका यह कथन बहुत ही अनुचित है।" उन्होंने दक्ष को लक्ष्य करके

कहा। उनकी इस बात पर दक्ष ने उपेक्षा से दृष्टि दूसरी ओर कर ली।

"वे शिव हैं।" दधीचि ने पुनः कहा। उनकी इस बात पर दक्ष ने उपेक्षा से 'हुँह' कहकर सिर झटका और दूसरों से बात करने लगे। दधीचि कुछ और भी कहना चाहते थे, किन्तु किसी और भी अशोभनीय स्थिति से बचने एवं एक शुभ कार्य में बाधा पड़ने की आशंका से अन्य ऋषियों ने दधीचि से प्रार्थना कर उन्हें शान्त करवा दिया।

फिर भी कुछ लोगों को यह भी लग रहा था कि दक्ष की इस अभद्र टिप्पणी का शिव अवश्य ही विरोध करेंगे, किन्तु सभी को बड़ा आश्चर्य हुआ, जब शिव के मुख पर हलका सा भी तनाव नहीं दिखा। ओठों पर मुस्कान लिये वे वैसे ही शान्त बैठे रहे, किन्तु सती का मुख अपने पिता के इस व्यवहार पर क्रोध और लज्जा से रक्तिम हो उठा।

शिव के साथ नन्दी भी थे। उन्होंने शिव की ओर देखा, फिर सती की ओर देखा। सती के मुख पर उभरी पीड़ा से वे अत्यधिक क्रोध में आ गये और दक्ष की ओर देखकर बोले,

"दक्ष! यदि तुम मेरे प्रभु की अर्धांगिनी के पिता नहीं होते तो मैं अभी ही तुम्हें तुम्हारे दम्भ का समुचित उत्तर देता, किन्तु फिर भी तुम्हारा यह अहंकार तुम्हें शीघ्र ही नष्ट कर देगा।"

नन्दी की इस बात को सुनकर दक्ष व्यंग्यपूर्वक हँसे,

"मुझे मेरे दम्भ का समुचित उत्तर न देकर तुमने बड़ी कृपा की है, किन्तु यदि तुम इसी तरह बोलते रहे तो मैं तुम पर कोई कृपा करने वाला नहीं हूँ, मैं तुम्हें उचित दण्ड दूँगा।" दक्ष ने कहा।

"दक्ष, तुम्हारा घमण्ड तुम्हारे सिर चढ़कर बोल रहा है।"

"मुझे नहीं मालूम तुम शिव के कौन हो और क्या लगते हो, किन्तु बुद्धि से तुम मुझे पूरे बैल लगते हो; तुम्हें मेरा धमण्ड दिख रहा है, किन्तु शिव का अभद्र व्यवहार नहीं दिख रहा है?" दक्ष ने कहा।

नन्दी इसका उत्तर देते, इसके पूर्व ही शिव ने संकेत से उन्हें चुप करा दिया, फिर धीरे से कहा,

"नन्दी, इस तरह क्रोध करना हमें शोभा नहीं देता और मेरे अपमान की बात से भी तुम व्यथित मत हो; किसी ने मुझे मान दिया या अपमान, इस बात से मुझे तो कोई अन्तर नहीं पड़ता।"

महर्षि दधीचि एक बार पुनः इस वार्तालाप और दक्ष के बड़बोलेपन से व्यथित हुए और इसका विरोध करने लगे। उस कोलाहल भरे वातावरण में उनकी बात किसी

ने नहीं सुनी तो दधीच उठे। उनके साथ कुछ अन्य ऋषि भी उठे और सभी यज्ञ छोड़कर चले गये। सती की दृष्टि में उनका विरोध भी आया और उसे कोई महत्त्व न दिया जाना भी।

यद्यपि इसके कुछ देर बाद ही मन्त्रों की ध्वनि गूँजने लगी और यज्ञ प्रारम्भ हो गया, किन्तु वातावरण में तनाव-सा व्याप्त हो चुका था। यह तनाव और न बढ़े, इस कारण शिव, शान्तिपूर्वक यज्ञ की समाप्ति तक चुपचाप बैठे रहे और यज्ञ के समाप्त होने के बाद चुपचाप उठकर चल दिये।

सती उनके पीछे थीं, फिर नन्दी, नन्दिनी और शिव के दूसरे गण। तभी बहुत तीव्र गति से चलती हुई वीरणी उनके सम्मुख आ गयीं। शिव सहित सभी ने उन्हें प्रणाम किया। वीरणी ने आगे बढ़कर शिव का हाथ अपने दोनों हाथों में ले लिया, और बोलीं,

"बेटा, आज प्रातःकाल से ही वे कुछ उद्विग्न से थे, सम्भवतः इसी कारण क्रोध में आकर पता नहीं क्या बोल गये, उनकी ओर से मैं तुमसे क्षमा माँगती हूँ।"

"आप व्यथित न हों, मझे इन सब बातों से कोई अन्तर नहीं पड़ता।" शिव ने सहज भाव से हँसकर कहा।

"मैं जानती हूँ शिव, तुम्हारा हृदय बहुत उदार है, किन्तु जब तुम लोग यहाँ तक आये ही हो तो घर तक भी चलते और हमें सेवा का अवसर देते।"

"माँ, इस बार तो मैं शीघ्रता में हूँ, अन्यथा आपका अनुरोध टालता नहीं, किन्तु भविष्य में कभी भी आप बुलायेंगी तो मैं अवश्य आऊँगा।"

"अच्छा।" वीरणी ने कहा, किन्तु उनके स्वर में व्यथा थी। इसके बाद वे सती की ओर मुड़ीं, बोलीं,

"बेटी, तुम्हारे पिता ने क्रोध में आकर जो अनुचित बातें कही हैं, उसके लिए मैं तुमसे भी क्षमाप्रार्थी हूँ।"

"आप क्षमाप्रार्थी हों, यह मेरे लिये सम्मानजनक नहीं है और हमने उस बात को वहीं भुला भी दिया है।" सती ने कहा।

"अच्छा बेटी।" वीरणी ने कहा। तभी इला लगभग दौड़ती-सी आयी, सती का हाथ थामकर बोली,

"सती, इस प्रकरण को यहीं छोड़ देना, भूल जाना और फिर आना।"

सती ने इला का हाथ अपने दोनों हाथों से दबाया, "ठीक है, तू व्यथित मत हो।" इसके बाद इला और वीरणी वहीं खड़ी हो गयीं, और जब तक सती और शिव उन्हें दिखाई देते रहे वे वहीं खड़ी उन्हें देखती रहीं।

* * *

यद्यपि वीरणी ने दक्ष की ओर से क्षमा-प्रार्थना कर ली थी, किन्तु फिर भी वहाँ से लौटते हुए सती और नन्दी कुछ खिन्न थे।

"तुम अभी भी सामान्य नहीं हो पायी हो, जरा सी बात के लिये इतनी व्यथित क्यों हो?" शिव ने सती से कहा।

"वह जरा सी बात नहीं थी।"

"जरा सी ही बात थी।"

'कैसे?'

"छोड़ो भी, जाने दो, वे बड़े हैं।" कहकर शिव हँसे।

शिव ने नन्दी को भी शान्त किया।

15

पहाड़ों की गोद में जीवन पुनः अपनी स्वाभाविक गति से चलने लगा था... तभी एक दिन शिव ने कहा,

"सती, मुझे पता लगा है कि भगवान श्रीराम ने अयोध्या में जन्म ले लिया है और इस समय वे अपनी पत्नी सीता और छोटे भाई लक्ष्मण के साथ दण्डकारण्य में चौदह वर्ष के वनवास पर हैं।"

"सच!" सती ने कहा। यह एक उनके लिये एक सुखद आश्चर्य था।

"हाँ, सच।"

"तो क्या हम उनके दर्शनों के लिये चलेंगे?"

"हाँ, और शीघ्र ही।"

'कल?'

"हाँ चलो, कल ही निकलते हैं।"

दूसरे दिन शिव ने दण्डकारण्य के लिये अपनी यात्रा प्रारम्भ की। नन्दी साथ ही चलना चाहते थे, किन्तु शिव ने उन्हें वहीं रुकने को कहा और अपने गले में पड़े रहने वाले सर्प को भी वहीं छोड़ दिया।

* * *

पहाड़ी मार्ग बहुत ऊबड़-खाबड़ था और शिव बहुत तीव्र गति से चल रहे थे। सती को असुविधा कम हो, इस कारण उन्होंने सती का हाथ थाम रखा था। सती ने

शिव को इतना व्यग्र कभी नहीं देखा था। यह किसी बच्चे जैसी व्यग्रता थी। इस प्रकार कुछ दूर चलने के बाद सती थकने लगीं।

"थोड़ा धीरे चलते..." उन्होंने शिव से कहा।

"ओह! ठीक है, मैं सम्भवतः कुछ अधिक ही शीघ्रता में था।" इसके बाद शिव ने अपनी गति धीमी कर ली। रास्ते में कहीं-कहीं विश्राम करते हुए और पहाड़ों पर उपलब्ध फल आदि का सेवन करते हुए चलते रहे।

जब सन्ध्या ढलने लगी और अँधेरा छाने लगा, तो सती को लगने लगा कि कोई आश्रय मिल जाता तो अच्छा था। उन्होंने शिव से कहा,

"रात्रि बिताने के लिये कोई आश्रय मिल जाता तो अच्छा था।"

"मैं भी यही सोच रहा था।"

इसके बाद थोड़ा-सा और चलते ही एक छोटा सा घर दिखाई दे गया। वे उसके द्वार पर पहुँचे। एक बहुत सुदर्शन और साँवले से युवक ने द्वार खोला।

शिव ने अभिवादन किया, जिसके उत्तर में उस युवक ने सती और शिव दोनों को प्रणाम किया।

"हम रात्रि भर के लिये आश्रय चाहते थे।" शिव बोले,

"अतिथि... आइये आपका स्वागत हैं।" उसने कहा।

सती के साथ जब शिव अन्दर गये तो भीतर उस युवक की सुदर्शना पत्नी भी थी। सती ने उसे देखा तो देखती ही रह गयीं। 'इतना सौन्दर्य' उन्होंने सोचा।

"आप लोग यहाँ अकेले ही रहते हैं?" सती ने उससे पूछा, "आस-पास कोई घर तो नहीं दिख रहा है।"

"हाँ, अकेले ही।" स्त्री ने मुस्कराकर कहा।

सती को अचम्भा हुआ।

"यहाँ इस तरह एकान्त में निवास का कोई विशेष कारण है क्या?"

"सम्भवतः एक कारण तो यही है कि आप लोगों के दर्शन होने थे।" उसने हँसकर उत्तर दिया।

"आपको पता था कि हम आने वाले हैं?"

युवक पास ही खड़ा सुन रहा था।

"इसे आप परिहास ही समझें।" उसने सती से कहा, फिर अपनी पत्नी की ओर देखकर कहा,

"इनके भोजन आदि की व्यवस्था..."

“हाँ, मैं करती हूँ।”

इसके बाद वह रसोई-गृह में जाकर भोजन की व्यवस्था करने लगी। सती भी पास पहुँच गयीं, बोलीं,

“मैं आपकी सहायता करती हूँ।”

“नहीं” उसने सती का हाथ पकड़कर सौम्यता से कहा, “आप पता नहीं कितनी दूर से चलकर आ रही होंगी, थकी होंगी, आप विश्राम कीजिये और देखियेगा, मैं कितना शीघ्र सब कार्य निपटाती हूँ।”

सती बाहर आकर शिव के निकट ही बैठ गयीं। सचमुच कुछ ही देर में उस युवक और उसकी पत्नी ने मिलकर उनके सम्मुख भोजन लगा दिया।

“और आप लोग?” शिव ने युवक से कहा।

“आप अतिथि हैं, हम आपके बाद ही लेंगे।”

भोजन साधारण किन्तु स्वादिष्ट था। इसी बीच युवक की पत्नी ने उनके सोने के लिये बिस्तरों का प्रबन्ध कर दिया था।

सुबह जब वे विदा होने लगे तो सती ने उनसे कहा,

“हम आपके आभारी हैं।”

“हमने ऐसा तो कुछ भी नहीं किया है।” युवक ने कहा।

“यह आपकी विनम्रता है; पर यह आपका व्यवहार ही था जो हमें ऐसा लगा ही नहीं कि हम किसी अपरिचित के घर में हैं,” सती ने कहा।

“यह हमारा सौभाग्य है।” युवक ने उत्तर दिया। सती और शिव पुनः अपने मार्ग पर निकल पड़े। पहाड़ी क्षेत्र समाप्त होने के बाद मार्ग उतना असुविधाजनक नहीं रह गया था। मार्ग में जगह-जगह उन्हें रात्रि बिताने के लिये कोई न कोई आश्रय मिलता ही गया और हर आश्रय में उनका अपनों की भाँति ही स्वागत हुआ। सती को हर आश्रय में इस तरह के अपनेपन से स्वागत की आशा नहीं थी... वे इसे शिव के व्यक्तित्व का प्रभाव ही मान रही थीं।

वन तो मानों उनके लिये कोई बाधा थे ही नहीं, किन्तु सती को तब आश्चर्य हुआ, जब उन्होंने देखा कि जब भी रास्ते में कोई नदी आयी, तब भले ही दूर-दूर तक सन्नाटा पसरा हो और वह दिन का कोई भी समय हो, अप्रत्याशित रूप से कोई न कोई नाव वाला मिलता ही गया।

“ऐसा लगता है जैसे किसी ने हमारी इस यात्रा के लिये पहले से ही प्रबन्ध कर रखे हों।” उन्होंने शिव से कहा।

“हाँ लगता तो ऐसा ही है वह है न।” कहकर हँसते हुये शिव ने आकाश की

उँगली उठाकर कहा।

दण्डकारण्य लगभग पूरे दक्षिण-भारत में फैला हुआ था, अतः जब वह वन प्रारम्भ हुआ तो सती को लग रहा था कि इतने विशाल वन में वे लोग राम को कैसे ढूँढ़ पायेंगे, किन्तु उन्हें एक बार पुनः आश्चर्य हुआ जब उन्होंने देखा कि उस वन क्षेत्र में जहाँ भी उन्हें कोई बस्ती या किसी ऋषि का आश्रम मिलता, वहाँ राम की चर्चा अवश्य मिलती।

लोग उत्साह से उन्हें भगवान राम के जाने की दिशा बता रहे थे।

वन के प्रारम्भ होते ही शिव ने वहाँ के निवासियों से लेकर उन्हीं के जैसे वस्त्र स्वयं भी धारण किये और सती को भी धारण कराये... उन्हीं के जैसी वेशभूषा और उन्हीं के जैसी बोली का सहारा लेकर बिना किसी बाधा के आगे बढ़ते रहे।

* * *

दण्डकारण्य क्षेत्र में चलते हुए शिव और सती को कई दिन हो चुके। सती थकी सी लगने लगी थीं।

"अब सम्भवतः हम अपने लक्ष्य से बहुत दूर नहीं होंगे।" शिव ने उनसे कहा।

'अच्छा।' सती ने कहा। इस समय वे जहाँ पर थे वह दुर्गम वन क्षेत्र था। सन्ध्या ढलान पर थी। तभी मार्ग में सामने एक नदी आ गयी। नदी का पाट बहुत चौड़ा था और शिव, नदी के किनारे पर पहुँचे तो दूर-दूर तक कोई नाव वाला भी नहीं था।

"लगता है हमें यहीं रात्रि बितानी पड़ेगी।" सती ने शिव से कहा।

"हाँ, कोई नाव दिखाई तो नहीं दे रही है।" शिव ने कहा, और बैठने के लिये कोई उचित स्थान ढूँढ़ने लगे। तभी पेड़ों की ओट से निकलकर एक व्यक्ति उन्हें अपनी ओर आता दिखाई पड़ा। 'इस दुर्गम जंगल में इस समय कौन हो सकता है' सती के मन में आया। तब तक वह व्यक्ति और पास आ चुका था। पास आते ही उसने दोनों को प्रणाम किया।

यहाँ तक तो ठीक था, किन्तु सती को तब अचरज हुआ, जब किसी पूर्व परिचित की भाँति उस व्यक्ति के प्रणाम के उत्तर में शिव ने भी उसे हाथ जोड़कर प्रणाम किया। 'सम्भवतः यह शिष्टाचारवश ही होगा,' सती ने सोचा।

"आपको नदी के उस पार जाना है क्या?" उस व्यक्ति ने शिव से प्रश्न किया।

"हाँ, यदि नाव मिल जाती तो।" शिव ने शिव ने उत्तर दिया।

"ओह! आप बस थोड़ी देर प्रतीक्षा करें। "

"ठीक है।"

इसके बाद वह व्यक्ति वापस मुड़ा, उन्हीं वृक्षों के पीछे चला गया और फिर कुछ

ही देर में नदी में एक नाव चलाकर आता दिखा।

"लगता है यह नाव यहीं कहीं पास ही थी, पर हमें पता नहीं क्यों दिखाई नहीं पड़ी।" सती ने शिव की ओर देखकर कहा। इसके उत्तर में शिव मुस्कराये, बोले,

"होता है कभी-कभी,"

शिव की इस मुस्कुराहट से सती पुनः अचरज में पड़ गयी। शिव की वह मुस्कुराहट ऐसी थी जैसे वे सब कुछ जान रहे हों।

"आप मुस्करा रहे हैं, क्या आपको पहले से कुछ पता था?" सती ने कहा।

शिव मुस्करा तो रहे ही थे, सती के इस प्रश्न पर उनके अधरों पर हलकी-सी हँसी खेल गयी और उनकी दंतावलि झलक गयी। मुग्ध-सी सती ने आग्रह से पूछा,

"बताते क्यों नहीं? क्या आपको कुछ पता था?"

"मुझे विश्वास था कि उस पार जाने का कुछ न कुछ रास्ता निकल ही आयेगा।"

'क्यों?'

"कयोंकि उनके हाथ बहुत लम्बे हैं।"

'किनके?'

शिव फिर हँसे, बोले, "जो पार उतारते हैं।"

"आपकी बातें मुझे समझ में नहीं आ रही हैं।"

"आ जायेंगी।"

'कब?'

"सम्भवतः समय आने पर।"

"आप न, बस आप ही हैं।"

"नहीं, मैं कुछ अलग नहीं हूँ। मैं जो भी हूँ, आप भी वही हैं।"

तब तक नाव वाला उनके सम्मुख नाव लगा चुका था, अतः इस वार्ता का क्रम यहीं टूट गया।

'चलें?' शिव ने उनसे पूछा।

"क्षमा करें!" नाव वाले ने हाथ जोड़कर कहा।

'क्या?' शिव ने कहा।

"इस विकट वन से होते हुए इस समय आप कहाँ जा रहे हैं।"

"हमें पता लगा है कि अयोध्यापति प्रभु श्रीराम आजकल इसी वन में हैं।

'हाँ, आपने ठीक सुना है।"

"तो हम उन्हीं के दर्शनों की अभिलाषा से आये हैं।"

"तब आप लगभग आ ही चुके हैं, क्योंकि इसके बाद पंचवटी क्षेत्र प्रारम्भ हो जाता है।"

'अच्छा।' शिव ने कहा।

"आप इस क्षेत्र के लिये नये लगते हैं।"

"हाँ, सो तो है।"

"तो क्या मैं आपकी कुछ सहायता करूँ?"

"आप हमें नदी पार कराकर कुछ कम उपकार नहीं कर रहे हैं, वह भी तब, जब हमारे पास आपको देने के लिये कुछ भी नहीं हैं।"

"आप जिस उद्देश्य से यहाँ आये हुए हें वह स्वयं ही आपका परिचय देता है, ऐसे में यदि आप इसके लिये कुछ देना भी चाहते तो मैं स्वीकार नहीं कर पाता।"

अब सती को ध्यान आया कि इससे पूर्व भी जितने नाव वाले मिले थे उन्हें भी, न उन लोगों ने दिया न ही किसी और ने कुछ माँगा था। 'क्या यह सब कुछ मात्र संयोग था कि उन्हें ऐसे ही नाव वाले मिलते रहे या कुछ और' सती ने सोचा। उन्होंने शिव की ओर देखा। शिव लगभग शान्त खड़े थे। 'जब देने के लिये पास में कुछ है ही नहीं तो इस चर्चा को क्या आगे बढ़ाना' सोचकर उन्होंने कुछ भी कहने के स्थान पर नाव वाले के हाथ जोड़ दिये।

"इस प्रकार हाथ जोड़कर मुझे लज्जित मत करें, मैं तो कुछ और भी कहना चाहता था।" उसने कहा।

'क्या?'

"आपको इस समय राम को खोजने में कठिनाई होगी, क्योंकि इस समय वे सीता के वियोग में कहाँ भटक रहे होंगे कोई नहीं जानता।"

'फिर?' शिव ने कहा।

"मुझे उनकी स्थिति का कुछ अनुमान है अतः मैं आपको उन तक पहुँचा तो दूँगा ही।"

"आपको व्यर्थ ही कष्ट होगा।"

"उसकी आप चिन्ता न करें, हमें श्रम करने की आदत है।"

"यदि आप हमें उन तक पहुँचा देंगे तो हम आपके आभारी होंगे।"

"आभार की बात मत कीजिये, किन्तु मेरा एक निवेदन और है।"

'क्या?'

"रात्रि होने में अधिक समय नहीं है, ऐसे में आप लोग उस पार के वन में कहाँ भटकेंगे?"

"कोई स्थान देख लेंगे, हमें इसका अभ्यास है।"

" हाँ, किन्तु यदि आज की रात्रि आप हमारी कुटिया को पवित्र कर सकें तो आपका अनुग्रह होगा; भोर होते ही मैं आपको उस पार ले जाकर श्रीराम के पास तक छोड़ दूँगा।"

शिव हँसे, बोले,

"यह तो हम पर आपका अनुग्रह होगा, वैसे भी हमारे पास इस समय इससे अच्छा कोई और विकल्प है भी नहीं।"

इसके बाद नाव वाले ने नाव से उतरकर अपनी नाव खींचकर एक खूँटे से बाँधी और "तो आइये!" कहकर वह उन्हें लेकर अपने घर की ओर चल पड़ा। उसका घर थोड़ी ही दूरी पर था। वहाँ पहुँचीं, तो सती को यह घर जाना पहचाना सा लगा। भीतर पहुँचीं, तो उस नाविक की अतीव सुन्दरी और परिचित-सी स्त्री ने स्वागत किया। अब सती ने नाव वाले की ओर गौर से देखा और उन्हें इस यात्रा के प्रारम्भ में पर्वतों के बीच मिले अपना आश्रयदाता का स्मरण हो आया।

इन पति-पत्नी का व्यक्तित्व और मुखाकृति उनसे बहुत मिलती हुई सी थी और घर भी लगभग एक जैसे ही था। 'यह कैसे संयोग मिलते जा रहे हैं' उन्होंने सोचा।"

"क्या हम पहले मिल चुके हैं?" सती ने उस स्त्री से पूछा।

उसने अपनी बड़ी-बड़ी आँखों से सती की ओर देखा और उनके प्रश्न का उत्तर न देकर,

"मैं आपके लिये भोजन की व्यवस्था करती हूँ।" कहकर रसोई की ओर चली गयी। स्पष्ट था कि वह सती के प्रश्न को टाल गयी थी। सती को लगा अब सम्भवतः भोजन भी उसी तरह का सामने आयेगा, किन्तु उन्होंने पाया कि यह भोजन उस भोजन से अलग प्रकार का था।

रात्रि किसी तरह बीती। सती ठीक से सो नहीं सकीं। भोर में ही सभी लोग स्नानादि से निवृत्त हो लिये। सती और शिव चलने को तैयार हुए तो नाविक और उसकी स्त्री ने कुछ स्वल्पाहार तैयार होने तक रुकने का अनुरोध किया।

'इसकी आवश्यकता नहीं है, आप व्यर्थ ही चिन्तित न हों।" शिव ने कहा।

"आपको कुछ जलपान करा पाना हमारे लिये चिन्ता नहीं सौभाग्य का विषय

होगा।''

''हमें लगता है जितना विलम्ब होगा, श्रीराम तक पहुँचना उतना ही कठिन होता जायेगा।'' सती ने कहा।

''उसके लिये आप चिन्तित न हों, मैं आपको उनके बिल्कुल निकट तक पहुँचा दूँगा।''

अब सती और शिव उनका आग्रह टाल नहीं सके। जलपान के बाद जब वे नदी के तट पर आये तो उन्हें लगा कि यह स्थान उनके अनुमान से कहीं अधिक सुन्दर है। नदी का पाट चौड़ा तो था ही, पानी का बहाव भी बहुत तीव्र था, किन्तु नाविक भी बहुत कुशल था। सती ने कुतूहलवश झुककर नदी के पानी को छुआ। पानी शीतल था, पर पहाड़ी नदियों जैसा नहीं। नाविक ने उन्हें ऐसा करते देखा तो कहा,

''पानी में हाथ मत डालिये, इसमें घड़ियाल या मगरमच्छ भी हो सकते हैं।''

सती ने तुरन्त हाथ खींच लिया।

''फिर तो ये बाहर भी आ जाते होंगें?''

''हाँ, कभी-कभी।''

'आप तो सपत्नीक यहीं पास में रहते हैं, आपको भय नहीं लगता?''

''हमें सावधानी रखनी पड़ती है।''

नदी का दूसरा किनारा आ गया तो सभी नाव से उतरे। नाविक रास्ता बताने के लिये आगे-आगे चलने लगा। पंचवटी का क्षेत्र प्रारम्भ होते ही प्रकृति की अद्‌भुत सुन्दरता सामने आने लगी। चलते-चलते दोपहर होने को हुई तब वह नाविक रुका,

''हम आ पहुँचे क्या?'' शिव ने पूछा।

''हाँ, यहाँ से कुछ ही दूर सीधे जाने पर आपको उनके दर्शन हो जायेंगे।''

''आप वहाँ तक चलने की कृपा करेंगे?''

''नहीं, मैं तो इस समय क्षमा चाहूँगा और साथ ही विदा होने की अनुमति भी।''

''ठीक है, हमारे अपने लिये बहुत कष्ट उठाया, हम आपके आभारी रहेंगे।''

''और आपकी पत्नी के भी; उन्होंने हमारे साथ बहुत अच्छा व्यवहार किया है।'' सती ने कहा।

''कृपया आभार की बात कहकर हमें लज्जित न करें, आपकी सेवा का हमें अवसर मिला यह हमारा सौभाग्य था... अब विदा दें, प्रणाम!''

'प्रणाम!' शिव ने कहा। नाविक के प्रस्थान के बाद सती और शिव ने उसकी

बतायी दिशा में चलना प्रारम्भ किया।

"क्या हम राम से मिलने के बाद उनकी कोई सहायता भी करेंगे?"

"नहीं, वे स्वयं में ही बहुत अधिक सक्षम हैं; इस तरह का कोई भी प्रस्ताव उनको कम करके आँकना होगा।"

"तो क्या हम उन्हें मात्र सांत्वना देंगे ।"

शिव फिर हँसे, बोले,

"नहीं, हम केवल दूर से ही उनके दर्शन करेंगे।"

"मेरे मन में बहुत सारे प्रश्न उठ रहे हैं।"

"उनके दर्शन होने दीजिये, उसके बाद भी यदि आपके मन में कोई प्रश्न शेष रह जाये तो कहियेगा।"

इस पर सती चुप हो गयीं। तभी मार्ग से कुछ हटकर झाड़ियों की ओट से उन्हें दो पुरुष आते दिखे। शिव ने उन्हें देखते ही वहीं से उन्हें प्रणाम किया। वे समझ गयीं यही राम और लक्ष्मण हैं और तभी उन्होंने देखा कि वे दोनों भी इस ओर देखकर प्रणाम ही कर रहे थे।

धीरे-धीरे उनके बीच की दूरी कम होती गयी, किन्तु न शिव ने ही और न राम ने ही अपना मार्ग बदलकर एक दूसरे के सम्मुख आने का प्रयास किया। दूर से ही, किन्तु थोड़ा पास आने पर सती ने देखा कि वस्त्रों को छोड़कर राम की मुखाकृति ही नहीं पूरा व्यक्तित्व ही उस नाविक से बहुत अधिक मिल रहा था, जो अभी उनसे विदा लेकर गया था।

कुछ पलों के लिये सती बहुत अधिक आश्चर्य से भर उठीं, किन्तु कुछ पलों बाद ही वे समझ गयीं, उनकी यात्रा के प्रारम्भ से ही राम उनके साथ थे। पहाड़ों पर मिलने वाले पति-पत्नी, रास्ते में जब भी आवश्यकता हुई, तब मिलने वाले आश्रय, दिन का कोई भी समय हो, हर नदी के किनारे मिलने वाले नाविक और फिर मार्ग का वह अन्तिम आश्रयदाता और उसकी स्त्री को लेकर उनके मन में उठने वाले सारे प्रश्न शान्त हो गये।

वे ठिठककर बहुत ध्यान से राम और लक्ष्मण को देखने लगी। उन्हें ठिठकता देख शिव भी रुके। सती ने देखा, राम और लक्ष्मण दोनों के मुख पर बहुत हलकी-सी मुस्कान थी। सती ने शिव की ओर देखा। ठीक वैसी ही बहुत हलकी-सी मुस्कान शिव के अधरों पर भी थी।

कुछ ही देर में राम और लक्ष्मण दूर चले गये। सती और शिव, जब तक वे दिखाई देते रहे वहीं खड़े उन्हें देखते रहे और जब वे दृष्टि से ओझल हो गये तो वे भी वापस हो लिये। मार्ग में शिव ने पूछा,

'सती!'

'हाँ।'

"तुम्हारे मन में यदि अभी भी कुछ प्रश्न शेष हों तो कहो।"

"नहीं, अब कोई प्रश्न शेष नहीं है, लेकिन..." सती ने वाक्य अधूरा छोड़ दिया।

"अपनी बात पूरी करो सती, लेकिन क्या?"

"पुराने प्रश्न तो अब शेष नहीं हैं, किन्तु एक नया प्रश्न पैदा हो गया है।"

'क्या?'

"भय है कि वह प्रश्न आपको अनुचित न लगे।"

"उचित या अनुचित जो भी मन में आ रहा हो कहो; हम मात्र विवाह से ही नहीं भावनाओं से भी एक दूसरे से बँधे हैं।"

"हाँ, यह तो है।"

"और जितना मैंने तुम्हें जाना है, उससे मैं कह सकता हूँ कि तुम कुछ भी अनुचित न सोचती हो, न करती हो... अपना प्रश्न कहो सती।"

"हमने उन्हें प्रणाम किया सो तो ठीक, किन्तु उन्होंने भी हमें प्रणाम किया, क्या वह मात्र शिष्टाचार था?"

"तुम्हें क्या लगता है?"

"मुझे लगता है वह मात्र शिष्टाचार नहीं था, अन्यथा आप सभी के अधरों पर वह बहुत हलकी सी मुस्कुराहट नहीं होती... मुझे लगता है आप लोगों की उस मुस्कुराहट में भी बहुत कुछ था।"

"यद्यपि मैं समझता हूँ कि मेरे बताने के लिये कुछ भी शेष नहीं है, फिर भी यदि तुम्हें कुछ भी अनुत्तरित लगता है तो पिछले प्रश्नों की तरह समय के साथ ही उसका उत्तर भी तुम्हें मिल ही जायेगा, सती।"

16

दण्डकारण्य से लौटे सती और शिव को काफी दिन हो चुके थे। एक दिन सन्ध्या के समय ध्यान के बाद सती ने शिव से कहा,

"पता नहीं क्यों मेरे मन में प्रायः कुछ न कुछ प्रश्न उठते ही रहते हैं।"

"ठीक तो है, मन में प्रश्नों का उठना स्वाभाविक ही है; जिसके मन में प्रश्न

नहीं उठते हैं वह या तो शून्य होता है या अनन्त... ये प्रश्न ही हमारे मार्ग का निर्धारण करते हैं।"

"मैं सीधे और सपाट उत्तर चाहती हूँ, कृपया उलझाइये मत।"

"मैं उलझा नहीं रहा हूँ, किन्तु बहुत से प्रश्न ही ऐसे होते हैं जिनके सीधे और सपाट उत्तर नहीं दिये जा सकते; आप असाधारण हैं, अतः स्वाभाविक है कि आपके मन में जो प्रश्न उठ रहे हैं वे भी साधारण नहीं होंगे।"

"मैं प्रश्न करूँ?"

"हाँ, कीजिये।"

"आप कौन हैं?"

शिव हँसे।

"आप जिस भावना से प्रश्न कर रही हैं, मैं उसी भावना से उत्तर देने का प्रयास कर रहा हूँ।" उन्होंने कहा।

इस पर सती ने कुछ कहा नहीं, केवल प्रश्न भरी दृष्टि से उनकी ओर देखा।

"हम यदि यह जान सकें कि हम कौन हैं तो फिर और कुछ जानना शेष नहीं रहता; सच तो यह है कि जो आप हैं मैं भी वही हूँ।"

'अर्थात!'

"एक बार मैंने आपसे कहा था कि ध्यान में मैं 'अहं ब्रह्मास्मि' की भावना में खो जाने का प्रयास करता हूँ।"

"हाँ और आपसे यह सुनने के बाद मैंने भी यही प्रयास प्रारम्भ किया था।"

"फिर हम आप एक ही हुए न, इसके बाद जानने के लिये शेष रहा ही क्या?"

सती इसके उत्तर में मौन रह गयीं।

"उस ब्रह्म को यदि हम मूर्त या साकार रूप में देखना चाहें तो वह अर्धनारीश्वर ही होगा।"

"अर्थात आधा स्त्री और आधा पुरुष?"

'हाँ'

सती मौन होकर शिव की ओर देखने लगीं। 'क्या कहना चाहते हैं ये?' उन्होंने सोचा। अपने प्रश्नों से अधिक वे शिव के उत्तरों में उलझ गयी थीं। सहसा उनको लगा, जैसे उनके सामने जो आकृति है, उसका मात्र दायाँ भाग ही शिव हैं, बायाँ भाग वे स्वयं हैं।

सती रोमांचित हो उठीं। ऐसी कोई आकृति उन्होंने स्वप्न में भी नहीं सोची थी।

'कहीं मैं स्वप्न तो नहीं देख रही हूँ' सोचकर वे उठीं और इस अर्धनारीश्वर की ओर उसे छूकर देखने के अभिप्राय से हाथ उठाकर बढ़ीं, किन्तु तभी वह रूप विलुप्त हो गया। अधरों पर मुस्कान लिये उनके सामने शिव ही खड़े थे।

'अरे!' सती के मुख से निकला।

"क्या हुआ?" अपनी ओर बढ़े सती के हाथ को शिव ने स्नेह से थाम लिया।

"अभी अभी मैंने देखा कि..."

'क्या?'

"अभी-अभी मुझे ऐसा लगा था कि आप का आधा भाग आप हैं और आधा भाग मैं हूँ और इसके लिए 'ऐसा लगा' शब्द भी उचित नहीं है, मैंने स्पष्ट देखा है ऐसा ही था।"

"हो सकता है प्रकृति यह बतलाना चाहती हो कि हम दोनों अलग नहीं एक ही हैं, एक दूसरे के पूरक हैं।

"हाँ, किन्तु उस अद्‌भुत रूप का यूँ अचानक दिखाई देना ओर फिर गायब हो जाना विस्मयकारी है।"

शिव मुस्कराये। सती ने उनकी ओर देखकर कहा,

"और आपकी यह मुस्कराहट..."

"क्या हुआ मेरी मुस्कराहट को?"

"विमुग्धकारी है; मैं आपको देखती ही रह जाती हूँ, मन करता है आप मुस्कराते रहें और मैं देखती रहूँ।"

शिव इस बात पर हँस दिये।

"आपका यूँ बात-बात पर हँसना मुझे बहुत अच्छा लगता है।"

"और तुम तो बिना मुस्कराये भी बहुत अच्छी लगती हो सती।"

शिव की इस बात पर सती हँस पड़ीं। तभी कुछ सोचते हुए से शिव उठे। पास से एक पत्थर का टुकड़ा उठाया और एक शिला पर कुछ लिखने लगे। सती विस्मय से उन्हें देखती रहीं। शिव लिख चुके तो सती ने पूछा,

"क्या लिख रहे थे?"

"यूँ ही मन में एक पंक्ति आयी थी, वही।"

सती ने शिला के पास जाकर देखा, एक पंक्ति थी।

' मैं तुम्हारा बस तुम्हारा हूँ प्रिये।' पढ़कर सती के अधरों पर मुस्कराहट खेल गयी।

"किसके लिये लिखा है?"

"तुम्हें नहीं पता?"

"नहीं, मैं क्या जानूँ।"

"तो छोड़ो फिर, होगी किसी के लिये।" और फिर दोनों हँस पड़े।

"सती तुम बहुत अच्छा गाती हो, इस समय कुछ गाओ न।" शिव ने कहा।

'क्या?'

"कुछ भी जो मन में हो।"

सती धीरे-धीरे कुछ गुनगुनाने लगीं।

"थोड़ा जोर से क्यों नहीं गातीं?"

"अच्छा लग रहा है क्या?"

"हाँ मुझे बहुत अच्छा लग रहा है।"

सती ने स्वर ऊँचा किया। उन पंक्तियों का अर्थ था, 'मुझे हर ओर तुम्हीं दिखाई पड़ते हो, हर जगह तुम और बस तुम; कभी मुझसे दूर मत जाना।'

उस नीरवता में सती का स्वर गूँजा और पहाड़ों से टकराकर उसकी प्रतिध्वनि आने लगी। ऐसा लगा जैसे सम्पूर्ण प्रकृति ही गा रही हो। सती जितनी देर गाती रहीं, शिव उनकी ओर देखते रहे। वे गा चुकीं तो शिव ने कहा,

"बहुत अच्छा गाती हो तुम,"

'हाँ?'

"हाँ और एक बात और...।".

'क्या?'

"अभी तक सुना ही था, कि पुरुष (ईश्वर) शब्दों को लिखता है और प्रकृति गाती है, आज वह देख भी लिया।"

इस बात पर सती हँस पड़ीं, बोलीं,

"आप भी..."

"आप भी...क्या?"

"कहाँ-कहाँ से बातें लाते हैं।"

" सही नहीं कहा क्या?"

"सही, बिलकुल सही, पर रात हो रही है चलिये सोने चलते हैं।" सती ने कहा

"ठीक है।" कहकर शिव उठे और उनके पीछे-पीछे सती भी चल दीं।

17

यद्यपि शिव, प्रजापति दक्ष के दामाद थे, फिर भी प्रयाग में हुए उस विशाल आयोजन में हुई घटनाओं के बाद से दक्ष के मन में शिव के प्रति दुर्भावनाओं ने घर बना लिया था। उन्होंने एक और विशाल यज्ञ करने का मन बनाया और इसमें यज्ञ करने के अतिरिक्त शिव को नीचा दिखाने की भावना भी सम्मिलित थी।

यह यज्ञ हरिद्वार के निकट कनखल में आयोजित किया गया। यह बहुत विशाल आयोजन था और इसमें सभी ऋषियों, मुनियों और गणमान्य व्यक्तियों को बुलाया गया। दक्ष ने इसके लिये सती और शिव को छोड़कर, अपनी सभी पुत्रियों और दामादों को भी निमंत्रित किया। इस यज्ञ का समाचार एक से दूसरे तक होते हुए, बहुत दूर तक फैल गया। चूँकि बहुत से ऋषि, शान्ति की खोज में हिमालय के विभिन्न स्थानों पर रहते थे, अतः यह समाचार सती और शिव तक भी पहुँच गया।

यह समाचार मिलने पर सती, शिव की प्रतिक्रिया की प्रतीक्षा करने लगीं, किन्तु शिव ने कोई प्रतिक्रिया व्यक्त नहीं की। सती उनकी उदासीनता का कारण समझ रही थीं, किन्तु फिर भी उनके मन में था कि हो सकता है कि उनके पिता के मन में शिव के प्रति अपने व्यवहार को लेकर कोई पश्चाताप की भावना हो और वहाँ चलने से उनके पिता और पति के बीच की दूरियाँ कुछ कम हो सकें।

एक दो दिन की प्रतीक्षा के बाद भी जब शिव उदासीन ही रहे, तो सती ने उनसे स्वयं इस विषय पर चर्चा करने की बात सोची।

"मेरे पिता के यहाँ एक विशाल यज्ञ का आयोजन है।" उन्होंने शिव से कहा।

इस पर शिव ने प्रश्नवाचक दृष्टि से सती की ओर देखा।

"चलना नहीं है?" सती ने आगे कहा।

"एक बार जो अनुभव हो चुका है, उसके बाद पुनः वहाँ जाना मुझे ठीक नहीं लगता।"

"वे बड़े हैं, क्या आप उनकी बातों को भुलायेंगे नहीं?"

"उस बात को छोड़ो, किन्तु उन्होंने हमें निमंत्रित भी तो नहीं किया है।"

"हाँ, यह तो है।" कहकर सती उदास हो गयीं। सती की उदासी से शिव आहत हुए।

"आप जाना चाहती हैं क्या?" उन्होंने सती से पूछा।

"हाँ जाना तो चाहती थी, किन्तु आपकी बात मुझे उचित लग रही है; जब उन्होंने बुलाया नहीं है तो हम क्यों जायें।"

इसके बाद बात वहीं समाप्त हो जाती, किन्तु सारे दिन सती बहुत उदास और दुःखी सी रहीं। दिन यूँ ही बीत गया। रात्रि को जब वे सोने चले, तब भी सती के मुख पर उदासी थी। यह शिव को विचलित कर गया। उन्होंने सती से कहा,

'सती!'

'हूँ' सती ने कहा। उनका स्वर बुझा हुआ और प्राणहीन सा था।

"आप दुःखी हैं!"

'नहीं,'

"दुःखी तो है... उस यज्ञ में जाना चाहती हैं आप?"

"आप चलेंगे?"

"नहीं, मेरा जाना तो उचित नहीं रहेगा, कुछ अशोभनीय घट सकता है।"

'फिर?'

"आप अकेले हो आइये, कल सुबह ही मैं सारे प्रबन्ध कर दूँगा।"

"और वह निमंत्रण न मिलने की बात, उसका क्या?"

"पिता के घर जाने के लिये किसी निमंत्रण की इतनी भी आवश्यकता नहीं होती।"

"इतनी भी आवश्यकता का अर्थ?"

"विवाह के बाद कन्या पराये घर की हो जाती है, अतः अन्य लोगों की भाँति ही उसे भी सम्मानपूर्वक निमंत्रित करना होता है।"

'फिर?'

"किन्तु पिता से सन्तान का सम्बन्ध बहुत अधिक औपचारिकताओं का मुखापेक्षी नहीं होता, यहाँ औपचारिकतायें भूली भी जा सकती हैं।"

"नहीं, जहाँ आप नहीं जा सकते वहाँ मुझे भी नहीं जाना।" सती ने कहा।

"नहीं, आपका मन है, तो आप जाइये, संकोच मत कीजिये।"

"चलिये अभी सोते हैं, फिर सुबह की सुबह देखेंगे।" कहकर सती इस बात को उस समय तो टाल गयीं, किन्तु उनके मन में विचारों का जो प्रवाह उठ रहा था वह थमा नहीं। 'जाऊँ या न जाऊँ' के बीच की दुविधा समाप्त नहीं हो रही थी।

बार-बार मन में आ रहा था कि वे मेरे पिता हैं, उनसे क्या बहुत मान दिखाना और हो सकता है वहाँ जाकर वे पिता को उनकी भूल की अनुभूति कराकर इस दूरी को पाटने में सफल हो सकें। अन्त में सती ने सोचा कि प्रातःकाल होने पर वे अपनी ओर से शिव से कुछ भी नहीं कहेंगी, किन्तु यदि उन्होंने ही अपनी ओर से पूछा तो वे

जाने के लिये तैयार हो जायेंगी। इस निर्णय पर पहुँचने के बाद उन्होंने सोने के लिये नेत्र बन्द कर लिये, किन्तु मन अभी भी उत्तेजित था और नींद नहीं आ रही थी।

बहुत देर तक प्रयास करने के बाद भी जब नींद नहीं आयी तो सती उठकर बैठ गयीं। शिव, पास ही गहन निद्रा में थे वे उन्हीं को देखने लगीं। 'अद्‌भुत व्यक्तित्व और विशाल हृदय'। सती को लगा यदि उनके पति को कम से कम शब्दों में चित्रित करना हो तो वे यही शब्द हो सकते हैं। उन्हें अपने शिव की सहधर्मिणी होने पर गर्व का अनुभव हुआ।

उस अन्धकार में भी सती को शिव स्पष्ट दिखाई दे रहे थे। 'इस तेज को प्रणाम' कहते हुए उन्होंने शिव का हाथ उठाकर उनकी हथेली अपने मस्तक लगा ली और उन्हें लगा जैसे उन्होंने उस तेज को छू लिया है।

सती के इस स्पर्श से शिव की नींद खुल गयी। उन्होंने सती को इस प्रकार बैठे देखा तो आश्चर्य से पूछा ,

''क्या हुआ अभी तक जाग रही हो!''

''नींद नहीं आ रही है।''

''इतनी छोटी-छोटी बातों में चिन्तित नहीं हुआ जाता; ईश्वर का स्मरण करें, इससे मस्तिष्क शान्त होगा और नींद आ जायेगी।''

''ठीक है, किन्तु आप सोइए, मैंने व्यर्थ ही आपको जगा दिया।'' कहकर सती लेट गयीं और फिर कुछ देर के बाद उन्हें भी नींद आ गयी।

* * *

सती को कहना नहीं पड़ा... प्रातःकाल होते ही शिव ने सती के जाने की तैयारियाँ प्रारम्भ करवा दीं। नन्दी और अपने कुछ विश्वास-पात्रों को शिव ने सती की सुरक्षा हेतु साथ जाने का निर्देश दिया। शिव के विश्वास-पात्रों में वीरभद्र भी थे। वे सीधे सच्चे इंसान और वीर योद्धा भी थे, किन्तु साथ ही बहुत ही क्रोधी भी थे और क्रोध में आने पर बहुधा बहुत आक्रामक भी हो जाते थे। उनका क्रोध किंवदन्ती बन चुका था और लोग उन्हें क्रोध का मानसपुत्र कहने लगे थे। वीरभद्र भी सती की रक्षा हेतु साथ ही जाना चाहते थे, किन्तु उन्हें लग रहा था कि शिव उन्हें भेजने की बात नहीं सोच रहे हैं, अतः उन्होंने स्वयं पहल करते हुए, शिव से कहा,

''प्रभु! आप साथ नहीं जा रहे हैं, तो सती माँ की रक्षा हेतु मुझे उनके साथ जाने का आदेश दीजिये।''

शिव उनके क्रोध से परिचित थे। किसी छोटी सी बात पर भी उन्हें क्रोध आ सकता था और फिर उन्हें सँभालना कठिन हो जाता, अतः उन्होंने कहा,

''वीरभद्र, तुम्हारी भावना को मैं समझता हूँ, किन्तु नन्दी तो साथ जा ही रहे हैं;

वे स्वभाव से शान्त अवश्य हैं, पर वीर भी कम नहीं हैं।"

"पता नहीं क्यों पर मुझे लग रहा है कि वहाँ सती माँ के लिये अप्रिय स्थिति उत्पन्न हो सकती है।"

"नहीं ऐसा क्यों सोचते हो; दक्ष की अप्रसन्नता का कारण मैं हूँ, सती नहीं; वे उनके पिता हैं, फिर उनकी माँ और बहनें भी तो वहाँ होंगीं।"

इस बात का वीरभद्र ने कोई उत्तर नहीं दिया, किन्तु उनके मुख से लग रहा था कि वे शिव की इस बात से निराश अवश्य हैं, अतः शिव ने फिर कहा,

"और यदि कुछ अप्रिय हुआ भी तो तुम्हें ही सबसे पहले मैं वहाँ भेजूँगा।"

"किन्तु हो सकता है तब तक देर हो चुकी हो," वीरभद्र ने कहा।

"तो फिर ऐसा करो, तुम साथ में जाओ, किन्तु यज्ञ-स्थल से दूर ही रहना; कुछ भी अप्रिय हो तो तत्काल ही मुझे सूचित करना।"

"ठीक है।" वीरभद्र ने कहा। उसके मुख से लगा कि अब वह सन्तुष्ट है।

सती, नन्दी और शिव के कुछ विश्वासपात्र लोग तैयार हो चुके थे। यात्रा प्रारम्भ हुई तो शिव भी सती के साथ हो लिये... यह सती के लिये सुखद आश्चर्य-सा था। उन्होंने विस्मित हो शिव से कहा,

"आप! कुछ दूर साथ चलेंगे क्या?"

"हाँ, चलता हूँ कुछ दूर तक, वैसे भी तुम्हारे बिना यहाँ बहुत सूना-सूना सा हो जाने वाला है।"

"मैं बस यज्ञ सम्पन्न होते ही लौट आऊँगी।"

"वह मैं जानता हूँ, किन्तु एक बात का ध्यान रखना।"

'क्या?'

"तुम्हारे पिता का जो व्यवहार मैंने इसके पूर्व के यज्ञ में देखा है, उससे कह सकता हूँ कि वहाँ सब कुछ तुम्हारे अनुकूल ही हो यह आवश्यक नहीं है; तुम्हें कुछ अप्रिय भी लग सकता है।"

'फिर?' सती ने पूछा।

"संयम रखना... यदि कुछ बहुत अप्रिय लगे तो वापस आ जाना और क्रोध तो बिलकुल भी मत करना।"

"मैं क्रोध करती हूँ क्या?"

"नहीं, किन्तु जो क्रोध नहीं करते, बहुधा जब उन्हें क्रोध आता है तो वह शीघ्र शान्त नहीं होता और जब कुछ बस नहीं चलता वे स्वयं को ही दण्डित कर डालते

हैं।"

बातों-बातों में वे काफी दूर आ गये थे।

"हम बहुत दूर आ गये हैं, आपको लौटने में कष्ट होगा।"

"नहीं, मुझे आदत है, फिर भी मैं लौटता हूँ, किन्तु मेरी बातों का ध्यान रखना, भूलना मत, तुम्हें किसी भी हाल में क्रोध का शिकार नहीं होना है।"

इसके बाद शिव ने विदा ली और सती के दल ने गति पकड़ ली।

18

यज्ञ-स्थल लगभग आ चुका था। यज्ञ में आये हुए लोगों के झुण्ड मिलने लगे थे। शिव के आदेश के अनुसार वीरभद्र पीछे ही रुक चुके थे। सती के मन में अपने घर वालों से मिलने की खुशी के साथ-साथ, तरह-तरह की आशंकायें भी थीं।

यज्ञ स्थल में प्रवेश के लिये कई भव्य द्वार बनाये गये थे। ऐसे ही एक द्वार पर वे पहुँचीं, तो भीतर कुछ विवादों के चलते शोरगुल जैसा होता लगा। सती का मन पहले ही आशंकित था। वे अपने साथ आये नन्दी व अन्य लोगों को रोककर अकेले ही आगे बढ़ गयीं।

भीतर कुछ तीखी बातें चल रही थीं। वातावरण में उत्तेजना थी और इसमें किसी का भी ध्यान इस ओर नहीं गया कि सती का पदार्पण वहाँ हो चुका है। सती ने देखा, एक ऋषि खड़े होकर उनके पिता से कुछ कह रहे थे।

उन्होंने पास खड़े एक व्यक्ति से पूछा,

"ये ऋषि कौन हैं?"

"ये ऋषि दधीचि।" उस व्यक्ति ने हलकी-सी दृष्टि उनकी ओर डालकर उत्तर दिया। सती चुपचाप खड़े होकर उनकी बातें सुनने लगीं। कुछ देर में ही सती को समझ में आ गया कि ऋषि दधीचि उस यज्ञ में शिव को न बुलाये जाने से दुःखी थे। सती का कुतूहल बढ़ गया। वे उनकी बातों को ठीक से सुनने के लिये भीड़ में से रास्ता बनाती हुई उनके निकट पहुँच गयी। उन्हें सहसा कोई पहचान न ले, इस आशंका से उन्होंने अपना मुख ढक लिया था।

"दक्ष, तुमने शिव को निमंत्रित न कर एक बार पुनः उनका अपमान किया है।" ऋषि ने उनके पिता से कहा। सती को स्मरण हो आया कि प्रयाग के यज्ञ में भी इन्होंनें दक्ष द्वारा शिव के अपमान का विरोध किया था, किन्तु उस समय भी सती का मन अशान्त था और इस समय भी, सम्भवतः इसी कारण वे उन्हें पहचान नहीं सकी

थीं।

सती ने देखा, इसका उत्तर उनके पिता दक्ष ने एक व्यंग्य भरी मुस्कान से दिया। दक्ष की व्यंग्य भरी मुस्कान सती के हृदय में चुभ गयी। उन्होंने सुना, ऋषि दधीच कह रहे थे,

"दक्ष, तुम्हारी मुस्कान बता रही है कि तुमने मेरी बात को गम्भीरता से नहीं लिया है, किन्तु मैं पुनः तुम्हें बता रहा हूँ कि शिव के बिना यह यज्ञ अधूरा ही रहेगा।"

ऋषि की इस बात से दक्ष की मुस्कान और चौड़ी हो गयी। उन्होंने हाथ उठाकर ऋषि को बैठने का संकेत किया। इस प्रकार दक्ष के संकेत करने से ऋषि कुछ क्रोध में आ गये, उन्होंने जोर से कहा,

"दक्ष, ऐसा लगता है तुम्हें बहुत घमण्ड हो गया है; मैं इस यज्ञ का त्याग करता हूँ, यह यज्ञ कभी पूरा नहीं हो सकेगा।"

दधीचि उठकर जाने लगे तो दक्ष ने सबको सुनाकर जोर से कहा,

"मैं चाहता हूँ कि और भी जो लोग इनके समर्थक हों, वे अपनी पीड़ा लेकर यहाँ बैठे न रहें, अपितु इन्हीं के साथ ही वह भी उठकर चले जायें,"

ऋषि दधीचि के साथ ही और भी बहुत से लोग जाने के लिये उठ खड़े हुए। दक्ष उन्हें देखकर हाथ जोड़कर जाने का संकेत करते हुए बोले,

"हाँ, शीघ्रता कीजिये, आप लोग जाइये, ताकि यह व्यवधान समाप्त हो।"

दक्ष की बातें बहुत कड़वी और चुभती हुई थीं। सती ने स्वयं को भी बहुत अपमानित अनुभव किया। उन्हें स्मरण हो आया कि शिव ने उन्हें यहाँ न आने के लिये कहा तो था, किन्तु मेरा मन देखकर उन्होंने रोका नहीं था।

वे लज्जित भी थीं और बहुत क्रोध में भी। वे कहना चाहती थीं कि 'दक्ष! यद्यपि तुम मेरे पिता हो, किन्तु अभी इसी घड़ी से मेरा तुम्हारा कोई सम्बन्ध शेष नहीं रह गया और तुम्हारा घमण्ड ही इस यज्ञ के विनाश का कारण बनेगा,' किन्तु स्मरण हो आया कि शिव ने चलते-चलते उन्हें क्रोध न करने के लिये समझाया था।

सती को लगा कि अब मुख पर आवरण रखने का कोई औचित्य नहीं रह गया है। उन्होंने मुख से आवरण हटा दिया और इसके साथ ही उनकी माँ वीरणी, सती की बहनों और इला ने उन्हें पहचान लिया।

सती ने देखा, उनकी बहनों के मुख पर कुटिल मुस्कान थी, किन्तु उनकी माँ और इला लगभग दौड़ती हुई-सी उनके पास आयीं।

"तू कब आयी बेटी?" कहते हुए वीरणी ने सती को सीने से लगा लिया।

"आयी थी ..."सती ने उत्तर दिया।

"इस 'थी' का क्या अर्थ है?"

"आने की भूल की थी, किन्तु अब वापस जाना है।"

"मेरे होते हुए तू ऐसे कैसे चली जायेगी।" कहते हुए वीरणी और उनके साथ इला भी सती का हाथ थामकर उन्हें वहाँ से अपने आसन तक ले जाने का प्रयास करने लगीं। शिव के द्वारा क्रोध न करने की बात स्मरण होने के कारण सती स्वयं कुछ भी अप्रिय कहने से बच रही थीं, किन्तु उनका मुख क्रोध से लाल हो चुका था। दक्ष ने भी सती को देख लिया था। वे वीरणी और इला का प्रयास और सती का क्रोध से लाल होता मुख भी देख रहे थे।

कभी-कभी जब मन में तामसिक वृत्तियाँ बहुत बढ़ जाती हैं, तो दूसरों की पीड़ा भी सुख देने लगती है। दक्ष इसी भावना के शिकार हो चुके थे। उन्हें लग रहा था कि सती यहाँ से जितना अधिक अपमानित और दुःखी होकर जायेंगी, शिव को उतनी ही अधिक पीड़ा होगी। उनका मन हो रहा था कि वे सती से सख्त शब्दों में यज्ञ से वापस जाने के लिये कह दें, किन्तु यह उन्हें भी औरों की दृष्टि में गिरा सकता है, अतः उन्होंने अपने मन की इस भावना पर आवरण डालते हुए कहा,

"सती, तुम मेरी पुत्री हो; आ ही गयी हो तो स्थान ग्रहण करो एवं अपनी माँ से यज्ञ का अपना भाग प्राप्त कर लो।"

दक्ष की यह बात भी सती को जले में नमक छिड़कने की तरह लगी। उनके मुख पर क्रोध के साथ-साथ पीड़ा भी छलक उठी। वीरणी शीघ्रता से उठकर दक्ष के पास गयीं, बोलीं,

"अब बस भी करिये, लड़की पहले ही बहुत दुःखी है।"

वीरणी की इस बात पर दक्ष ने उनकी ओर उपेक्षा से देखा। उनके अन्दर का तमस अभी भी शान्त नहीं हुआ था। उन्होंने कहा,

"नहीं, मेरी बात अभी पूरी नहीं हुई है।"

"अब भी कुछ कहना शेष रह गया है क्या!" वीरणी ने कहा। उनका मन बहुत आशंकित हो रहा था। "

"इस यज्ञ में शिव को छोड़कर सबका स्वागत है, मैंने उसे आमंत्रित भी नहीं किया है।" दक्ष ने कहा। इतना कहने के बाद सम्भवतः दक्ष का पर पीड़ा सुख अपना लक्ष्य प्राप्त कर चुका था। दक्ष, मुख पर कुटिल मुस्कान लिये अपने आसन पर आकर बैठ गये।

विशाल यज्ञ-स्थल में दूर दूर तक बहुत बड़े-बड़े हवन कुण्ड तैयार थे। उनके चारों ओर यज्ञ करने वाले बैठ चुके थे दक्ष के आसन पर बैठते ही उनमें अग्नि

प्रज्ज्वलित करने का कार्य प्रारम्भ हो गया। स्वयं दक्ष के सम्मुख भी एक बड़ा-सा अग्निकुण्ड था। शीघ्र ही उसमें भी अग्नि प्रज्ज्वलित की गयी और आहुतियाँ पड़ने लगीं। यज्ञ प्रारम्भ हो गया।

इस बीच सती बहुत अधिक मानसिक वेदना से गुजर गयीं। उनके मन में भयंकर अन्तर्द्वन्द्व चल रहा था। यह धीरे-धीरे मानसिक अवसाद में परिवर्तित होने लगा। उन्हें लगा कि उनसे बहुत बड़ी भूल हो गयी है, वे लौटकर शिव को क्या मुँह दिखाएँगी। उनके मन से दक्ष के प्रति आदर की भावना पूरी तरह समाप्त हो चुकी थी।

सती ने अपने शरीर की ओर देखा 'यह शरीर भी इस दक्ष की देन है, वे इस शरीर में अब और नहीं रहेंगी' उन्होंने सोचा और इसके साथ ही वे उठकर खड़ी हो गयीं। वीरणी और इला के मन में पहले से ही बहुत सी शंकायें थीं। सती के इस प्रकार उत्तेजित होकर उठ खड़े होने से किसी अनिष्ट की उनकी आशंकायें और भी तीव्र हो उठीं। वे भी सती के उठते ही स्वयं भी उठकर खड़ी हो गयीं।

"क्या हुआ बेटी, खड़ी क्यों हो गयी?" वीरणी ने पूछा।

सती ने इसका कोई उत्तर अपनी माँ को नहीं दिया, किन्तु वे दक्ष को लक्ष्य करके बोलीं,

'दक्ष।'

दक्ष ने चौंककर सती की ओर देखा। उन्हें सती से अपने लिये इस तरह के सम्बोधन की आशा कभी नहीं थी। यज्ञ में आहुति डालता उनका हाथ रुक गया। उन्होंने क्रोधपूर्ण दृष्टि से सती की ओर देखा।

"दक्ष, मेरा तुम्हारा पिता-पुत्री का सम्बन्ध समाप्त हो चुका है, अतः इस सम्बोधन पर चौंको मत, साथ ही यह भी जान लो कि मेरा यह शरीर, जो तुम्हारी देन है, इसमें और अधिक रहना मेरे लिये सम्भव नहीं है।"

"क्या करने जा रही हो बेटी तुम?" कहकर वीरणी ने सती को कसकर पकड़ लिया।

"मैं इस दक्ष के दिये शरीर को हवनकुण्ड की इस ज्वाला में भस्म कर दूँगी।" कहकर सती हवनकुण्ड की ओर बढ़ीं। इला ने भी उन्हें पकड़ रखा था, किन्तु सती में पता नहीं कहाँ से शक्ति आ गयी थी, उन्होंने बहुत सरलता से स्वयं को वीरणी और इला की पकड़ से छुड़ा लिया, किन्तु वे हवनकुण्ड पहुँचतीं, इसके पूर्व ही बहुत से लोगों ने उन्हें और बहुत से लोगों ने अग्नि-कुण्ड को घेर लिया।

सती उनके बीच से निकलना चाहती थीं, किन्तु यह सम्भव नहीं था।

"आप लोग मेरे रास्ते से हट जायें!" सती ने क्रोध के साथ बहुत जोर से कहा।

तब तक वीरणी और इला तथा कुछ अन्य स्त्रियों ने आकर उन्हें पकड़ लिया।

"यह अनुचित है और मुझे इस घृणित देह में बने रहने के लिये विवश करना है।" सती ने कहा। इस पर वीरणी ने कहा,

"बेटी, पहले मेरी एक बात का उत्तर दे दे, फिर जो मन में आये करना।"

'क्या?'

"तेरी इस देह का कारण तेरे पिता हो सकते हैं, किन्तु यह देह इनकी दी हुई नहीं, मेरी दी हुई है, यह मेरे रक्त और मांस से बनी है। नौ महीने तक अपने गर्भ में रखकर मैंने इसे आकार दिया है, तेरी यह देह इनकी दी हुई कैसे हो गयी। यह अगर किसी की देन है तो वह मैं हूँ, तेरी माँ।"

वीरणी की इस बात के बाद सती, जो हवन-कुण्ड में स्वयं को झोंकने के लिये प्रयासरत थीं, खड़ी होकर उनकी बात सुनने लगीं।

"सती, तेरी यह देह कैसे इनकी देन हुई और मेरी देन कैसे नहीं हुई, इसका उत्तर दे दे और फिर जो भी करना चाहती हो कर।" वीरणी ने आगे कहा।

संभवतः इसका कोई भी उत्तर सती के पास क्या, किसी के पास भी नहीं हो सकता था। वीरणी की इस बात ने सती को कुछ शान्त किया।

"ठीक है माँ, इस देह को मैं आग में नहीं झोंकती, किन्तु आज से यह सती मर तो चुकी ही है," सती ने कहा और बहुत तेजी से भीड़ से निकलती हुई यज्ञ-स्थल के द्वार की ओर बढ़ीं। वहाँ उपस्थित सभी लोगों का अनुमान था कि सती इस यज्ञ को त्याग कर वापस शिव के पास जा रही होंगी। किसी का साहस उनके मार्ग में आने का नहीं हुआ, किन्तु कुछ दूर तक चलकर सती अचानक ठिठकीं।

'जिस द्वार से मैं आयी थी, उस द्वार पर तो नन्दी और शिव के भेजे हुए अन्य व्यक्ति खड़े होंगे', उन्होंने सोचा उनसे क्या कहूँगी और वे उस द्वार के ठीक विपरीत दिशा वाले द्वार की ओर बढ़ गयीं।

सबके साथ इला भी सती का जाना ध्यान से देख रही थी। जब सती ने मार्ग बदला तो वह समझ गयी कि सती के मन में अभी भी सब कुछ उतना सहज नहीं है। सती दूसरे द्वार तक पहुँची ही थीं कि इला दौड़कर उनके पास पहुँच गयी।

"क्या हुआ सती?" उसने पूछा, किन्तु सती ने इसका कोई उत्तर नहीं दिया। इला समझ गयी कि सती कुछ भी बोलने की स्थिति में नहीं हैं, 'किन्तु ये जा कहाँ रही है' उसके मन में आया। इला यह सोच ही रही थी, कि सती यज्ञ-मण्डप से बाहर निकल गयी। कुछ ही देर बाद इला भी सती के पीछे-पीछे चल पड़ी।

19

नन्दी, जिस द्वार पर सती उन्हें छोड़ गयी थीं, उसी पर खड़े उनके अगले आदेश की प्रतीक्षा कर रहे थे, किन्तु जब बहुत देर तक सती की ओर से कोई सन्देश नहीं आया तो नन्दी ने आगे बढ़कर यज्ञ स्थल के अन्दर प्रवेश किया।

भीतर का शोर बाहर तक पहुँच रहा था और सब कुछ सामान्य नहीं है, यह उन्हें बहुत देर से ही लग रहा था। भीतर, यज्ञ तो चल रहा था पर वहाँ उपस्थित लोगों के मुख पर और वातावरण में तनाव बहुत स्पष्ट था।

नन्दी ने पास खड़े कुछ लोगों से बातें की, तो कुछ ही देर में दधीचि से लेकर सती तक के प्रकरण उनके सामने आ गये। नन्दी सती के लिये चिन्तित हो उठे। लोगों से सुनकर, जिस द्वार से सती बाहर गयी थीं, नन्दी भागकर उस द्वार की ओर गये और दूर तक देख आये, किन्तु सती उन्हें कहीं भी दिखाई नहीं पड़ीं। स्वयं असफल रहने के बाद नन्दी ने वीरभद्र से इस प्रकरण को बताने के लिये लगभग दौड़ लगा दी।

उधर वीरभद्र भी व्याकुल थे। चलते समय नन्दी ने उनसे कहा था कि जैसा भी होगा वे किसी को भेजकर उन्हें सूचित करेंगे, किन्तु बहुत समय बीतने के बाद भी उन्हें नन्दी से कोई समाचार नहीं मिला था, अतः वे स्वयं भी धीरे-धीरे यज्ञ-स्थल की ओर ही बढ़ रहे थे।

कुछ देर के बाद ही नन्दी उनके सामने थे। उनका मुख बता रहा था कि कुछ विशेष है।

''क्या हुआ? चिन्तित लग रहे हो।'' उन्होंने नन्दी से पूछा।

''हाँ, अनर्थ ही हो गया है।''

'क्या?'

नन्दी ने जो भी पता था सब शीघ्रतापूर्वक बताया। वीरभद्र यह सुनकर बहुत चिन्तित भी हुए और क्रोधित भी।

'हमें शीघ्रातिशीघ्र यह समाचार प्रभु शिव तक पहुँचाना भी है और यज्ञ-स्थल पर जाकर सती माँ का खोजना भी है, दोनों काम कैसे होंगे नन्दी?'' वीरभद्र ने कहा।

''मेरे मस्तिष्क में एक उपाय है।''

'क्या?'

''आप यज्ञ-स्थल की ओर ज़ायें और मैं इस सन्देश को भगवान शिव तक पहुँचाने का प्रयास करता हूँ, मेरे लिये तो वे मेरे भगवान ही हैं। ''

"वह तो मेरे लिये भी हैं, किन्तु तुम उन तक यह सन्देश कैसे पहुँचाओगे? विलम्ब से बात बिगड़ सकती है।"

"नहीं आप चिन्तित न हों, विलम्ब नहीं होगा।

"कैसे करोगे तुम ?"

"वहाँ तक जाकर उनसे कहने में तो बहुत समय निकल जायेगा, किन्तु मैंने भगवान शिव के पास बैठकर उनसे मानसिक तरंगों के माध्यम से सन्देश पहुँचाना थोड़ा बहुत सीखा है, उसी का प्रयोग करता हूँ।"

"तो ठीक है, मैं चलता हूँ, विलम्ब उचित नहीं होगा।"

"ठीक है।"

नन्दी को वहीं छोड़कर वीरभद्र शीघ्रतापूर्वक यज्ञ-स्थल पहुँचे। वहाँ पर बहुत अधिक कोलाहल और भ्रम की स्थिति थी। वीरभद्र क्रोध से भरे हुए सीधे दक्ष के पास पहुँच गये। उनका क्रोध से भरा स्वरूप और इस प्रकार आना देखकर दक्ष थोड़ा विचलित तो हुए, किन्तु उन्होंने शीघ्र ही अपने को सँभाल लिया।

"क्या है?" उन्होंने वीरभद्र से कठोर स्वर में कहा।

"सती माँ कहाँ हैं दक्ष?" वीरभद्र ने पूछा। उनके स्वर में आग थी। दक्ष ने इस आग की तपन अनुभव की, वे तुरन्त कोई उत्तर नहीं दे सके। इसने वीरभद्र के क्रोध को बढ़ा दिया। उन्होंने दक्ष के अत्यन्त पास जाकर जोर से बोलकर कहा

"दक्ष, उत्तर दो, सती माँ कहाँ हैं।"

दक्ष ने हाथ से वीरभद्र को दूर करने का प्रयास करते हुए कहा,

"तुम जो भी हो, पहली बात तो यह है कि दूर से बात करो।"

"मैं पूछता हूँ, सती माँ कहा हैं, इसका उत्तर दो।"

"सती यहाँ से जा चुकी है।"

'कहाँ?'

"सम्भवतः शिव के पास वापस गयी होगी, किन्तु मुझसे कहकर नहीं गयी है, अतः मुझे ठीक से नहीं पता, किन्तु तुम कौन हो और यहाँ क्यों आये हो?" दक्ष ने पूछा।

"मैं अपने प्रभु शिव का सेवक वीरभद्र हूँ और मुझे लगता है कि तुम्हें तो बहुत कुछ नहीं पता है, मैं वही सब बताने आया हूँ दक्ष।" वीरभद्र ने कहा और 'अब मुझे माँ सती और प्रभु शिव के अपमान का इस दक्ष से बदला लेने के लिये किसी से नहीं पूछना' उन्होंने मन में सोचा।

"तूने सती माँ और प्रभु शिव का अपमान करने से पूर्व उनके भक्त, ऋषिवर

दधीचि का अपमान किया था, अतः पहले मैं तुझे तेरे उस कृत्य का दण्ड दूँगा।," कहते हुए वीरभद्र ने दक्ष के सीने पर हाथ से प्रहार किया।

अब दक्ष भी सँभल चुके थे। उन्होंने अपने शस्त्र सँभाल लिये और वीरभद्र पर प्रहार किया। वीरभद्र ने तेजी से बैठकर उनका वार बचाया और इसके साथ ही उनके दोनों पैर पकड़कर अपनी ओर खींच लिये।

दक्ष गिर पड़े। उनका शस्त्र उनके हाथ से छूट गया। वीरभद्र उनके सीने पर चढ़ बैठे और "यह ऋषिवर दधीच के अपमान का फल है।" कहते हुए उन्होंने वज्र के समान कई मुक्के दक्ष पर बरसा दिये।

दक्ष किसी प्रकार अपने ऊपर से वीरभद्र को हटाकर उठ खड़े हुए। वे अपना शस्त्र उठाने ही जा रहे थे कि वीरभद्र ने उनके सीने पर लात से प्रहार किया। दक्ष पुनः गिर पड़े तो वीरभद्र ने पस्त हो रहे दक्ष को "यह सती माँ के अपमान का बदला।" कहते हुए पुनः अपने वज्र के समान मुक्के से दक्ष का मुख सुजा दिया।

दक्ष पूरी तरह टूट चुके थे, तभी 'यह प्रभु शिव के अपमान का बदला।' कहते हुए वीरभद्र उन्हें उठाकर हवन-कुण्ड में झोंककर खड़े हो गये।

उनकी आँखें रक्तिम, साँसें तीव्र, मुट्ठियाँ भिंची हुई और शरीर क्रोध से काँप रहा था।

इस बीच दक्ष के लोगों और वीरभद्र के साथ आये शिव के गणों में भयंकर युद्ध प्रारम्भ हो चुका था, किन्तु शिव के गणों के आगे दक्ष के सैनिक टिक नहीं सके, उनके बीच भगदड़ मच गयी और इसी भगदड़ के मध्य बहुत से हवन-कुण्ड स्वतः नष्ट हो गये और शेष, वीरभद्र और साथी शिवगणों ने नष्ट कर डाले।

वीरभद्र और दक्ष का युद्ध वीरणी देख रही थीं। यद्यपि उन्हें अपने पति दक्ष की शक्ति पर भरोसा था, किन्तु निहत्थे वीरभद्र द्वारा शस्त्र लिये हुए दक्ष की इस निर्मम पिटाई से वह बहुत विस्मित भी थीं, विचलित और हतबुद्धि भी। वे बुरी तरह से रो रही थीं, किन्तु युद्ध का मैदान बन गये यज्ञ-स्थल में कोई उनके आँसुओं को देखने वाला नहीं था।

इस बीच वीरभद्र के साथ आये लोगों ने सभी हवन-कुण्ड नष्ट कर लिये थे और वहाँ भगदड़ मच चुकी थी।

* * *

वीरभद्र के जाने के बाद नन्दी एक उचित स्थान देखकर आसन लगाकर और नेत्र बन्द करके बैठ गये और अपने मन को शिव पर केन्द्रित करने लगे। कुछ देर बाद ही उनकी आँखों के सम्मुख शिव का चित्र आने लगा।

अब उन्होंने मन ही मन बार-बार 'सती पर संकट है' आप शीघ्र आइये कहना

प्रारम्भ किया। कुछ देर तक इसी प्रकार मन को एकाग्र करने बाद उन्हें लगने लगा कि शिव ने उनकी बात सुन ली है।

उधर सती के जाने के बाद से ही शिव का मन उनमें लगा हुआ था। अपने रहने के स्थान से यज्ञ-स्थल तक की दूरी और मार्ग का पूरा अनुमान था और इस कारण सती कितने समय बाद वहाँ पहुँची होंगी, इसका अनुमान भी वे सरलता से कर सकते थे। वह समय बीतने के कुछ बाद से ही उनका मन में बहुत असहज हो उठा था।

शिव महायोगी थे। मन में इस तरह की बेचैनी उन्होंने कभी भी अनुभव नहीं की थी। उन्होंने ध्यान में बैठने का प्रयास किया और जीवन में पहली बार ऐसा हुआ कि उनका मन एकाग्र होने के स्थान पर बार-बार सती पर आकर ही अटक जाता था।

अवश्य ही सती किसी संकट में हैं, उनके मन में आया। वे ध्यान से उठे और टहलने लगे। तभी उन्हें लगा कि जैसे नन्दी उनके सामने खड़े हैं और उनसे शीघ्र आने की प्रार्थना कर रहे हैं।

'ऐसा क्यों लग रहा है, क्या सचमुच नन्दी उन्हें बुला रहा होगा' शिव ने सोचा। उनके मन में सती को लेकर बेचैनी और अधिक बढ़ गयी। 'सती किसी संकट में हैं' की भावना भी और अधिक बलवती हो उठी। उन्होंने शीघ्रातिशीघ्र वहाँ पहुँचने निश्चय कर लिया।

* * *

शिव, यज्ञ-स्थल पर पहुँचे, तब तक स्वाभाविक ही काफी समय बीत चुका था। यज्ञ-स्थल उजड़ा, टूटा-फूटा और वीरान पड़ा था। दक्ष की मृत्यु हो चुकी थी, लगभग सभी लोग वहाँ से जा चुके थे। शिव को केवल वीरभद्र, नन्दी और उनके साथी ही यज्ञ-स्थल पर मिले। शिव के आते ही वे सब लोग उनके आस-पास सिमट आये। नन्दी की आँखों में आँसू थे, किन्तु वीरभद्र अभी भी क्रोध से भरे हुए थे।

"क्या हुआ नन्दी, तुम्हारी आँखों में आँसू क्यों हैं?" शिव ने नन्दी से पूछा, किन्तु नन्दी का गला रुँध रहा था। उनके कुछ भी बोलने में रोने से उत्पन्न हिचकियाँ अवरोध उत्पन्न कर रही थीं। उन्होंने बड़ी कठिनाई से कहा,

"सती माँ गयीं।"

'कहाँ?' शिव ने व्यग्रता से पूछा।

"नहीं पता।"

नन्दी ठीक से बोल नहीं पा रहे थे और शिव की व्यग्रता बढ़ती जा रही थी।

"मैं बताता हूँ प्रभु।" वहाँ उपस्थित एक व्यक्ति ने कहा।

“ठीक है तुम पूरी बात विस्तार से बताओ।” शिव ने कहा।

वीरभद्र भी कुछ कहना चाहते थे, किन्तु उनकी मनःस्थिति देखकर शिव ने उन्हें रोक दिया। उस व्यक्ति ने पूरी बात बतायी। उसकी बातों को सुनकर शिव के मन में सन्तोष हुआ कि चलो सती जीवित तो हैं, क्योंकि नन्दी के ‘सती माँ तो गयीं’ कहने का तो एक अर्थ यह भी लग रहा था कि वे जीवित नहीं हैं।

‘सती जीवित हैं तो ढूँढ़ ही लूँगा’ उन्होंने सोचा। दक्ष तो नहीं थे, अतः शिव ने वीरणी से मिलने का निश्चय किया। इला, सती के पीछे ही निकली थी... शिव यह भी जानना चाहते थे कि वह लौटी या नहीं। वे यज्ञ-स्थल के पास बने वीरणी के अस्थाई आवास में गये। शिव के पहुँचने के पूर्व ही यहाँ शिव के आने का समाचार पहुँच चुका था। उदासी पसरी हुई थी। शिव पहुँचे तो वीरणी उनके सम्मुख आकर मौन खड़ी हो गयी। बेटी का पता नहीं था और पति को सदा के लिये खो चुकी थीं। शिव ने उन्हें पुकारा,

‘माँ!’

शिव के माँ कहकर पुकारते ही वीरणी उनके कन्धे पर सिर रखकर रो पड़ीं।

“मेरा तो सब कुछ छिन गया।” उन्होंने हिचकियों के बीच कहा।

शिव ने वीरणी के सिर पर हाथ रख दिया, किन्तु वे समझ नहीं पाये कि वीरणी को क्या कहकर धैर्य बँधायें। फिर उन्हें लगा कि हो सकता है कि रो लेने से उनका मन कुछ हलका हो। जब तक वीरणी रोती रहीं, शिव चुपचाप वैसे ही खड़े रहे। कुछ देर बाद वे शान्त हुईं। उन्होंने शिव के कन्धे से सिर उठाया, अपनी आँखें पोंछीं और बोलीं,

“बेटा, सती का कुछ पता चला?”

शिव ने देखा, अश्रुओं से वीरणी का मुख अभी भी भीगा हुआ था। उन्होंने कहा,

“माँ, थोड़ी देर में बात करते हैं; पहले आप भीतर जाकर थोड़ा पानी ले लीजिये।”

वीरणी ने शिव की बात टाली नहीं, भीतर जाकर पहले शिव के लिये पानी भिजवाया और फिर स्वयं भी मुँह धोया, पानी पिया और कुछ सहज हुईं। इसके बाद वे दुबारा शिव के पास आयीं और उन्होंने फिर वही प्रश्न दोहराया,

“बेटा, सती का कुछ पता चला क्या?”

“नहीं माँ, अभी तक तो नहीं, किन्तु इला लौटी क्या? उससे सम्भवतः कुछ सूत्र मिलते।”

"नहीं, वह भी सती के पीछे-पीछे ही गयी थी और अभी तक नहीं लौटी है।"

शिव ने देखा, वीरणी के मुख पर चिन्ता की लकीरें बहुत गहरी हो गयी थीं। शिव ने पिछली बार उन्हें प्रयाग के यज्ञ में देखा था, तब उनके चेहरे में चमक और व्यक्तित्व प्रभावशाली था, किन्तु आज वे बहुत टूटी हुई और वृद्ध सी लग रही थीं।

"ठीक है, आप बहुत व्यथित न हों, मैं उनका पता करता हूँ।"

यह कहकर शिव वहाँ से पुनः यज्ञ-स्थल पर लौट आये। वीरभद्र और नन्दी उनकी प्रतीक्षा में थे।

'सती और इला दोनों ही वापस नहीं आयीं हैं, हमें उन्हें ढूँढ़ना है।" शिव ने उनसे कहा।

इसके बाद शिव सहित वे सभी लोग आपस में मंत्रणा करने के बाद अलग-अलग दिशाओं में सती और इला की खोज में निकल पड़े। उनके जाने के बाद शिव वहीं खड़े होकर कुछ सोचने लगे।

20

सती, यज्ञ-स्थल से बाहर निकलीं, तो कहाँ जाना है कुछ पता नहीं था, जिधर भी रास्ता मिला वे उधर चलती चली गयीं। पहले उनकी चाल में तेजी थी, मानो वे शीघ्रातिशीघ्र वहाँ से बहुत दूर चली जाना चाहती हों, किन्तु धीरे-धीरे थकन और भूख-प्यास ने अपना प्रभाव दिखाना प्रारम्भ कर दिया।

दिन काफी बीत चुका था। उनकी चाल भी धीमी होने लगी थी। एक घने वृक्ष के नीचे वे रुकीं। पेड़ के तने पर हाथ रखकर कुछ देर साँस ली, तने से पीठ टिकाकर खड़ी हुई और फिर एक लम्बी साँस खींचते हुए, तने का सहारा लेकर और पैर सीधे करके भूमि पर बैठ गयीं।

यज्ञ-स्थल से निकलने के बाद से ही उनका मन कर रहा था वो कहीं बैठकर खूब रो लें। उन्होंने अपने मुख को हथेलियों से ढका और रुलाई स्वतः ही फूट पड़ी। कुछ देर तक रो लेने के बाद उन्होंने अपने आँसुओं से भीगे नेत्रों और मुख को अपने वस्त्र से साफ किया। नेत्र बन्द किये ओर सिर पीछे पेड़ के तने से टिका दिया।

कितनी आशाएँ लेकर
आया था मन
किन्तु जला डाला
विश्वासों को फिर से
अब घुटती साँसें हैं

प्राण फँसे जैसे

थकी, दुःखी और भूखी-प्यासी सती को नींद-सी आने लगी, तभी उन्होंने एक परिचित स्वर सुना,

'सती!'

'कौन?' सती ने पूछा, किन्तु नेत्र नहीं खोले।

"आँखें खोल सती, मैं हूँ इला।"

अब सती ने नेत्र खोले और इला को सामने देखकर वे आश्चर्य में डूब गयीं।

'तू!'

"हाँ मैं।"

"यहाँ कैसे आयी?"

"तेरे पीछे-पीछे।"

"क्या...!"

"हाँ, सच।"

"तू यहाँ तक आ गयी और मुझे कुछ भी पता नहीं चला, आश्चर्य है!"

"नहीं, इसमें कुछ भी आश्चर्य नहीं है, तू अपने आपे में नहीं थी।"

"और यहाँ कब से खड़ी है?"

"जब से तू रो रही है।" इला की बात में कुछ हास्य का पुट भी था।

'बैठ जा, तू भी मेरी तरह थक गयी होगी।"

इला बैठी तो सती ने कहा,

"एक बात कहूँ इला?"

"हाँ, कह।"

"अब कभी मुझे सती कहकर मत पुकारना, सती मर चुकी है; उसे जीवित करके मेरे सामने मत खड़ा कर।"

इला को सती की यह बात बहुत अप्रत्याशित नहीं लगी।

"ठीक है नहीं कहूँगी, पर फिर क्या कह कर पुकारा करूँ यह भी बता दे।"

"हम आपस में सखियाँ हैं न?"

"हाँ, सो तो हैं।"

"तो बस तू मुझे सखी कह पुकार, मुझे अच्छा लगेगा।"

"ठीक है मेरी सखी।" इला ने कहा। इसके बाद दोनों कुछ पलों के लिए कुछ

सोचती सी बैठी रहीं। फिर इला ने कहा,

"समय कितनी जल्दी बदल जाता है न।"

'हाँ,' सती ने कहा। उनके स्वर में बहुत पीड़ा थी।

"पानी पियेगी?"

"यहाँ पानी कहाँ मिलेगा, पता नहीं।"

"मैं देखती हूँ।"

"चल हम दोनों मिलकर कहीं पानी खोजते हैं।"

"नहीं, तू बैठ मैं जाती हूँ, तू पहले ही बहुत झेल चुकी है।" कहकर इला उठी और पानी की खोज में निकल पड़ी। भाग्यवश थोड़ा चलने पर ही उसे पहाड़ से गिरता एक छोटा सा झरना और उसके नीचे छोटा सा पानी से भरा कुण्ड मिल गया।

इला ने उससे अपने हाथ, पैर और मुख धोये और पानी पिया, फिर अपने पास से एक पात्र निकाला, उसमें झरने से ताजा पानी भरा और सती के पास ले आयी।

"पानी लायी हूँ, मुँह धोकर थोड़ा पी ले।"

"कहाँ से, कैसे?" सती ने कहा फिर जोड़ा "किन्तु जैसे भी लायी हो, ला दे।"

सती ने इला से पानी का पात्र लेकर पकड़ा और फिर कुछ हटकर अपना मुख धोया तथा शेष पानी पी डाला।

"उफ! कितनी प्यास लगी थी।" उन्होंने स्वयं से कहा। फिर लौटीं और इला के पास बैठकर बोलीं,

"इला मुझे सच में बहुत प्यास लगी थी, अभी इतना ही पानी और होता तो सम्भवतः मैं पी जाती।"

"हाँ, किन्तु खाली पेट एकदम से बहुत सा पानी पीने से तेरे पेट में दर्द हो सकता था।"

"किन्तु इला मैं ही सारा पी गयी, मैंने तुझसे तो पूछा ही नहीं।"

"चिन्ता मत कर मैं जब तेरे लिये पानी लाने गयी थी तभी मैंने वहीं पानी पी लिया था।"

"और पानी लाने के लिये यह पात्र कहाँ से पाया?"

"सब बताऊँगी, पहले थोड़ा साँस लेने दे।"

इला की इस बात पर इतने दुःख में भी सती को हँसी आ गयी।

"ठीक है, जब जी भर के साँस ले चुके तब बताना।" सती ने कहा।

थोड़ी देर बाद इला ने कहा,

“सखी, भूख भी बहुत लग रही है।”

“हाँ, मुझे भी बहुत भूख लग रही है, चल थोड़ा घूमकर देखते हैं, हो सकता है इन पेड़ों से कुछ फल मिल जायें... जब मैं उनके साथ थी, तब वे और नन्दी आवश्यकता पड़ने पर घूम-घूमकर इन्हीं पेड़ों से बहुत से खाने योग्य फल ले आया करते थे।”

“उनके... किनके साथ?” इला ने कहा।

सती ने नेत्र चौड़े करके इला की ओर देखा और बोलीं

‘अच्छा!’

“हाँ और ये... ‘वे’ कौन हैं?” इला ने हँसकर जोड़ा। सती भी हँस पड़ीं।’

“बहुत भोली है न तू, यह भी बताना पड़ेगा?”

“नहीं, बस तुझे हँसाने के लिये मैंने परिहास में ऐसा कहा था।”

“जानती हूँ।”

इसके बाद सती और इला उठीं और घूम-घूमकर पेड़ों में फल ढूँढ़ने लगीं। कुछ ही देर में उन्हें आवश्यकता भर फल मिल गये। दोनों ने वे फल एकत्रित कर लिये, तब इला ने कहा,

“ चल उसी झरने के पास बैठकर इन्हें उदरस्थ करते हैं, वहाँ पानी भी है।”

“उदरस्थ,” सती ने हँसकर कहा, “तू भी कहाँ-कहाँ से शब्द लाती है।

“यहीं आस-पास से।”

अब सती खुलकर हँस पड़ीं। इला ने उनको हँसता देखकर कह,।

“देख तुझे हँसा दिया न।” इला ने कहा

‘हाँ।’

“इसके बाद दोनों झरने के पास गयीं। फलों को धोकर एक बड़े से पत्ते में रखा। अब सती ने कहा,

“हमारे पास यदि कोई चाकू होता, जिससे हम इन्हें काट सकते तो कितना अच्छा होता।”

“मेरे होते हुए किसी बात की चिन्ता मत कर बालिके।” इला ने मुख टेढ़ा करते हुए कहा।

“अच्छा दादी अम्मा, नहीं करती चिन्ता।” सती ने भी उसी भाव से उत्तर दिया।

अब इला ने अपनी कमर से, वस्त्रों में छिपी हुई एक कटार निकाली। सती,

कटार देखकर चौंक उठीं,

"अरे यह भी लायी है तू!"

'हाँ,'

'क्यों?'

"अभी बताती हूँ।" कहते हुए इला ने अपनी कमर से ही एक और कटार निकाली, बोली,

"ले एक तेरे लिये भी है।"

"यह सब क्यों लायी है?"

"मैंने सोचा हम अकेली लड़कियाँ होंगी, पता नहीं कब कोई जंगली जानवर किस वेष में आ जाये।"

"जंगली जानवर वेष भी बदलते हैं क्या?"

"बहुधा तो नहीं, पर कभी-कभी तो वे आदमी का वेष भी धारण कर लेते हैं।"

"तू सच कहती है।" सती ने कहा।

"सच कहती हूँ न?"

'हाँ।'

"तो मैंने सोचा, ऐसा ही कोई जानवर यदि आदमी के वेष में आ गया तो उस समय उससे आइये आपका स्वागत है कहेंगे क्या?"

सती फिर हँस पड़ीं और उनके साथ इला भी। फिर सती बोलीं,

"बहुत सी बातें हो गयीं, किन्तु अभी तक तूने यह नहीं बताया, कि तू आयी कैसे।"

"ठीक है बताती हूँ, पहले पेट में कुछ जाने दो।' कहते हुए इला ने माँजने-धोने के बाद कटार से ही फलों के टुकड़े करते हुए कहा। इसके बाद दोनों ने फलों का एक एक टुकड़ा उठाकर खाना प्रारम्भ कर दिया।

"अब बता।" सती ने कहा।

"हाँ, देखो जब तुम क्रोधित होकर उस द्वार की ओर जा रही थीं, जिससे तुम आयी थीं, तब तक तो सभी समझ रहे थे कि तुम वापस जा रही हो, किन्तु जब तुम उस द्वार के पास तक जाकर लौटीं और उसके विपरीत दिशा वाले द्वार की ओर बढ़ीं, तब मैं समझ गयी तुम वापस अपने घर नहीं जाना चाहती हो, उस द्वार पर अवश्य ही तुम्हारे साथ आये शिव के कुछ लोग होंगे।

वहाँ तुम्हारी इस तरह वापसी पर प्रश्न उठेगा, इसी कारण तुमने उसके ठीक

विपरीत दिशा वाले द्वार की ओर बढ़ना प्रारम्भ किया है।

'अपने घर नहीं तो तुम अकेले कहाँ जा रही होगी' यह बात जैसे ही मेरे मन में आयी, मैंने तुम्हारे पीछे आने का निश्चय किया। बहुत दिनों से घर से बाहर निकलते समय मैंने अपने पास एक कटार रखना प्रारम्भ कर दिया था, पर यज्ञ स्थल पर तुम्हारे पीछे आने के पूर्व मैंने सोचा कि भगवान ने हाथ तो मेरे दो दिये हैं, तो कटारें भी दो होनी चाहिये।

मैंने पास खड़े एक सैनिक से उसकी कटार माँगी। वह मुझे तुम्हारी माँ के साथ देख चुका था, अतः उसने बिना किसी विरोध के अपनी कटार मुझे सौंप दी। फिर तेरे पीछे यज्ञ-स्थल के द्वार से निकलते समय पता नहीं क्या सोचकर एक हवन कुण्ड के पास की हवन-सामग्री के साथ रख पात्रों में से मैंने लपककर एक पात्र भी उठा लिया और तुम्हारे पीछे चल पड़ी।

"किन्तु मुझे अपने पीछे तुम्हारे होने का पता क्यों नहीं चला?"

"क्योंकि मै तुमसे दूरी बनाकर चल रही थी; मुझे लग रहा था कि तुम अकेली ही जाना चाहोगी, मुझे भी अपने साथ नहीं आने दोगी इसीलिये।"

"सच कह रही है, मैं जान जाती तो अवश्य ही तुझे अपने साथ नहीं आने देती।"

"और अब क्या विचार है तेरा, कहाँ जाना है तुझे ?"

"इला, मुझे लगता है कि मैं जीवन के उस मोड़ पर खड़ी हूँ जिसे सम्भवतः अन्धा-मोड़ कहेंगे; आगे का रास्ता मुझे दिखाई नहीं दे रहा है।"

"चल फिर कुछ दिन यहीं रहकर सोचते हैं।"

"हम उस यज्ञ-स्थल से कितनी दूर आ गये होंगे इला?"

"बहुत दूर तो नहीं, किन्तु बहुत कम भी नहीं।"

"मुझे लगता है हमारे इस तरह आने के बाद लोग हमें खोज अवश्य रहे होंगे और मैं दुबारा वहाँ के किसी भी व्यक्ति से मिलना नहीं चाहती।"

"शिव से भी नहीं?"

"इला, मैं उनके समझाने के बाद भी यहाँ आयी और उनके इतने अपमान का कारण भी बनी और साक्षी भी, अब उन्हें कौन सा मुख दिखाऊँगी।"

"क्या वे तुझे इसके लिये उलाहना देंगे? क्षमा नहीं करेंगे?"

"नहीं, मैं उन्हें जानती हूँ, वे मुझे कोई उलाहना नहीं देंगे, क्षमा या दण्ड का तो कोई प्रश्न भी नहीं उठेगा।"

'फिर?'

"मुझे अपनी इस देह से विरक्ति हो चुकी है; भले ही इसमें माँ का अंश अधिक हो, किन्तु दक्ष का भी कुछ न कुछ तो है ही।"

"चल, अँधेरा हो जाये इसके पूर्व ही रात्रि बिताने के लिये कोई उचित स्थान ढूँढ़ते हैं।" इला ने कहा।

"ठीक है।"

दोनों ने मिलकर एक कुछ ऊँचा स्थान ढूँढ़ लिया। उससे सटी हुई एक बड़ी सी चट्टान भी थी। उस स्थान को साफ किया, फिर चट्टान से पीठ टिकाकर वहीं पर बैठ गयीं।

चट्टान दिन भर तपी थी। गर्म थी। थोड़ी देर भी सहन नहीं हुई। पीठ जलने लगी थी।

फिर उन्होंने चट्टान का सहारा छोड़ दिया और उससे कुछ दूरी पर सीधी होकर बैठ गयीं।

"ऐसा करते हैं..." इला ने कहा।

'क्या?'

"चल इस पात्र में भर-भरकर थोड़ा थोड़ा पानी लाकर इस स्थान छिड़कते हैं, फिर बैठते है।"

'चल'

दोनों ने उस छोटे से पात्र में भर-भरकर कई बार पानी लाकर वहाँ छिड़का। थोड़ी देर के श्रम के बाद वह स्थान कुछ बैठने लायक हो गया। सन्ध्या भी ढलने लगी थी।

"यह स्थान बहुत अच्छा तो नहीं लग रहा, कोई जंगली जानवर भी आ सकता है।" इला ने कहा।

'फिर?'

"ऐसा करते हैं हम दोनों एक साथ नहीं बारी-बारी से सोयेंगे, एक सोयेगा तो एक जागेगा।"

"ठीक है।," कहकर सती हँसीं।

"हँसी क्यों?"

"जिस देह से इतनी विरक्ति है, उसी की रक्षा के लिये हम क्या-क्या कर रहे हैं।"

"अपनी देह से विरक्ति तुझे है, मुझे नहीं बालिके।" कहकर इला हँस पड़ी और सती भी।

"तू ठीक कहती है।" सती ने कहा।

रात्रि आयी तो इला ने सती से कहा,

"तुम सो जाओ, मैं बैठी हूँ।"

"नहीं, पहले तू सो ले।" सती ने कहा, किन्तु कुछ देर के विवाद के बाद सती पहले सोने के लिये राजी हो गयीं। इला उनके पास ही शिला से पीठ टिकाकर बैठ गयी। थकी हुई सती बहुत शीघ्र ही सो गयीं।

अन्धकार में बैठी इला इधर-उधर देखने का प्रयास करती रही। हवा, पेड़ों से टकराकर ध्वनि उत्पन्न कर रही थी, पेड़ों की शाखायें और पत्तियाँ तरह- तरह की आकृतियाँ बना रही थीं, आकाश में पतला सा चन्द्रमा और बहुत से तारे इला को अपने साथी से लग रहे थे।

वह बहुत देर तक उन्हें देखती रही फिर अपनी आँखें बन्द कर लीं। बहुत थकान लग रही थी। वह सोना तो नहीं चाहती थी, पर नींद कब आ गयी पता ही नहीं लगा। बहुत देर तक वह बैठे-बैठे ही सोती रही। अचानक आँखें खुलीं तो वह चौंक गयी, 'अरे, नींद कब आ गयी' उसने सोचा। आँखें मलीं और अब नही सोऊँगी, इसका निश्चय करके बैठ गयी, किन्तु फिर भी कुछ देर बाद नींद आ ही गयी।

भोर में चिड़ियों की चहचहाहट से सती की आँखें खुलीं। वे चौंक उठीं। 'यह क्या, मुझे तो कुछ देर बाद उठना था और फिर इला को सोना था' उन्होंने सोचा। वे शीघ्रता से उठ बैठीं। इला की ओर देखा। थकी हुई इला बैठे-बैठे ही सो रही थी। सती उसे आवाज देना चाहती थीं, फिर कुछ सोचकर रुक गयीं और धीरे से सँभालकर इला को लिटा दिया। 'इसका यह ऋण कैसे उतार पाऊँगी मैं?' उन्होंने स्वयं से कहा।

सती, स्नानादि से निवृत्त होना चाहती थीं, किन्तु 'सोती हुई इला को अकेले कैसे छोड़ जाऊँ' सोचकर वे पुनः उसी के पास लेट गयीं।

कुछ देर बाद इला की आँखें खुलीं। वह उठ बैठी तो सती भी उठ बैठीं और फिर अपनी-अपनी नींद की बात सोचकर दोनों ही हँस पड़ीं।

"कभी-कभी ऐसा भी होता है।" इला ने कहा।

"ठीक कह रही है तू।" सती ने कहा।

"हम दोनों ही सो गये थे; वह तो ईश्वर की दया थी कि हम सुरक्षित रहे, अन्यथा यदि कोई जंगली जानवर ही आ जाता तो पता नहीं क्या होता।" इला ने कहा।

"तो क्या होता, खा जाता और क्या।"

"अरे भाई, मैं तो अभी जिन्दा रहना चाहती हूँ, अभी से जाने का मन नहीं है मेरा।" इला ने कहा।

"तो ऐसा करते हैं आज हम दोनों मिलकर किसी थोड़े बेहतर आश्रय की खोज करते हैं।"

"ठीक है चल; अभी सुबह हुई है पूरा दिन पड़ा है, अभी से खोजेंगे तो हो सकता है दिन ढलने तक कुछ सफलता हाथ लग जाये।"

और इसके बाद दोनों मिलकर किसी थोड़े उचित आश्रय की खोज में निकल पड़ीं।

21

वीरणी के दुःख का अन्त नहीं था। पति की मृत्यु हो चुकी थी, सारे पुत्र पहले ही संन्यासी हो चुके थे... सबसे प्रिय पुत्री सब कुछ छोड़कर पता नहीं कहाँ चली गयी थी और दक्ष के मन्त्री की पुत्री इला का भी कुछ पता नहीं था।

यद्यपि इला सती के यज्ञ-मण्डप से निकलने के बाद बहुत शीघ्र ही उनके पीछे-पीछे निकल गयी थी और सभी का अनुमान था कि वह सती के साथ ही गयी होगी, किन्तु जब तक कुछ पता न लग जाये तब तक वह कहाँ है यह निश्चय पूर्वक नहीं कहा जा सकता था।

इला के पिता, दक्ष के विश्वासपात्रों में थे, इस कारण दक्ष ने यज्ञ प्रारम्भ के बहुत पूर्व ही उन्हें यहाँ के प्रबन्धों की देख-रेख के लिये भेजा दिया था। वे भी यज्ञ-मण्डप में हुए युद्ध में मारे जा चुके थे।

इला की माँ वत्सला के आँसू भी सूख नहीं रहे थे।

वीरणी के अपने दुःख तो थे ही, साथ ही वे इला की माँ के सम्मुख स्वयं को अपराधी-सा भी अनुभव कर रही थीं।

यज्ञ-स्थल से लगभग सभी लोग वापस हो चुके थे। दक्ष की पुत्रियाँ भी वहीं से अपने अपने घरों के लिये निकल चुकी थीं। वीरणी और उनके साथ के कुछ लोग ही बचे थे और वे भी वीरणी से वापस चलने के आदेश की प्रतीक्षा में थे।

समय देखकर वीरणी ने सबको बुलाया। सभी एकत्रित हुए तो वीरणी ने कहा,

"अब आप लोग वापस हो जाइये।"

"और आप?" एक स्वर आया।

"मैं..." कहकर वीरणी चुप हो गयीं। 'क्या कहें?' वे कुछ सोच नहीं पा रही

थीं।

"मुझे क्या करना है, कहाँ रहना है, यह अभी मैं निश्चित नहीं कर पा रही हूँ, अतः मैं अभी तो यहीं रुकूँगी।"

"क्या हममें से कुछ लोग, जिन पर आपका विशेष अनुग्रह हो, आपकी सेवा में यहाँ रह सकते हैं?"

"मेरा अनुग्रह तो सभी पर है, किन्तु उससे क्या होता है।" कहकर वीरणी पीड़ा भरी फीकी हँसी हँसीं।

"अनुग्रह तो उसका होना चाहिये।" उन्होंने आसमान की ओर उँगली उठाकर कहा, "आप लोग वापस जाइये, मेरी चिन्ता मत कीजिये।"

"प्रजापिता दक्ष भी नहीं हैं, आप भी नहीं होंगी; यह हमारे लिये बहुत दुर्भाग्यपूर्ण स्थिति होगी।" पुनः भीड़ से एक स्वर आया।

"दुर्भाग्य और सौभाग्य अपने हाथ में होता है क्या? किन्तु अभी तो आप सब लोग अपने अपने घर जाइये।" कहकर वीरणी उठ गयीं।

"सम्भवतः वे एकान्त चाहती हैं।" भीड़ में से किसी ने कहा और फिर धीरे-धीरे लोग जाने लगे। सबके जाने के बाद वीरणी अकेली रह गयीं।

'जब तक सती लौटकर नहीं आती, यह अकेलापन ही मेरी नियति है', उन्होंने स्वयं से कहा और धीमे कदमों से दक्ष के द्वारा बनवाये उस अस्थाई आवास में लौट आईं।

वीरणी के इस आदेश के बाद वहाँ बचे हुए शेष लोग भी अपना सामान समेटने लगे। वीरणी के आवास में उनकी सेवा में रहने वाली स्त्रियों ने अपना-अपना व्यक्तिगत सामान तो उठा लिया, किन्तु और बहुत सामान जो वहाँ पर था, उसका क्या करना है यह वे समझ नहीं पा रही थीं। वीरणी ने उनकी यह दुविधा देखी तो वह सारा सामान और यहाँ तक कि अपने लिये कुछ सादे वस्त्र और भोजन के लिये आवश्यक कुछ पात्र छोड़कर सब कुछ उनमें बाँट दिया। धीरे-धीरे सारा सामान बटोरकर वे स्त्रियाँ बाहर निकलती गयीं।

उनके निकलने के बाद वीरणी एक बार पुनः आवास के द्वार तक आयीं और जाते हुए लोगों को देखने लगीं। लोग एक-एक कर उन्हें प्रणाम करते हुए विदा ले रहे थे। एक स्त्री और एक पुरुष जो इस दल में सबसे पीछे थे। वीरणी के सम्मुख आकर उन्हें प्रणाम करके वे रुक गये।

"कुछ कहना है क्या?" वीरणी ने उनकी ओर देखकर पूछा।

'हाँ' पुरुष ने हाथ जोड़कर कहा।

"कहो, संकोच मत करो।"

"यह वीरान-सा स्थान है, अकेले व्यक्ति के लिये यहाँ खतरे भी हो सकते हैं; यदि आपकी अनुमति हो तो हम यहाँ आपकी सेवा के लिये रुक जायें।" पुरुष ने कहा।

"और इसके बदले में हमें कुछ चाहिये नहीं, कुछ भी नहीं।"

यह सुनकर बहुत उदास और दुःखी सी वीरणी के अधरों पर हलकी सी मुस्कराहट तैर गयी।

"सती और इला का ईश्वर और मेरा ईश्वर अलग-अलग तो है नहीं; जो उनकी रक्षा कर रहा होगा वह मेरी रक्षा क्यों नहीं करेगा, किन्तु आपकी इस सद्भावना के लिये मैं सदैव आपकी आभारी रहूँगी।"

इसके बाद दोनों ने वीरणी को एक बार पुनः प्रणाम किया, बोले,

"पहले वाला प्रणाम आपको था और...।

"और क्या?"

"यह दूसरा प्रणाम आपके विश्वास को है।"

वीरणी हलके से हँसीं, उनके प्रणाम का उत्तर दिया और वहीं खड़ी तब तक उन्हें देखती रहीं, जब तक जाने वाले उस दल के साथ ही वे आँखों से ओझल नहीं हो गये। सबके चले जाने के बाद वीरणी भीतर आयीं। जो आवास कुछ समय पहले तक बहुत छोटा सा लगता था, वह आज अचानक बहुत बड़ा हो गया था। वीरणी ने देखा, उसकी दीवारों पर एक बड़ा सा प्रश्न टँगा हुआ था।

'इस सूनेपन में तुम्हारे हाथ क्या लगेगा वीरणी, शान्ति या सन्नाटा।'

वीरणी ने इसे पढ़ा, फिर उत्तर पाने के लिये, नेत्र बन्द कर एक दीवार से टिक कर नीचे बैठ गयीं और मन में ही स्वयं से कहा, 'आपकी इच्छा है प्रभु, जो देना हो देना'। वीरणी बहुत देर तक आँखें बन्द किये बैठी रहीं। दुख और पीड़ा के बीच, कब आँखो मे नींद उतर आयी यह उन्हें पता ही नही लगा। नींद में ही उनका सिर एक ओर लुढ़का तो झटका-सा लगा। आँखें खुल गयीं और वीरणी घोर आश्चर्य से भर उठीं, जब उन्होनें अपने सामने इला की माँ वत्सला को देखा,

"वत्सला तू!"

"हाँ मैं।"

"तू उन सबके साथ गयी नहीं?"

'नहीं।'

'क्यों?'

"आप भी तो नहीं गयीं।"

"मेरा संसार तो उजड़ चुका हैं, मैं वहाँ जाकर क्या करती।"

"संसार तो मेरा भी उजड़ चुका है दीदी; इला तो सती के ही साथ चली गयी और उसके पिता, यज्ञ के मध्य हुए युद्ध में वीरगति को प्राप्त हो चुके हैं, मेरा भी वहाँ क्या रह गया है।"

"ओह! ये समय के खेल; कोई नहीं जानता इन्हें।" वीरणी ने एक गहरी साँस लेकर कहा और एक बार फिर आँखें बन्द कर लीं। कुछ देर खामोशी पसरी रही, कोई कुछ नहीं बोला, फिर जैसे अचानक कुछ स्मरण हो आया हो, वीरणी ने आँखे खोली और कहा,

'वत्सला!'

'दीदी।'

"सब लोग मेरे सामने ही चले गये थे, फिर तू यहाँ कैसे रह गयी?"

"कुछ दूर तक मैं भी उनके साथ गयी थी, फिर मुझे लगा कि मैं कहाँ जा रही हूँ और क्यों... वहाँ अब क्या है मेरा, सिवाय कुछ सामान के।"

'फिर?'

"फिर मुझे लगा, सारा सामान एक दिन छूट तो जाना ही है। मैं किसके लिये उस सामान की रखवाली करूँ जाकर?"

"सच कहती है।"

"फिर चुपके से मैं वहीं से लौट पड़ी।"

"तेरे साथ वाले तुझे न पाकर परेशान नहीं हुए होंगे?"

"उनमें मेरा कोई बहुत सगा तो था नहीं; साथ में न देखकर सोचा होगा कि इस भीड़ में कहीं आगे-पीछे होगी।"

'हूँ,' कहकर वीरणी ने फिर एक बार गहरी साँस ली... फिर कुछ देर बाद बोलीं,

"और यह वीरान और जंगल सी जगह है, खाने का भी पता नहीं है, कैसे रहेगी यहाँ?"

"जैसे आप रहेंगी।"

"हूँ...पागल कहीं की।" कहते हुए उस पीड़ा में भी वीरणी के ओठों पर हलकी सी हँसी आ गयी।

22

सती की मानसिक-स्थिति का शिव को अनुमान लग चुका था और ऐसे में वे क्या कर सकती हैं और किस ओर गयी होंगी, शिव इसे ध्यान में रखते हुए उन्हें खोजने लगे। सती तो नही मिलीं, किन्तु उन्हें खोजते हुए नन्दी मिल गये।

"क्या हुआ नन्दी, कुछ सफलता मिली क्या?" शिव ने पूछा।

"प्रभु, अभी तक तो नहीं।"

'हूँ,' कहते हुए शिव ने अधरों को हलका सा भींचकर साँस छोड़ी।

"पर एक बात है।" नन्दी ने कहा।

'क्या?'

"पता नहीं क्यों मुझे विश्वास है कि माँ जहाँ भी हैं सकुशल हैं।।"

'हूँ,' शिव ने पुनः कहा और नेत्रों को बन्दकर धीरे से पलकें भींची, नन्दी की ओर देखा और बोले,

"नन्दी, यह क्या हालत बना रखी है तुमने ? तुम्हें देखकर ऐसा लग रहा है जैसे बहुत दिनों से तुमने कुछ खाया-पिया नहीं है और ठीक से सोये भी नहीं हो।"

"मैं सोच रहा था माँ मिल जातीं तो...," नन्दी ने कहा।

"मिल जायेंगी; तुम्हारी तरह मुझे भी विश्वास है कि वे सकुशल होंगी, किन्तु जाओ पास में झरना है, हाथ-मुँह धोकर पानी पियो और मैं कुछ फल ढूँढ़कर कर लाता हूँ, खा लो फिर बात करेंगे।"

"प्रभु, फल भी मै स्वयं ही ले आऊँगा; आप मेरे लिये फल ढूँढने जाये यह मुझे अच्छा नहीं लगेगा।"

"मुझे स्वयं भी भूख लग रही है, तुम जाओ, देर मत करो।"

'अच्छा।' कहकर नन्दी झरने की ओर चल पड़ा। वह कई दिनों से नहाना, धोना, खाना, पीना सचमुच भूल चुका था। सती की खोज में अकेले ही पता नहीं कहाँ-कहाँ भटक रहा था। आज शिव से भेंट हुई तो उसे लगा जैसे उसकी देह में प्राण लौट आये हैं। वह वस्त्र किनारे रखकर झरने के नीचे खड़ा हो गया और खूब मल-मल कर नहाने और बहुत सा पानी पीने के बाद कुछ सामान्य हुआ तो बाहर आया... वस्त्र समेटे और शिव की ओर चल पड़ा। नन्दी जब वापस शिव के पास पहुँचा, तब तक उन्होने सचमुच बहुत से फल एकत्रित कर लिये थे।

रात्रि आने को हुई तो शिव ने कहा,

नन्दी, आज यहीं विश्राम करते हैं, कल सुबह हम एक साथ ही सती को ढूँढ़ने

निकलेंगे"

"ठीक है प्रभु।"

इसके बाद एक अन्तराल के बाद दोनों साथ-साथ ध्यान में बैठे और कुछ देर तक ध्यान लगाने के बाद वे लेटकर सो गये। सती, जो दिन भर हृदय और मष्तिष्क में रहती थीं, सोने के बाद शिव के स्वप्न में आ गयीं।

उन्होंने देखा, सती जंगल में से होकर कहीं जा रही हैं। वे आवाज देते हुए सती की ओर बढ़ रहे हैं, किन्तु सती सुन नहीं रही हैं। शिव तेजी से उनकी ओर बढ़ते हैं, किन्तु उनके और सती के मध्य की दूरी कम नहीं हो रही है।

शिव अपनी गति और बढ़ा लेते हैं, किन्तु सती बराबर उतनी ही दूर दिखाई देती हैं। उन तक पहुँचने के सारे प्रयास व्यर्थ होते देख शिव रुक जाते हैं। अब सती भी रुक जाती हैं।

"क्या हो गया है तुम्हें?" शिव ने सती से जोर से प्रश्न किया। सती पीछे मुड़ीं और इसके साथ ही शिव ने देखा कि जहाँ पर सती खड़ी हैं, उससे कुछ ही दूर पर एक पुराना और जीर्ण-सा दुर्गा जी का मन्दिर है।

सती, शिव की ओर न देखते हुए, उड़ते हुए उस मन्दिर में प्रवेश कर जाती हैं और वे सती को देखते खड़े रह जाते हैं।

शिव की आँख खुल गयी। चारों ओर बहुत घना अन्धकार मँडरा रहा था। यह कैसा स्वप्न था। उन्हें स्वप्न बहुत कम दिखाई पड़ते थे 'क्या सती सचमुच किसी पुराने मन्दिर में शरण लिये हुए हैं' उनके मन में आया।

शिव उठकर बैठ गये। जिन्होंने कभी नहीं जाना था कि चिन्ता या तनाव क्या होता है, वे आज कुछ चिन्तित और तनाव में भी लगे। कुछ देर तक वे उस अन्धकार में कुछ सोचते से बैठे रहे, फिर 'सुबह देखेगें, अभी सोते हैं' सोचकर लेट गये, किन्तु उसके बाद वे सो नहीं सके।

भोर हुई। नन्दी उठे तो देखा शिव पास में नहीं हैं। 'कहाँ गये होंगे वे?' नन्दी ने सोचा, किन्तु कुछ ही देर में शिव उन्हें कुछ ही दूर पर समाधि की अवस्था में बैठे दिख गये। नन्दी का मन हुआ कि वो उन से पूछे कि क्या वे किसी कारणवश ठीक से सो नहीं सके थे, किन्तु शिव गहरे ध्यान में डूबे हुए लग रहे थे, अतः नन्दी इसका साहस नहीं कर सके और स्नानादि के लिये चले गये।

स्नानादि से निवृत्त होने के बाद वे वापस लौटे तो देखा शिव अभी भी वैसे ही बैठे हुए थे। नन्दी समझ गये कि शिव गहरी समाधि में हैं और उनके शीघ्र उठने की आशा नहीं है। नन्दी उनके लिए प्रातःकालीन स्वल्पाहार का प्रबन्ध करने निकल पड़े और कुछ देर में उन्होंने कुछ ताजे और रसीले फल एकत्र कर लिये। वे लौटे तो

पाया, शिव अभी भी वैसे ही निश्चल बैठे हुए थे। नन्दी ने सारे फल सँभालकर एक ओर रख दिये और शिव के समाधि से उठने की प्रतीक्षा छोड़कर वे उनके सामने आये, उन्हें प्रणाम किया और फिर उनके सामने उन्हीं की भाँति बैठकर नेत्र बन्द कर लिये और स्वयं भी समाधि की अवस्था में जाने का प्रयास करने लगे।

नन्दी, शिव से मिलने के पूर्व भी ध्यान लगाने का अभ्यास किया करते थे, किन्तु शिव के मिलने से उन्होंने जो भी अनुभव किया था, वह वर्णन करने की उनकी सामर्थ्य नहीं थी। जब भी वे शिव के सम्मुख शिष्य भाव से समाधि में बैठते थे, उन्हें लगता था शिव की ओर से चलकर कोई अद्‌भुत प्रकाश उनमें समा रहा था। आज कई दिनों बाद उन्हें पुनः यह अवसर मिला था और आज फिर शिव के सम्मुख बैठकर वे उसी दिव्य प्रकाश की अनुभूति से भर उठे।

कुछ देर बाद नन्दी को शिव का स्वर सुनाई दिया,

'नन्दी!'

नन्दी ने नेत्र खोले तो शिव उन्हें ही देख रहे थे। नन्दी ने उन्हें प्रणाम किया और उत्तर दिया,

"जी।"

शिव ने अधरों को थोड़ा-सा भींचा और आसमान की ओर देखते हुए बोले,

"सम्भवतः हम शीघ्र ही सती तक पहुँच जायेंगे।"

नन्दी कुछ विस्मित हुए, किन्तु शिव की शक्तियों से वे थोड़ा परिचित तो हो ही चुके थे और उन पर उनका अखण्ड विश्वास था।

"हमारे लिये इससे अधिक शुभ समाचार दूसरा हो ही नहीं सकता, किन्तु कैसे ?"

शिव थोड़ा मुस्कराये, नन्दी के 'कैसे' का उत्तर उन्होंने नहीं दिया। नन्दी ने कुछ देर तक उनके उत्तर की प्रतीक्षा की, फिर वे समझ गये कि शिव इसका उत्तर नहीं देंगे। उन्हें स्मरण हो आया, अक्सर शिव उनके प्रश्नों का उत्तर मात्र मुस्करा कर ही दिया करते थे, अतः उन्होंने यह प्रश्न छोड़ा और पूछा ,

"तो हम उनसे मिलने कब चल रहे हैं?"

"बस, अपनी यह नयी यात्रा भी हम शीघ्र ही प्रारम्भ करगें।"

शिव की इस बात से नन्दी का मन जैसे नाच उठा। वह शीघ्रता से उठे... जो भी फल एकात्रित किये थे, वे सब शिव के सम्मुख लाकर रख दिये।

"कुछ फल लाया था, यात्रा पर निकलने से पूर्व इन्हें ग्रहण कर लेते तो अच्छा था।" उन्होंने कहा।

'अच्छा' शिव ने हँसकर कहा। नन्दी इस नयी यात्रा के लिये बहुत व्यग्र हो उठे थे, अतः जैसे ही फल समाप्त हुए, उन्होंने कहा,

'चलें?'

"हाँ, चलते हैं।"

मार्ग में शिव ने नन्दी से कहा,

"नन्दी, कहीं कोई पुराना मन्दिर दिखाई दे तो ध्यान रखना।"

"ठीक है, क्या माँ वहीं हैं?"

"रात्रि में मैंने स्वप्न में देखा कि वे किसी मन्दिर में शरण लिये हुए हैं... यद्यपि स्वप्नों का क्या, अधिकतर वे झूठ ही होते हैं और मैं तो लगभग न के बराबर ही स्वप्न देखता हूँ।"

नन्दी बहुत ध्यान से शिव की बातें सुन रहे थे। उन्होंने बहुत उत्सुकता से पूछा,

'फिर?'

"मैं सोचता हूँ एक बार प्रयास कर लेने में अनुचित भी क्या है।"

"नहीं, यह अनुचित तो नहीं है, किन्तु जहाँ हम हैं, वहाँ से मन्दिर पता नहीं किस दिशा में होगा।"

"मेरा मन कहता है कि हम उचित दिशा में ही जा रहे हैं, शेष तो उसकी इच्छा पर निर्भर करता है।" शिव ने आसमान की ओर उँगली उठा दी।

23

सती और इला किसी उचित ठिकाने की खोज में निकली हुई थीं। अभी भी सती पूरी तरह विरक्त और अपनी देह को बचाये रखने के प्रति पूरी तरह उदासीन थीं, पर इला भी तो साथ में थी। सती, अपने लिये उसके स्नेह और त्याग की भावना से बहुत अधिक अभिभूत थीं और वह सुरक्षित रहे इसके लिये चिन्तित भी।

सती के विपरीत इला में उत्साह भी था और वह यह सब कुछ सती के लिये कर रही है, इसकी प्रसन्नता भी। सती के लिये इला के मन में प्रेम तो था ही, सम्मान की भावना भी कम नहीं थी। कभी-कभी वह मात्र सती की उदासी दूर करने के लिये ही कुछ बोला करती थी।

जैसा कि पहाड़ी रास्तों में होता है, रास्ता बहुत ही ऊबड़-खाबड़ और श्रमसाध्य था। सती और इला ने देखा, उस रास्ते पर थोड़ी-थोड़ी देर में एक आध व्यक्ति ही आता-जाता मिल रहा था। अचानक उनकी दृष्टि एक पत्थर की शिला पर

टेक लगाकर बैठे हुए एक वृद्ध पर पड़ी, वे बहुत थके हुए से लग रहे थे।

सती अपने दुःख भूलकर उनके प्रति सम्वेदना से भर उठीं।

''इला, आ उनसे पूछते हैं कि वे इस तरह क्यों बैठे हैं।''

''हाँ आओ।'' दोनों उस वृद्ध के पास पहुँचीं।

'बाबा!'

'हाँ,' उस व्यक्ति ने उत्तर दिया।

''आप यहाँ ऐसे अकेले और थके हुए से क्यों बैठे हैं, कोई कष्ट हैं क्या?''

''नहीं, कष्ट तो नहीं है, किन्तु अब चला नहीं जा रहा है।''

''कहाँ से आ रहे हैं?''

''इधर नीचे काफी दूरी पर एक गाँव है, वहीं से।'' वृद्ध ने एक ओर संकेत कर कहा।

'अकेले?'

'हाँ।'

''और जाना कहाँ है?''

'उधर'

'कहाँ?'

''उधर बहुत ऊँचाई पर जगत जननी माँ दुर्गा का स्थान है, बहुत लोग जाते हैं उनके दर्शनों के लिये; मैं भी जाकर उनके दर्शन करना चाहता था।''

दिन बीत चुका था और साँझ भी ढल रही थी। वृक्षों की बड़ी-बड़ी छायाओं ने धरती को घेरना प्रारम्भ कर दिया था। सती और इला को अपने लिये भी आश्रय की चिन्ता सता रही थी, फिर भी उन वृद्ध को छोड़कर जाने की इच्छा नहीं हो रही थी।

''घर या पड़ोस से किसी को साथ ले लेते; कोई है नहीं क्या?''

''हैं भी और नहीं भी, किन्तु अब तो सब कुछ वही हैं।'' वृद्ध ने ऊपर उँगली उठाकर कहा।

'ओह।' सती ने कहा।

''हमने भी उनसे कह दिया है।''

''किनसे क्या कह दिया है?''

''अरे उन्हीं से, जिनके दर्शनों के लिये जा रहे थे।''

''माँ से?''

“हाँ, हमने उनसे कह दिया है; जितना चल सकते हैं आ गये हैं, अब हमारे मान का नहीं है, हम यहीं बैठते हैं।”

वृद्ध के उत्तर से सती और इला विस्मित रह गयीं।

‘फिर...’

“फिर क्या, हम यहीं बैठे हैं, अब वो जानें।”

‘ओह!’ सती और इला दोनों के मुख से निकला। दोनों वहीं उन्हीं के पास बैठ गयीं। अचानक जैसे कुछ स्मरण हो आया हो, सती बोलीं,

“आपको भूख लगी होगी।”

“नहीं बच्चा पेट भरा है।”

‘कैसे?’

“थोड़ी देर पहले एक लड़की आयी थी सुन्दर सी, बिल्कुल तुम्हारी तरह।”

“अच्छा, फिर?”

मुझसे आकर बोली,

‘बाबा, दुःखी मत हों, बहुत चल लिये अब आराम से बैठें।”

‘हाँ?’

“हाँ, साथ में एक बर्तन में दूध और कुछ बहुत अच्छे पके हुए फल भी लायी थी। कहने लगी ‘भूखे होंगे ये फल खा लें और फिर दूध पी लें।”

सती और इला मौन होकर उनके मुख की ओर देख रही थीं। वृद्ध ने आगे कहा,

“मैं तो मना कर रहा था, पर उसने कुछ सुना ही नहीं, बहुत मनुहार करके अपने हाथों से छील-छीलकर फल खिलाये और दूध पिलाया।”

‘फिर?’

“यहीं कहीं चली गयी।”

सती ने इला ने एक दूसरे की आँखों में देखा। कुछ भी कहने के लिये नहीं था।

‘बच्चा!’ तभी वृद्ध ने उन दोनों को लक्ष्य कर कहा।”

“क्या?”

“बहुत तेज नींद आ रही है, अब मैं सोऊँगा।”

इतना कहकर वृद्ध ने आँखें बन्द कीं और वहीं लुढ़क गये। सती और इला किंकर्तव्यविमूढ़ सी उठीं और पास ही एक उचित स्थान देखकर बैठ गयीं। उनकी

भूख प्यास सब गायब थी और मन जैसे कहीं खो गया था। थोड़ी देर में वे भी वहीं लुढ़ककर सो गयीं।

सुबह, पक्षियों के गान से आँखें खुली तो एकदम से उन वृद्ध का ध्यान आया। कैसे होंगे वे, सोचकर दोनों उठीं और उनके पास पहुँचीं। मुख पर बहुत शान्ति थी और वृद्ध अभी तक सो रहे थे।

''बाबा! बाबा!'' दोनों ने उन्हें कई आवाजें देकर जगाने का प्रयास किया, किन्तु वे नहीं उठे। तब इला ने एक हाथ में उनका हाथ पकड़ा और दूसरा हाथ उनके माथे पर रखकर थोड़ा हिलाकर उन्हें जगाना चाहा, किन्तु उनकी देह एकदम ठण्डी हो रही थी। इला ने उनकी नाक के पास हाथ ले जाकर देखा, साँसें नहीं चल रहीं थीं।

''ओह! अब इनकी यह नींद कभी नहीं टूटेगी।'' इला ने कहा।

सती और इला दोनों समझ गयीं कि वृद्ध नहीं रहे और इसके साथ ही दोनों ऐसे रो पड़ीं मानो कोई उनका अपना नहीं रहा हो।

कुछ देर बाद जब वे कुछ सामान्य हुईं तो इला ने कहा,

'सखी!'

''हाँ।''

'' क्या इन्हें हम यहाँ ऐसे ही छोड़ जायेंगे?''

सती भी यही सोच रही थीं। उन्होंने तुरन्त कोई उत्तर नहीं दिया।

''फिर तो इस शरीर की पता नहीं क्या हालत हो,'' इला ने कहा।

''हूँ,'' सती ने होंठ भींचकर कहा।

''क्या हम लोग इनका अन्तिम संस्कार नहीं कर सकते?''

'कैसे?'

''देखते हैं।'' इला ने कहा और मार्ग पर दृष्टि टिका दी। मार्ग से गुजरने वाले कुछ लोगों से उन्होंने सहायता की प्रार्थना की, किन्तु सभी कोई न कोई असमर्थता बताकर चले गये। दोनों निराश होने लगी थीं, तभी उन्हें चार युवकों का एक दल आता दिखाई दिया। सती और इला को आश्चर्य तब हुआ, जब उनमें से एक थोड़े श्यामवर्ण का सुदर्शन-सा युवक उनके पास आया और बोला,

''आप लोग कुछ व्यथित सी लग रही हैं, किसी प्रकार की सहायता की आवश्यकता है क्या?''

''हाँ'' इला ने वृद्ध की ओर इंगित करते हुए कहा, ''इनका दाह- संस्कार हो जाता तो अच्छा था।''

''ये आपके कौन हैं?'' युवक ने पूछा।

"हैं तो कोई नहीं, कल ही परिचय हुआ था; ये माँ के दर्शनों के लिये जा रहे थे, पर चला नहीं गया तो थककर यहीं बैठ गये... कह रहे थे, जहाँ तक चल सकता था आ गया अब वो जानें।" इला ने कहा।

"ओह! ठीक है; ये कोई भी हों, मैं इनके दाह-संस्कार का प्रबन्ध करता हूँ।" युवक ने कहा और अपने साथियों के पास जाकर कुछ बातें करने लगा। इला ने इस 'ठीक है' पर मानो चैन की साँस ली और अब उसने सती की ओर देखा। सती कुछ खोई हुई सी उस युवक की ओर देख रही थीं।

"क्या हुआ सखी, कहीं खोई हुई है क्या?"

"इला, पता नहीं क्यों मुझे लग रहा है कि मैंने इस युवक को इससे पहले भी कहीं देखा है।"

'कहाँ?'

"यह स्मरण नहीं हो रहा है, किन्तु कहीं देखा अवश्य है।"

"कभी-कभी मुखाकृतियाँ एक-दूसरे से बहुत मिल भी जाती हैं।"

"तू ठीक कह रही है, सम्भवतः ऐसा ही होगा।"

अब तक उन युवकों ने पता नहीं कहाँ-कहाँ से लाकर एक छोटे से मैदान में लकड़ियाँ एकत्र कर चिता-सी बना दी थी। उन्होंने जितनी शीघ्रता से इस कार्य को किया था, वह आश्चर्य- जनक था। इसके बाद वे आये, वृद्ध को उसके ही वस्त्रों में लपेटा, उठाकर उस चिता के पास ले गये, कहीं से पानी लाकर उसे स्नान कराया और फिर उनमें से एक युवक ने अपने पास से एक चादरनुमा वस्त्र निकाला और उस वृद्ध की देह पर डाल दिया।

सती और इला ने भी पास जाकर कुछ सहायता करनी चाही, किन्तु उसी श्यामवर्ण युवक ने हाथ जोड़कर बहुत ही विनम्रता से कहा,

"आप लोग वहीं बैठें, यह आपका कार्य नहीं है, हम कर लेंगे।"

दोनों दूर हटकर खड़ी हो गयीं। युवकों ने वृद्ध की देह को उठाकर लकड़ियों पर रखा, कहीं से और लकड़ियाँ एकत्र कर उसे पूरी तरह ढक दिया। अब एक युवक ने अपने पास से एक बर्तन में रखा हुआ घी उस पर उड़ेल दिया और चिता को अग्नि दी। चिता धू-धू कर जलने लगी तो उसी युवक ने अपने साथी से एक मजबूत सी लकड़ी मँगवाई और उसकी कपाल-क्रिया सम्पन्न की।

सती और इला आश्चर्य चकित सी सब कुछ देख रही थीं। तभी वह हाथ जोड़कर बोला,

"हमारा कार्य हो गया है, हम चलते हैं।"

सती ने हाथ जोड़कर कहा,

"आपके प्रति आभार व्यक्त करने को हमारे पास शब्द नहीं हैं।"

"इसकी आवश्यकता भी नहीं है; करने वाला तो एक ही है, हम सब तो बहाने हैं... हाँ, हम आपके ऋणी अवश्य हैं, इसी बहाने हमसे एक अच्छा कार्य हो गया।"

इसके साथ ही वे चारों युवक चल दिये। सती और इला उन्हें जाते हुए तब तक देखती रहीं, जब तक वे आँखों से ओझल नहीं हो गये। उनके जाने के बाद जैसे दोनों होश में आयीं।

'सखी!' इला ने कहा

'हाँ'

"इसी बहाने हमसे भी एक अच्छा कार्य हो गया न?"

'हाँ।'

सती ने बहुत छोटा सा उत्तर दिया। वे पुनः बहुत सोच में डूबी हुई और उदास सी हो गयी थीं।

24

यह दूसरा दिन था। चलते-चलते वे एक ऐसी जगह पर आ पहुँचीं, जहाँ फूलों से लदे वृक्ष तो थे ही, एक पतला सा पहाड़ी झरना और उसके नीचे अपने आप बन गया एक सरोवर भी था।

"देख, पेड़ों पर कितने सुन्दर फूल हैं।" इला ने सती से कुछ बात करने के लिये एक फूलों से लदे वृक्ष की ओर संकेत करते हुए कहा।

'हाँ' सती ने कहा

"और यह सुन्दर सा झरना और यह उसके नीचे बना सरोवर; हम कितने सुन्दर स्थान पर हैं सती।"

'हाँ,' सती ने फिर बहुत सूक्ष्म उत्तर दिया। उनके स्वर में बहुत ठण्डापन था।

इला किसी तरह सती के मन में बैठी इस उदासी से उन्हें बाहर लाना चाहती थी।

"क्या हर बात में छोटा सा 'हाँ' करके बात को समाप्त कर देती है, कुछ बोल नहीं सकती क्या।"

"क्या बोलूँ, मेरे कुछ भी बोलने का अर्थ ही क्या है; जो सुन्दर है वह सुन्दर

रहेगा और जो मुझ जैसा है, वह मुझ जैसा ही रहेगा।"

"इस मुझ जैसा का क्या अर्थ है?"

"अकर्मण्य और असुन्दर।"

इला को बराबर लग रहा था कि सती अवसाद में हैं... अब उनकी इस बात ने इला की सोच की पुष्टि कर दी। उसने कहा,

"किसने कहा तू अकर्मण्य और असुन्दर है?"

"मुझे स्वयं ही पता है।"

"उँह..." इला ने कहा, "इससे बाहर आ सखी।"

'किससे?'

"यही, यह हर समय की उदासी, स्वयं को कमतर समझना।"

सती ने इसका कोई उत्तर नहीं दिया।

"गुदगुदी होती है तुझे?"

"पहले होती थी।"

"मैं देखती हूँ, अब होती है कि नहीं।" कहकर इला ने सती को गुदगुदाने का प्रयास किया। सती के मुख पर एक बार के लिये हलकी सी हँसी तो आयी, किन्तु शीघ्र ही गायब हो गयी।

"अच्छा देख, अगर तुझे ऐसे ही रहना है तो मैं वापस चली जाती हूँ, फिर जैसे चाहे वैसे रह।"

"नहीं ऐसा मत कर इला।" सती ने इला का हाथ बहुत कसकर पकड़ लिया।"

"तो हँस।"

अब सती हँसीं, पर उनकी वह हँसी स्वाभाविक नहीं थी।

"ठीक हे ऐसे ही हँस, पर मुझे साथ रखना है तो दिन में कम से कम दो सौ बार हँसना पड़ेगा।"

"दो... सौ... बार, गिनती करेगी तू?" कहकर सती जोर से हँस पड़ीं। इस बार उनकी हँसी अस्वाभाविक नहीं थी।

"हाँ, गिनूँगी मैं।" इला ने कहा।

"दिन भर हँसती ही रहूँगी, पागल हूँ क्या मैं।"

"तू पागल है कि नहीं, मुझे नहीं पता, पर तेरा लटका मुँह देख-देखकर मैं अवश्य पागल हुई जा रही हूँ।"

सती इस बात का कुछ उत्तर देतीं, उसके पूर्व ही उन्हें कुछ लोगों के आने की आहट सुनाई दी। 'कौन लोग हो सकते हैं?' उन्होंने सोचा और दोनों ही झाड़ियों की ओट में होकर देखने लगीं।

थोड़ी देर में ही पाँच-सात लोगों का दल बातें करते हुए वहाँ से निकला। वे लोग आँखों से ओझल हुए ही थे कि लगभग दस-बारह लोगों का एक और दल आ निकला। इला और सती ने उन लोगों की बातें सुनने का प्रयास किया तो पता लगा वे पहाड़ों पर बहुत ऊँचाई पर बने किसी मन्दिर में दर्शन करने के लिये जा रहे थे।

इन दो दलों के लोगों की बातों से उन्हें यह अनुमान हो गया कि अवश्य कहीं कुछ दूर पर कोई बस्ती या कोई पहाड़ी गाँव है, जहाँ से ये लोग आ रहे हैं। तभी उन्होंने देखा कि दो और लोग उसी रास्ते पर आ रहे हैं। उसमें एक व्यक्ति कसे हुए बदन का तगड़ा, किन्तु छोटे कद का और दूसरा उससे कुछ लम्बा, किन्तु दुबला-पतला था।

"अरे...! अरे! अरे! देख।" इला ने शरारत से कहा।

'क्या?'

"छोटू और लम्बू।"

"चुपकर! तुझे हर समय हँसी सूझती रहती है।" सती ने इला की पीठ पर धीरे से हाथ मारते हुए कहा, "वे सुन लेंगे तो।"

इला इस पर धीरे से हँसी। तभी उसकी दृष्टि में एक और आदमी आया, जो एक नंगी कटार लिये उन दोनों के पीछे-पीछे छिपता हुआ-सा आ रहा था। इला चौंकी। उसने सती से कहा,

"सखी देख, उन दोनों के पीछे-पीछे छुपने का प्रयास करता हुआ एक अन्य व्यक्ति भी है, यह कोई शल्य चिकित्सक लगता है।"

"क्या बक रही है इला, वह तुझे शल्य-चिकित्सक लग रहा है?"

"मुझे बिल्कुल लगता है कि वह छुपकर इनमें से किसी की शल्य चिकित्सा करने ही वाला है।"

"तुझे बहुत परिहास सूझता है इला।" सती ने कहा, तब तक वह व्यक्ति दबे पाँव चलते हुए उन दो व्यक्तियों के बहुत पास पहुँच चुका था।"

"इन्हें बचाना चाहिये।" कहते हुए इला से जोर से चिल्लाई,

'बचना!'

इला की आवाज सुनकर दोनों यात्रियों ने रुक कर सब तरफ देखा,

"कौन है?" उनमें से एक ने कहा। इसके साथ ही कटार वाला व्यक्ति पीछे

मुड़कर भागा। वे दोनों भी उसके पीछे कुछ दूर तक भागे, फिर लौट आये। सती और इला भी झाड़ियों की ओट से बाहर निकल आयीं।

"उस व्यक्ति के हाथ में कटार थी और वह आप में किसी पर हमला करने ही वाला था।" इला ने उनसे कहा।

"हाँ, आज आपके कारण हम लुटने से तो बचे ही, साथ ही घायल होने से भी बच गये; हममें से किसी की जान भी जा सकती थी, हम आपके बहुत आभारी हैं।"

"आभार की आवश्यकता नहीं है, हमने तो मात्र अपना कर्तव्य निभाया है।" इला ने कहा।

"यदि आप अन्यथा न लें तो एक बात पूछू?" उनमें से एक ने कहा।

'क्या?'

"आप दोनों ही बहुत सम्भ्रान्त परिवार की लग रही हैं, आपको यहाँ इस घने जंगल से होकर कहाँ जाना है? क्या हम आपकी कुछ सहायता कर सकते हैं?"

न सती और न इला ही किसी अजनबी को अपने बारे में कुछ बताना चाहती थीं।

"कुछ नहीं, बस ऐसे ही यहीं पास तक जाना है।" इला ने कहा।

"मैं समझ गया, अजनबी लोगों को अपने बारे में कुछ भी बताना किसी संकट को निमन्त्रण भी दे सकता है। "

"नहीं-नहीं ऐसा कुछ भी नहीं।" इला ने कहा।

"आप जहाँ भी जा रही हों, वह आप जानें, किन्तु अपने अनुभव के आधार पर मैंने आप लोगों को जितना समझा है, उससे मैं अपनी ओर से आपको कुछ बताना चाहता हूँ।"

'क्या?' इला ने कहा।

"इस स्थान से लगभग सीधे जाने पर कुछ दूर पर आपको दायीं ओर एक पुराना और जीर्ण-शीर्ण सा माँ दुर्गा का मन्दिर मिलेगा; मन्दिर जिस भी हाल में है, किन्तु उसके पट बन्दकर आप लोग उसमें रात्रि विश्राम तो कर ही सकती हैं।"

"यह बताने के लिये आपको धन्यवाद, अब चलें," इला ने कहा।

"किन्तु बेटी, बात अभी पूरी नहीं हुई है।"

इस बात पर इला ने प्रश्नवाचक दृष्टि से उसकी ओर देखा।

"उस मन्दिर के पास स्वच्छ पानी का एक कुण्ड भी है और फलदार वृक्ष भी, किन्तु वह स्थान बहुत सुरक्षित नहीं है।"

'क्यों?'

''वहाँ जंगली जानवर या इस तरह के दुष्ट व्यक्ति कभी भी मिल सकते हैं।''

''आपकी चिन्ता उचित है, किन्तु हमें विपरीत परिस्थितियों से लड़ने की आदत है।''

''फिर भी वहाँ से कुछ दूर और चलने पर एक पहाड़ी बस्ती है, हम लोग भी वहीं से आ रहे हैं; वहाँ के लोग काफी अच्छे हैं और वहाँ आप निश्चिन्त होकर जब तक रहना चाहें, रह सकती हैं।''

''ठीक है, इन सूचनाओं के लिये हम आपके आभारी हैं।'' कहकर इला वहाँ से हटने को हुई तो वे दोनों व्यक्ति भी उन्हें प्रणाम करके अपने रास्ते पर बढ़ गये।

25

वे लोग आँखों से ओझल हुए ही थे, वह कटारवाला व्यक्ति, जो कहीं छुपा हुआ था, सती और इला के सामने आ गया।

''तुम लोगों ने मेरा शिकार मुझसे छुड़वाया है।'' उसने कहा और बहुत ही अजीब ढंग से टेढ़ा-सा होकर खड़ा हो गया।

उसके इस तरह सामने आ जाने से सती और इला दोनों ही बुरी तरह चौंक गयीं, किन्तु शीघ्र ही इला ने हिम्मत बटोरी। एक हाथ अपने कमर में लगी हुई कटार पर रखा और बहुत ही निडरता से बोली,

''हमने केवल उन निर्दोषों के प्राण बचाये हैं बस।''

इसके उत्तर में वह बड़ी क्रूरता पूर्वक मुस्कराया और तिरछी दृष्टि कर उनकी ओर देखता हुआ व्यंग्य से बोला

'हूँ...।'

''और सच पूछो तो हमने तुम्हें एक पाप से भी बचाया है।''

''अधिक ज्ञान मत दो।'' उस व्यक्ति ने आवाज भारी करते हुए कहा। ''तुमने मेरा शिकार छुड़वाया है, अब मैं तुम लोगों का शिकार करूँगा।''

''किन्तु हमारे पास तो कुछ भी नहीं है।''

''लूटने के लिये तुम लोग स्वयं कुछ कम हो क्या!'' उस व्यक्ति ने कहा। एक कुटिल मुस्कराहट बराबर उसके मुख पर बनी हुई थी।

''तुम सचमुच बहुत दुष्ट हो।'' कहकर इला ने अपनी कमर से कटार निकाल ली। सती चुपचाप ही खड़ी थीं, किन्तु वे भी अपनी कमर से कटार निकाल चुकी थीं।

दोनों के हाथ में कटार देखकर वह व्यक्ति एक क्षण के लिये कुछ चौंका, फिर बहुत जोर से हँसा।

"उँह... हूँ... इन कोमल हाथों में यह भी है, लेकिन ठीक से पकड़ना, कहीं हाथ कट न जाये।" उसने व्यंग्य से कहा और कटार लिये हुए अपना हाथ इस प्रकार उठाया मानो मारना ही चाहता हो। तभी सती ने देखा, लाल काली बड़ी चीटियों को एक झुण्ड बहुत पास आ चुका था। उन्होंने इला को पीछे खींचते हुए कहा,

"इला बच!" और इसके साथ ही दोनों पीछे हटीं। उस व्यक्ति का पूरा ध्यान इन दोनों की ओर ही था, अतः उसका ध्यान इन चींटियों की ओर नहीं गया, अपितु उसने सती को 'इला बच' कहते सुना और उन्हें पीछे हटते देखा तो उसने समझा कि वे उससे डर कर पीछे हट रही हैं।

"इतने से ही डर गयीं, किन्तु जाओगी कहाँ।" कह कर वीभत्स हँसी हँसता हुआ वह उनकी ओर बढ़ा। इस बीच चीटियों का झुण्ड उसके बहुत पास आ चुका था। उस व्यक्ति का पैर उन पर पड़ गया। बहुत सी चींटियाँ उसके पैरों पर चढ़ गयीं थीं और काटने लगीं। उसने घबड़ाकर नीचे देखा। चींटियों को देखते ही अपने पैर पटकने लगा, किन्तु तब तक चींटियाँ उसकी टाँगों पर चढ़ चुकी थीं और कुछ उसके कपड़ों के भीतर भी घुस चुकी थीं। वह मुड़कर भागने को हुआ, किन्तु पीछे भी बहुत अधिक चींटियाँ थीं। अब वह बहुत घबड़ा चुका था।

थोड़ी ही देर में बहुत अधिक चींटियाँ उसकी पूरी देह पर और उसके कपड़ों के भीतर पहुँच चुकी थीं। वे उसे बुरी तरह काट रही थीं। जलन और खुजली के कारण वह पागल-सा हो रहा था। कटार छोड़कर वह दोनों हाथों से अपने बदन से चींटियों को हटाने में लग गया। इस बीच इला एक पेड़ की बड़ी सी डण्डी ढूँढ़ लायी और उससे उसने धीरे से उस व्यक्ति की कटार को उछालकर दूर फेंक दिया।

"क्या कर रही हैं!"

'मनोरंजन।' इला ने हँसकर उत्तर दिया।

"पागल लड़की तुझे बहुत हँसी सूझती है।" सती ने चिन्तित स्वर में कहा, "चल यहाँ से निकल लेते हैं।"

"चलते हैं, इतनी शीघ्रता में क्यों है?" कहकर इला ने दौड़कर उस व्यक्ति की कटार उठा ली।"

"अब इसका क्या करेगी?"

"लक्ष्य सन्धान और क्या।" इला ने कहा और उसने कटार को उसकी नोक से पकड़कर साधकर उस व्यक्ति की ओर फेंका। कटार की नोक उसके पेट पर लगी। उसके पेट में घाव हो गया और कटार नीचे गिर पड़ी और इसके साथ ही अपने

हाथों से पेट पकड़कर वह व्यक्ति स्वयं भी भूमि पर गिर पड़ा।

इला के इस कार्य से सती को हलकी सी हँसी आ गयी,

"चल, देख लिया तेरा लक्ष्य सन्धान।" उन्होंने कहा।

"अरे तू क्या जाने, हम एक तीर से दो लक्ष्य भेदते हैं।" इला ने इठलाते हुए कहा।

"दो लक्ष्य? कौन कौन से?" सती ने हँसकर पूछा।

"क्यों, उसे गिरा दिया और तुझे हँसा दिया, दो लक्ष्य नहीं हुए।"

"हुए, दो नहीं चार लक्ष्य हो गये, अब चल।"

इस समय तक चींटियाँ उसके घाव तक भी पहुँच चुकी थीं और वह व्यक्ति भूमि पर लोट-लोट कर, 'आ...ह, ओ...ह' कर रहा था

इतना विपरीत परिस्थितियों में भी इला के अन्दर का हास्य मरा नहीं था। उसने बड़े नाटकीय ढंग से उस व्यक्ति की ओर देखकर कहा,

"प्रणाम वीर पुरुष! बचियेगा।"

"हर समय हँसी सूझने लगी है तुझे।" सती ने उसे लगभग खींचते हुए कहा। कुछ दूर जाकर इला ने पीछे मुड़कर देखा। वह व्यक्ति भूमि पर गिरा पड़ा हुआ था और चींटियों ने उसे लगभग ढक सा लिया था।

"अब जल्दी-जल्दी भागने की कोई आवश्यकता नहीं है।" इला ने कहा।

'क्यों?'

"वीर पुरुष लेटे हैं, जल्दी नहीं उठेंगे।"

सती ने भी पीछे मुड़कर देखा। चींटियों से ढके उस आदमी को देखकर सती की देह में सिहरन सी दौड़ गयी।

'बेचारा' सती ने कहा।

"अपनी सदाशयता किसी और समय के लिये बचाकर रख, ऐसे लोगों को बेचारा नहीं कहते, चल।" इला ने सती का हाथ पकड़ कर खींचते हुए कहा।

26

मार्ग में मिले उन दो व्यक्तियों के कहे अनुसार सती और इला मन्दिर के रास्ते पर चल पड़ीं। चलते-चलते साँझ ढलने लगी थी, किन्तु मन्दिर का कहीं कोई पता नहीं था।

"उन लोगों ने मिथ्या तो नहीं कहा होगा, किन्तु मन्दिर अवश्य ही हमारे अनुमान से अधिक दूर है।" इला ने कहा।

"हाँ मुझे भी यही लग रहा है इला, अब हमें रुककर रात्रि बिताने का स्थान ढूँढ़ लेना चाहिये।"

अब तक कई रातें वे इसी तरह बिता चुकी थीं, अतः उन्हें रात्रि बिताने लायक स्थान खोजने में कुछ विशेष कठिनाई नहीं हुई। उन्होंने कुछ फल इत्यादि जमा किये, पानी का एक स्थान ढूँढ़ा, हाथ पैर धोये, फलों से अपनी भूख मिटाई और जिस स्थान पर रात्रि बिताने की बात सोची थी, वहाँ आयीं और थकी हुई सी बैठ गयीं।

दिन भर जो घटनाक्रम हुआ था, वह उन दोनों के मष्तिष्क में अभी भी घूम रहा था और आज जैसी थकान भी उन्होंने कभी अनुभव नहीं की थी। वे एक चट्टान की आड़ लगाकर और पैर सीधे करके बैठी गयीं। ऐसा लग रहा था जैसे थकान और दर्द से देह टूट रही हो। कुछ ही देर में, जागते रहने के बहुत अधिक प्रयास के बाद भी उन्हें नींद आ ही गयी और वे वहीं लुढ़ककर सो गयीं। सुबह सती की आँख खुली तो देखा सूर्य का प्रकाश चारों ओर फैल चुका था, किन्तु इला अभी भी बेखबर सो रही थी। सती ने उसे भी उठाया।

'हूँ,' इला आँखें मलते हुए उठी।

"मन्दिर ढूँढ़ने चलना है, चल शीघ्र तैयार होते हैं।"

'ठीक।'

कुछ देर बाद दोनों पुनः उसी मार्ग पर थीं। काफी दूर चलने के बाद भी जब मन्दिर नहीं पा सकीं तो वे रुकीं और मार्ग से किसी के गुजरने की प्रतीक्षा करने लगीं। कुछ देर बाद ही एक दो करके कुछ लोग उधर से निकले, किन्तु कुछ लोगों को देखकर सती और इला को उनसे कुछ भी कहना, समझदारी नहीं लगी और जिनसे उन्होंने पूछा उन्हें पता नहीं था। वे कुछ निराश होने लगी थीं, तभी एक स्त्री और पुरुष आते दिखाई पड़े। दोनों उनकी ओर बढ़ीं, तो वे रुक गये और उनके कुछ कहने से पूर्व ही उनके साथ के युवक ने पूछा,

"कुछ सहायता चाहिए क्या?"

"क्या यहाँ पर कोई पुराना मन्दिर है?" इला ने कहा।

"हाँ, किन्तु थोड़ा इधर जाना पड़ेगा।" उसने जहाँ वे खड़ी थीं, उसके दायीं ओर संकेत कर कहा।

"ठीक है।"

तभी उस व्यक्ति के साथ की स्त्री ने कहा,

"देखये आप इन्हें वहाँ तक छोड़ दें, अकेली लड़कियाँ कहाँ भटकेंगी।" उस व्यक्ति के साथ की स्त्री ने कहा।

"आप भी साथ चलिये, आपका अकेले यहाँ खड़े रहना खतरनाक हो सकता है।"

"ठीक है, मैं भी साथ चलती हूँ।"

"आप लोग व्यर्थ ही कष्ट उठायेंगे, हमे मार्ग आपने बता दिया है, हम चले जायेंगे।" इला ने कहा।

"नहीं, कष्ट कैसा।" साथ की स्त्री ने कहा। इसके साथ ही वह पुरुष और स्त्री मन्दिर की ओर जाने वाले मार्ग की ओर बढ़े। स्त्री ने सती और इला की ओर संकेत करके कहा 'आइये।'

सती और इला उनके पीछे हो लीं। सती बहुत शान्त और गम्भीर थीं। वैसे यह उनका स्वभाव ही बन चुका था, किन्तु इस समय ऐसा लग रहा था जैसे वे कुछ सोच रही हैं। इला ने सती के मुख की ओर देखा और धीरे से कहा,

"सखी, तू इतना चुप और गम्भीर क्यों है, कुछ विशेष बात है क्या?"

"तूने एक बात देखी।"

'क्या?'

"देख, जिस व्यक्ति ने हमारी उस वृद्ध के दाह-संस्कार में सहायता की थी, यह व्यक्ति उससे कितना मिलता है, लगता है जैसे वही व्यक्ति आ गया है।"

"तुझे भ्रम है सखी, यह व्यक्ति उससे बिल्कुल अलग है।"

"गौर से देख।"

"देख रही हूँ।"

तभी उस व्यक्ति ने पीछे मुड़कर देखा। सती की दृष्टि पुनः उस ओर गयी तो वे चौंक उठीं। सचमुच यह व्यक्ति उस जैसा बिलकुल भी नहीं था। 'अरे! इतना अधिक भ्रम हो सकता है।' उन्होंने सोचा 'किन्तु फिर भी वह था तो भ्रम ही... कोई अपना मुख थोड़े ही बदल सकता है।' उनके मन में आया और उन्होंने इला से कहा,

"इला, सचमुच मैं ही भ्रम में थी, यह व्यक्ति उस जैसा नहीं है।"

अब तक साथ वाली स्त्री ने उन्हें धीरे-धीरे कुछ बातें करते देख लिया था। वह कुछ रुक कर उनके साथ हो ली, बोली,

"कोई बात है क्या?"

"नहीं कुछ नहीं, वैसे ही हमारी आपसी कुछ बात थी।" सती ने कहा।

‘वैसे एक बात पूछूँ?’’ उसने कहा।

‘क्या?’

‘‘यूँ अकेले क्यों भटक रही हो तुम दोनों? कोई बात हो तो हम तुम्हारी सहायता कर सकते हैं।’’

इस बात का उत्तर न सती ने दिया, न इला ने। दोनों ही चुप रह गयीं। कुछ देर बाद उस स्त्री ने कहा,

‘‘नहीं बताना चाहती हो तो कोई बात नहीं।’’

तब तक मन्दिर आ गया था।

‘‘लीजिये, यही मन्दिर है जहाँ आपको आना था।’’ उस व्यक्ति ने कहा।

सती और इला ने देखा... मन्दिर बहुत पुराना और जीर्ण था। ऐसा लगता नहीं था कि कोई इसमें आता है। तभी उस व्यक्ति ने हाथ जोड़कर कहा,

‘‘हमें आज्ञा दीजिये।’’

उसके हाथ जोड़ते ही सती को फिर वही पहले मिला युवक स्मरण हो आया। उसने भी ऐसे ही हाथ जोड़कर विदा माँगी थी।

‘‘हम आपके आभारी है।’’ इला ने उत्तर दिया।

‘‘आभारी होने जैसा तो कुछ भी नहीं किया हमने।’’ उसने कुछ हँसकर कहा और फिर वह और स्त्री चले गये। इसके बाद इला, मन्दिर का द्वार खोलकर अन्दर गयी, किन्तु सती वहीं खड़ी उन लोगों को जाते देखती रहीं।

भीतर जाकर इला ने देखा कि मन्दिर पुराना अवश्य था, किन्तु भीतर से साफ -सुथरा था। लगता था कोई इस मन्दिर की सेवा तो कर रहा था। ‘पता नहीं कौन और कैसा व्यक्ति होगा,’ इला ने मन में सोचा। सती अभी भी अन्दर नहीं आयी थीं, बाहर ही खड़ी थीं। इला सती के पास गयी। सती कुछ खोई हुई सी खड़ी थीं।’’

‘‘क्या हुआ सखी, ऐसे क्यों खड़ी हो?’’

‘‘बताती हूँ।’’ सती ने कहा, फिर दोनों मन्दिर के भीतर गयीं। सामने बनी दुर्गा जी की मूर्ति को प्रणाम किया।

‘‘मन्दिर साफ सुथरा है इला, कोई इसमें आता तो होगा।’’

‘‘हाँ, मुझे भी यही लग रहा है, पर कोई बात नहीं देखेंगे।’’ इसके बाद दोनों एक कोने में बैठ गयीं।

‘‘अब बता।’’ इला ने कहा।

‘क्या?’

"जो बताने के लिये थोड़ी देर पहले कह रही थी।"

"जब मैं इनके साथ राम के दर्शनों के लिये जा रही थी..." सती ने शिव के साथ राम के दर्शनों के लिये जाने वाली यात्रा का पूरा वृत्तांत इला से बताया।

"सचमुच यह आश्चर्य-जनक है।"

"हाँ और सुन, उन वृद्ध के दाह-संस्कार के समय जो युवक आगे आया था और तब मैं कह रही थी यह कुछ पहचाना हुआ सा लगता है।"

'हाँ'

"अब स्मरण कर पा रही हूँ, वह भी उन्हीं से मिलता था।"

'अच्छा!' इला ने आश्चर्य से कहा।

"अभी जो युवक हमें यहाँ तक छोड़ने आया था, मुझे वह भी प्रारम्भ में बिल्कुल वैसा ही लगा था, यद्यपि बाद में यहाँ आते समय उसने जब मुड़कर देखा, तब तो वह अलग सा लगा था; पर यह सब कुछ कितना आश्चर्यजनक है इला।"

"हाँ, सच जो कुछ तूने बताया वह आश्चर्यजनक तो है ही।"

"और एक बात और।"

'क्या?'

"मुखों की बात छोड़ भी दें तो इन सबका उठना, बैठना, चलना, बात करने का तरीका और व्यक्तित्व सब आश्चर्यजनक रूप से एक ही जैसा ही था... यह युवक भी पहले तो बिलकुल वैसा ही था, बाद में पता नहीं कैसे उसका मुख अलग तरह का हो गया।"

"सच! लेकिन रुक, मुझे सोचने दे।"

'ठीक।'

कुछ देर तक मौन रहा, फिर इला ने कहा,

'सखी!'

"हाँ बोल, कुछ समझ में आया क्या?"

"हाँ, बात तो बिल्कुल स्पष्ट है।"

'क्या?'

"कोई देवात्मा बराबर तेरी सहायता के लिये आगे आ रही है।"

सती ने आश्चर्य से इला को देखा,

'अच्छा!'

"हाँ, और एक बात और..."

"वह भी कह।"

"तुझे किसी भी परिस्थिति में डरने की आवश्यकता नहीं है,"

'हूँ...!'

"हाँ, एक ओर शिव तेरे साथ हैं और दूसरी ओर कोई देवशक्ति।" सती, इला के इस कथन पर मौन हो गयीं। शिव की बात सती को कचोट सी गयी 'किसी देवशक्ति की बात तो नहीं जानती, किन्तु शिव का हाथ तो पकड़ा भी मैंने और छोड़ा भी मैंने।' सती ने सोचा।

"तू फिर बहुत गम्भीर हो गयी है सखी, क्या हो गया?"

"कुछ नहीं बस यूँ ही।"

"यूँ ही क्या बालिके।" इला ने परिहास के स्वर में कहा।

"उनका स्मरण हो आया।"

"तू उन्हें भूली ही कब थी सखी।"

"पता नहीं कहाँ होगें।"

"चिन्ता मत कर, उनका कोई कुछ नहीं बिगाड़ सकता।"

"जानती हूँ, किन्तु संभवतः दुःखी होंगे।"

"तू उन्हें अधिक जानती है सखी, किन्तु जितना मैं उन्हें समझ पायी हूँ, वो यह कि मुझे वे सुख-दुःख, अपमान, सम्मान, चिन्ता, क्रोध आदि के पार लगे।"

"हाँ, उनमें अलौकिक गुणों का समावेश तो है।"

"किन्तु चिन्ता मत कर बालिके" इला ने अभयदान की मुद्रा में अपनी दायीं हथेली सती की ओर उठाई और "पहले भी हमने... तुझे उनसे मिलवाया था और अब फिर हम तुझे उनसे मिलवायेंगे।" उसने हँसते हुये कहा।

"नहीं, अब मैं उनका सामना नहीं कर पाऊँगी।" कहकर सती, इला की गोद में सिर रखकर रो पड़ीं। कुछ देर तक इला सती को चुप कराने का प्रयास करती रही, फिर थककर बोली,

"अच्छा अब तू कुछ देर रो ही ले, तेरे अन्दर जो भरा हुआ है वह निकल जाये वही ठीक है।"

इसके बाद इला ने पीठ सीधी की, हाथ जोड़े, नेत्र बन्द किये और मन ही मन ईश्वर का स्मरण किया, फिर कुछ देर बाद आराम की मुद्रा में बैठकर मन्दिर की दीवार से टिक कर सती के पास ही बैठ गयी।

27

सती का रोना धीरे-धीरे कम हो रहा था। कुछ देर देर तक वे सिसकती रहीं, फिर चुप हो गयीं। अब इला जो पात्र यज्ञ-स्थल से उठा लायी थी, उसे लेकर उठी और चलने को हुई तो सती ने रुआँसी आवाज में पूछा,

'कहाँ?'

"बस अभी आयी।"

"अकले ही जायेगी?"

"नहीं, ये है न साथ में।" इला में कमर में लगी कटार की ओर इंगित किया।

"ठहर मैं भी चलती हूँ।"

"तू बस कुछ पल ठहर, मैं अभी आयी।" कहकर इला मन्दिर से बाहर निकलते हुए सती से बोली,

"पट बन्द कर ले सती और अब रोना धोना मत; शान्ति से और सावधान होकर बैठना, आस-पास दृष्टि रखना बहुत आवश्यक है।"

"ठीक है, तू जा, पर जल्दी आना।" कहकर सती ने उठकर पट बन्द किये। इला बाहर आकर पानी और फलों की खोज में चल पड़ी। वह कुछ ही दूर गयी थी कि उसे लगा उसके पीछे कोई है। उसने ठहरकर पीछे देखा, यह कोई जंगली जानवर था। इला सहमकर एक किनारे हो गयी। वह जानवर उसके पास तक आकर ठहर गया।

इला का हाथ अपनी कटार पर कस गया। 'यदि इसने मुझे चोट पहुँचाने का प्रयास किया तो मैं इससे लड़ूँगी, अन्यथा अपनी ओर से पहल कर इसे कोई चुनौती नहीं दूँगी।' उसने सोचा।

जानवर धीरे-धीरे चलते हुए इला के पास तक आकर खड़ा हो गया। उसने एक बार मुँह उठाकर उसकी तरफ देखा, फिर उसके पैरों को सूँघने लगा। उसका मुँह इला के पैरों में कई बार छू गया। उसका यह स्पर्श इला को बहुत विचलित कर गया। इला, मूर्ति की तरह खड़ी थी। सूँघ चुकने के बाद जानवर ने उसके पास से मुँह हटाया, सिर उठाकर उसकी ओर देखा, फिर पूरा मुँह खोलकर गुर्राने जैसी आवाज की और इसके बाद सिर झुकाकर आगे बढ़ गया।

अब इला ने सन्तोष की साँस ली और फिर पानी और फल की खोज में निकल पड़ी। कुछ देर में ही उसे कुछ खाने योग्य फल और पानी का एक कुण्ड मिल गया। इला वह सब लेकर वापस आयी, तब तक काफी देर हो चुकी थी। उसने मन्दिर का द्वार खटखटाया और सती को आवाज दी। बहुत ही व्यग्र सी सती ने द्वार खोला,

"क्या हो गया था, इतनी देर क्यों हो गयी? बहुत ढूँढ़ना पड़ा क्या? तू ठीक तो है?" सती ने एक साथ बहुत से प्रश्न कर डाले।

"भीतर तो आने दे सती, तूने कितने प्रश्न एक साथ कर डाले हैं; देती हूँ उत्तर... यहाँ तक आ गयी हूँ तो ठीक ही हूँ।"

"आ" कहकर सती उसे हाथ पकड़कर मन्दिर के अन्दर ले आयीं।

"अब बता।" उन्होंने कहा।

"हाँ बताऊँगी; ऐसा कुछ विशेष है भी नहीं, पर पहले तू यह जल ले और मन्दिर से बाहर जाकर अपना मुँह धो ले, आँसू मुख पर सूख रहे हैं।"

सती, जल का पात्र लेकर बाहर गयीं... मुख धोया, पोंछा, कुछ जल पिया और फिर वापस आयीं।

"अब बता।" उन्होंने कहा।

"यहाँ से कुछ दूर जाते ही एक भद्र प्राणी मिल गये थे। मैं तो बहुत डर गयी थी, किन्तु वे तो बड़े सज्जन निकले। पास आकर खड़े हो गये, मेरी ओर देखा, कुछ देर तक मेरे पैरों को सूँघा; मुझे लगा सम्भवतः वे मेरे पैर छू रहे हैं।"

"ठीक से बता इला!" सती ने बनावटी क्रोध से कहा।

"बता तो रही हूँ; पैर छूने के बाद मुँह उठाकर मेरे दर्शन किये और फिर अपनी भाषा में अभिवादन कर चले गये, बस।"

"परिहास छोड़, ठीक से बता, नही तो पिट जायेगी।"

इला ने सारी घटना बतायी। सती, साँस रोककर सब सुनती रहीं, फिर हाथ जोड़कर ईश्वर को धन्यवाद दिया।

28

सती और इला मन्दिर में थीं। दोनों एक कोने में बैठी हुई थीं। फल खा चुकी थीं और पेट कुछ भरे हुए थे। इला ने दीवार का सहारा लिया, दोनों हाथ गोद में रखे, सिर पीछे टिकाया और बोली,

'आह...,'

"क्या हुआ?" सती ने पूछा।

"आज कितने दिनों के बाद चार दीवारें, एक पक्की छत और बन्द करने के लिये एक दरवाजे के दर्शन हुए हैं। हम तो महल में आ गये हैं, अब और कुछ नहीं चाहिये भगवन, बस जल्दी से भोजन का प्रबन्ध और करा दो तो हम तर जायेंगे।"

इला की इस बात पर सती हँस पड़ीं, बोलीं,

"बहुत जल्दी मत कर इला, भगवान को थोड़ा समय दे दे; भोजन बनवाने में समय लगता है न।"

इला हँस पड़ी, बोली, "देखा, तुझे भी हँसना सिखा दिया न।"

कुछ देर बाद ही साँझ उतर आयी। दोनों उठकर बाहर आयीं। मन्दिर के चारों ओर का दृश्य बहुत मनोरम था। दूर-दूर तक हरियाली पसरी हुई थी। हवा धीमी पर ठण्डी थी। वे मन्दिर की सीढ़ियों पर बैठ गयीं।

साँझ भी ढलने लगी तो दोनों ने उठकर भीतर जाकर द्वार बन्द करने का निश्चय किया। तभी उन्हें एक आठ-दस वर्ष का बालक और उसके पीछे एक वृद्धा उसके कन्धे का सहारा लेकर मन्दिर की ओर आते दिखे। थोड़ी देर बाद ही वे उनके बहुत पास आ चुके थे। आश्चर्य दोनो ओर की आँखों में था।

वृद्धा ने पास आकर उनसे पूछा,

"बेटियों, तुम लोग कौन हो?"

"हम यात्री हैं। " इला ने कहा

"लगती तो देवियों सरीखी हो और यह तुम्हारे साथ वाली को देखकर तो लगता है जैसे जगदम्बा स्वयं उतरकर आ गयी हों।"

इस बात से दोनों बहुत सकुचा गयीं, विशेष रूप से सती, वे बोलीं,

"आप भी तो माँ जैसी हैं, यहीं कहीं रहती हैं क्या?"

"बेटी, यहाँ से कुछ दूरी पर एक गाँव है, उसी के कुछ लोगों ने मिलकर इस मन्दिर का उत्तरदायित्व मुझे दिया है; यह गाँव से दूर है और यहाँ कभी-कभी ही कोई आता है।"

'अच्छा!' इला ने कहा।

"हाँ, और यह बिना माँ बाप का बालक मेरा पौत्र है हम यहीं पास में एक छोटे से घर में रहते हैं।"

"अच्छा और यह बालक तो बहुत अच्छा है।" इला ने कहा।

"बेटी, हम मन्दिर में दीप जलाने आये थे।"

'आइये।'

वृद्धा और बालक भीतर गये। सती और इला भी साथ आयीं। मन्दिर में दीप जलाया गया... आरती की, फिर वृद्धा ने कहा,

"तुम लोग भूखी होगी।"

“नहीं, हमारे पेट भरे हुए हैं।”

“क्या खाया होगा, यही जंगली फल फूल न; ठहर, थोड़ी देर में रोटी बनाकर लाती हूँ।”

“नहीं माँ विश्वास कीजिए, हम भूखे नहीं हैं।

“मैं सब समझती हूँ बेटा, ऐसे ही इस उम्र तक नहीं आयी हूँ,” वृद्धा ने कहा और वह साथ आये बालक को लेकर जाने को हुई, लेकिन फिर थोड़ा ठहरी, पीछे मुड़ी और बोली,

“अच्छा होता, देवियों जैसी तुम लोग यदि आज रात मेरी कुटिया में ही बितातीं और वहीं भोजन करके विश्राम करतीं।”

वृद्ध स्त्री के इस आग्रह पर सती और इला दोनों संकोच में पड़ गयीं। इला सोच रही थी कि संभवतः सती इसका उत्तर दें, किन्तु जब वे नहीं बोलीं तो इला ने कहा,

“आप व्यर्थ ही कष्ट उठायेगीं माँ।”

“कष्ट! अरे तुम देवियों के पद रज से तो मेरी कुटिया पवित्र हो जायेगीं, आओ संकोच मत करो।”

अब सती और इला कुछ भी नहीं कह सकीं। संभवतः इस आग्रह के बाद कहने के लिये कुछ बचा भी कहाँ था। वे उठीं, मन्दिर की ओर मुड़कर एक बार और प्रणाम किया और उनके पीछे चल पड़ीं।

वृद्धा और बालक के घर पहुँचकर सती और इला ने देखा, गरीबी ने अपना साम्राज्य ठीक से स्थापित कर रखा था, किन्तु फिर भी उन्होंने जल्दी से उनके लिये आसन का प्रबन्ध किया और फिर भोजन तैयार करने में लग गये। सती और इला ने देखा, इस सारे कार्य में वह बालक भी बहुत मन से सहयोग दे रहा था।

“माँ मैं कुछ सहायता करूँ?” इला ने वृद्धा के पास जाकर कहा।

“नहीं बेटा, तुम लोग आराम से बैठो, यह तो मेरा नित्य का काम है।”

थोड़ी देर में ही वृद्धा ने दाल, रोटी और सब्जी बनाकर उनके सामने रख दी।

“और आप?” सती ने पूछा।

“मैं बाद में ले लूँगी, मेरी चिन्ता मत करो।”

“और यह बच्चा?” सती ने वृद्धा से कहा, फिर उस बालक की ओर देखकर कहा,

“भइया, आओ न, हमारे साथ तुम भी खा लो।”

“वह मेरे साथ ही खाना खाता है, मेरे बिना वह नहीं खायेगा।”

'अच्छा।'

भोजन प्रारम्भ करने से पूर्व सती ने धीरे से कहा,

"इला, देख भगवान ने तेरी सुन ली और वह भी इतना शीघ्र।"

"हम दोनों एक दूसरे को बहुत मानते हैं न।"

"हम दोनों कौन?"

"एक तो वह स्वयं" इला ने ऊपर उँगली उठाते हुए कहा, फिर अपने सीने पर हाथ रखकर बोली, "और एक मैं।"

इला के स्वर में हँसी मिली हुई थी।

"सच कहती है।" सती ने कहा।

इसके बाद सती और इला ने भोजन प्रारम्भ किया। दोनों ने पहला कौर मुँह में रखा तो पता नहीं कितना स्वादिष्ट लगा।

"हम तो नमक का स्वाद ही भूल गये थे, आज कितने दिनों बाद पका हुआ खाना मिला है तो कितना स्वादिष्ट लग रहा है।" इला ने कहा।

"हाँ सच" सती ने उत्तर दिया, फिर वृद्धा की ओर मुख कर कहा,

"माँ, आपके हाथों में पता नहीं क्या है, इतना अच्छा खाना हमने इसके पहले कभी नहीं खाया।"

"हाँ, यह सच है माँ।" इला ने भी कहा।

"बेटी, तुम जैसी राज-रानियों के लायक हमारे पास है ही क्या? जो रूखा-सूखा था वही रख दिया है।"

"माँ! बेटी कह दिया है तो अब बेटी ही समझिए, राजरानी मत कहिये, इसमें कुछ परायापन सा लगता है।" सती ने कहा।

"ठीक है जैसा तुम लोग चाहो।" वृद्धा ने कहा।

सबका भोजन समाप्त हुआ तो बालक, जिसकी आँखें नींद से भरी हुई थीं, बिस्तर पाते ही सो गया। तब वृद्धा, सती और इला के पास आयी, बोली,

"बेटी एक बात कहूँ?"

"हाँ माँ।" इला ने कहा।

"इस तरह अकेले क्यों भटक रही हो तुम लोग?कोई विशेष बात है क्या?"

इस प्रश्न पर इला और सती दोनों ने एक दूसरे की ओर मुस्कराकर देखा, मानो एक दूसरे से कह रही हों कि जिस प्रश्न की आशा थी वह सामने आ ही गया।

"यह हमारा दुर्भाग्य ही है और क्या।" इला ने कहा।

"नहीं बताना चाहती तो मत बता बेटी, तुम्हें इस तरह कष्ट उठाते देखा तो मैंने पूछ लिया; कभी-कभी दूसरों से दुख बाँट लेने से मन हलका हो जाता है।"

"न बताने जैसा तो कुछ भी नहीं हैं माँ।" सती ने कहा और फिर संक्षिप्त में अपनी कहानी बतायी। वृद्धा ने ध्यान से सती की कहानी सुनी, फिर बोली,

"तू पिता की भूलों के लिये स्वयं को ही नहीं अपने पति को भी दण्ड दे रही है। अपने सौभाग्य को यूँ मत ठुकरा बेटी और फिर यह भी तो तेरा भाग्य ही है कि तुझे इस जैसी सहेली मिली है।"

सती इस पर मौन हो गयीं। वृद्धा कुछ देर बाद पुनः बोली, "मेरी बातों का बुरा मान गयी है क्या?"

"नहीं माँ ऐसी कोई बात तो आपने कही नहीं, किन्तु मेरी भूल के कारण ही तो मेरे पति का अपमान हुआ और मेरी माँ विधवा हुईं। यह भी सच ही तो है।"

"तेरी भूल इतनी बड़ी नहीं थी, जितनी तू सोच रही है और फिर जो भी तेरी भूल थी उसका पर्याप्त दण्ड तू भुगत भी चुकी है।"

सती ने इस पर कुछ नहीं कहा। थोड़ी देर के मौन के बाद वृद्धा फिर बोली,

"बेटी, मेरा मन कहता है कि शीघ्र ही तेरे ये दिन समाप्त हो जायेंगे और तू फिर अपने पति के साथ होगी।"

इस बात पर सती ने बहुत धीरे से कहा,

'कैसे?' सती की आवाज बहुत धीमी थी। वृद्धा ठीक से सुन नहीं पायी।

"कुछ कहा बेटी?" उसने पूछा। सती ने तो इसके उत्तर में कुछ नहीं कहा, किन्तु इला ने आश्चर्य से पूछा

"माँ, ऐसा कैसे कह रही हैं आप?"

"कोई कारण तो मैं नहीं बता सकती, किन्तु मेरा मन यही कहता है।"

"माँ, हम इसे आपका आशीर्वाद समझ लेते हैं।" इला ने कहा।

"हाँ इसे मेरा आशीर्वाद समझ लो और चलो अब सो जाओ, मैं भी सोने जा रही हूँ।

इसके बाद सती और इला दोनों अपने लिये बनाये बिस्तर पर जाकर लेट गयीं। यद्यपि घास-फूस का ही बिस्तर था, पर वह भी उन्हें इतना आरामदायक लगा कि जितना कभी महलों के बिस्तर नहीं लगे थे। बहुत दिनों के बाद आज तनाव-मुक्त होकर लेटने को मिला था। दोनों को रात में बहुत अच्छी नींद आयी।

29

सुबह का समय था सती, इला, वह वृद्धा और बालक सभी मन्दिर आये हुए थे। वृद्धा ने दीप जलाया, आरती की। सभी ने अपने अपने साथ लाये पुष्प अर्पित किये। इसके बाद बालक ने एक स्तुति गानी प्रारम्भ की। उसका कण्ठ बहुत अच्छा और सधा हुआ था। बीच-बीच में वृद्धा ने भी स्वर मिलाया। आयु होने के बाद भी उनके कण्ठ में माधुर्य था। सती हाथ जोड़कर आँखें बन्द करके खड़ी थीं। स्तुति समाप्त हुई, इसके बाद भी उन्होंने आँखें नहीं खोलीं।

सती को वहीं छोड़कर बाकी सब बाहर आ गये। बाहर जगह-जगह पर फूलों के पौधे थे जिन पर तितलियाँ उड़ रही थीं। बालक तितलियों के पीछे दौड़ने में लग गया। वृद्धा, मन्दिर की सीढ़ियों पर बैठ गयी और इला बस यूँ ही टहलते हुए सती के आने की प्रतीक्षा करने लगी। टहलते-टहलते इला, मन्दिर से दूर, यात्रियों के चलने से बने मार्ग पर आ गयी और खड़ी होकर उस सूने पथ को निहारने लगी। तभी उसे दूर से कोई दो व्यक्ति आते हुए लगे। इला उत्सुकतावश उधर को देखने लगी। इला को लगा जैसे आगे-आगे शिव और उनके पीछे नन्दी हों।

'वे यहाँ कैसे हो सकते हैं?' इला ने सोचा और आँखें उसी ओर गड़ा दी। उत्सुकतावश स्वयं भी अनचाहे ही उस ओर बढ़ने लगी। थोड़ी देर में ही स्पष्ट हो गया कि सचमुच वे शिव और नन्दी ही थे। यह स्पष्ट होते ही इला का हृदय इतनी जोर से धड़का जैसे बाहर ही आ जायेगा। वहीं खड़े रहकर वह उनके आने की प्रतीक्षा नहीं कर सकी। उन्हीं की ओर दौड़ पड़ी और उनके सामने पहुँचकर हाँफती हुई सी खड़ी हो गयी। आश्चर्य और खुशी अपने चरम पर थी।

"शिव, आ...प!" उसने लगभग चीखते हुए कहना चाहा, पर कण्ठ ने इतना साथ नहीं दिया।

'इला!' शिव ने कहा।

"हाँ, मैं... आप सचमुच शिव हैं न, कहीं मेरी आँखें धोखा तो नहीं खा रहीं?"

"हाँ इला, मैं शिव ही हूँ।"

"हे भगवान, तू सचमुच है।" इला ने आकाश की ओर देखकर कहा।

"क्या हुआ इला, सब ठीक तो है?"

"हाँ, अभी तक तो ठीक ही है।"

शिव का मन हो रहा था, पूछें 'सती कहाँ है' किन्तु मन में कहीं संकोच था। यद्यपि इला को सकुशल देखने के बाद उन्हें विश्वास हो गया था कि सती भी सकुशल ही होंगी, किन्तु इला को जब उन्होंने प्रयाग के यज्ञ में देखा था, तब से इला बहुत

बदली हुई सी थी। शरीर दुबला, बाल अजीब से बिखरे हुए और वस्त्र अति साधारण, मटमैले से, किन्तु मुख अभी भी कान्तिपूर्ण। 'सती भी अवश्य ऐसी ही हो रही होंगी।' शिव ने सोचा।

तभी इला ने लगभग बच्चों की तरह शिव का हाथ पकड़ लिया और उन्हें लगभग खींचकर मन्दिर की ओर ले जाने लगी।

"क्या हुआ इला, मैं चल तो रहा हूँ।"

शिव की इस बात से इला जैसे होश में आ गयी। वह कुछ लजा भी गयी और शिव का हाथ छोड़कर आगे-आगे चलने लगी।

"सती उधर हैं।" उसने कहा।

'किधर?' शिव ने पूछा। वे स्वयं भी सती से मिलने के लिये बहुत व्यग्र थे और बहुत देर से सती के बारे में पूछना चाहते थे, किन्तु संकोच से निकल नहीं पा रहे थे।

"मन्दिर में।"

"किस मन्दिर में?"

"वह सामने दिख तो रहा है।" इला ने हाथ से संकेत करते हुए कहा।

शिव, मन्दिर की ओर देखने लगे। मन्दिर दिखा किन्तु सती नहीं दिखीं। 'सम्भवतः अन्दर हों' शिव ने सोचा। सती से मिलने की सम्भावना ने उस महान योगी के भी हृदय की धड़कनें तीव्र कर दी थीं।

वे सती की एक झलक देखने के लिये व्यग्र थे। कुछ ही पलों में वे मन्दिर के द्वार पर थे। इला ने मन्दिर के द्वार से आवाज दी,

'सती!'

भीतर से कोई उत्तर नहीं आया। शिव द्वार पर ही रुक गये। इला अन्दर गयी। इसी बीच शिव का ध्यान कुछ दूर खड़ी वृद्ध स्त्री और दूर से उन्हें देखते बालक की ओर गया। शिव उस वृद्ध स्त्री के पास गये और हाथ जोड़कर बोले,

"माँ प्रणाम!"

स्त्री ने प्रणाम करने वाले शिव की ओर देखा। कुछ देर तक उनके पूरे व्यक्तित्व को निहारने के बाद बोली,

"तुम शिव तो नहीं!"

"हाँ माँ, मैं शिव ही हूँ, किन्तु आपने कैसे पहचान लिया।"

"मैंने इन लड़कियों से तुम्हारे बारे में बहुत कुछ सुन रखा है।" वृद्धा ने इला की ओर संकेत करते हुए कहा, "शेष तुम्हारे इस अतुलनीय और भव्य व्यक्तित्व ने कह दिया।"

"चलो, अब एक जीवन फिर सँवर जायेगा।" वृद्ध स्त्री ने आगे जोड़ा।

अपने लिये 'अतुलनीय और भव्य व्यक्तित्व' सुनकर शिव सकुचा गये थे। वृद्धा की ओर देखकर बोले,

"माँ, आशीर्वाद नहीं देंगी!"

"बेटा, जितना मैंने तुम्हारे बारे में सुनकर और तुम्हें देखकर समझा है, उससे मैं कह सकती हूँ कि तुम बहुत-बहुत ऊँचाई पर खड़े हो; मैं तुम्हें आशीर्वाद देने के लायक तो नहीं, किन्तु सर्वत्र तुम्हारी जय हो इसकी कामना करती हूँ।"

"माँ, मुझे अपने आशीर्वाद से वंचित मत करिये।" कहते हुए शिव ने वृद्धा का हाथ पकड़कर अपने सिर पर रख लिया।

"ठीक है, तुझे मेरा आशीर्वाद है शिव।" कहकर वृद्धा हँसीं।

इसी समय हवा चली। पास खड़े हुए। फूलों के एक वृक्ष से कुछ फूल और उनकी पंखुड़ियाँ उड़ीं। कुछ पंखुड़ियाँ शिव के केशों में अटककर रह गयीं और एक फूल हवा के झोंके के साथ वृद्धा के पैरों पर आकर ठहर गया।

सम्भवतः यह प्रकृति की ओर से शिव का अभिनन्दन और उस त्यागमूर्ति तपस्विनी वृद्धा को प्रणाम था।

* * *

मन्दिर के भीतर जाकर इला ने देखा, सती, दुर्गा जी की मूर्ति के आगे हाथ जोड़े और नेत्र बन्द किये खड़ी थीं। इला ने धीरे से सती के कन्धे को छूकर पुकारा,

'सखी!'

सती ने नेत्र खोले। सामने माँ की मूर्ति को प्रणाम किया, फिर इला की ओर प्रश्न भरी दृष्टि से देखा।

"सखी, माँ ने तेरी प्रार्थना सुन ली है।"

'अर्थात?'

"अर्थात मत पूछ, बाहर आ देख।"

"क्या है बाहर?"

"बाहर यदि शिव खड़े मिल जायें तो?"

"मेरी पीड़ा में भी परिहास कर ले तू।" सती ने दुःखी मन से कहा।

"जो कहना है कह ले, किन्तु यदि सचमुच शिव मिल जायें तो।"

"तू उन्हें ढूँढ़कर ले आयी होगी न।" सती के स्वर में कुछ व्यंग्य था।

"हाँ, सच मैं उन्हें ढूँढ़कर ले आयी हूँ, तू बाहर आकर देख तो सही।"

"और यदि यह तेरा परिहास हुआ न, तो बहुत कूटूँगी तुझे यह ध्यान रखना।"

"अच्छा ठीक है, आ।"

इला, सती को लेकर बाहर आयी। शिव सामने ही खड़े थे। सती को देखते ही बोले,

"सती, मैं हूँ तुम्हारा शिव।"

'आप!'

"हाँ, तुम्हारा शिव हूँ मैं, तुम्हारा सती।"

शिव पर दृष्टि पड़ते ही वे बुरी तरह से चौंक उठीं। उनके मुख पर प्रसन्नता के साथ ही अपराध -बोध भी तैर गया।

सती ने दोनों हाथ उठाये और मुट्ठी बाँधकर शिव के सीने पर रख दिये। इसके साथ ही उनके पैर शिथिल हो गये और ऐसा लगा जैसे वे चेतना-शून्य हैं, गिर पड़ेंगी। शिव ने तीव्रता से उन्हें सँभाल लिया और इसके साथ ही जो जहाँ था वह वहीं खड़ा रह गया... शब्द-विहीन।

ऊपर आकाश में चलता सूर्य, उड़ते हुए पक्षी, हवा, झरनों में दौड़ता पानी, उछलकूद मचाते जानवर, फूलों पर उड़ती तितलियाँ और जीवित प्राणियों के हृदयों की धड़कनें, सब मानो एक पल के लिये ठहर से गये। कुछ पलों बाद सती की मानो चेतना लौटी हो, ऐसे वे शिव को हाथ से दूर करके दौड़ती हुई सी मन्दिर के भीतर गयीं और एक कोने में बैठकर रोने लगीं।

तुम आये हो
मेरा टूटा मन सहलाने
किन्तु तुम्हारी यह ऊँचाई
मेरे बौनेपन को
रेखांकित करती है
झमा माँगने का भी साहस
कहाँ शेष है।

"पागल लड़की, हँसने के समय में रो रही है।" कहते हुए इला भीतर गयी और सती के पास बैठकर उसे समझाने का प्रयास करने लगी।

"मैं उनका सामना नहीं कर सकती इला।" सती ने रोते-रोते कहा।

"किन्तु उनका सामना तो तू कर चुकी है; इस अपराध-बोध से निकल सती। यदि उनके मन में कुछ होता तो वे इस तरह तुझे ढूँढ़ते हुए यहाँ नहीं आते।"

इला के कहने के बाद भी सती का रोना बन्द नहीं हुआ।

"जब देखो तब रोने लगती है, अपने को सँभाल सखी; कठिनाइयाँ रोने से नहीं, सँभलकर खड़े होने से दूर होती हैं। उठ और मेरे साथ आ।" इला ने सती का हाथ पकड़कर उठाते हुए कहा।

शिव, मन्दिर के द्वार से थोड़ा हटकर खड़े हो गये थे। इला, सती को लेकर उनके पास आयी। सती सिर झुकाये हुए थीं। शिव ने बहुत अपनेपन से कहा,

"क्या हुआ सती, इतनी दुःखी क्यों हैं?"

"मैं आपकी अपराधिनी हूँ।"

"अपराधिनी नहीं, आप मेरी अर्धांगिनी हैं बस, सती के बिना ये शिव अधूरा है।"

"किन्तु अपराध तो हुआ है मुझसे।"

"जो भी कुछ हुआ उसके लिये कम से कम आप तो कहीं से भी दोषी नहीं हैं।"

"मैं आपके समझाने के बाद भी उस यज्ञ में गयी, क्या यह मेरा दोष नहीं है?"

"आप मेरी सहमति से ही वहाँ गयी थीं; यदि मेरी सहमति नहीं होती तो आप कभी भी वहाँ नहीं जातीं सती।"

शिव की बातों से सती का दुःख बहुत हलका हुआ। वे थोड़ा सामान्य हुईं।

इतनी सारी बातों में सूर्य लगभग सिर पर आ चुका था। बालक सुस्त होकर एक वृक्ष की छाया में बैठा हुआ था और वृद्धा भी सम्भवतः कुछ थक सी रही थीं। उन्होंने शिव के पास आकर पुकारा,

'बेटा!'

'माँ।'

"दिन तपने लगा है, आप सब लोग चलकर मेरी कुटिया थोड़ा विश्राम करते तो मेरी कुटिया भी पवित्र हो जाती।"

"हाँ माँ, चलते हैं।" शिव ने कहा और वृद्धा के साथ हो लिये। उनके पीछे सती, इला और नन्दी थे। बालक दूर बैठा इसी ओर देख रहा था। वृद्धा ने उसकी ओर उँगली से आने का संकेत किया तो बालक दौड़कर पास आ गया और फिर दौड़कर ही सबसे आगे उछलता हुआ निकलकर तेजी से अपने घर की ओर चल पड़ा। सभी लोग वृद्धा के घर पहुँचे। वृद्धा के साथ, उनके बहुत मना करने पर भी सती और इला भी भोजन तैयार करने में सहयोग देने के लिये उनके पास पहुँच

गयीं। वृद्धा ने बहुत संकोच के साथ अपने आटा, दाल और चावल के डिब्बे खोले। सभी में बहुत कम कम सामग्री थी और सब्जी तो थी ही नहीं। इला और सती को कुछ आश्चर्य में देखकर उन्होंने धीरे से इला से कहा,

'बेटी!'

"जी माँ।"

"जो भी है, बन जाये तो तुम लोग ठीक से भोजन कर लेना, मैं कुछ भी ले लूँगी, मेरी चिन्ता मत करना।"

"आपकी चिन्ता क्यों नहीं माँ।"

"अरे, अतिथि भगवान होता है न, अब बड़े भाग्य से मेरे घर भगवान पधारे हैं।"

"अतिथि, जो खा-पीकर चल दे, वह तो हुआ भगवान और यजमान, जो सबके लिये प्रबन्ध करे वह? यह बात मेरी समझ में तो आई नहीं।" इला ने कहा।

"गाँव के लोगों के आदमी आकर समय-समय पर कुछ अनाज और सब्जी इत्यादि दे जाते हैं; इस बार पता नहीं क्यों उन्होंने कुछ देर कर दी है।"

"उन्होंने देर नहीं की है माँ, हमारा खर्च ही कुछ बढ़ गया है।'

"ऐसा मत कह बेटी, यह तो मेरा सौभाग्य है कि तुम लोग मेरे घर आये।"

तभी द्वार पर किसी की आहट सुनाई दी। "किसी ने द्वार खटखटाया है माँ।" इला ने कहा।

"देख तो बेटी कौन है।"

इला ने आकर द्वार खोला। दो व्यक्ति एक ठेलेनुमा गाड़ी पर बहुत-सा सामान लिये द्वार पर खड़े थे।

"गाँव से सामान लाये थे।" उन्होंने कहा।

तब तक वृद्धा बाहर आ गयीं।

"इतना अधिक सामान!" उन्होंने आश्चर्य से कहा।

"प्रमुख भद्र ने भेजा है।"

"लाओ इधर रख दो।" वृद्धा ने घर के छोटे से भण्डार की ओर इंगित किया।

भाँति-भाँति की खाद्य-सामग्री से वह छोटा-सा भण्डार पूरी तरह भर गया। सामग्री फिर भी बच गयी। उन लोगों ने वह घर के एक कोने में ढंग से सजा दी। वृद्धा का मुख खिल उठा था।

"ईश्वर ने मेरी सुन ली।" उन्होंने धीरे से कहा, फिर भी इला ने सुन लिया।

“ईश्वर आप जैसों की भी नहीं सुनेगा तो किस की सुनेगा माँ।” कहकर इला हँस पड़ी।

सबके सहयोग से भोजन बना। नन्दी के सामने जब भोजन आया तो परिहास में उन्होंने कहा,

“भोजन बनाने में मेरा सहयोग भले ही न रहा हो, किन्तु इसे समाप्त करने में तो रहेगा ही।”

* * *

दूसरे दिन शिव और नन्दी टहलते हुए मन्दिर तक आये। कुछ ही देर में सती, इला और बालक सहित वृद्धा भी वहीं आ गयी। सबने मन्दिर में जाकर हाथ जोड़े, इसके बाद शिव ने नन्दी से कहा,

‘नन्दी!’

‘जी।’

“आओ यहीं आस-पास थोड़ा घूमकर आते हैं।”

सती उनकी ओर ही देख रही थीं।

“हम बस अभी आते हैं सती।” शिव ने कहा और नन्दी के साथ चल दिये।

“सम्भवतः वे नन्दी से कुछ विशेष कहना चाहते हैं।” इला ने सती से कहा।

“हाँ, मुझे भी ऐसा ही लगा; पता नहीं क्या बात होगी।”

शिव के साथ जाते हुए नन्दी भी यह समझ रहे थे और शिव की बात की प्रतीक्षा कर रहे थे। थोड़ा-सा चलने के बाद ही शिव ने कहा।

“नन्दी, सती और इला तो मिल गयी हैं; सती की माँ से तो मैं मिलकर आया था, वे सती और इला के लिये बहुत चिन्तित थीं। निश्चित ही इला की माँ भी इन दोनों के लिये चिन्तित होंगीं।”

“हाँ अवश्य ही वे बहुत चिन्तित होंगी।

“मैं चाहता था कि तुम वापस जाकर, वे लोग जहाँ भी हों, उन तक यह समाचार पहुँचा दो कि दोनों मिल गयी हैं और सकुशल हैं।”

“ठीक है।”

“और नन्दी...”

‘जी।’

“तुमने मेरा बहुत साथ दिया है, मैं तुम्हारा आभारी हूँ, किन्तु अब जबकि सती मिल गयी हैं, मुझे लगता है कि तुम वापस हो जाओ, नन्दिनी बहुत दिनों से अकेली

हैं।''

शिव की इस बात से नन्दी को झटका-सा लगा। नन्दिनी अकेली हैं इसकी चिन्ता नन्दी को भी थी, किन्तु शिव का साथ छूटने की कल्पना भी उन्हें बहुत निराश करती थी। यह निराशा नन्दी के मुख पर उतर आयी। शिव ने नन्दी का मुख देखा और निराशा के भाव स्पष्ट पढ़े।

''कुछ कहना चाहते हो क्या?'' उन्होंने नन्दी से पूछा।

''आपने कहा कि आप मेरे आभारी हैं।''

''हाँ कहा तो था।''

''यह बात परिहास तो है ही, बहुत कठोर भी है।''

शिव हँसे; बोले,

''वह तो मैंने यूँ ही कह दिया नन्दी, अपने प्रति तुम्हारी भावनायें जानता हूँ मैं।''

''किन्तु ऐसा कहकर आप मुझे स्वयं से दूर ही तो कर रहे हैं।''

''ऐसा कुछ भी नहीं है नन्दी, मुझे नन्दिनी की चिन्ता है, मैंने बस इसीलिये ऐसा कहा।''

''क्या मैं नन्दिनी को लेकर आपकी सेवा में लौट सकता हूँ?''

शिव हँसे, बोले,

''अवश्य, यदि तुम्हारी ऐसी ही इच्छा है तो अवश्य, किन्तु मैं उस समय कहाँ होऊँगा यह तो मैं भी नहीं बता सकता।''

शिव से वापस आने की अनुमति मिलने से नन्दी के मुख पर प्रसन्नता दौड़ गयी।

''आप जहाँ भी होंगे मैं आपको ढूँढ़ लूँगा, किन्तु फिर भी आप किस ओर जाने की सोच रहे हैं?''

नन्दी के अपने प्रति अनुराग को शिव जानते थे।

''अच्छा, ऐसा है... मैं यहाँ से अधिक दूर नहीं जाऊँगा; सती अवसाद में लग रही हैं, उनके अवसाद को दूर करने का प्रयास करते हुए पास ही किसी स्थान पर रुककर तुम्हारी प्रतीक्षा करूँगा।''

''प्रभु मैं कृतकृत्य हुआ।'' कहते हुए नन्दी ने झुककर प्रणाम किया।

इला इस सारे प्रकरण को मौन, बड़े ही ध्यान से देख सुन रही थी। उसे लगा अब सम्भवतः उसे भी वापस जाने के लिये कहा जायेगा। 'यदि वापस जाना ही पड़ा

तो?' उसके मन में आया। उसकी आँखों के सामने अपना घर घूम गया।

'माँ पता नहीं किस हाल में होंगी?' उसने सोचा... साथ ही इस बात पर आश्चर्य भी हुआ कि जबसे घर छोड़ा था, तब से आज तक कभी घर की स्मृति मन में आई ही नहीं थी। 'सती को सुरक्षित रखना है' इस बात के अतिरिक्त और कुछ सोचने का अवसर ही नहीं मिला था।

'सखी!' इला ने कहा।

'हाँ।'

''क्या तुम लोग मुझे भी वापस भेज दोगे और ठीक भी है, पति-पत्नी के बीच में किसी और का क्या काम।''

''तुझे क्या लगता है, मैं चाहूँगी कि तू जाये?''

''पता नहीं।''

''अच्छा, तुझे नहीं पता हूँ...'' सती के स्वर में व्यंग्य, कुछ पीड़ा और उलाहना सब मिश्रित था। इला धीरे से हँसी, बोली,

''हँसी में कहा था, तू बुरा मान गयी।''

तभी एक गम्भीर आवाज सुनाई दी।

'सती!' यह शिव थे।

'जी।'

''इला ने हमारे लिये जो किया है उसे हम कभी भूल नहीं सकेंगे, हम सदा के लिये उसके ऋणी हो गये हैं।''

''मैंने ऐसा क्या किया है?'' इला ने सती से धीरे से कहा।

''तूने मेरा बहुत साथ दिया है, कौन किसी के लिये इतना करता है।''

''मुझे पता है तुम लोग किस बात की भूमिका बना रहे हो।''

''किस बात की?''

''मुझे यहाँ से भगाने की।''

'कैसे?' सती ने हँसकर पूछा।

''देखना, अभी कहा जायेगा, इला तूने हमारे लिये बहुत कष्ट उठाये हैं, हम बहत आभारी हैं; अब तू अपने घर जा, आराम कर।'' इला ने कहा, उसके स्वर में पीड़ा भी थी और व्यंग्य भी।

शिव ने भी इला की बात सुन ली। उन्हें हँसी आ गयी।

''इला, आपका अनुमान सत्य है, मैं सचमुच यही कहना चाहता था, किन्तु क्या

यही सत्य नहीं है?"

"यह आंशिक सत्य है।" इला ने कहा।

इला की इस बात पर सभी को आश्चर्य हुआ।

'कैसे?' शिव ने पूछा।

"सती मेरी सबसे प्रिय सखी है, मैं उसके साथ घूमी-फिरी हूँ, भाँति-भाँति के अनुभव बटोरे हैं, यह सत्य है और यह सब मेरा सुख था, किन्तु मैंने उसमें कोई कष्ट उठाये हैं, जिसके लिये आप लोग मेरे आभारी हों, इस बात से मैं सहमत नहीं हूँ।"

"यह आपका बड़प्पन और सती के प्रति प्रेम है इला।" शिव ने कहा।

"मुझे किसी भी बड़प्पन की अभिलाषा नहीं हैं मैं सती की सखी हूँ; इतना सौभाग्य मेरे लिये बहुत है।"

अब शिव क्या कहते। वे चुप हो गये । सच तो यह है कि इसके बाद किसी के भी पास कहने के लिये कुछ भी नहीं था।

कुछ देर बाद शिव ने कुछ सोचकर कहा,

"आपके माता-पिता आपके लिये कितने चिन्तित होंगे, यह भी तो सोचिये।"

"मैं सती के साथ हूँ, यह सभी समझ चुके होंगे और फिर शिव के होते हुए कोई हमारा अनिष्ट नहीं कर सकता, यह भी उन्हें स्पष्ट ही होगा।"

"फिर भी इला, उन्हें आपकी चिन्ता तो होगी ही।"

"हाँ, वह तो होगी; मेरी माँ का तो मुझ पर अत्यधिक स्नेह है।"

'फिर?'

इला इसका क्या उत्तर देती, वह चुप रह गयी। कुछ देर बाद शिव ने पुनः कहा,

"ऐसा करते हैं, मैं नन्दी को आपके साथ कर देता हूँ, वह आपको आपकी माँ तक पहुँचाने के बाद स्वयं नन्दिनी को लेने आगे चले जायेंगे।"

'फिर?' इला के स्वर में कुछ आशंका थी।

"आप चिन्तित नहीं हों; नन्दिनी के साथ लौटते समय ये पुनः आपके निवास पर आयेंगे और फिर आपके माता-पिता की अनुमति से आपको यहाँ ले आयेंगे, क्या यह उचित नहीं होगा?"

शिव की इस बात से सदा हँसते रहने वाली इला के मुख पर गम्भीरता दौड़ गयी। उसने सती की ओर देखा,

"सखी, क्या तू भी मुझे भगा देना चाहती है?" उसने सती से कहा।

"क्या तुझे ऐसा लगता है?"

"नहीं, मैं समझती हूँ तू ऐसा नहीं चाह सकती, पर सम्भवतः समय की यही इच्छा है।" इला ने कहा।

इसके बाद बहुत देर तक दोनों मिलकर पता नहीं क्या-क्या बातें करती रहीं। दूसरे दिन प्रातःकाल ही नन्दी, शिव के आदेश के अनुसार वापस जाने को तैयार हुए तो इला और सती एक दूसरे से लिपटकर रो पड़ीं और फिर कुछ देर बाद सुबकती हुई इला, नन्दी के साथ चल पड़ी।

30

नन्दी के साथ इला जब दक्ष की राजधानी पहुँची, तो इला को बहुत कुछ बदला-बदला सा लग रहा था। लोग उसे देखकर आपस में फुसफुसाते हुए से, 'इला आ गयी' कहते और चले जाते। 'ये लोग ऐसा क्यों कर रहे हैं?' इला ने मन मे सोचा। वह घर पहुँची तो वहाँ बहुत सन्नाटा पसरा हुआ था। धड़कते हृदय से इला ने भीतर प्रवेश किया। एक वृद्ध स्त्री भीतर भूमि पर बैठी हुई थी। इला ने पहचाना... वह स्त्री उनके यहाँ बहुधा, माँ के घरेलू कार्यों में सहायता करने आया करती थी।

'काकी!' इला ने उसके पास पहुँच कर पुकारा। वृद्धा ने उसकी ओर देखा।

"अरे, इला तू!"

"हाँ मैं और लोग कहाँ हैं?"

"तुम्हारी माँ अब यहाँ नहीं रहती बेटी।"

"यहाँ नहीं रहतीं।" इला ने आश्चर्य से कहा, 'यहाँ, नहीं रहतीं तो कहाँ रहती हैं?'

"हरिद्वार में।"

"वहाँ कौन है?"

"रानी जी... वे वहीं रहती हैं।"

"रानी जी अर्थात सती की माँ?"

'हाँ'

"कब से?"

"यज्ञ में गयीं थी, फिर वहीं रह गयीं, लौटीं नहीं।

"और मेरे पिता?"

"बेटी, तुम्हारे पिता तो उस यज्ञ में हुई लड़ाई में ही मारे गये थे।

'हूँ,' कहते हुए इला ने होंठों को थोड़ा भींचा, फिर नन्दी से बोलीं,

"क्या आप मुझे वहीं छोड़ देंगे?"

"हाँ, अवश्य।"

इसके बाद इला ने उस वृद्धा से कहा,

"काकी, मैं भी वहीं जा रही हूँ; मेरे साथ ये शिव के बहुत विश्वस्त सेवक हैं, मुझे वहीं छोड़ देंगें।"

"ठीक है बेटी।" वृद्धा ने कहा।

नन्दी, इला को लेकर हरिद्वार पहुँचे। इला अपनी माँ और वीरणी के पास पहुँची। वह बड़ा ही जन-संकुल सा क्षेत्र था। बहुत कम लोग दिखाई पड़ते थे, किन्तु यहाँ कोई सूनापन नहीं था। प्रकृति का सौन्दर्य था, शान्ति थी और कुछ ही दूर पर था गंगा की लहरों से उठता संगीत।

इला को सामने पाकर वीरणी और इला की माँ वत्सला बहुत सुखद आश्चर्य से भर उठीं। उनके पास बहुत से प्रश्न थे। इला को वहाँ उन प्रश्नों का उत्तर देने के लिये छोड़कर, नन्दी शीघ्रता से नन्दिनी के स्थान की ओर बढ़ लिये।

शिव का बताया हुआ आधा कार्य उन्होंने सफलता से सम्पन्न कर लिया था; अब उन्हें नन्दिनी को साथ लेकर वापस उन तक पहुँचने की बहुत जल्दी थी। नन्दी बहत शीघ्रता से अपने गन्तव्य की ओर बढ़ रहे थे। लग रहा था जैसे उनके पैरों में पर लग गये हों। रात्रि में विश्राम के लिये रुकना भी उन्हें समय नष्ट करने जैसा लग रहा था। वे मानों दौड़ते हुए से नन्दिनी तक पहुँचे और बिना कोई समय नष्ट किये उन्हें लेकर वापस हो लिये।

31

नन्दी और इला जा चुके थे। शिव और सती अकेले बैठे रह गये थे। वे जिस ओर गये थे, सती खोई-खोई सी बार-बार उस रास्ते को देख रही थीं। शिव भी कुछ सोचते से चुपचाप बैठे थे... दोनों के मन में बहुत प्रश्न उमड़ रहे थे।

जहाँ शिव के मन में सती के लिये सहानुभूति, प्रेम और उनके इस बचपने के लिये कुछ विस्मय भी था, वहीं सती के मन में अपराध-बोध का भाव इतना अधिक था कि दूसरी सभी भावनायें दब सी गयी थीं।

कुछ देर बाद शिव ने मौन तोड़ा,

'सती!'

'हाँ।' कहते हुए सती ने रास्ते की ओर से दृष्टि हटायी और सिर झुका लिया।

"मेरी ओर देखो।"

शिव की इस बात पर सती ने अपना सिर थोड़ा सा उठाया और पलकें उठा कर उन्हें देखा। शिव उनकी ओर ही देख रहे थे। सती उन्हें बहुत ही निर्दोष, अबोध और अति सुन्दर लगीं। सम्भवतः इतनी सुन्दर वे शिव को कभी नहीं लगी थीं।

भावुकता से भरे हुए शिव ने सती के हाथ पर अपना हाथ रख दिया। शिव के हाथ के स्पर्श सती को गर्मी में तपते व्यक्ति को हवा के शीतल झोंके सा लगा। शिव का स्पर्श हमेशा से उन्हें आनन्द के संसार में पहुँचा दिया करता था... आज भी ऐसा ही लगा, किन्तु साथ ही वे बहुत असहज भी हो उठीं। उन्होंने अपना हाथ खींच लिया।

"हाथ क्यों खींच लिया?" शिव ने कुछ अचम्भे से पूछा।

"दक्ष की दी हुई यह देह आपके स्पर्श के लायक नहीं है।"

"ऐसा क्यों सोचती हो तुम?"

सती ने इसका उत्तर नहीं दिया। उन्होंने ओंठ दबाये और चुपचाप पैर के अँगूठे से भूमि खुरचने लगीं।

'सती!'

'हाँ।'

"कुछ बोलतीं क्यों नहीं?"

"बोलने के लिये क्या है मेरे पास?"

'क्यों?'

"मेरे कारण उस इतने बड़े यज्ञ में इतने लोगों के सामने आपका अपमान हुआ, यह छोटी बात नहीं है।"

"और इसीलिये तुम प्राण देने जा रही थीं।"

"मेरा दोष था।"

"सती, मुझे इतना ही समझा है तुमने क्या?"

"आपका कद बहुद बड़ा है; आपको समझने के लिये तो सम्भवतः एक उम्र पर्याप्त नहीं होगी, किन्तु फिर भी अपमान किसको बुरा नहीं लगता।"

"सती, तुम एक वाक्य में मुझे बहुत बड़ा बना रही हो ओर दूसरे वाक्य में मुझे बहुत छोटा भी कर दे रही हो।"

शिव की इस बात के बाद सती ने सिर उठाया और प्रश्नसूचक दृष्टि से उनकी ओर देखा।

"मैं उन लोगों में नहीं हूँ सखी, जिन्हें इस तरह के मान-अपमान से अन्तर पड़ता हो, इतना छोटा भी नहीं हूँ।"

"नहीं, आप छोटे नहीं हैं, किन्तु आपके अपमान पर निराशा और क्रोध से मैं बच नहीं सकी।"

"क्रोध की बात मैं समझ सकता हूँ सती... मैं भले ही अपने मान-अपमान के प्रति निर्विकार हूँ, किन्तु यदि कोई तुम्हारा अपमान करने की बात सोचे भी तो मुझे क्रोध आ ही जायेगा, पर निराशा की बात मैं समझ नहीं सका।"

सती चुपचाप शिव को सुनती रहीं, कोई उत्तर नहीं दिया। उन्होंने फिर से सिर झुका लिया था।

"यदि तुम्हारी निराशा, इस आशा के टूटने से पैदा हुई हो कि तुम्हारे पिता इस बार अपनी पिछली भूल को सुधारते हुए अच्छा व्यवहार करेंगे तो यह व्यर्थ ही थी।"

"उन्हें मेरा पिता कहकर मत सम्बोधित कीजिये, यह मुझे पीड़ा देता है।"

"ओह! ठीक है, आगे से ध्यान रखूँगा; किन्तु तुम अभी भी उस निराशा से बाहर नहीं आ सकी हो, यह अकारण ही तो है।" शिव ने आगे कहा।

"एक बात कहूँ?"

"हाँ, कहो न।"

"मुझे सती कहकर मत पुकारिये।"

"फिर क्या कहूँ?"

"कुछ भी, किन्तु सती नहीं; मुझे इस नाम से भी वितृष्णा होती है।"

"ठीक है मैं नहीं कहूँगा, किन्तु यह तो स्वयं से भागना हुआ, तुम किस किस को रोकोगी? मुझे सती ही कहने दो... कुछ समय बाद यह स्वाभाविक लगने लगेगा, अन्यथा यह जीवन भर सालेगा।"

"आप ठीक कहते हैं।" सती ने कहा।

तभी उन्होंने देखा, वह वृद्ध स्त्री और उसका पौत्र उनकी ओर आ रहे थे। शिव ने सती से कहा,

'सती।'

'हूँ।'

"देखो अपने पौत्र के साथ माँ आई हैं।"

सती ने उन लोगों की ओर देखा।

"दीदी, भोजन करने चलो।" बालक ने सती से आग्रहपूर्वक कहा।

शिव एक दो दिऩ वहाँ रुके, क्योंकि जब भी वे चलने की बात करते, वृद्ध स्त्री का अत्यधिक आग्रह उन्हें रोक लेता, किन्तु अन्ततः एक दिन उन्होंने उनसे विदा माँग ही ली। चलने को हुए तो सती बहुत प्रेमपूर्वक अपने गले का हार उतारकर उन्हें देने लगीं।

"यह तुम्हारे गले में ही शोभा देता है, मैं इसका क्या करूँगी बेटी? पहनने की मेरी उम्र नहीं रही, रखने में चोर-लुटेरों का भय रहेगा और इसे बेचने की बात मैं सोच भी नहीं सकती।"

"इस बालक की बहू के लिये रख लीजिये माँ।" सती ने कहा।

वृद्धा हँस पड़ीं, बोलीं,

"कल किसने देखा है?" बहुत अधिक आग्रह करने पर भी वे इसके लिये तैयार नहीं हुईं।

* * *

उनसे विदा लेकर शिव और सती चल पड़े। कहाँ जाना है यह निश्चित तो नहीं था, किन्तु एक हरे-भरे, शान्त और पानी के निकट के स्थान की खोज अवश्य थी। दूर नहीं जाना था, क्योंकि नन्दी की प्रतीक्षा थी। इस तरह के पहाड़ों में घूमने का उनका बहुत अभ्यास था, इस कारण वे शीघ्र ही कुछ दूर पर वे ऐसा ही एक स्थान ढूँढ़ने में सफल हो गये। थोड़ी देर के प्रयास से ही दोनों ने मिलकर वृक्षों के एक कुंज के नीचे छोटा-सा ठहरने लायक स्थान बना लिया।

सती ने बड़े मन से उस स्थान को साफ किया और जितना व्यवस्थित कर सकती थीं उतना किया। दोनों ने मिलकर बहुत सी घास इत्यादि लाकर वहाँ बिछायी और फिर उन पर पत्ते बिछाकर एक बैठने लायक स्थान बनाया।

शिव ने देखा यह सारा कार्य सती ने बड़े मन और उत्साह से किया। 'सच है किसी भी कार्य में जुट जाना अवसाद को कम कर देता है।' उन्होंने सोचा।

"अभी आता हूँ।" उन्होंने कहा।

"कहीं जा रहे हैं?"

"यहीं पास में।"

शिव बाहर आये। खाने के लिये कुछ फल जुटाये और इसके बाद जीवन में सम्भवतः पहली बार बहुत से फूल एकत्र किये, एक बड़े से पत्ते का दोना-सा बनाकर उसमें रखा और मुस्कराते हुए वापस सती के पास आये।

''क्या लाये हैं? सती ने पूछा।

''कुछ फल हैं, पेट पूजा के लिये।'' शिव ने हँसकर फल सती को देते हुए कहा।

''और इस दोने में?''

'' इसमें? फूल हैं देवी की पूजा के लिये।'' कहकर, शिव ने पूरा दोना सती के सिर पर उड़ेल दिया। कुछ फूल सती के सिर और बदन पर टिक गये ओर शेष, भूमि पर उनके पैरों के पास आकर गिर पड़े। शिव को आशा थी सती इस पर हँस पड़ेंगी, किन्तु उल्टे वे गम्भीर हो गयीं।

''क्या हुआ सती, तुम अचानक गम्भीर क्यों हो गयीं।''

''यह देह इस योग्य नहीं है।''

'यह किस तरह की बात है सती, मेरे लिये तुम आज भी वही हो।''

''मेरी आत्मा आपकी है, किन्तु ये देह उस दक्ष की देन है; यह आपके स्नेह की अधिकारिणी नहीं है।''

''ऐसा नहीं सोचते सती।'' कहते हुए शिव ने सती के कन्धे पर हाथ रखना चाहा।

'नहीं।' कहते हुए सती दूर हट गयीं।

शिव समझ गये कि सती को पुनः अवसाद ने घेर लिया है। वे वहीं रुक गये। कुछ देर बाद बोले,

''भूख लग रही होगी, मुझे तो लग रही है, चलो कुछ फल खाते हैं।''

''ठीक है।'' सती ने कहा। वे सारे फल उठा लायीं। शिव ने उन्हें खाना शुरू किया, किन्तु सती वैसी ही बैठी रहीं।

''तुम क्यों नहीं ले रही हो?''

''आप मेरे देवता हैं, आप ग्रहण कर लें, फिर जो बचेगा उसे मैं प्रसाद समझकर ले लूँगी।''

''तो देवता की इच्छा का मान नहीं रखेंगीं?''

'क्या?'

''हमारे साथ ही आप भी लें, भूख तो लगी ही होगी?''

'हाँ।'

''तो लें।''

इसके बाद सती ने भी फल खाने प्रारम्भ किये। फल समाप्त हुए। सन्ध्या ढल रही थी।

"कुछ देर बाहर टहलते हैं।" शिव ने कहा।

"ठीक है।" सती ने कहा।

वे बहुत देर तक टहलते रहे। धीरे-धीरे रात घिरने लगी । टहलते-टहलते अचानक सती का पैर एक छोटे से गड्ढे में पड़ गया, वे लड़खड़ा गयीं। शिव ने उन्हें सँभाला और फिर उनका हाथ थाम लिया। शिव ने देखा, सती ने उनका हाथ पकड़ा भी नहीं और अपना हाथ छुड़ाने का कोई प्रयास भी नहीं किया।

चन्द्रमा निकल चुका था। यह शुक्ल-पक्ष की तृतीया या चतुर्थी थी। शिव, सती का हाथ थामे हुए एक चट्टान के पास आकर खड़े हुए और फिर एक उचित स्थान देखकर उस पर स्वयं भी बैठे और सती को भी बिठा लिया।

"सती, उधर देखो!" उन्होंने चन्द्रमा की ओर संकेत कर कहा, "कितना सुन्दर लग रहा है।"

सती ने सिर उठाकर आसमान की ओर देखा। कुछ देर तक चन्द्रमा को देखती रहीं, फिर शिव के मुख की ओर देखा और हँस दीं।

"क्या हुआ? हँसीं क्यों ?"

"मुझे ऐसा लगता है कि इस चन्द्रमा से भी अधिक चमकीला एक चन्द्रमा आपकी जटाओं में कहीं फँसा रहता है, इसीलिये आपका मुख हर समय चमकता रहता है।"

सती की इस बात पर शिव भी हँस पड़े, बोले,

"यह तुम्हारी दृष्टि का भ्रम ही तो है।"

"नहीं यह मेरी दृष्टि का भ्रम नहीं है; घोर अन्धकार में भी आपका मुख चमकता ही रहता है, यह मैंने स्वयं देखा है।"

"चलो जो भी हो, किन्तु आज बहुत दिनों के बाद तुम्हारी हँसी देखने को मिली है, यह कम नहीं है। तुम ऐसे ही हँसती रहा करो, हँसते हुए तुम बहुत अच्छी लगती हो।"

शिव की इस बात पर सती ने बहुत हलकी-सी मुस्कुराहट के साथ सिर को थोड़ा सा झटका।

* * *

सुबह-सुबह योग करना और फिर ध्यान में डूब जाना शिव की दिनचर्या में था। जब से सती को उनका साथ मिला था, यह उनकी भी सुबह-सुबह की दिनचर्या में आ चुका था। ऐसा ही एक दिन था। शिव और सती ध्यान से उठे। अपने ठहरने के लिये उन्होंने जो आश्रय बनाया था, सती को वहीं छोड़कर शिव भोजन के लिये कुछ

फल एकत्र करने के वास्ते जाने को हुए तो सती ने कहा,

"अकेले यहाँ बैठी रहकर क्या करूँगी, मैं भी आपके साथ चलूँ?"

"हाँ चलो।" शिव ने कहा।

वे जंगल में खाने योग्य फल ढूँढ़ते हुए घूम रहे थे, तभी ठण्डी हवायें चलने लगीं। उन्होंने ऊपर देखा, आसमान में भूरापन छा रहा था।

"आँधी आने के आसार लग रहे हैं।" शिव ने कहा।

"हाँ, लग तो ऐसा ही रहा है।"

कुछ ही देर में हवायें काफी तेज हो गयीं, उनके साथ धूल भी थी। सती, शिव का हाथ थाम लेना चाहती थीं, किन्तु मन में 'यह देह दक्ष की देन है' का भाव बहुत गहरे बैठा हुआ था। कुछ लड़खड़ाने पर भी सती ने शिव का हाथ नहीं थामा, किन्तु उन्हें लड़खड़ाते देख शिव ने एक हाथ से उनका हाथ पकड़ा और दूसरा हाथ उनके कन्धे पर रखकर उन्हें अपनी ओर खींच लिया।

"मैं इस लायक नहीं हूँ प्रभु।" सती ने कुछ विरोध-सा किया।

"आप किस लायक हैं यह मुझसे अधिक कोई नहीं जानता।" शिव ने कहा और सती को लेकर एक चट्टान की आड़ में खड़े होकर आँधी के रुकने की प्रतीक्षा करने लगे।

कुछ देर में आँधी रुकी। मौसम ठण्डा हो गया था। आँधी के कारण बहुत से फूल, शाखों से टूटकर भूमि पर बिछ गये थे। शिव और सती, चट्टान की आड़ छोड़कर टहलने लगे। कुछ देर टहलने के बाद शिव को वृक्षों का एक झुरमुट-सा दिखा, जिसके नीचे घास भी थी और आँधी में उड़कर आये हुए बहुत से फूल भी। वहाँ पहुँचकर शिव ने कहा,

"सती, आओ थोड़ी देर यहाँ बैठते हैं।"

"ठीक है।" सती ने कहा।

प्रकृति का सौन्दर्य भरपूर मात्रा मे चारों ओर बिखरा पडा था।

"कितना अच्छा लग रहा है।" शिव ने कहा।

"अच्छा देखो वह सामने जो पेड़ है, उसमें एक फल लटक रहा है।"

"हाँ, है।"

"देखना मै यहाँ से पत्थर फेकूँगा और वह फल टूटकर जमीन पर गिर पड़ेगा।"

'अच्छा!'

'हाँ,' और इसके साथ ही शिव ने एक छोटा सा पत्थर उठाया और फल की दिशा मे जोर से फेंका। पत्थर लगने से फल टूटकर जमीन पर गिर पड़ा। शिव ने हँसकर सती की ओर देखा, बोले,

'देखा!'

'हाँ।'

'क्या?'

"आपका बचपना।" कहते हुए सती के अधरों पर हलकी-सी मुस्कुराहट एक पल के लिये आयी, किन्तु दूसरे ही पल वे फिर गम्भीर हो गयीं।अब शिव आसपास बिखरे हुए फूलों को एक-एक कर सती के मुख पर फेंकने लगे।

"क्या कर रहे हैं आप!" सती ने कहा,

"कुछ नहीं, बस तुम्हें हँसाने का प्रयास कर रहा हूँ।"

"मैं हँसती अच्छी लगूँगी क्या?"

'बहुत।'

सती ने कुछ देर तक इसका उत्तर नहीं दिया, फिर सिर झुकाकर बोलीं,

"मैं दक्ष की बेटी हूँ।"

'तो?' शिव ने कहा फिर जोड़ा "सती, अच्छा एक बात बताओ।"

'क्या?'

"यदि मुझसे इस तरह की कोई गलती हो जाती तो क्या तुम मुझे क्षमा नहीं करतीं, उसे भूलतीं नहीं?"

सती वैसे ही सिर झुकाये बैठी रहीं, उन्होंने कोई उत्तर नहीं दिया।

"हमें क्षमा करना और भूलना आना चाहिये, अन्यथा इस जीवन में कड़वाहटों के अतिरिक्त कुछ भी शेष नहीं रहेगा।"

"मैं दक्ष को क्षमा नहीं कर पाऊँगी।"

"वे तुम्हारे पिता थे सती... सत्ता पाकर कुछ अहंकार हो जाना कुछ अस्वाभाविक नहीं है और फिर वे तो अब हैं भी नहीं।"

दक्ष के न होने की बात सती को ज्ञात नहीं थी। यज्ञ-स्थल छोड़ने के बाद से उनका सम्पर्क उधर से पूर्ण समाप्त हो गया था। वे और इला, बस इतना ही उनका संसार रह गया था। दक्ष के प्रति इतना क्रोध होने के बाद भी शिव से उनके न होने की बात सुनकर उन्हें आघात-सा लगा।

'आह!' सती के मुख से निकला। पीड़ा उनके मुख पर झलक उठी।

"ऐसा कब हो गया?" उन्होंने पूछा।

"तुम्हारे वहाँ से निकलने के बाद नन्दी ने सारी बातें वीरभद्र को बताईं। वीरभद्र बहुत अधिक क्रोध मे भरकर दक्ष के पास पहुँचे और वहाँ उनके और दक्ष के मध्य वाद-विवाद को युद्ध में बदलने मे देर नहीं लगी; इसी युद्ध में दक्ष मारे गये।"

'और माँ?"

"जिस समय मैं वहाँ पहुँचा, यज्ञ-स्थल पर सन्नाटा पसरा हुआ था... यज्ञ में आये सभी लोग वापस जा चुके थे, किन्तु तुम्हारी माँ वापस नहीं गयीं थीं, वे यज्ञ में आने वालों के लिये बने एक अस्थाई आवास मे रुकी हुई थीं।"

'अकेली?'

"सम्भवतः, क्योंकि जब मैं उनसे मिला उस समय और कोई वहाँ पर नहीं था।"

'आह!' सती के मुख से निकला। पीड़ा उनके मुख पर झलक उठी।

फिर कुछ रुककर शिव ने कहा,

"वे इला और तुम्हें लेकर बहुत अधिक चिन्तित भी थीं; मैं उन्हें आश्वासन देकर आया था कि शीघ्र ही इला और तुम्हारा पता लगाकर उन्हें सूचित करूँगा... अब नन्दी शीघ्र ही तुम लोगों के मिलने की सूचना उन तक पहुँचा देंगे और वे लौटेंगे तो स्वाभाविक ही वहाँ के समाचार भी लायेंगे।

"पता नहीं कैसी हों मेरी माँ।"

"चिन्तित मत हों सती, वे ठीक ही होंगी।"

'हाँ' सती ने छोटे बच्चे की तरह शिव की ओर देखकर कहा।

"हाँ," शिव ने कहा।

मौसम फिर खराब होने लगा था। काले-काले बादल आसमान को घेर रहे थे, अँधेरा-सा होने लगा था।

"लगता है वर्षा होगी।" शिव ने आसमान की ओर देखकर कहा।

"हम अपनी कुटी की ओर चलें?" सती ने पूछा।

"हाँ, आओ चलते हैं।"

* * *

यहाँ रहते हुए सती और शिव को कई दिन हो गये थे। सती के मन से दक्ष के प्रति क्रोध कम करने और उनका अवसाद समाप्त करने में शिव बहुत कुछ सफल भी हो चुके थे। दोनों ने मिलकर दूर तक भ्रमण करने की योजना बनाई थी। सब नन्दी

के वापस होने की प्रतीक्षा में थे।

32

इला को अचानक अपने सम्मुख पाकर वीरणी और इला की माँ वत्सला अत्यन्त आश्चर्य और प्रसन्नता से भर उठीं।

इला की माँ ने इला को देखते ही उन्हें सीने से लगाकर कहा,

"मेरी बेटी, कहाँ थी तू और सती कैसी है?"

"बस यहीं पहाड़ों और जंगलों के बीच भटक रहे थे; सच तो यह है माँ कि यदि मैं साथ नहीं जाती तो सती पता नहीं क्या कर बैठती।"

"अब कैसी है वह?"

"अब तो सब ठीक है, शिव वहाँ पर पहुँच गये हैं।"

"दरवाजे पर खड़े-खड़े ही सारी बातें पूछ लेगी, उसे अन्दर तो आने दो," वीरणी ने इला की माँ से कहा।

"अरे हाँ, चल बेटी अन्दर चल और फिर आराम से बैठकर बातें करेंगे।" इला की माँ ने कहा।

इला उनके साथ अन्दर गयी तो एक दृष्टि में ही उसने वहाँ की परिस्थिति का अनुमान लगा लिया। कुछ बहुत ही साधारण और नितान्त आवश्यक चीजों के अतिरिक्त ऐसा कुछ भी नहीं था जिसे थोड़ा भी मूल्यवान कहा जा सके।

इला की माँ ने जल्दी से कुश की बनी चटाई भूमि पर बिछाकर इला से कहा,

"बेटी बैठो।"

"आप बैठिये न रानी माँ।" इला ने वीरणी से कहा।

"काहे की रानी माँ, न कोई राजा है, न कोई रानी; हम सब लोग एक जैसे ही तो हैं।" वीरणी ने कुछ भरे गले से कहा। पुरानी कुछ स्मृतियों ने उन्हें भीतर ही भीतर पीड़ा से भर दिया था। तब तक इला की माँ ने एक दूसरी वैसी ही चटाई वहाँ बिछा दी।

"आप भी बैठिये दीदी।" उन्होंने वीरणी से कहा।

"हाँ बैठती हूँ, पर अलग नहीं, अपनी बेटी के पास ही बैठूँगी।" कहकर वीरणी स्वयं भी एक चटाई पर बैठ गयीं और इला को भी हाथ पकड़कर अपने पास बिठा लिया।

"हमारे घर में क्या होगा, किन्तु फिर भी इसके लिये कम से कम पानी तो ले आओ।" उन्होंने कहा।

"हाँ अभी लाई।" कहकर इला की माँ भीतर गयीं और कुछ देर में ही एक पात्र में कुछ खाने के लिये और साथ में पानी लेकर आ गयीं।

"ले बेटी, भूखी होगी, कुछ खाकर पानी पी ले फिर बात करेंगे।"

खाने को कुछ देखकर इला को लगा कि सचमुच उसे बहुत भूख लगी हुई है।

"और आप लोग?" उसने वीरणी और अपनी माँ की ओर देखकर पूछा।

"हम भोजन कर चुके हैं, तू खा संकोच मत कर।" वीरणी ने कहा। इला ने जो भी था, वह खाने के बाद पानी पिया तो लगा जैसे शरीर में कुछ जान आयी है।

उसके बाद बातें शुरू हुईं। इला के पिता भी उस यज्ञ में हुए युद्ध में मारे गये थे, जानकर इला बहुत देर तक रोती रही। कुछ शान्त हुई तो माँ से पूछा।

"यज्ञ के बाद क्या आप वापस गयीं ही नहीं।"

"वहाँ जाने का मन ही नहीं हुआ, क्या करते वहाँ जाकर।"

"वहाँ अपना घर था, सामान था, अपने लोग थे।"

'हुँ..ह' वत्सला ने कहा, उनके ओंठ थोड़े तिरछे हुए और खिंचे। समझना कठिन था कि यह एक व्यंग्य भरी मुस्कराहट ही है या मन में कुछ और है और यह उसकी छाया है।

"घर और आवश्यकता भर सामान तो यहाँ भी हो ही गया है।" उन्होंने कुछ देर बाद जोड़ा।

"और वहाँ के अपने लोग ?"

"दीदी हैं तो यहाँ; मेरा इनसे अधिक अपना कौन है और अब तो ईश्वर की दया से तू भी आ गयी है और एक बात और भी है बेटी।"

'क्या?'

"जहाँ भी अपनेपन से रहो, वहीं लोग अपने हो जाते हैं; यहाँ भी आसपास ऋषियों के आश्रम हैं और उनमें रहने वाले बहुत से लोग हमारा ध्यान रखते हैं।" वत्सला ने कहा।

"हमारी बातें तो बहुत हो गयीं बेटीं, अब तू अपनी और सती की बातें बता।"

इसके बाद इला ने बहुत विस्तार से सती और अपनी यात्रा की बातें बतायीं। मार्ग में मिले वृद्ध की बातें सुनकर उनके मन में पीड़ा उपजी, किन्तु उसका ढंग से क्रिया-कर्म हो गया, जानकर संन्तोष भी हुआ। चाकू लिये लुटेरे को जब इला ने शल्य-चिकित्सक कहा तो वीरणी और वत्सला दोनों को बहुत हँसी आयी। जंगली

जानवर से बचने की बात पर दोनों ने ईश्वर को धन्यवाद दिया और मन्दिर वाली वृद्धा की बात सुनकर वे उनके प्रति श्रद्धा से भर उठीं, किन्तु इला फिर वापस आने की बात कहकर आयी है और नन्दी अपनी पत्नी सहित उन्हें लेने आयेंगे, सुनकर वे उदास हो गयीं।

"वहाँ सती के पास शिव हैं तो, और फिर एक और दुःखद घटना के बाद दोनों मिले हैं, उन्हें कुछ दिन अकेले रहने दे, तू क्या करेगी वहाँ जाकर?" इला से उसकी माँ ने कहा।

"नन्दी और नन्दिनी भी तो वहाँ जा रहे हैं।"

"किन्तु वे उनके भक्त तो हैं ही साथ ही उनके सेवक भी हैं, सेवकों की बात और होती है।"

"बेटी, तेरी माँ ठीक कह रही है।" वीरणी ने कहा और उनके यह कहने के बाद इला के मन से सारे आग्रह समाप्त हो गये। 'लड़की और उसके पति के बीच में कोई तीसरा न हो यह उनकी इच्छा भी हो सकती है।' इला के मन में आया।

"ठीक है मैं यहीं रहकर आप दोनों की सेवा करूँगी।" इला ने कहा, किन्तु उसे मन में कहीं बहुत खालीपन-सा भी लगा और पीड़ा भी।

अपनी पत्नी नन्दिनी को लेकर नन्दी बहुत शीघ्र ही हरिद्वार वापस आ गये और यह पता लगते ही कि इला वापस नही जायेंगी, सबकी कुशल क्षेम जानने के बाद वे फौरन ही वहाँ से चल दिये... रात्रि में वहीं विश्राम का अनुरोध भी वे स्वीकार नहीं कर सके।

33

सती, धीरे-धीरे अवसाद से बाहर आ रही थीं, किन्तु शिव के अपमान की बात वे भूल नहीं पा रही थीं,

"सती, क्या अभी भी तुम्हारे मन में अपने पिता के प्रति क्रोध शेष है?" एक दिन शिव ने पूछा।

"क्या कहूँ..." सती ने कहा। उनकी आवाज में उस प्रसंग की स्मृति से ही कुछ कड़वाहट सी आ जाती थी।

"न मैं आपका अपमान करने वाले को कभी क्षमा कर सकती हूँ और न उसके कारण बने व्यक्ति को।"

"अर्थात् न तुम अपने पिता को क्षमा करने वाली हो और न स्वयं को।"

सती ने इसका कोई उत्तर नहीं दिया, किन्तु उनके मुख पर जो लिखा हुआ था वह स्पष्ट था। शिव ने उस समय विषय को वहीं पर छोड़ देना देना उचित समझा।

"सती, आओ टहलते हैं।" शिव ने कहा।

'चलिये।'

"सती, नन्दी और नन्दिनी शीघ्र ही आने वाले होंगे; उनके आने के बाद कहीं दूर भ्रमण करने चलें?"

"दूर कहाँ?"

"अभी तो मन में बस इतना ही है कि कहीं दूर चलना है... कोई लक्ष्य निर्धारित नहीं है; फिर जहाँ पैर ले जायें।"

" अवश्य चलें, यह तो बहुत रोमांचक होगा।" सती ने कहा।

और फिर एक दिन नन्दी और नन्दिनी आ पहुँचे। दोनों के मुख पर इतनी लम्बी और शीघ्रता से तय की गयी यात्रा के बाद भी थकान का कोई चिन्ह नहीं था, अपितु उनके मुख उत्साह और उमंग से भरे हुए थे... निश्चय ही यह सती और शिव का साथ पुनः पा जाने की खुशी थी।

"नन्दी, बहुत ढूँढ़ना तो नहीं पड़ा; हम उस मन्दिर वाले स्थान से बहुत दूर नहीं हैं।" शिव ने कहा।

"नहीं, बहुत आसानी से हम आप तक आ गये।"

"और इला?" सती ने पूछा।

उन्हें उनकी माँ तक पहुँचा दिया, वहीं आपकी माताश्री भी थीं; सम्भवतः सबने मिलकर कुछ निश्चय किया और वे नहीं आयीं और हाँ, वे अभी भी हरिद्वार में ही निवास कर रही हैं, वहाँ से जाने का उनका मन नहीं है।"

" इला... वह भी यहीं है क्या?" सती ने पूछा

'जी।'

कुछ देर में नन्दी ने अपनी यात्रा का सारा वृत्तांत सती और शिव को बता डाला। अपनी माँ, इला की माँ वत्सला और इला के बारे में सुनकर सती उदास और सुस्त हो गयीं।

"इला ने हमारे लिये जितना किया है वह कम नहीं है; अब हो सकता है उसकी माँ अपनी युवा कन्या को अपने साथ ही रखना चाहती हों और उन्हें अब उसका और भटकना उचित न लग रहा हो।" शिव ने सती को समझाने का प्रयास किया।

"हाँ यह उचित भी है, किन्तु मुझे उसकी कमी बहुत खलेगी।" सती ने कहा।

तभी शिव ने पुकारा

'नन्दी!'

'जी'

"आज तुम दोनों विश्राम कर लो, कल हम भविष्य की कुछ योजना बनायेंगे।"

"हमें किसी विश्राम की आवश्यकता नहीं है, आप बतायें क्या करना है?"

"फिर भी कल चर्चा करेंगे।"

'जी।'

इसके बाद नन्दी और नन्दिनी दूसरे कार्यों में व्यस्त हो गये, किन्तु रात्रि में सोते समय तक शिव ने जो भविष्य की जो योजना बनाने की बात की थी, उसको लेकर नन्दी के मन में बहुत व्यग्रता बनी रही।

सुबह हुई तो प्रातःकालीन दिनचर्या के बाद नन्दी ने ढूँढ़-ढूँढ़कर कुछ फल वगैरह एकत्र किये, शिव और सती के पास रखे और उनके सम्मुख हाथ जोड़कर बैठ गये । उनको इस तरह बैठा देखकर शिव धीरे से हँस पड़े, बोले,

"क्या बात है नन्दी, कुछ कहना चाहते हो क्या?"

"कल आप भविष्य की योजना बनाने की बात कह रहे थे।"

"अच्छा... वह बात।"

नन्दी कुछ बोले नहीं, बस वैसे ही हाथ जोड़े बैठे रहे।

"आराम से बैठ जाओ नन्दी, ऐसे कब तक बैठे रहोगे।"

"मेरा बस चले तो जीवन भर; आपको सम्मुख पाने से बड़ा सौभाग्य और क्या हो सकता है।"

"हाँ... अच्छा छोड़ो इसे, देखो सती और मैने सोचा है कि हम सभी लोग कहीं दूर भ्रमण पर चलते हैं।"

'कहाँ?'

"जहाँ, जिधर पैर उठ जायें उधर।"

यह सुनकर नन्दी का मन मानो प्रसन्नता से नाच उठा।

"इससे अच्छा और क्या हो सकता है, कब चलेंगे?"

"बस कभी भी, सम्भवतः कल प्रातःकाल।"

"मेरा सौभाग्य।" नन्दी ने कहा।

* * *

दूसरे दिन जब सभी चलने को तैयार हुए तो नन्दी ने एक बार पुनः पूछा,

"प्रभु किस ओर से प्रारम्भ करना है।"

"मुझे लगता है हम पहाड़ों पर बहुत रहे हैं; अब मैदानों में दर्शनीय स्थलों को देखते हुए समुद्र तक चलते हैं और फिर भ्रमण करते हुए वापस पहाड़ों पर आ जायेंगे।"

सती सुन रही थीं।

"इतनी लम्बी यात्रा! सचमुच यह बहुत रोमांचक होगी।" उन्होंने कहा।

"नन्दिनी से भी पूछ लो।" शिव ने हँसते हुए नन्दी से कहा।

शिव की इस बात पर नन्दी ने नन्दिनी की ओर देखकर मुस्कराते हुए कहा,

"बोलो, प्रभु कुछ पूछ रहे हैं।"

इस बात पर नन्दिनी कुछ लजा सी गयीं। सिर नीचे कर बोलीं,

"मैं क्या बोलूँ? वे कुछ गलत थोड़े ही कहेंगें।"

34

शिव का यह दल भ्रमण के लिये निकला, तो उत्तर से पश्चिम फिर वहाँ से दक्षिण में श्रीलंका तक और वहाँ से वापसी में सुदूर पूर्व होते हुए पुनः हिमालय के क्षेत्र में आ पहुँचा। यात्रा में उन्होंने मध्य भारत का क्षेत्र भी छोड़ा नहीं था।

वे हिमालय के जिस क्षेत्र में पहुँचे, वहाँ से ही हिमवान नाम के एक राजा के राज्य की सीमा पास ही थी। इस समय तक सती और शिव पूरे भारत में प्रसिद्ध ही नहीं, अपने आचरणों के कारण पूज्य भी हो चुके थे। कालान्तर में जिन-जिन स्थानों पर इन लोगों ने रुककर कुछ समय बिताया था, लोगों ने उन-उन स्थानों पर शक्तिपीठों की स्थापना की... ये कुल इक्यावन शक्ति पीठें हैं।

हिमवान तक सती और शिव के अपने क्षेत्र के पास तक आने का समाचार पहुँचा, तो वे स्वयं उनसे मिलकर उनका स्वागत करने चल पड़े। उस समय तक समाज में सती और शिव के सम्बन्ध में इतनी अधिक चर्चा हो चुकी थी कि उनसे भेंट होते ही हिमवान बड़ी सरलता से उन्हें पहचान गये। उनको प्रणाम करते हुए हिमवान बोले,

"मैं हिमवान... इस समय आप जिस क्षेत्र में हैं, उसकी व्यवस्था का भार मुझ पर ही है।"

"मैंने आपके सम्बन्ध में सुना है, आप इस क्षेत्र के अधिपति हैं, किन्तु क्या आप हमें पहचानते हैं?"

"आप शिव और सती ही तो हैं।"

"हाँ, किन्तु आपने हमें कैसे पहचाना?"

"आपको देखने के बाद किसी परिचय की आवश्यकता कहाँ रह जाती है।" इस पर शिव मुस्कराये, कुछ कहा नहीं।

"और मैं, इस छोटे से क्षेत्र का अधिपति कहा जाता हूँ, किन्तु आपका साम्राज्य तो लोगों के हृदयों पर फैला हुआ है; यदि आप सभी मेरे निवास तक चलकर अपनी चरण रज से उसे पवित्र करते तो यह मेरा और मेरी पत्नी मैना का सौभाग्य होता।"

हिमवान से 'आपका साम्राज्य लोगों के हृदयों पर फैला है' सुनकर शिव पुनः हँसे,

"यदि किसी को ऐसा लगता ही है तो इसमें मेरा कुछ भी योगदान नहीं है, यह सब इनकी महिमा है," शिव ने सती को इंगित करते हुए कहा।

"मेरे लिये तो आप दोनों एक ही हैं।" हिमवान ने कहा।

"मैं तो यही समझता हूँ, किन्तु ये आजकल मुझसे रुष्ट चल रहीं हैं।" शिव ने सती को इंगित करते हुए हँसकर कहा।

"आप परिहास करते हैं।"

"नहीं परिहास नहीं, यह सच है; ये हमें एक मानने को तैयार ही नहीं हैं... कहती हैं, तुम अलग और मैं अलग हूँ।"

शिव की इस बात से सती थोड़ा असहज हो गयीं। वे कुछ बोलीं तो नहीं, किन्तु शिव की ओर तिरछे नेत्रों से देखकर बहुत कुछ कह डाला।

हिमवान, शिव की इस बात पर क्या कहते... हलके से मुस्कराये और फिर बोले,

"प्रभु, क्या आप हमारे साथ चलकर हमें कृतार्थ करेंगे?"

शिव ने सती की ओर देखा, बोले, 'चलें?'

"जैसा आप उचित समझें।" सती ने कहा।

"चलते हैं।" शिव ने सती से कहा, फिर हिमवान की ओर देखकर बोले, "चलिये।"

"जी, आइये।" कहकर हिमवान थोड़ा सा आगे बढ़े। पुनः एक बार पहाड़ी रास्ता था, किन्तु सभी को इस तरह के रास्तों पर चलने का अभ्यास था। रास्ते में हिमवान, शिव से उनके बहुत लम्बे भ्रमण के अनुभवों को पूछते सुनते रहे। उनका महल पास आ चुका था।

"एक बात कहना चाहता था।" हिमवान ने शिव से कहा।

"जी, कहें।"

"हम आपस में सम्बन्धी भी हो सकते हैं।"

"हाँ? सच! कैसे?" शिव ने कहा। इस वार्तालाप को सती भी सुन रही थीं। 'इनके तो माता-पिता या सम्बन्धी का पता ही नहीं है, अवश्य यह सम्बन्ध कहीं न कहीं मेरे मायके से ही जुड़ता होगा।' उनके मन में आया। सती को यह प्रसंग कुछ अच्छा नहीं लगा और मन अजीब सा हो गया। ऐसी ही कुछ बात शिव के मन में भी आ चुकी थी और वे हिमवान के उत्तर की प्रतीक्षा कर रहे थे।

"अधिक जानकारी तो नहीं है, किन्तु मेरी पत्नी मेना का ननिहाल सम्भवतः आपकी ससुराल की ओर ही है।"

'अच्छा।' शिव ने कहा, किन्तु उस स्वर में कहीं भी उत्साह नहीं था और सती के मस्तक पर तो कुछ तिरछी रेखायें खिंच चुकी थीं। शिव और सती के मुख की ओर देखने से ये बातें हिमवान के भी संज्ञान में आ गयी और उन्हें तुरन्त ही समझ में आ गया कि दक्ष के यज्ञ-प्रकरण के बाद आज सती और शिव से अपने दक्ष से सम्बन्ध की बात कर उन्होंने एक अप्रिय स्थिति को जन्म दे दिया है।

हिमवान अपनी भूल समझ में आते ही विचलित हो गये, उन्होंने तुरन्त ही अपनी भूल सुधारने का प्रयास किया, बोले,

"किन्तु उस सबसे क्या लेना-देना, हमारे तो कभी भी उनसे न कोई सम्बन्ध रहे और न कोई आना-जाना; आज आपने कृपापूर्वक हमारे आतिथ्य को स्वीकार किया है, यही हमारे लिये सबसे बड़ी बात है, मेरे पास आपका आभार व्यक्त करने के लिये शब्द नहीं हैं।"

शिव मुस्कुराये, सती को एक बार पुनः दक्ष का प्रसंग अच्छा नहीं लगा होगा और हिमवान ने भी यह बात समझ ली है, यह बात हिमवान के स्वर में परिवर्तन से वे समझ चुके थे। उन्होंने विषय बदला,

"आपका महल तो अब पास ही लगता है।" शिव ने हिमवान से कहा।

"उसे मेरा महल मत कहिये; जीवन एक यात्रा ही तो है, हाँ आप चाहें तो उसे मेरा यात्री-निवास कह सकते हैं; वह जितना मेरा है उतना ही आपका भी है।"

"आपकी बातें आपके बड़प्पन को रेखांकित करती हैं।" शिव ने कहा। सती के माथे पर उभर आई लकीरें भी दूर हो चुकी थीं। बातों-बातों में ही वे महल तक पहुँच गये। उनके महल तक पहुँचते ही स्वागत के वाद्य बज उठे।

स्वयं मेना, द्वार पर एक थाली में जलता हुआ दिया, रोली, अक्षत और पुष्प लिये खडी थीं। उन्होंने सती और शिव से अगल-बगल खड़े होने की प्रार्थना की और

उनकी आरती करने लगीं। उसके बाद दोनों के मस्तक पर रोली से टीका और अक्षत लगाया, थाली से कुछ फूल उठाकर उनके ऊपर से फेंके और इसके बाद उस थाल से कुछ फूल मेना और कुछ फूल हिमवान ने उठाये और उन्हें सती और शिव के चरणों पर रखने लगे। सती थोड़ा सा पीछे हटते हुए संकोच से बोलीं,

"अरे नहीं! ऐसा मत कीजिये।" शिव ने भी कुछ पीछे हटकर मैना के हाथों के आगे अपने हाथ कर उन्हें रोकने की चेष्टा करते हुए कहा।

"हमें पाप में मत डालिये।"

"नहीं, इसमें पाप कहाँ से आया; अतिथि तो वैसे भी देवता कहे जाते हैं, फिर आप जैसा अतिथि तो साक्षात ईश्वर का स्वरूप ही हुआ, आपकी कीर्ति हमने बहुत सुनी थी।"

"आज आपका स्वागत करने का सौभाग्य मिला, इससे बड़ी और क्या बात हो सकती है।" मेना ने कहा।

"वे सत्य ही कह रही हैं।" हिमवान ने भी मेना की बात का समर्थन करते हुए कहा और उन्हें अन्दर चलने का संकेत किया।

अन्दर सभी के लिये बहुत सुन्दर प्रबन्ध किये गये थे। रात्रि में देर तक बातें होती रहीं। सती और शिव ने यात्रा के अपने बहुत से फिर से अनुभव साझा किये।

* * *

रात्रि में मेना और हिमवान लेटे, तो स्वयं शिव और सती उनके अतिथि थे, यह उन्हें परम सौभाग्य और आनन्द की अनुभूति दे रहा था... पता नहीं कितने विचार उनके मन को मथ रहे थे।

नींद आँखों से बहुत दूर थी। बहुत देर तक वे सती और शिव के बारे में ही बातें करते रहे।

"ईश्वर की दया से हमारे पास सब कुछ है, उसने हमें योग्य पुत्र भी दिये हैं; किन्तु अगर उसने हमें सती जैसी एक पुत्री भी दी होती तो कितना अच्छा होता।" मेना ने कहा।

"सच है, पुत्री भी होती तो हम कन्यादान के पुण्य से वंचित नहीं रहते।" हिमवान ने कहा। इसके बाद मेना और हिमवान दोनो ही चुप हो गये, किन्तु सम्भवतः दोनों के मन में शान्ति नहीं थी।

"एक बात मन में आ रही है।" कुछ देर की शान्ति के बाद मेना ने कहा।

'क्या?'

"सुनते हैं सती ने अपने पिता के व्यवहार से दुःखी होकर ही यज्ञस्थल छोड़ा

था।"

"वे तो दक्ष के व्यवहार से दुःखी होकर यज्ञ की अग्नि में कूदने ही जा रही थीं, वो तो वहाँ उपस्थित लोगों ने ऐसा नहीं होने दिया।"

इसके बाद फिर दोनों चुप हो गये, किन्तु दोनों के मन में बहुत कुछ चल रहा था।

"तुम कुछ कह रही थीं।" कुछ देर बाद हिमवान ने कहा।

"हाँ, वैसे ही मन में कुछ आया था।"

'क्या?'

"क्या हम सती को अपनी बेटी नहीं बना सकते?"

मेना से यह बात सुनकर हिमवान कुछ चौंक से पड़े, फिर बोले,

"मेना, कितना अद्‌भुत है कि मैं भी बिलकुल यही सोच रहा था।"

'सच!'

"हाँ, सच।"

"तो ऐसा करते हैं कल सती और शिव से बात करते हैं और यदि वे हमारा प्रस्ताव स्वीकार कर लेते हैं तो हम किसी श्रेष्ठ ऋषि को बुलाकर पूर्ण विधि-विधान से सती को अपनी पुत्री बना लेंगें।"

"ठीक है।" हिमवान ने कहा। इसके बाद मेना और हिमवान के मन तरह-तरह के विचारों से इतना घिर गये कि वे बहुत देर बाद ही थोड़ा सो सके और फिर बहुत सुबह ही उठ गये।

35

सती और शिव की हिमवान के भवन में यह पहली रात्रि थी और हिमवान ने जिस प्रकार उनका आदर और स्वागत किया था, उससे वे अभिभूत थे। लेटने के कुछ देर बाद ही शिव को नींद आने लगी थी, किन्तु सती की आँखों से नींद बहुत दूर थी। इतने लम्बे भ्रमण के बीच वे लोग जहाँ-जहाँ भी गये, उनकी चर्चा उनसे पहले से ही वहाँ पहुँची हुई होती थी। हर जगह उन्हें बहुत अधिक सम्मान मिलता था, किन्तु यहाँ मेना और हिमवान की विनम्रता और शिव के प्रति उनका आदर भाव सती के मन को छू गया था।

'कितना अच्छा होता यदि उनके पिता भी हिमवान जैसे होते।' सती के मन में आया।

सती इन विचारों में डूबी हुई थीं, तभी शिव, जो सो रहे थे अचानक जाग गये।

"तुम अभी तक जाग रही हो सती, सोईं क्यों नहीं?" उन्होंने सती को जागते देखकर पूछा।

"यूँ ही मन में कुछ बातें आ रही थीं।"

'क्या?'

"हिमवान राजा होते हुए भी कितने विनम्र हैं; कहीं मेरे पिता भी ऐसे ही होते तो कितना अच्छा होता।"

सती की इस बात पर शिव मुस्कराये।

"क्या हुआ, हँसे क्यों?"

"नहीं कुछ नहीं, बस सोच रहा था कि हमारा मन भी कहाँ-कहाँ भटक जाता है... रात्रि बहुत हो रही है सती, अब सो जाओ।"

* * *

दूसरे दिन सती और शिव चलने को हुए।

"आपने हमें जो आतिथ्य प्रदान किया, उसके लिये हम आपके आभारी हैं, अब आज्ञा दीजिये।" शिव ने हिमवान से कहा।

"इतनी भी क्या शीघ्रता है, क्या हमसे कोई त्रुटि हुई है।"

"नहीं ऐसा बिलकुल नहीं सोचिये, उलटा हम तो आपके व्यवहार से अभिभूत हैं।"

इस बीच हिमवान ने मेना को भी बुला लिया। सती और शिव, नन्दिनी और नन्दी के साथ जाने के लिये तैयार खड़े थे।

"यह क्या, आप लोग ऐसे खड़े क्यों हैं!" मेना ने कुछ आश्चर्य से कहा

"अब आज्ञा दीजिये।" सती और शिव दोनों ने हाथ जोड़कर कहा।

"इतना शीघ्र!" मेना ने कहा और आगे बढ़कर सती का हाथ अपने हाथों में थामकर कहा,

"बेटी, क्या तुम्हारा भी यही निर्णय है?"

मेना का 'बेटी' सम्बोधन सती के मन को छू गया, उन्होंने कुछ कहा नहीं, बस शिव की ओर तिरछी दृष्टि से देखा और सिर झुका लिया।

"समझ गयी।" मैना ने कहा, इसके बाद कुछ देर मौन रहा, फिर हिमवान ने कहा,

"अच्छा कुछ देर तो और बैठिये और थोड़ा जलपान तो कर लीजिये।"

हिमवान के इस आग्रह पर सभी बैठ गये। जलपान आया और इस बीच बातों का क्रम फिर आरम्भ हो गया। बातचीत के इसी क्रम में मेना ने हिमवान से धीरे से कहा,

"कल रात्रि वाली बात तो रह ही गयी।"

"हाँ, मैं भी यही सोच रहा था।"

"कुछ हमसे सम्बन्धित है क्या?" शिव ने उन्हें इस प्रकार बात करते देख, हँसकर पूछा।

"हाँ, है तो आपसे सम्बन्धित ही।" हिमवान ने कहा।

"तो कहें, संकोच क्यों?" शिव ने हिमवान से कहा।'

हिमवान ने मेना की ओर इस प्रकार देखा मानो कह रहे हों कि 'तुम कहो'। मेना पहले तो कुछ झिझकीं, फिर सती का हाथ अपने हाथों में थामकर बोलीं,

"बेटी, ईश्वर ने हमें सभी सुख दिये हैं; पुत्र भी हैं, किन्तु पता नहीं क्यों उन्होंने हमें बेटी नहीं दी और हम कन्यादान के पुण्य से वंचित हैं।"

कुछ देर के लिये वातावरण में गम्भीरता छा गयी। तभी हिमवान ने सती से कहा,

"बेटी, क्या तुम हमारी बेटी नहीं हो सकतीं?"

"मैं आपकी बेटी जैसी ही तो हूँ।" सती ने उत्तर दिया।

"बेटी जैसी नहीं, मैं सचमुच बेटी होने की बात कर रहा हूँ।"

"हम समझे नहीं, क्या आप अपनी बात को थोड़ा स्पष्ट करेंगें?" शिव ने कहा।

"यदि आप लोगों की सहमति हो तो हम अपने कुलगुरु या किसी ऋषि से पूछकर विधि-विधान से सती को गोद लेकर अपनी बेटी बनाना चाहते हैं।" मेना ने कहा।

"उससे विशेष क्या होगा?" शिव ने प्रश्न किया।

"उससे बहुत कुछ होगा बेटा।" मेना ने कहा।

सती और शिव दोनों इस बात से कुछ अचम्भित से हुए।

'जैसे?' शिव ने कुछ मुस्कराकर पूछा।

"जब यह विधि-विधान से हमारी बेटी बनेगी, तो इसे ही एक नया नाम नहीं मिलेगा, इसके पिता का नाम भी दक्ष नहीं हिमवान होगा और...," कहते हुए मेना रुक गयीं।

"और क्या... आप निःसंकोच अपनी बात पूरी करें।"

"डर है कि कहीं अनधिकार चेष्टा न हो जाये।

"नहीं, अनधिकार कुछ भी नहीं होगा; आपने सती को बेटी और मुझे बेटा कहा है, अब आपकी कोई भी बात अनधिकार कैसे हो सकती है।"

"तो सुनें, किन्तु हमारे प्रस्ताव में यदि कुछ भी अनुचित लगे तो हमें क्षमा कर दीजियेगा।"

"आप संकोच त्याग दें माँ।" सती ने कहा।

"बेटी, देखो, मैंने सुना है, कि दक्ष ने शिव का दो-दो बार अपमान किया और एक बार तो उन्होंने इन्हीं के कारण महर्षि दधीच और दूसरे महात्माओं का भी अपमान किया... स्वाभाविक ही इससे तुम्हें बहुत पीड़ा हुई होगी, वह भी इतनी कि तुमने यज्ञ-कुण्ड की अग्नि में कूदकर प्राण देने का प्रयास किया... क्या मैं सही हूँ?"

'हाँ।' सती ने बहुत धीरे से कहा। सम्भवतः इस प्रसंग के स्मरण ने भी उन्हें कहीं पीड़ा दे दी थी।

"उसके बाद जो भी कुछ हुआ, वह सब अब बीत चुका है, उसे याद करने से कोई लाभ नहीं हैं; अब तुम और शिव मिल गये हो तो जीवन को नये सिरे से प्रारम्भ होना चाहिये था।"

सती ने इसका उत्तर नहीं दिया, पर उनके मुख पर कुछ रेखायें अवश्य उभर आयीं। उन्होंने सिर झुकाया, पलकों को भींचा और हथेलियों से आँखों को ढक लिया।

"किन्तु सम्भवतः ऐसा नहीं हुआ... मैं सही हूँ न?" मेना ने कहा।

सती ने वैसे ही सिर झुकाये रखा, किन्तु हाथों को आँखों से हटा लिया और अपने दायें पैर के अँगूठे को मोड़कर धरती पर कुछ खोदने सी लगीं। शिव बहुत ध्यान से सुन रहे थे। निर्विकार रहने के प्रयास के बाद भी उनके मुख पर कुछ भाव आ ही जा रहे थे, किन्तु सती से मेना के इस प्रश्न ने उन्हें भी कुछ विचलित कर दिया था।

सती और शिव दोनों के मन में आया कि वे मेना से पूछें कि ऐसा वे किस आधार पर कह रही हैं और फिर शिव ने धीरे से पूछ ही लिया,

"आप ऐसा कैसे कह रही हैं?"

"यह मैं ही नहीं और लोग भी, जो तुम लोगों को जानते हैं, दबे स्वर में वे भी यही कह रहे हैं।"

सती और शिव दोनों ने आश्चर्य से उनकी ओर देखा।"

"और यह तुम लोगों के मुख पर भी लिखा है।" मेना ने आगे कहा।

सती और शिव दोनों ने एक दूसरे की ओर देखा, मानों कुछ कहना चाहते हों।

"और शिव, यह सम्भवतः इसीलिये तो है कि सती बेटी की दृष्टि में दक्ष बहुत बड़े अपराधी हैं और वे उनकी बेटी हैं, इसलिये वे तुम्हारे योग्य नहीं हैं।"

"आप ठीक कह रही हैं माँ।" शिव ने कुछ रुककर कहा।

"तो क्या यह ठीक नहीं रहेगा कि हम सती को पूरे विधि-विधान से अपनी बेटी बना लें, उसको एक नया नाम दें, इसके बाद फिर हम अपनी उस बेटी का शिव से विवाह करें। एक अप्रिय प्रकरण का सदा के लिये समाप्त हो और तुम लोग जीवन को नये सिरे से प्रारम्भ करो।" कह कर मेना रुकीं।

'और हाँ, इसमें हमारा भी स्वार्थ है।" उन्होंने आगे कहा।

'क्या?' शिव ने पूछा।

"हमारे जीवन की एक बहुत बड़ी कमी पूरी हो जायेगी... हमें कन्यादान का पुण्य ही नहीं प्राप्त होगा, इतनी अच्छी पुत्री और शिव जैसा दामाद भी मिल जायेगा।"

शिव ने हिमवान की ओर देखा।

"मुझे लगता है वे ठीक ही कह रही हैं, किन्तु सब कुछ आपकी सहमति पर निर्भर करता है।" हिमवान ने कहा।

सती और शिव ने पुनः एक दूसरे की ओर देखा। 'क्या उत्तर देना चाहिये?' यह प्रश्न दोनों की आँखों में था।

"कृपया इस पर विचार करने के लिये हमें थोड़ा समय दीजिये।" शिव ने कहा।

"ठीक है आप विचार कर लें, पर आशा है आप हमें निराश नहीं करेंगे।" हिमवान ने कहा।

"बेटा हमें कितनी प्रतीक्षा करनी होगी?" मेना ने शिव से पूछा।

"थोड़ा समय दीजिये माँ, लगभग एक माह।"

"यह तो बहुत अधिक हुआ।"

इस पर शिव हँस दिये।

"ठीक है, एक माह बाद ही सही, पर यहाँ से जाने के बाद आप जहाँ भी रहें, कृपया सम्पर्क तोड़िएगा नहीं।" हिमवान ने कहा।

"नहीं, तब तक हम आपसे दूर नहीं जायेंगे।"

इसके बाद शिव ने मेना और हिमवान से जाने की अनुमति माँगी। हिमवान भी

कुछ दूर तक साथ में आये, फिर शिव के अनुरोध पर वापस होने लगे। चलते समय उन्होंने शिव से पूछा,

"अगली भेंट कब होगी?"

"अभी तो हम आपके क्षेत्र के पास ही कहीं रहेंगे और भेंट तो आप जब चाहें हो जायेगी।"

हिमवान लौट पड़े। मेना उनकी प्रतीक्षा में थीं।

"क्या कहा उन्होंने, कोई बात हुई क्या?"

"नहीं, अभी तो बस इतना ही कि हमारे क्षेत्र में ही कुछ दिन रहेंगे।"

* * *

शिव वहाँ से चले तो हिमवान के क्षेत्र की सीमा से कुछ दूरी पर ही उचित स्थान देखकर रुक गये। नन्दी वहीं पर रहने के लिये कुटी तैयार करने लगे। दिन ढलने तक उन्होंने सती और शिव के लिये एक कुटी तैयार भी कर दी।

"प्रभु आपके लिये कुटी तैयार है।" उन्होंने शिव से कहा।

"और तुम लोग?"

"हमने अपने लिये रात्रि बिताने का स्थान देख लिया है, फिर भी यदि आवश्यक लगा तो कल अपने लिये भी कुछ प्रबन्ध कर लेंगे।" नन्दी ने कहा।

36

शिव ने मेना और हिमवान से एक माह का समय माँगा था। यह एक माह, मैना और हिमवान को बहुत लम्बा लगा और बहुत ही आतुरता में बीता। वे एक-एक दिन गिन रहे थे। इस एक माह में मेना और हिमवान ने कई बार सती और शिव से सम्पर्क कर उनके रहने के लिये कुछ बेहतर प्रबन्ध करने और समय-समय पर कुछ फल, दूध या अन्य खाद्य-सामग्री देने का प्रयास किया, किन्तु हर बार सती और शिव ने विनम्रतापूर्वक उसे स्वीकार करने में अपनी असमर्थता जतायी।

धीरे-धीरे माह पूरा हो गया। सुबह होते ही हिमवान, शिव के पास जाने को तैयार होने लगे। मेना ने देखा तो कहा,

"आपके साथ मैं भी चलना चाहती हूँ।"

"हाँ, अच्छा रहेगा, मैं स्वयं भी तुमसे यही कहने वाला था।"

मेना और हिमवान, शिव से मिलने के लिए चल पड़े। सती और शिव ने पता नहीं क्या निर्णय लिया होगा, यह सोचकर वे रास्ते भर बेचैन से रहे।

"तुम्हें क्या लगता है, क्या उन्हें हमारा प्रस्ताव स्वीकार होगा?" शिव के ठहरने के स्थान से जब कुछ ही दूरी रह गयी तो हिमवान ने मेना से पूछा।

"हाँ, मुझे विश्वास है कि वे हमें निराश नहीं करेंगे।"

"किन्तु तुमने देखा कि इस बीच हमने जब भी उनकी सहायता करने या कुछ खाद्य-सामग्री देने का प्रयास किया, उन्होंने विनम्रता से उसे अस्वीकार ही किया।"

"सम्भवतः इससे उनके आत्म-सम्मान को ठेस लगती होगी; शिव जैसे व्यक्तित्व के लिये स्वाभाविक भी है।"

"ठीक कहती हो।"

"यदि उन्हें हमारा प्रस्ताव अस्वीकार ही करना होता, तो वे अब तक वहीं बने नहीं रहते, कहीं दूर जा चुके होते... वैसे भी यायावरी उनके जीवन का एक अंग तो है ही।"

"हाँ यह तो है और फिर आशा तो अन्त तक बनाये रखनी चाहिये।"

इसके बाद दोनों मौन हो गये। कुछ देर बाद ही शिव का ठहरने का स्थान आ गया। दोनों वहाँ पहुँचे तो सती और शिव उनकी प्रतीक्षा करते ही मिले।

'आइये!' शिव ने आगे बढ़कर कहा। इसके पूर्व पत्थर की दो थोड़ी समतल सी चट्टानें नन्दी ने इस प्रकार लगा दी थीं कि उन पर बैठकर आमने-सामने होकर आराम से बातें की जा सकें।

इन्हीं चट्टानों की ओर इंगित कर शिव ने मुस्कराकर कहा,

"यहाँ तो यही हमारे सिंहासन हैं, आप को इन्हीं पर बैठना होगा।"

"ठीक तो है; महत्त्वपूर्ण यह नहीं है हम कहाँ और किस पर बैठे हैं, महत्त्वपूर्ण यह है कि हम किसके साथ बैठे हैं।" मेना ने कहा।

शिव हँस पड़े, बोले

–"यह आपका स्नेह है।"

इसके बाद एक शिला पर शिव और उसके सामने की शिला पर मेना और हिमवान बैठे। सती पास ही में खड़ी थीं।

"बेटी तुम भी बैठो, खड़ी क्यों हो।" कहकर मेना ने हाथ पकड़कर सती को अपने पास ही बिठा लिया।

कुछ देर शान्ति रही। सम्भवतः दोनों ओर से बातें शुरू होने की प्रतीक्षा थी। अन्त में मेना ने सती के मुख को हाथ लगाकर पूछ ही लिया,

"बेटी, क्या निर्णय लिया?"

मेना के इस प्रश्न पर सती ने कुछ कहा नहीं, बस शिव की ओर देखा। वे बहुत शान्त भाव से बैठे हुए थे, किन्तु उनके अधरों पर हलकी-सी मुस्कराहट अवश्य थी। मेना ने फिर कहा,

"बेटी बोलो न, क्या निर्णय लिया? मेरी बेटी बनोगी न?"

सती और शिव के निर्णय की प्रतीक्षा में ये क्षण मेना और हिमवान के लिये बहुत लम्बे हो गये थे। सती और शिव एक दूसरे को देख रहे थे और मेना और हिमवान उन दोनों की ओर। इस मौन ने उनको बहुत अधिक विचलिल कर रखा था।

तभी शिव ने सती की ओर मुस्कराकर कुछ संकेत-सा किया और सती ने मेना की गोद में अपना हाथ और कन्धे पर मस्तक टिकाते हुए कहा,

"मैं आपकी बेटी तो हूँ ही माँ।"

सती के इस एक वाक्य से मेना और हिमवान के अन्दर हर्ष की एक लहर-सी दौड़ गयी। मेना ने सती को सीने से लगा लिया, बोलीं,

"ईश्वर ने हमारी सुन ली।" इसके साथ ही हिमवान ने झुककर सती का चरण -स्पर्श कर उन्हें प्रणाम किया।

"यह क्या कर रहे हैं आप?" सती ने संकोच से कहा।

"कुछ नहीं; हमारे यहाँ बहन, बेटियों के चरण-स्पर्श कर उनसे आशीर्वाद लेने की प्रथा है, बस उसी का पालन कर रहा हूँ।"

इसके बाद शीघ्रातिशीघ्र सती को विधि-विधान से गोद लेने, उन्हें नया नाम देने, नयी पहचान देने और फिर उनका शिव से विवाह करने की बातें हुईं। इसके बाद मेना ने शिव से कहा ,

"अब हम अपनी बेटी को ले जा सकते हैं क्या?"

"आपकी बेटी है, जो आपको उचित लगे वह कीजिये।"

"ठीक है, फिर हम इसे ले जा रहे हैं और बहुत शीघ्र ही आपको इससे विवाह के लिये एक बार फिर बारात लेकर आना पड़ेगा।" हिमवान ने कहा।

शिव हँस दिये।

"बेटा, मैं कहती हूँ, जब यह हमारी बेटी बन ही गयी है तो तुम भी साथ ही चलते; हम तुम्हारे लिये बिलकुल अलग प्रबन्ध कर देंगें, यहाँ से वह ठीक ही रहेगा।" मेना ने शिव से कहा।

"माँ, मुझे इसी तरह के जीवन की आदत है; प्रकृति और पहाड़ों का साथ मुझे सुख देता है।"

"लेकिन फिर यहीं आस-पास ही रहना, कहीं इतनी दूर मत चले जाना कि हम

तुम्हें ढूँढ़ ही नहीं पायें।"

"इनको छोड़कर कहाँ जाऊँगा मैं?" शिव ने हँसकर सती की ओर संकेत कर कहा। शिव के इस परिहास पर सती के मुख पर लाली दौड़ गयी, उन्होंने सिर झुका लिया।

37

मेना और हिमवान के साथ सती उनके घर आ गयी थीं। बहुत ही धूमधाम से और विधि-विधान सहित मेना और हिमवान ने उन्हें अपनी बेटी बनाया। हिमवान पर्वतीय क्षेत्र के अधिपति थे, अतः उनकी बेटी के रूप में सती को पार्वती नाम दिया गया।

इसके बाद उनके विवाह की बातें शुरू हुईं तो पार्वती (आगे इस कहानी में हम उन्हें पार्वती ही कहेंगे) के अनुरोध पर उनकी माँ, इला और इला की माँ वत्सला को बुलाने के लिये हिमवान ने कुछ लोगों को हरिद्वार भेजा।

इस समाचार ने वहाँ सभी को आश्चर्य में डुबा दिया, किन्तु सती और शिव एक नये जीवन की शुरूआत करने वाले हैं, इसने उन्हें खुशी भी दी।

इला और उनकी माँ वत्सला तो तुरन्त ही चलने को तैयार हो गये, किन्तु सती की माँ वीरणी कुछ विरक्त सी थीं।

"सती अपना जीवन फिर से शुरू कर रही है, इस बात से मुझसे अधिक शान्ति और किसे मिलेगी, किन्तु वहाँ जाकर मैं उसे उसके पिछले जीवन के स्मरण का कारण नहीं बनना चाहती।" उन्होंने वत्सला से कहा।

"क्या आप वहाँ नहीं जाना चाहतीं?"

"हाँ, क्या करूँगी जाकर; लोगों की कूतूहल भरी दृष्टि मैं झेल भी नहीं पाऊँगी और जो छूट गया है उसे मैं पुनः पकड़ना भी नहीं चाहती।"

वीरणी की इस बात का क्या उत्तर दें, यह वे माँ-बेटी नहीं समझ पायीं।

"अब मुझे यहाँ अच्छा लगने लगा है और देह रहते मैं यह हरिद्वार थोड़ी देर के लिये भी छोड़ना नहीं चाहती।"

"किन्तु हम फिर यहाँ लौट आयेंगे।"

"तुम्हारी बात ठीक है वत्सला, किन्तु इस वृद्धावस्था की देह का क्या पता कब साथ छोड़ दे; मैं इसी पुण्य -भूमि में प्राण त्यागना चाहती हूँ।"

"तो क्या इस खुशी के अवसर पर सती आपके आशीर्वाद से वंचित ही

रहेंगी?"

"नहीं वत्सला, तुम तो जा रही हो न; मेरी ओर से तुम्हीं उसे आशीर्वाद दे देना... कहना 'मैं तुम्हारे लिए वीरणी का आशीर्वाद अपने साथ लायी हूँ...', फिर अब वह सती नहीं है, पार्वती के रूप में उसका पुनर्जन्म हुआ है। उसे पार्वती ही रहने दो, थोड़ी देर के लिये भी उसे वापस सती मत बनाओ।"

"फिर तो हमारा वहाँ जाना भी क्या उसे पार्वती से सती की ओर नहीं खींचेगा।"

"उतना नहीं, जितना यह मेरे जाने से होगा... फिर इला और उसके बीच बहुत अधिक प्रेम है, इला के न जाने से वह भी दुःखी होगी और इला भी, इसलिये तुम जाओ वत्सला, दुविधा में मत पड़ो... लौटकर आओगी तो मैं तुम्हें यहीं मिलूँगी।"

इसके बाद इला और वत्सला चलने को हुईं तो वीरणी ने कहा,

"हाँ, एक बात और।"

"जी दीदी।" वत्सला ने कहा।

"थोड़ा कठिन काम है, पर तुम्हें तुम्हें करना है; यदि वे लोग किसी भी समय यहाँ आने की बात करें, तो उन्हें मना करना, रोकना।

मैं पार्वती को किसी भी भाँति सती के संसार में वापस आने से रोकना चाहूँगी, ताकि वह अब तो प्रसन्न रह सके।"

"सचमुच यह बहुत कठिन कार्य है, किन्तु मैं इसके पीछे आपका उद्देश्य समझ चुकी हूँ और विश्वास रखें, अपनी पूरी शक्ति से यह प्रयास करूँगी।"

"ठीक है जाओ।"

इला और वत्सला जाने लगीं, तो वीरणी जब तक वे दिखाई देती रहीं, उन्हें देखती रहीं और फिर लगभग भागकर अपने कक्ष में गयीं और बहुत देर तक रोती रहीं।

* * *

इला और वत्सला हिमवान के यहाँ पहुँचीं, तब तक पार्वती के विवाह की लिथि निश्चित ही हो चुकी थी, यद्यपि उसमें अभी समय था। इला को देखकर पार्वती का मुख प्रसन्नता से खिल उठा। उन्होंने वत्सला को प्रणाम किया और आगे बढ़कर इला को गले से लगा लिया।

"माँ नहीं आईं?" पार्वती ने पूछा।

"वे कुछ अस्वस्थ थीं और इतनी लम्बी यात्रा में उन्हें बहुत कष्ट होता; फिर भी

वे आ रही थीं, पर हमने ही उन्हें न आने के लिये समझाया।"

वत्सला ने जीवन में सम्भवतः पहली बार असत्य का सहारा लिया। पार्वती बहुत दुःखी हो गयीं। वत्सला ने उनके मुख की ओर देखा और कहा,

"किन्तु उन्होंने तुझे नये जीवन की शुरूआत के लिये बहुत सा स्नेह और आशीर्वाद कहा है।" इससे पार्वती का दुःख कुछ कम तो हुआ, किन्तु उदासी फिर भी शेष थी, यह देखकर वत्सला ने पार्वती का सिर छूकर कहा,

" बेटी, मैं क्या तेरी माँ नहीं हूँ?"

38

कुछ देर बाद पार्वती, जो वीरणी के न आने से दुःखी तो बहुत थीं, किन्तु व्यवहार में कुछ सामान्य हो चुकी थीं, इला और वत्सला को लेकर मेना के पास पहुँचीं।

"माँ, ये हैं इला, मेरी सबसे अच्छी सखी और ये हैं उसकी माँ।"

मेना आगे बढ़कर दोनों से मिलीं, फिर वत्सला का हाथ थामकर बोलीं,

"बहन, आपकी इस बेटी के बारे में पार्वती ने मुझे लगभग सब कुछ बता रखा हैं; इसके जैसे सुन्दर गुण हैं वैसा ही सुन्दर मुख भी है।"

इला और वत्सला के ठहरने और विश्राम करने के सारे उचित प्रबन्ध करवाने के बाद पार्वती बैठीं तो उनके मन में इला के साथ बिताये दिनों की स्मृतियाँ चलचित्र की भाँति घूमने लगीं।

शिव के साथ उनका अपना तो नया जीवन प्रारम्भ हो जायेगा, किन्तु इला... उसका क्या? जिसने उनके लिये इतना किया, उसका शेष जीवन कैसे बीतेगा और मन में इस प्रश्न के उठते ही उन्होंने कुछ सोचा, उठीं और मेना के कक्ष में गयीं।

'माँ!'

"क्या बेटी?"

"एक बात कहनी है।"

"क्या?"

"आपको इला कैसी लगी?"

"बहुत अच्छी... रूपवान, गुणवान और बहुत अच्छे संस्कारों से युक्त लगी; प्रथम दृष्टि में ही अपना प्रभाव छोड़ती है।"

"तो एक बात कहूँ?"

'क्या?'

"इसे अपनी बहू बना लीजिये; बिना पिता की लड़की है, उसकी माँ के अतिरिक्त उसका कोई सहारा भी नहीं है और न ही कोई धन या सम्पदा और आपको भी इससे अच्छी बहू सम्भवतः नहीं मिलेगी।"

"ठीक है, मैं तेरे पिता से बात करूँगी।"

'कब?'

"शीघ्र ही... मुझे तेरी बात बहुत अच्छी लगी है, पर अभी पहले तेरा विवाह तो हो जाये।"

"नहीं माँ, अपने विवाह के बाद तो मैं विदा हो जाऊँगी, फिर बहुत शीघ्र वापस कहाँ आ पाऊँगी।"

मेना इस पर हँस पड़ीं, बोलीं,

'फिर?'

"जिस दिन मेरा विवाह हो, उसी दिन इला का भी विवाह नहीं हो सकता क्या?"

"इतना शीघ्र।"

"कुछ अनुचित है क्या?"

"नहीं, अनुचित तो नहीं हैं।"

"तो फिर आज ही समय निकालकर पिताश्री से बात कर लो न माँ।"

"और इला और उसकी माँ, उनसे पूछा तूने? वे तैयार हैं?"

"वह मुझ पर छोड़ दें; अभी मैंने उनसे बात तो नहीं की है, पर मैं जानती हूँ वे मेरी बात टालेंगी नहीं।"

"अच्छा थोड़ा समय दे, मैं कल बताऊँगी।

"ठीक है माँ, मैं भी कल तक उनकी सहमति ले लूँगी।

* * *

मेना के आश्वासन से प्रसन्न पार्वती, अगले चरण के लिये स्वयं को कुछ देर भी रोक नहीं पायीं। जिस कक्ष में इला ओर वत्सला थीं, वहाँ पहुँच गयीं।

"इला सुन!" कहकर वे हाथ पकड़कर इला को कक्ष के एक कोने में ले गयीं।

'क्या?'

"तुझे मेरा यह घर कैसा लग रहा है?"

"बहुत अच्छा।"

"और यहाँ के लोग?"

"जितने लोगों से अभी तक मिली हूँ वे तो बहुत ही अच्छे हैं।"

"और मैनाक भइया।"

"उन्हें तो मैंने नहीं देखा या देखा भी होगा तो जानती नहीं हूँ, इसलिये पहचाना नहीं होगा।"

"हाँ, यह तो है, अभी बुलाती हूँ उन्हें।"

"अरे अरे! रुक तो, यह क्या कर रही है? क्यों बुला रही है उन्हें?" इला ने कहा।

किन्तु पार्वती "तू रुक तो सही।" कहती हुई कक्ष से निकल गयीं। बाहर आकर वे सीधे मैनाक के पास पहुँचीं, बोलीं,

"भइया, मेरी सबसे प्रिय सखी और उसकी माँ आई हैं, आप उनसे नहीं मिलेंगे?"

"हाँ-हाँ क्यों नहीं।"

"तो आइये मेरे साथ।" कहकर पार्वती, मैनाक के साथ वत्सला और इला के कक्ष के द्वार तक आयीं और आवाज दी,

"आ सकती हूँ?"

वत्सला की जबान पर उनके लिये सती नाम चढ़ा हुआ था।

उनके मुख से "आ सती।" निकलने वाला ही था कि उन्होंने अपने को सुधार लिया- बोलीं

" आ पार्वती, तुझे भी पूछने की आवश्यकता है?"

पार्वती अन्दर आ गयीं। मैनाक द्वार पर ही रुके हुए थे।

"भइया आये है।" पार्वती ने वत्सला से कहा।

"अरे, तो उन्हें अन्दर बुला न।"

पार्वती द्वार तक गयीं और मैनाक को कक्ष के अन्दर ले आयीं।

"भइया, ये है संसार की सर्वोत्तम सखी, मेरी इला और ये माँ जी।" पार्वती ने वत्सला की ओर संकेत किया,

"ये मेरे बड़े भइया मैनाक, इस राज्य के राजकुमार और संसार के सबसे अच्छे भइया।"

मैनाक ने वत्सला और इला दोनों का अभिवादन किया। इला और मैनाक दोनों ने एक दूसरे की ओर देखा। पल भर के लिये दृष्टि टकरायी। इला ने देखा, सुगठित देहयष्टि, शालीन और भव्य व्यक्तित्व... और मैनाक ने देखी, बुद्धिमान सी दिखने वाली एक अति सुन्दर सी लड़की। दोनों के मन में हलका-सा कुछ हुआ।

"आप बैठिये न।" वत्सला ने मैनाक से कहा।

"माँ जी, अभी बाहर बहुत कार्य पड़े हैं, किन्तु आपसे मिलकर सचमुच बहुत अच्छा लगा है।"

मैनाक की इस बात पर इला का बात-बात पर परिहास करने वाला स्वभाव जाग उठा। 'और मुझसे मिलकर?' उसने मन ही मन मैनाक से प्रश्न किया और इसके साथ ही ओंठो पर एक हल्की-सी मुस्कान उभरी, जिसे इला ने जल्दी से समेट लिया।

मैनाक बात भले ही वत्सला से कर रहे थे, किन्तु दृष्टि कहीं न कहीं इला पर भी थी।

मैनाक ने इला की दबी हुई सी मुस्कान देख ली थी... वह मैनाक के मन में भीतर तक उतर गयी। उसे इला के लिये पार्वती द्वारा प्रयुक्त किया शब्द 'सर्वोत्तम' स्मरण हो आया।

मैनाक के जाने के बाद पार्वती ने वत्सला से कहा,

"माँ जी, आपने मेरे भाई को देखा, कैसे लगे?"

"निःसन्देह बहुत अच्छे, बहुत शालीन, गरिमामय और सुदर्शन। "

'सच!'

"हाँ बिलकुल सच।"

"तो फिर इला को मेरी भाभी बना दीजिये न।"

पार्वती के इस प्रस्ताव से वत्सला चौक उठीं और इला भी।

"पार्वती, तू क्या कह रही है यह तुझे पता है?"

"हाँ... पता है, क्यों मैंने कुछ गलत कह दिया क्या?"

"उनका इतना बड़ा राजपरिवार और हम बहुत ही साधारण लोग... इला की तुझसे मित्रता है, तो इससे हम तेरी बराबरी थोड़े ही करने लगेंगे।"

"माँ जी इस तरह की बातें मत करें, मुझे दुःख होता है।"

"अच्छा ये बता, तूने अपने माता, पिता, मेना और हिमवान से इस बारे में कोई बात की है क्या? क्या वे इस विवाह के लिये सहमत होंगे?"

“यह मुझ पर छोड़ दीजिये माँ जी।”

“और स्वयं मैनाक, वह मानेगा?”

पार्वती मुस्करायीं।

“उन्हें भी मैं देख लूँगी; आपको और इला को यह प्रस्ताव स्वीकार होना चाहिये बस।”

“हमारे लिये इससे बड़ा सौभाग्य और क्या हो सकता है... इला के विवाह की चिन्ता तो मुझे है ही, बुढ़ापे में इस चिन्ता से मुक्त हो पाऊँ तो मुक्ति पाऊँ... पर बेटी, देख लेना हमें किसी अपमान का सामना न करना पड़े।”

“मेरे होते ऐसा तो नहीं हो पायेगा, जो कुछ होगा अच्छा ही होगा।”

“ठीक है।” वत्सला ने कहा।

इसके बाद पार्वती उठकर इला के पास गयीं। इला, मुख पर आश्चर्य के भाव चुपचाप लिये बैठी यह सब सुन रही थी।

‘इला!’

‘हाँ।’

“मेरे साथ आ।”

‘कहाँ?’

“चल तो...” कहकर पार्वती उसे हाथ पकड़कर कक्ष से बाहर की ओर ले चलीं।

“अभी आती हूँ।” पार्वती ने वत्सला से कहा। वत्सला चुपचाप उन्हें जाते देखती रहीं, कहा कुछ नहीं।

वहाँ से पार्वती, इला को अपने कक्ष में ले आयीं, फिर स्वयं ही मिष्ठान्न के कुछ टुकड़े और एक पात्र में जल लेकर आयीं, बोलीं,

“ले, पहले जल पी ले, फिर बातें करते हैं।”

पार्वती के हाथ से जल का पात्र इला ने अपने हाथ में ले लिया। ‘सचमुच कितनी प्यास लगी थी।’ इला ने सोचा। वह पात्र को ओंठो से लगाने ही वाली थी कि पार्वती ने उसका हाथ पकड़ लिया, बोलीं,

“ऐसे नहीं, यह भी लेना पड़ेगा।” पार्वती ने मिष्ठान्न का पात्र आगे कर कहा।

इला ने मिठाई का एक टुकड़ा उठाकर मुँह में रखा और फिर पात्र का सारा पानी लगभग एक बार में ही पी गयी।

‘उफ!’ इला ने सीने पर हाथ रखकर साँस ली।

" क्या हुआ? ठीक तो है?" पार्वती ने कहा।

"हाँ, मैं तो ठीक हूँ, पर तू अवश्य ही पागल हो गयी है।"

'क्यों?'

"कहाँ ये लोग, कहाँ हम, कोई तुलना है क्या?"

"तू ये सब बातें छोड़, पहले ये बता तुझे मेरे भइया कैसे लगे"

"ठीक ही हैं, कोई बहुत अच्छे तो नहीं लगे।" इला ने मुस्कराकर कहा और सिर झुका लिया।

'अच्छा!'

'हाँ'

"थोड़े अच्छे लगे!"

"हाँ थोड़े ठीक तो हैं।" कहकर इला फिर मुस्करायी।

पार्वती ने इला की ठुड्डी पर हाथ लगाकर उसका सिर ऊपर उठाया, बोलीं,

"हर समय परिहास; मेरी ओर देखकर कह।"

इला ने धीरे से पार्वती का हाथ अपने मुँह से हटाया और फिर सिर झुका लिया, बोली,

"मुझे नहीं पता।"

"पर मुझे पता लग गया है।"

इसके दोनों सखियाँ सिर जोड़कर पता नहीं कितनी बातें करती रहीं।

* * *

रात्रि को मेना और हिमवान लेटे तो मेना ने कहा,

"एक बात कहूँ?"

"हाँ कहो।"

"एक रात यहीं लेटे हुए हमने एक स्वप्न देखा था कि सती हमारी बेटी हो जाये।"

'हाँ।'

"और वह सच भी हो गया।"

"ईश्वर की कृपा है।"

"हाँ सचमुच यह ईश्वर की कृपा से ही सम्भव हुआ है।"

इसके बाद कुछ मौन के बाद मेना ने कहा,

"मेरी आँखों में आज फिर एक स्वप्न जागा है और यह मात्र मेरी आँखों का स्वप्न नहीं है।"

"क्या? तुम कहो तो; हो सकता है ईश्वर फिर सुन ले और तुम्हारा यह स्वप्न भी वह पूरा कर दे।"

"दामाद के साथ-साथ हमारी एक बहू भी घर आ जाती तो कितना अच्छा रहता।"

"हाँ, वह तो ठीक है, पर तुम्हारे मन में जो भी है वह स्पष्ट कहो न।"

" आपने इला को देखा है?"

"कौन? पार्वती की सखी?"

"हाँ वही; कैसी लगी?"

"अच्छी लड़की है।"

"पार्वती की इच्छा है हम उसे अपनी बहू बना लें।"

"और तुम्हारी?"

"मेरी भी।"

"मैनाक से पूछा?"

"पूछ लूँगी, पहले आपकी सहमति तो हो।"

"और स्वयं इला और उसकी माँ..."

"पार्वती ने उनसे सहमति ले ली है।"

"जब पार्वती चाहती है, तुम चाहती हो, तो ठीक ही है।"

"और यदि सब कुछ ठीक हो जाये तो पार्वती की इच्छा है कि दोनों विवाह एक ही दिन सम्पन्न हो जायें, क्योंकि यदि मैनाक का विवाह बाद में होता है तो हो सकता है कि वो उसमें किसी कारण से सम्मिलित न हो पाये।"

"मुझे लगता है इसमें कोई विशेष असुविधा नहीं होगी, अपितु सुविधा ही रहेगी... बस एक मैनाक की सहमति और मिल जाये।"

"ठीक है।"

* * *

दूसरे दिन मेना जब पार्वती से मिलीं तो उनके मुख पर मुस्कराहट थी।

"क्या कोई अच्छा समाचार है माँ?"

"हाँ, बहुत अच्छा।"

''क्या पिताश्री, भइया और इला के सम्बन्ध के लिये मान गये हैं?''

''बस उन्होंने यह कहा है कि मैनाक का मन भी जान लो।''

''माँ, उनका मन जानने का कार्य मैं कर लूँगी।''

''तो कर; बहन से अच्छा यह कार्य और कौन कर सकता है।''

मेना का यह कहना था कि पार्वती तुरन्त मैनाक के पास गयीं।

'भैया!' उन्होंने मैनाक को पुकारा।

'क्या?'

थोड़ी देर के लिये इधर आयेंगे?''

'किधर?'

'इधर'

पार्वती उन्हें इला और वत्सला के कक्ष के पास ले गयीं।

''कल मैंने आपको अपनी सर्वोत्तम सखी इला और उसकी माँ से मिलवाया था।''

'हाँ, फिर ?''

''मेरी सखी कैसी लगी आपको?''

''जब तुम उसको सर्वोत्तम कह रही हो तो बहुत ही अच्छी होगी, तभी तो तुम उसे ऐसा कह रही होगी।''

''मेरी दृष्टि से नहीं अपनी दृष्टि से बताइये।''

''अच्छी है न, बहुत अच्छी है बस।''

''तो मैं उसे अपनी भाभी बना लूँ?''

इस प्रश्न पर मैनाक कुछ शरमा से गये, फिर मुस्कराकर बोले,

''अच्छा, इसीलिये इतनी देर से बातें घुमा रही थीं।''

''बोलिये न भइया, मै उसे अपनी भाभी बना लूँ?''

''मुझसे क्या पूछ रही है, माँ और पिताश्री से पूछ।''

''पूछ लूँगी उनसे, तुम तो बताओ।''

''मुझे नहीं पता।'' कहकर मैनाक कुछ मुस्कुराते हुए से वहाँ से चल दिये।''

''पर मुझे पता चल गया भइया!'' पार्वती ने उन्हें सुनाकर थोड़ा जोर से कहा।

* * *

विवाह की तिथि की गणना की जा चुकी थी... पार्वती और मैनाक दोनों का

विवाह एक ही दिन होना था। शिव के पास हल्दी लगे दो पीले पत्र भेजे गये। एक उनके और पार्वती के विवाह का और दूसरा इला और मैनाक के विवाह का। इला और मैनाक के विवाह की सूचना उनके लिये एक सुखद आश्चर्य थी।

नन्दिनी और नन्दी पास ही बैठे थे। दो-दो पीले पत्र देखकर वे भी आश्चर्य में थे और शिव की ओर ही देख रहे थे।

'नन्दी!'

'प्रभु।'

"जानते हो, इला का भी विवाह हो रहा है।"

"अच्छा, यह तो बहुत अच्छा समाचार है; कब है, किससे है?" यह नन्दिनी थी जो कि बहुत कम बोलती थी।

"हिमवान के पुत्र मैनाक से और दोनों विवाह एक साथ और एक ही दिन हैं।"

"बहुत ही शुभ समाचार है।" नन्दी ने कहा।

"बहुत बहुत अच्छा हुआ यह तो, ईश्वर उन्हें सुखी रखे।" नन्दिनी ने कहा।

'नन्दी!' शिव ने नन्दी की ओर देखकर कहा।

"बारात ले चलनी है, उसके लिये लोग कहाँ से आयेंगें?"

"सब आ जायेंगे आप चिन्तित मत हों; इस विवाह का समाचार जब लोगों को मिलेगा तो आपकी कृपा पाने के लिये लोग स्वयं ही एकत्रित हो जायेंगे।"

"मैं चाहता हूँ कि कुबेर, जो कि मुझसे मित्रता का भाव रखते हैं और महर्षि दधीचि, जो मेरे कारण दक्ष के कोपभाजन हुए, उन तक मेरी ओर से आमंत्रण अवश्य पहुँच जाये।"

"ठीक है प्रभु।"

* * *

कुबेर अपने दल-बल के साथ और महर्षि दधीचि, साधू और महात्माओं के साथ विवाह की तिथि तक एकत्रित हो चुके थे। सच तो यह है कि जिसने भी सुना, वही भागा चला आया। शिव के विवाह का अलौकिक दृश्य देखने का लोभ संवरण करना सभी के लिये बहुत कठिन था। इनमें बहुत से अनामंत्रित लोग भी आ गये थे, किन्तु शिव ने उनका भी खुले मन से स्वागत किया। निश्चित तिथि पर बारात पहुँची तो अकेले रहने वाले शिव की बारात की विशालता अचम्भित करने वाली थी। हिमवान ने बारात का आगे बढ़कर स्वागत किया।

पार्वती और शिव तथा इला और मैनाक के विवाह सम्पन्न हुए।

39

शिव की बारांत लौटने को थी और वत्सला ने भी वापस हरिद्वार जाने का मन बना लिया था। चलते समय पार्वती, वत्सला के गले लगीं तो वत्सला को वीरणी का अनुरोध 'पार्वती को यहाँ आने से रोकना' स्मरण हो आया, अतः उन्होंने पार्वती से पूछा,

"यहाँ से जाने के बाद कहाँ जाओगे तुम लोग?"

"माँ जी, यह तो मुझे नहीं पता; जहाँ ये ले जायेंगे वहाँ जाऊँगी; पर हाँ, एक बार हरिद्वार जाकर माँ से अवश्य मिलना चाहूँगी।"

पार्वती से यह सुनकर वत्सला के मन में पीड़ा उभर आयी। वीरणी की बात सच थी, पार्वती उनके पास जाने की सोच रही थीं।

"यह बहुत अच्छा विचार है पार्वती, किन्तु जिस प्रकरण ने उन्हें यहाँ तक पहुँचा दिया है और जिसे भूलने के क्रम में उन्होंने सब कुछ छोड़कर संन्यास सा ले लिया है, तुम्हारे वहाँ जाने से क्या वह पुनः उनके जीवन को मथ नहीं डालेगा?"

पार्वती, वत्सला की इस बात पर अवाक् रह गयीं, क्या कहतीं।

"उनकी सती अब नहीं है और उसकी जगह किसी मेना और हिमवान की पुत्री पार्वती ने ले ली है, यह उनकी पीड़ाओं को फिर से जगा भी तो सकता है।"

पार्वती को वत्सला की बात समझ में आ रही थी।

"और फिर तुम भी, जो पार्वती के रूप में नया जीवन प्रारम्भ करने जा रही हो, उसे बीती बातों की छाया से बचा सकोगी क्या?"

कुछ पलों बाद वत्सला ने पुनः कहा,

"तुम्हें इस सबसे बचाने के लिये ही तो वो हमारे साथ यहाँ नहीं आयी हैं; चलते समय उनके शब्द थे, 'जो छूट गया है उसे मैं पुनः पकड़ना भी नहीं चाहती।'

पार्वती ने होंठो को भींच लिया, सम्भवतः वे अपनी रुलाई रोकना चाहती थीं, किन्तु फिर भी उनकी आँखों से लुढ़के अश्रुकणों ने बहुत कुछ कह डाला।

वत्सला ने यह देखा तो प्यार से पार्वती को अपने सीने से लगा लिया और पार्वती, जो अपनी रुलाई रोके हुए थीं, वत्सला के कन्धे पर सिर रखकर फूट पड़ीं। वत्सला ने उन्हें प्यार से सहलाया और बोलीं,

"पार्वती, तेरा रोना स्वाभाविक है; तेरी जगह कोई और लड़की होती तो उसकी भी यही स्थिति होती, पर अपने को सँभाल और खुशी-खुशी अपने नये जीवन में पदार्पण कर। तूने शिव को पाया है, इससे बड़ा सौभाग्य और क्या हो सकता है।"

“हाँ माँ।” पार्वती ने अश्रु पोंछते हुए कहा।

* * *

पार्वती की बारात विदा हो गयी थी। इला भी अपने नये जीवन में प्रवेश कर चुकी थी। वत्सला ने धीरे से मेना के पास जाकर कहा,

“सारे कार्य सकुशल सम्पन्न हो गये हैं, क्या अब आप मेरी वापसी का प्रबन्ध करवा देंगी?”

“इतनी शीघ्रता भी क्या है, कुछ दिन ठहर कर चली जाइयेगा।”

“रुक तो जाती, किन्तु वहाँ हरिद्वार में दीदी वीरणी निपट अकेली होंगी, मुझे उनकी चिन्ता लग रही है।”

“हाँ, सो तो है; ठीक है मैं इनसे कहकर आपके जाने का प्रबन्ध करवाती हूँ।” मेना ने कहा।

थोड़ी देर में वत्सला के जाने का प्रबन्ध हो गया। इला ने सुना तो दौड़ी आई और माँ से लिपटकर रो पड़ी। फिर कुछ देर बाद जब वह शान्त हुई तो वत्सला ने उसे बहुत सी बातें समझायीं, फिर मेना और हिमवान से हाथ जोड़कर बोलीं-

“यह बच्ची है, कुछ गलती करे तो क्षमा कर दीजियेगा, अब आप ही लोग इसके माता-पिता हैं।”

40

वत्सला हरिद्वार लौट आयी थीं। वीरणी उन्हें द्वार पर ही मिल गयीं।

“आ गयी।” वीरणी ने वत्सला से स्नेह से पूछा।

‘हाँ।’

“सब अच्छी तरह निपट गया?”

‘हाँ।’

वीरणी ने सन्तोष की साँस ली। ‘हे ईश्वर तू बहुत दयालु है।’ उन्होंने स्वयं से कहा।

रात्रि में बहुत देर तक बातें होती रहीं। वत्सला बहुत थकी हुई थीं, उन्हें नींद आने लगी थी। यह देखकर वीरणी ने कहा,

“अब सो जाओ सुबह बातें करेंगे।”

वत्सला इसके बाद सो गयीं, किन्तु वीरणी की आँखों में नींद नहीं थी। अपने

बचपन से लेकर आज तक के बहुत से चित्र उनकी आँखों में बन-बिगड़ रहे थे।

सुबह हुई तो वत्सला जागीं, किन्तु नित्य के प्रतिकूल वीरणी अभी भी गहरी नींद में सोई हुई थीं। दिन चढ़ने लगा था। वत्सला ने उन्हें जगाने के लिये हिलाया, किन्तु वीरणी की नींद नहीं टूटी।

उनका अध्याय समाप्त हो चुका था। वत्सला स्तब्ध थीं। वे वहीं जमीन पर बैठ गयीं। सामने कक्ष की दीवार थी। उन्हें लगा जैसे उस पर हलकी सी मुस्कराहट लिये वीरणी का चित्र उभर आया है और कह रहा है,

मेरे जाने पर
आँखों में
अश्रु न लाना
उचित लगे तो
हँसकर मुझे विदा दे देना
मैंने एक यात्रा
पूरी कर डाली है।

भीगी आँखें लिये वत्सला ने मुस्कराने का प्रयास किया।

41

अभी-अभी भोर हुई थी। बर्फ से ढके हुए पर्वतों की श्रेणियों पर चमक-सी बिखरी हुई थी। इनके ऊपर और पीछे नीला आसमान पसरा हुआ था, जिसमे कहीं कहीं पर सफेद बादलों के झुण्ड इधर-उधर बिखरे हुए थे।

इन पर्वत श्रेणियों के मध्य बहुत बड़ी और गोलाकार सी मानसरोवर झील अपने ऊपर पड़ती सूर्य की किरणों को परावर्तित करते हुए, चाँदी सी चमक रही थी। इससे कुछ ही दूरी पर राक्षस ताल था। एक धारणा के अनुसार राक्षस ताल के किनारे ही रावण ने तपस्या की थी।

एक अन्य किंवदन्ती के अनुसार कुबेर ने अपना खजाना राक्षस ताल में छिपाया था। आश्चर्य तो यह है कि इस राक्षसताल और मानसरोवर के मध्य की भूमि पर आज भी कहीं-कहीं स्वर्णकण दिखायी दे जाते हैं।

मानसरोवर में सफेद राजहंस तैरते हुए दिखाई दे रहे थे। यहाँ की पूरी प्रकृति यहाँ के सौन्दर्य में नहा रही थी।

यहीं मानसरोवर के किनारे एक स्त्री और पुरुष चलते हुए दिखाई दे रहे थे। ये शिव और पार्वती थे। सम्भवतः इनका गन्तव्य कुछ दूर पर खड़ा कैलाश पर्वत था।

भावों से
शब्दों से भी
हूँ निपट अकिंचन
कैसे कह पाऊँगा मैं
कुछ उस अमूर्त के मूर्त रूप पर
नमन और बस नमन
और बस नमन शेष है

परिशिष्ट

मनुष्य के जीवन में ईश्वर सम्भवतः तब आया होगा, जब उसे लगा होगा कि कहीं न कहीं कोई ऐसा भी है जो उसकी इन्द्रियों की पहुँच से परे है, किन्तु सब कुछ उत्पन्न करता है, नियन्त्रित करता है और नष्ट भी करता रहता है। तब उसका मन उस अदृश्य सत्ता के प्रति श्रद्धा से भर उठा होगा, किन्तु फिर सहज ही यह प्रश्न भी उसके मन में उपजा होगा कि वह इसे कहाँ, कैसे और किसके प्रति, व्यक्त करे।

उसके प्रति श्रद्धा प्रकट करने के लिये जब कुछ नहीं मिला होगा तो उसने आँखें बन्द करके उसके ध्यान में डूबना चाहा होगा, किन्तु किसी निराकार की कल्पना में डूबना आसान तो नहीं है। उसे ईश्वर के किसी प्रतीक की आवश्यकता अनुभव हुई होगी। उस समय उस अनदेखे और अनजाने को मूर्त रूप देने का जो सबसे सहज और स्वाभाविक तरीका उसे लगा होगा, उसने सम्भवतः वही किया होगा।

एक कुछ बड़ा और जितना सम्भव हो सुडौल पत्थर लिया होगा, उसे कहीं किसी वृक्ष के नीचे, किसी नदी या तालाब के किनारे या कहीं और किसी अच्छी जगह पर स्थापित किया होगा, उसे जल से नहला-धुलाकर साफ किया होगा, जितना उचित लगा होगा सजाया होगा और फिर कुछ फूल तोड़कर लाया होगा, वे उस पर अर्पित किये होंगे और फिर हाथ जोड़कर उसके आगे सिर झुका दिया होगा।

और सम्भवतः ऐसे हुआ होगा शिवलिंग का जन्म। कुछ लोग लिंग को पुरुष के अंग विशेष से जोड़ते हैं, किन्तु लिंग का अर्थ तो प्रतीक होता है- जैसे स्त्रीलिंग, पुल्लिंग और नपुंसकलिंग। वह जो शाश्वत है, न जन्मा है न मरेगा, वह शिव के अतिरिक्त कौन हो सकता है और उसका प्रतीक शिवलिंग नहीं कहा जायेगा तो क्या कहा जायेगा?

भगवान को भी समुद्र के किनारे जब ईश्वर के प्रति श्रद्धा प्रकट करने की आवश्यकता लगी थी तो उन्होंने भी सहज भाव से एक शिवलिंग की स्थापना की थी। ईश्वर एक ही था, राम के लिये भी और रावण के लिये भी, शिव। पूर्व में सारे मन्दिर शिव-मन्दिर ही होते थे, उनमें दूसरे देवी देवताओं को स्थापित करने की बात बाद में आयी।

शिवलिंग धनीभूत शक्ति का प्रतीक है और शिवाले अपनी विशिष्ट आकृति के कारण वहाँ उच्चरित किये जाने वाले मन्त्रों की तरंगों को वापस हम तक भेजते हैं।

आइए शिवलिंग के बारे में कुछ और तथ्यों को जानते हैं।

कभी शिवलिंग भारत और श्रीलंका में ही नहीं, पूरी दुनिया में पूजा जाता था। रोमन लोग इसे 'प्रयाप्स' कहते थे और उन्होंने पूरे यूरोप को इसके महत्त्व और इसकी पूजा से परिचित कराया था और बेबीलोन में, जो पूर्व में मेसोपोटैमिया कहा जाता था, वहाँ पुरातात्विक खुदाई में शिवलिंग मिले हैं।

हमारी सभ्यता कितनी प्राचीन है, इसका एक प्रमाण यह भी है कि सन् 1940 में हड़प्पा की खुदाई में पुरातत्व वैज्ञानिक एम०एस० वत्स को 5000 वर्ष पुराने ३ शिवलिंग मिले, किन्तु इससे भी अधिक आश्चर्य की बात यह है कि दक्षिण अफ्रीका की सुदवारा नाम की गुफा में ग्रैनाइट पत्थर का बना 6000 वर्ष पुराना शिवलिंग मिला है और पुरातत्वविद इसके इतने वर्षों बाद भी बने रहने पर आश्चर्य चकित हैं।

इण्डोनेशिया के इस्लामिक विश्वविद्यालय के परिसर में पुरातत्वविदों को शिवलिंग, गणेश और नन्दी की सुन्दर मूर्तियाँ मिली हैं।

वियतनाम भी कभी वैदिक सभ्यता का हिस्सा था... बहुत से भव्य मन्दिरों और मूतियों के अवशेष अभी भी वहाँ हैं। पूरे वियतनाम में हजारों साल पुराने शिवलिंग मिलते हैं।

शिवलिंग का अण्डाकार आकार ब्रह्माण्ड का प्रतिनिधित्व करता है, जिसमें न आरम्भ है न अन्त।

सच तो यह है कि हिन्दुत्व का विरोध न विज्ञान से है और न दूसरे धर्मों से, किन्तु हाँ, हिन्दुत्व आदिकाल से कुछ ऐसे प्रश्नों का उत्तर देने का सफल प्रयास करता रहा है, जिनका उत्तर हम आज जान पाये हैं। एक उदाहरण है- विज्ञान ने आधुनिक युग में बताया कि प्रकाश सात रंगों से मिलकर बना है और हिन्दुओं ने सूर्य के रथ में सात घोड़ों की परिकल्पना युगों पहले की थी। इसी प्रकार बृहस्पति सौर्य-मण्डल का सबसे विशाल ग्रह है, यह विज्ञान ने इस युग मे बताया है, किन्तु बृहस्पति को गुरु अर्थात सबसे बड़ा स्थान इस धर्म ने युगों पहले कहा था। इस तरह के अन्य अनेक उदाहरण ढूँढ़े जा सकते हैं और इस विषय पर बहुत कुछ लिखा जा सकता है वह फिर कभी।

आइये अब शिव के तथाकथित निवास कैलाश पर्वत की बात करें। जिन्होंने

इस अद्वितीय चरित्र की कल्पना की, उन्होंने उनके निवास के लिये वैसा ही अद्वितीय स्थान भी खोज निकाला।

कैलाश पर्वत के लिये अद्वितीय शब्द का प्रयोग मैं इसलिये कर रहा हूँ क्योंकि यह सचमुच ऐसा ही है। कैलाश पर्वत की चोटी एक ऐसा स्थान है जहाँ आज तक मनुष्य के पैर नहीं पड़े, यद्यपि यह दुनिया की सबसे ऊँची पर्वत चोटी एवरेस्ट से बहुत छोटी है। कैलाश की ऊँचाई समुद्रतल से मात्र 21778 फिट है, जबकि एवरेस्ट की ऊँचाई 29029 फिट है और ऐवरेस्ट पर अब तक 4000 से अधिक लोग जा चुके हैं।

इस पर्वत-श्रृंखला में कैलाश के उत्तर में स्थित मानसरोवर झील ताजे पानी की दुनिया की सबसे ऊँची झील है और सकारात्मक ऊर्जा का प्रतीक है। यह 320 वर्ग किलोमीटर क्षेत्र में फैली है। यह समुद्र से 4556 मीटर की ऊँचाई पर स्थित है और इसका व्यास 176 किलोमीटर है तथा गहराई 90 मीटर है।

यह पर्वत और यह झील हिन्दू, बौद्ध और जैन तीनों धर्मों में अध्यात्म के एक केन्द्र के रूप में मान्य है। वे कैलाश को विश्व की धुरी के रूप में मान्यता देते हैं, जहाँ पर भौतिक और आध्यात्मिक विश्व का सम्पर्क होता है।

इसकी श्रेष्ठता इसकी ऊँचाई के कारण नहीं, अपितु इसके पिरामिडीय के आकार के कारण भी है। इसके पास के क्षेत्र से चार बड़ी नदियाँ निकलती हैं और इसके चरणों में मानसरोवर और राक्षस ताल है।

मानसरोवर सदैव शान्त रहता है और राक्षस ताल में सदैव तीव्र हलचल होती रहती है।

एक सबसे आश्चर्यजनक तथ्य यह है, यहाँ पर समय बहुत तीव्रता से बीतता है और व्यक्ति के नाखून और बाल जितना दो सप्ताह में बढ़ते हैं उतना यहाँ बारह घन्टे में ही बढ़ जाते हैं।

दक्षिण दिशा की ओर से इसे देखने पर इस पर एक स्वास्तिक भी दिखाई देता है।

यह एक रहस्यमय पर्वत है; इस पर चढ़ने का प्रयास करने वालों की असामयिक मृत्यु की कई कहानियाँ हैं। साइबेरिया का एक पर्वतारोही यह भी कहता है कि पर्वतारोहियों का एक दल इस पर चढ़ने के प्रयास में कुछ अधिक ही ऊपर पहुँच गया और उन्होंने आश्चर्यजनक रूप से अपने को बहुत अधिक उम्र का अनुभव किया। वे घबड़ाकर वहाँ से लौट आये, किन्तु एक वर्ष बाद ही

वृद्धावस्था से मर गये। यह पर्वत बहुत अधिक रेडियो-एक्टिव है और इसकी रेडियो-एक्टीविटी हर ओर से एक समान है।

चूँकि यह पर्वत एक पिरामिड के आकार का है अतः यह भी मानने वालों की कमी नहीं है कि यह भीतर से खोखला है और इसकी रेडियो-एक्टीविटी का केन्द्र इस पिरामिड का केन्द्र बिन्दु ही है।

कैलाश पर्वत उत्तरी ध्रुव से 6666 किलोमीटर दूर है और दक्षिणी ध्रुव से 13332 किलोमीटर... ठीक दो गुना, यह एक और आश्चर्य ही तो है।

हिन्दू धर्मग्रन्थों में से इसे मेरु या सुमेरु पर्वत कहा गया है और ऋग्वेद के 3.23.4 श्लोक में इसे विश्व का केन्द्र बताया गया है।

कुछ वर्ष पूर्व से चीन की सरकार ने इस पर चढ़ने पर रोक लगा दी है।

कैलाश पर्वत के सम्बन्ध में जो भी तथ्य हों, किन्तु हमारे पूर्वजों ने, जिनके पास आज की तरह संसाधन नहीं थे, उन्होंने शिव के लिये कैलाश को ही क्यों और कैसे चुना, क्या उन्हें इसके रहस्यों का कुछ अनुमान था?

शिव, ब्रह्माण्ड में फैली हुई ऊर्जा का प्रत्यक्षीकरण हैं, वे कुछ और नहीं घनीभूत ऊर्जा हैं और पार्वती शक्ति हैं, क्योंकि जहाँ भी ऊर्जा है वहाँ शक्ति तो होगी ही और जहाँ शक्ति है वहाँ ऊर्जा भी अवश्य ही होगी।

शिव का नृत्य ऊर्जा का नृत्य है, इसलिये वह ताण्डव ही हो सकता है।

महान वैज्ञानिक आइंसटीन का कथन है कि ऊर्जा न पैदा की जा सकती है और न ही नष्ट, यह हमेशा थी, है और रहेगी... अतः शिव का भी न जन्म है न मृत्यु।

ऊर्जा को पदार्थ में और पदार्थ को ऊर्जा में बदला जा सकता है, और इस ब्रह्माण्ड में पदार्थ और ऊर्जा का योग सदैव स्थिर ही रहता है। पदार्थ का विखण्डन करते जायें तो ऊर्जा और ऊर्जा को घनीभूत करते जायें तो पदार्थ प्राप्त होता है।

इस सम्बन्ध में क्वान्टम फिजिक्स (क्वान्टम मेकैनिक्स) में आइंसटीन ने एक सूत्र दिया -

$$E=mc^2$$

(E = ऊर्जा, m = पदार्थ की मात्रा, c = प्रकाश का वेग =3,00,000 कि०मी० प्रतिसेकेण्ड)

उन्होंने यह भी कहा कि धर्म के बिना विज्ञान लँगड़ा और विज्ञान के बिना धर्म अन्धा है।

इस क्वान्टम फिजिक्स या क्वान्टम मेकैनिक्स के जन्मदाता के रूप में मैक्स प्लैंक, वरनर ही जनबर्ग और इरविन स्क्रिोडिंगर का नाम आता है, किन्तु इसे आगे बढ़ाने का श्रेय अलबर्ट आइन्सटीन को ही जाता है।

वास्तव में क्वान्टम फिजिक्स में साइंस के वे नियम आते हैं जो फोटॉन, इलेक्ट्रॉन आदि के अध्ययन के लिये हैं।

आइये देखते हैं कि इसके अनुसार इस ब्रह्माण्ड में हमारी क्या स्थिति है।

अध्यात्म और हमारे विचार, हमारी भावनायें, सफलतायें या असफलतायें सब एक दूसरे से जुड़े हुए हैं, किन्तु इसके पूर्व, ब्रह्माण्ड की उत्पत्ति कैसे हुई यह एक महत्त्वपूण प्रश्न है। क्वान्टम फिजिक्स कहती है, सबसे पहले प्रकाश उत्पन्न हुआ, जो शुद्ध रूप से ऊर्जा है। इन प्रकाश तरंगों से प्रोटॉन, न्यूट्रॉन और इलेक्ट्रॉन का निर्माण हुआ, फिर इनसे परमाणु, उससे अणु और फिर इन अणुओं के संयोग से दूसरी वस्तुएँ पैदा हुईं।

साइंस की यह विधा दृश्य और अदृश्य दोनों के अध्ययन का प्रयास है... यह कहती है कि यह ब्रह्माण्ड, ऊर्जा का एक विशाल क्षेत्र है, जिसमें कहीं पर जब ऊर्जा की तरंगें अपनी स्वाभाविक गति की अपेक्षा बहुत धीमी गति से चलती हैं तो भौतिक वस्तुओं का निर्माण होता है।

हमारा शरीर कोशिकाओं से बना हुआ है कोशिकाएँ अणुओं से बनी हुई हैं। अतः ऊपर दिये हुए तर्कों से यह प्रमाणित होता है कि हम शुद्ध रूप से प्रकाश ऊर्जा की एक सुन्दर और बुद्धियुक्त कृति हैं। ऊर्जा सतत् परिवर्तित होती रहती है, हम इस परिवर्तन को अपने मन मष्तिष्क के द्वारा नियंत्रित करते हैं।

सम्भवतः यही कारण है कि यदि हम उम्र के वर्षों की गिनतियों को छोड़ दें तो अपने को वृद्ध, कमजोर, बेकार और दुःखी न समझने वाले, दूसरों की अपेक्षा अधिक ठीक रहते हैं।

क्वान्टम फिजिक्स यह भी बताती है कि समय एक भ्रान्ति है और मृत्यु के बाद भी जीवन है... यह निश्चित रूप से चेतना और अध्यात्म का विज्ञान है।

इसका एक मूलभूत निष्कर्ष यह भी है कि यह प्रेक्षक (देखने वाला) ही है जो सब कुछ बताता है। पदार्थ एक ही क्षण में सब कुछ है; यदि उसे देखने वाला है और कुछ भी नहीं है, यदि उसे कोई देखने वाला न हो।

ऊर्जा सभी वस्तुओं के निर्माण का मूल है और प्रेक्षक की अपेक्षायें ही इस के द्वारा बनने वाली वस्तु का कारण हैं। इसका अर्थ यह है कि जो कुछ भी दिखाई देता है वह सृष्टि के प्रारम्भ से नहीं है।

यह ऊर्जा, दृष्टि और अपेक्षाओं के अनुरूप ही पदार्थ का निर्माण करती है, ये दृष्टि और अपेक्षाएँ हमारी हों या ईश्वर की।

भौतिक शास्त्री सर जेम्स जीन ने लिखा है कि ज्ञान की धारा विश्व को एक भौतिक यन्त्र के स्थान पर एक महान विचार मानने की ओर अग्रसर हो रही है। व्यक्ति का मन (mind) अब यूँ ही सी मानसिक अवस्था (mood) नहीं अपितु वह निर्देश देता और सृजन करता है।

यह कहती है चेतना और मन मिलकर सृष्टि का सृजन करते हैं। समय और अन्तरिक्ष (space) प्रकाश से उत्पन्न होते हैं। प्रकाश की गति से चलने वाले के लिये न समय है न अन्तरिक्ष। हम जो समय की गति से नहीं चल सकते हैं, उनके लिये ही इस समय और अन्तरिक्ष का अस्तित्व है।

चेतना का प्रकाश परिष्कृत और सदैव सुखद प्रकाश है। सनातन धर्म में चेतना को मनुष्य को भीतर से प्रकाशित करने वाला बताया गया।

सूर्य को यदि ब्रह्म मान लें तो आग को आत्मा कह सकते हैं। वैदिक परम्परायें इस ब्रह्माण्ड में होने वाली क्रियाओं के अनुकरण का और इससे सकारात्मक ऊर्जा प्राप्त करने का एक प्रयास था।

हमारे इस शरीर के साथ ही एक सूक्ष्म शरीर भी है, जो ध्वनि, अतिसूक्ष्म प्रकाश और तरंगों से बना हुआ है। 'ओम' की तरंगें इस विश्व के सृजन में प्रथम सृजन हैं और इसके सृजन का मूल हैं। ऊँ केवल तरंग ही नहीं, यह अति सूक्ष्म प्रकाश और ध्वनि भी है... यह त्रिआयामी (तरंग, प्रकाश और ध्वनि) है। अन्तरिक्ष, चेतना के सूक्ष्म प्रकाश, जो भौतिक नेत्रों से नहीं दिखाई देता और ऊँ से भरा हुआ है।

प्रश्न उठता है कि क्या क्वान्टम फिजिक्स और अध्यात्म में कोई सम्बन्ध है।

हमारे विचार पूरे ब्रह्माण्ड में सबसे अधिक शक्तिशाली ऊर्जा तरंगें हैं। विचारों की गति प्रकाश से भी तेज हैं और हम समझ पायें इससे पूर्व ही हमारा मष्तिष्क क्रियाशील हो जाता है... जैसे हम यदि कुछ गर्म छू लें तो कुछ समझने के पूर्व ही हमारा हाथ वहाँ से हट जाता है।

हमारे विचारों में नकारने का भाव सबसे अधिक शक्तिशाली होता है अन्यथा हम भावनाओं में बहकर कुछ भी करने लग सकते हैं।

नोबल पुरस्कार विजेता भौतिक वैज्ञानिकों ने यह प्रमाणित कर दिया है कि यह भौतिक संसार ऊर्जा का एक बड़ा समुद्र है, जिसमें बराबर उथल-पुथल बनी रहती है।

कोई भी आपमें उस 'आप' को नहीं ढूँढ़ सकता जो शरीर से इतर है, क्योंकि उसका कोई भौतिक रूप नहीं है, किन्तु यही 'आप' विचारों और भावनाओं के अनुरूप लोगों, घटनाओं और परिस्थितियों को आकर्षित करता है।

एक मूलभूत बात जो क्वान्टम फिजिक्स बतलाती है, वह यह कि यह प्रेक्षक (देखने वाला) ही है जो वास्तव में किसी वस्तु को जन्म देता है। आज भौतिक शास्त्री यह मानने के लिये बाध्य हैं कि यह विश्व एक मानसिक संरचना है।

आइये अब इसके कुछ और पहलुओं पर विचार करते हैं और एक उदाहरण से शुरू करते हैं। एक बड़ी फैक्ट्री का मालिक एक दिन फैक्ट्री से जाते समय गलती से अपनी सिगरेट बुझाना भूल गया और फैक्ट्री में आग लग जाने से उसका एक सौ करोड़ का नुकसान हो गया। यह एक बहुत छोटी घटना का बहुत बड़ा परिणाम था। इतिहास ऐसी छोटी-छोटी घटनाओं से भरा पड़ा है जिनके बड़े परिणाम सामने आये। इसे Butterfly Theory कहते हैं जो कहती है कि एक तितली के पंखों से तूफान भी पैदा हो सकता है।

आइये एक और उदाहरण लेते हैं। मान लीजिये एक व्यक्ति कार चला रहा है और स्पीड ब्रेकर आने पर उसे कार की गति धीमी करनी पड़ेगी और स्पीड ब्रेकर पार करने के बाद वापस उसी गति में आने के लिये उसे एक्सीलेटर दबाकर कार को ऊर्जा की आपूर्ति बढ़ानी पड़ेगी। अब आइये कार के स्थान पर प्रकाश को लेते हैं जो तीन लाख किमी प्रति सेकेण्ड की गति से चलता है। यह प्रकाश जब किसी पारदर्शी माध्यम जैसे काँच या पानी से होकर गुजरता है तो इस माध्यम के अन्दर उसकी गति कम हो जाती है किन्तु इससे बाहर निकलते ही उसकी गति पुनः पूर्ववत हो जाती है। तो उसे पुनः उसी गति में आने के लिये अतिरिक्त ऊर्जा कहाँ से प्राप्त होती है। यह एक बड़ा और अभी तक अनुत्तरित प्रश्न है। उसे यह ऊर्जा देने वाली शक्ति लौकिक है या अलौकिक।

विज्ञान ने इस ब्रह्माण्ड की उत्पत्ति के लिये महाविस्फोट के सिद्धान्त (Big Bang Theory) को स्थापित किया अर्थात एक महाविस्फोट से इस संसार की

रचना हुयी और इसके पूर्व कहीं कुछ भी नहीं था। इस महाविस्फोट के पीछे भी उसी प्रकार कोई कारण होना चाहिये जिस प्रकार हर कार्य के पीछे कोई कारण होता है और वह भौतिक विज्ञान के नियमों के अनुरूप भी होना चाहिए किन्तु इस महाविस्फोट के पूर्व जो शून्य था उसके सामने भौतिक विज्ञान के सभी नियम बेकार हो जाते हैं। तो फिर शून्य से असंख्य आकाशगंगाओं वाला यह संसार कैसा बना यह प्रश्न तो अनुत्तरित ही रह गया।

आइये इस क्वान्टम फिजिक्स के एक और आश्चर्य की ओर चलते हैं। किसी प्रयोग से यदि दो एकदम विपरीत परिणाम मिलें तो दोनों में से एक ही सही होगा किन्तु क्वाण्टम फिजिक्स की दुनिया में दोनों परिणाम सही हो सकते हैं। यह एक प्रयोग द्वारा सिद्ध किया गया।

हम इस प्रयोग के विवरण में नहीं जाते, किन्तु इस प्रयोग में यह पाया गया कि प्रकाश जिन फोटान कणों से मिलकर बना है। वे जब उन्हें कोई देख नहीं रहा होता है तब तरंगों की तरह और जब सेन्सर्स द्वारा उन्हें देखा जा रहा होता है तब दानों की तरह अलग तरह से व्यवहार करते हैं। उनका व्यवहार हमारी सोच से प्रभावित होता है। उन्हें पता चल जाता है कि कोई उन्हें देख रहा है। एक ही फोटान एक ही समय में सब जगह हो सकता है पर जब हम उसे देखने का फैसला करते हैं तो वह उसी जगह पर होता है जहाँ हम उसे देखना चाहते हैं और वैसे ही व्यवहार करता है जैसा हम सोचते हैं।

यह हमें एक बड़े निष्कर्ष की ओर ले चलता है क्या भारतीय मनीषा ईश्वर और देवी-देवताओं की जिस अवधारणा को लेकर चली है यह उसकी वैज्ञानिक पुष्टि नहीं है। ईश्वर को हम मानते हैं तो वह है, नहीं मानते हैं तो नहीं है। जब चाहें तो वह सामने है, नहीं तो कहीं नहीं है। हम अपने विचारों से उसे जो रूप चाहें दे सकते हैं, वह ब्रह्मा, विष्णु, शिव, दुर्गा या कुछ भी और रूप ले सकता है।

सच तो यह है कि क्वान्टम फिजिक्स चेतना और अध्यात्मिकता का ही विज्ञान है, जो यह बताता है हम संसार की सभी वस्तुओं से जुड़े हुए हैं और समय सहित यह संसार वास्तव में एक भ्रम ही है।

यह बताता है कि इस ब्रह्माण्ड में हर दिखाई देने वाली या न दिखाई देने वाली वस्तु क्यों, कैसे और क्या है। पारम्परिक विज्ञान जहाँ हमें, जीवन को और संसार में प्रत्येक वस्तु को एक भौतिक वस्तु की भाँति देखता है, वहीं क्वान्टम भौतिकी बताती है कि हर वस्तु, ऊर्जा या प्रकाश मात्र है। हम उन्हें कुछ भी समझते हों, पर वह सब एक ही है।

यह विज्ञान ईश्वर को नकारता नहीं है... यह कहता है ईश्वर ने कहा प्रकाश हो और प्रकाश हुआ। यह विज्ञान, प्रचलित भौतिक विज्ञान की अपेक्षा अधिक गहरी, पूर्ण, बहुत रोमांचक और अधिक समर्थ समझ प्रदान करता है।

यह एकांगी सोच से सर्वांगीण सोच की ओर ले जाता है। पारम्परिक विज्ञान, चेतना को परिभाषित नहीं करता वह अमूर्त की बात ही नहीं करता, न उसे मान्यता देता है, जबकि यह उस अमूर्त की खोज है जो हर पदार्थ का मूलभूत कारण है।

हमारा यह हर पल बदलता विश्व, उस उद्गम का प्रत्यक्षीकरण मात्र है, जो समय से परे और हर पल बदलता रहता है और यह उद्गम हमारे वैदिक ग्रन्थों में बताई गई ब्रह्म की अवधारणा के बहुत निकट है।

यह विज्ञान बताता है कि जागरूकता, जो हर जीवित प्राणी में होती है, वही चेतना का मूल है, जिसके द्वारा हम वास्तविकताओं, अनुभवों और भावनाओं को जानते हैं। चेतना हर उस वस्तु से भिन्न है, जिसे हम जानते हैं; यह जानने का साधन भी है और जो कुछ जानना है वह भी यही है।

इसके अनुसार ईश्वर, सृजन और सर्जक दोनों ही है। सृजन और सृजनकर्ता की पहली झलक भारताय मनीषियों की चेतना में सबसे पहले आयी और तब उन्होंने कहा 'अहं ब्रह्मास्मि, तत्त्वमसि' अर्थात मैं और तुम दोनों उस ब्रह्म का ही भाग हैं।

यह ब्रह्म हर समय सारे ब्रह्माण्ड में व्याप्त है, उसे बनाये रखता और चलाता है; यह विश्वव्यापी चेतना है और यही ईश्वर है।

कोई मछली, जो समुद्र में ही उत्पन्न हुई हो, उसी में रहती हो और कभी उससे अलग न हुई हो... वह यदि समुद्र ढूँढ़ने निकले तो कभी भी उसे ढूँढ नहीं पायेगी, किन्तु हाँ, वह यदि कुछ पल ठहरकर उसे अनुभव करने का प्रयास करे तो उसके लिये एक सम्भावना इस समुद्र को जानने की अवश्य बनती है... वैसी ही सम्भावना समाधि की स्थिति में पहुँचे व्यक्ति द्वारा ईश्वर के अनुभव की भी होती है और भारतीय मनीषियों ने यही किया।

सच तो यह है कि विज्ञान और ईश्वर में कोई टकराव नहीं है। अणुओं की बारे बताने वाले महान वैज्ञानिक नील्स बोहर भी ईश्वर को मानते थे। पॉल्स डेविस नामक वैज्ञानिक ने तो ब्रह्माण्ड को ईश्वर के सृजन के रूप में स्वीकार किया है और उन्होंने तो 'माइण्ड ऑफ गॉड' नामक पुस्तक भी लिखी है। वैज्ञानिक कार्ल्स सैगा ने 'द कॉस्मिक डॉन्स ऑफ शिव' नाम की बेस्ट सेलर

पुस्तक लिखी, जिसमें उन्होंने ब्रह्मा, विष्णु और शिव का पूरा आलेखन किया है। रॉबर्ट ओपेन हाइमर अमेरिका के अणुबम बनाने वाले न्यूक्लियर प्रोजेक्ट के सूत्रधार थे और अणुबम के सफल परीक्षण के बाद उन्होंने उसी जगह पर श्रीमद्भगवद्गीता के दो श्लोक पढ़े और हिक्स बोसॉन (Hicks Boson) या गॉड पार्टिकल (God Particle) पर कार्य करने वाले वैज्ञानिकों का जहाँ काफिला मौजूद है वह स्थान स्विटजरलैण्ड के जेनेवा के पास पार्टिकल एक्सीलेटर (Particle Accelletor) के नाम से प्रसिद्ध है जिसे सर्न (Cern) भी कहा जाता है। इस प्रयोगशाला के प्रवेश द्वार पर दो मीटर ऊँची नटराज की प्रतिमा स्थापित है।

क्वान्टम फिजिक्स पर कई पुस्तकों में से एक (Time Loops and Space Twists) भी है। यह एक बहुत बड़ा और गहरा विषय है, जिस पर यहाँ पूरी तरह चर्चा करना सम्भव नहीं है, किन्तु इतना सब कुछ कहने के बाद शिव हैं या नहीं, यह मैं आपके विवेक पर छोड़ता हूँ।